HEYNE <

W0217999

LILLY ALONSO

MALLORQUINISCHE SÜHNE

KRIMINALROMAN

WILHELM HEYNE VERLAG
MÜNCHEN

Der Verlag behält sich die Verwertung der urheberrechtlich geschützten Inhalte dieses Werkes für Zwecke des Text- und Data-Minings nach § 44 b UrhG ausdrücklich vor.
Jegliche unbefugte Nutzung ist hiermit ausgeschlossen.

MIX
Papier | Fördert gute Waldnutzung
FSC® C014496

Penguin Random House Verlagsgruppe FSC® N001967

Originalausgabe 04/2024
Copyright © 2024 dieser Ausgabe
by Wilhelm Heyne Verlag, München,
in der Penguin Random House Verlagsgruppe GmbH,
Neumarkter Str. 28, 81673 München
Redaktion: Ingola Lammers
Umschlaggestaltung: zero-media.net
unter Verwendung von Getty Images/Helmut Hess
Satz: Uhl + Massopust, Aalen
Druck und Bindung: GGP Media GmbH, Pößneck
Printed in Germany
ISBN: 978-3-453-42921-5

www.heyne.de

Für Mama und Papa

1

Die Geschichte, die sich seit Wochen zwischen ihnen anbahnte, hätte das Potenzial zu einer ganz großen Liebe gehabt.

Schmetterlinge flatterten wild in ihrem Bauch, als Gloria Ortiz die letzte Stufe der Badeleiter erklomm und sich auf die Faeton 780 Moraga hievte. Salzwasser tropfte von ihrem Körper auf das helle Teakholz, doch so nass fielen wenigstens ihre feuchten Hände nicht auf.

Es war Montagabend, fünf Minuten vor neun Uhr. Die Sonne schwebte über dem Wasser, färbte den Himmel tiefrot, um in Kürze in den Fluten zu versinken.

Die Bucht von Sa Calobra war fast menschenleer. Nur eine Llaüt Menorquin schaukelte neben ihnen in den türkis glitzernden Wogen des Mittelmeers. Eine Welle klatschte gegen den Bootsrumpf, Grillen zirpten auf den buschbewachsenen Felsen, Kokosduft von Sonnencreme lag in der Luft – der Dreiklang des Sommers.

Gloria versuchte, ihr breiiges Grinsen einzustellen, doch es vertiefte sich im gleichen Maß wie ihre Aufregung. Sie war ein Glückspilz, alles lief wie am Schnürchen. Obwohl sie sich fragte, worauf JM noch wartete.

Verstohlen sah sie zu dem Mann, der auf dem Bauch ausgestreckt auf den Polstern der Liegefläche am Bug der Faeton lümmelte.

Unter normalen Umständen hätte das euphorische Kribbeln in ihrem Bauch Glorias Wachsamkeit geweckt.

Doch *normal* war gestern, und heute gehörte einer neuen Ära an. Die in sechsunddreißig Jahren kontinuierlich entwickelte Bedenkenträgerin in ihr hatte mit dem Mindfulness-Kurs zu Jahresbeginn einen schweren Schlag erlitten.

Schmunzelnd wrang sie das salzige Wasser aus den langen dunkelblonden Haaren und zog den Schlauch der Heckdusche aus der Vorrichtung. Das lauwarme Süßwasser floss in dünnem Rinnsal über ihre Haut. Schon jetzt, Ende Juni, überzog eine schimmernde Bräune ihren schlanken Körper, den das warme Licht der untergehenden Sonne vorteilhaft in Szene setzte.

Sie benutzte nie seinen vollen Namen, nannte ihn nur JM. Das klang so schön nach Cyborg. Einer Maschine ohne die geistigen Fehlleistungen und körperlichen Schwachstellen, die gewöhnliche Menschen plagten. Denn bisher waren nur wenige an ihm festzustellen. Und sie hatte gesucht – offensichtlich war die Bedenkenträgerin nicht einfach verschwunden, ohne Souvenirs zu hinterlassen.

JM war klug, gebildet und besaß Vorausschau. Sei es der Vorzug der spanischen Nationalwahlen auf Juli, die anschließende Pattsituation oder sein Zweifel an der offiziellen Theorie über die Staudammkatastrophe auf dem Festland, der sich nun medienträchtig bewahrheitete – JM hatte alles mit der beängstigenden Präzision eines Wahrscheinlichkeitsrechners vorhergesehen. Und das in den wenigen Wochen, die sie sich kannten.

Die rot glühende Sonne im Rücken ließ seine Silhouette vor dem tiefblauen Meer aufleuchten. Doch es war nicht das

Klischee der ausladenden Schultern, muskulären Statur und des kantigen Kinns, das die Sogwirkung auf Gloria ausübte.

Sie hatte eine Schwäche für Unterarme. Breit und behaart, mit dicken blauen Adern, die unter der gebräunten Haut heraustraten. So wie bei JM. Lernte sie einen Mann kennen, landete ihr Blick immer zuerst auf der Innenseite der Unterarme.

JM trug eine Sonnenbrille, doch Gloria wusste, dass er hinter den verspiegelten Gläsern jeden Zentimeter ihres Körpers scannte. Er lächelte, seine vollen Lippen eine Einladung, der sie gleich nachzukommen gedachte.

Die Geschehnisse der letzten Wochen liefen wie ein Film vor ihrem inneren Auge ab. Sie versuchte zu verstehen, wie sie an diesen Punkt in ihrer Beziehung gekommen waren, scheiterte und landete wie jedes Mal beim schlechten Gewissen.

Während der warme Strahl der Dusche über ihre Beine rann, traf Gloria die Entscheidung. Sie würde JM alles erzählen. Die ganze Wahrheit. Bald.

Sofort stellte sich eine Leichtigkeit ein, die ihr Herz beflügelte. Gloria streckte den Rücken für JMs bewundernden Blick durch und wusch das Salz aus ihren Haaren.

Die Badegäste des Strandes von Sa Calobra, die sich vorher als kleine bunte Striche am Ufer abgezeichnet hatten, waren längst mit der letzten Fähre der *Barcos azules* zurück in den Hafen von Sóller gefahren.

Auf dem Landweg erreichte man die einsame Bucht nur beschwerlich über eine serpentinenartige Straße, was sie zum perfekten Ort für ihre Art von Date machte.

»Es war eine gute Idee von dir, nicht am Wochenende

herzukommen. Gestern war es bestimmt nicht so friedlich«, rief sie JM zu.

»Leider stehen mir keine Lorbeeren zu. Es war eher eine notgedrungene Entscheidung. Ich hätte dich lieber schon am Samstag getroffen. Doch wegen der Sturmausläufer konnten wir erst gestern Abend zurück.«

»O Gott, der Sturm. War das Meer aufgewühlt?« Meterhohe Wellen zogen vor ihrem inneren Auge vorbei wie in diesem Film mit George Clooney.

»Nein, am Sonntag war alles weg. Was für ein Kahn! Der würde sogar einen Sturm überstehen. Da kommt man sich vor wie Bill Gates, und das, ohne einen Cent ausgeben zu müssen.« JM begann, von der sechsundzwanzig Meter Explorer zu schwärmen, die er als professioneller Kapitän vom Festland auf die Insel überführt hatte.

Vollverdrängerrumpf, harte Kimm, Gyroskopstabilisatoren – Gloria blendete sein Fachchinesisch aus und beobachtete stattdessen die Bewegungen seines Mundes. Sie verstand nichts von Schiffshydraulik, doch wenigstens erklärte der berufsbedingte Wochenendtrip das merkwürdige Montagsdate, das sie anfangs etwas irritiert hatte. Eigentlich bis eben noch.

JM beendete seine Ausführung und sah sie gespannt an, als würde er eine Antwort erwarten. Fieberhaft suchte sie nach etwas Geistreichem, unspezifisch genug, um zum Thema und zu möglichen Abzweigungen davon zu passen. »Der Eigner kann froh sein, Leute wie dich zu haben.«

»Er kann nicht einmal ein Ruderboot lenken. Doch dafür ist er schlau genug, sich ein solches Gefährt zu leisten. Guter Ausgleich, wenn du mich fragst. Man kann eben nicht alles haben.« JM zuckte mit den Schultern, prostete ihr mit seinem leeren Weinglas zu und strich sich die Haare aus dem attraktiven Gesicht.

Eckdaten über ihr Leben, ihre Familiensituation, Lieblingsfarben und -gerichte waren in zwei zuvor erfolgten Treffen ausgetauscht worden. Lubina in Salzkruste und Safarigrün deuteten auf einen Mann mit Geschmack hin, seine überraschende Feinfühligkeit ein Relikt der Kindheit neben zwei älteren Schwestern und einem kleinen Bruder. Nun war es Zeit, anzutesten, ob sie auch körperlich harmonierten.

Ein lautes Tuckern riss sie aus ihrem versenkten Suhlen im Glück.

Die Segeljacht nebenan lichtete die Ankerkette und legte den Rückwärtsgang ein. Der Kapitän, ein grauhaariger Mann mit ledrig zerfurchtem Gesicht wie eine Landkarte, winkte ihnen zum Abschied zu.

Die Llaüt tuckerte aus der Bucht und zog einen weißen Schaumschleier hinter sich her. Endlich waren sie allein.

Der unausgesprochene Plan bestand darin, die Nacht hier draußen gemeinsam zu verbringen. Zumindest hatte Gloria es so interpretiert.

Sie schob ihre Zweifel beiseite. Notfalls würde sie dafür sorgen. Es bestand kein Zeitdruck, niemand musste morgen ins Büro – sie selbst arbeitete noch zwei Wochen im Homeoffice, und JM trat seine neue Stelle erst nächsten Monat an.

»Jetzt ein kühles Gläschen Wein«, sagte Gloria, um irgendetwas zu sagen, und kam sich augenblicklich idiotisch vor. Schmetterlinge im Bauch und Gehirnerweichung standen in direktem Zusammenhang.

»Eiskalt in der Tat.« JM zog zum Beweis die Flasche

Rosado aus dem Sektkübel, nahm langsam die Sonnenbrille von der Nase und sah ihr tief in die Augen.

Für einen Moment stand die Zeit still. Unterstützt vom Zirpen der Zikaden dudelte Bobby Farrells »Happy Song« wie das Leitmotiv des Abends aus der tragbaren Bose-Box und öffnete ein Fenster in die Ewigkeit.

Gloria schlang sich ein Badehandtuch um den Körper, löste den Blick und unterbrach damit den magischen Moment, der beinahe unerträglich geworden war. Sie lachte auf, was lässig wirken sollte, doch nur ihre Verlegenheit wiedergab.

Schnell kletterte sie zu JM auf den Schiffsbug. Er legte den Arm um sie und beugte sich zu ihr zu einem Kuss. Seine vollen Lippen waren weich und schmeckten salzig von dem Restmeerwasser auf Glorias Haut.

Widerstrebend löste er sich von ihr und stöhnte auf. »Ein Gläschen auf den Sonnenuntergang. Nachher ist es so dunkel, dass man die Hand vor Augen nicht mehr sieht.« Bedeutungsvoll ließ er die Augenbrauen auf und ab tanzen.

Das leise Ploppen des Korkens läutete den zweiten Akt des Abends ein. JM goss den Rosado in die Gläser und reichte Gloria eins.

Mit zittrigen Fingern hielt sie sich an dem bauchigen Kelch fest. »Salut.«

Sie stießen an. Glücklicherweise setzte JM seine Sonnenbrille wieder auf und ersparte Gloria, sich ein weiteres Mal in die Tiefen der Seele blicken zu lassen.

Aneinandergeschmiegt nippten sie schweigend an dem leicht prickelnden Rosé und beobachteten, wie die Sonne in der silbrigen Oberfläche des offenen Meeres verschwand.

Die Welt war weit, wunderbar und buchstäblich rosarot.

Der Himmel brannte, der glühende Ball versank, und schon Sekunden später übernahmen die Schatten die Regie.

»Finden wir nachher im Dunkeln zurück?« Natürlich hatte Gloria diesbezüglich keine Befürchtungen. Als erfahrener Kapitän kannte JM diesen Teil der Küste besser als seine Westentasche. Doch die Antwort würde einen Blick auf seine Pläne eröffnen. Und ihre Zweifel beilegen.

»Wir können auch einfach hierbleiben.« Er schob sich die Sonnenbrille auf den Kopf, und sein durchdringender Blick vermittelte genau die Botschaft, die Gloria erhofft hatte.

Dunkelheit zog in rasantem Tempo über die Bucht, als hätte jemand einen Dimmer betätigt, und umhüllte sie wie ein schweres Tuch. Nur sie beide und die Grillen in der wilden Natur der Felsküste.

Die ersten blassen Sterne zeichneten sich am wolkenlosen Nachthimmel ab.

JM drehte die Musik auf und schaltete die Außenleuchten der Faeton an, die im dunklen Wasser einen türkisfarbenen Heiligenschein um das Boot erzeugten.

Eine kühle Brise vom offenen Meer stellte die feinen Härchen auf Glorias Armen auf. »Ich ziehe mir mal besser etwas Trockenes an.« Auch wenn das frische Kleidungsstück nicht lange an ihrem Körper verweilen würde.

Vorsichtig stieg sie die drei feuchten Treppenstufen in die Kajüte hinunter. Ihre Tasche lag verstaut in dem eingebauten Fach unter dem großen Bett. Die Liegefläche nahm zwar den Großteil des Raumes ein, bot aber auf der gegenüberliegenden Wand ausreichend Platz für eine schmale Küchenzeile und eine Toilettenkabine. Schwimmutensilien, Handtücher und anderer Kram bedeckten die halbe Matratze.

Wie immer unter Deck überkam Gloria ein leichter Schwindel. Sie schloss die Augen und kämpfte gegen die ansteigende Übelkeit an. Als die erste Welle verebbte, schob sie Schwimmflossen, Taucherbrillen und eine alte Zeitung beiseite, um Platz für ihren Korb zu schaffen.

Schnell streifte sie die nassen Badeklamotten ab und zog den meerblauen Paillettenbikini über, den sie vor einigen Tagen für dieses Date in Palma gekauft hatte. Die Farbe akzentuierte ihre Bräune und bildete einen coolen Kontrast zu ihren hellen Haaren.

Die nassen Sachen wickelte sie in eine Plastiktüte, verstaute sie in ihrer Tasche und schob diese zurück in das Fach unter das Bett.

Ein Funkeln auf dem Boden erregte ihre Aufmerksamkeit.

Sie verharrte in ihrer gebückten Haltung und streckte die Hand nach dem Gegenstand aus. Ein erneuter Schwall Übelkeit überfiel sie, als das Boot von einer stärkeren Welle getrieben leicht seitwärts kippte. Gloria kniff die Augen zusammen, atmete tief aus, bis die Faeton zurück in die stabile Lage schaukelte. Leider schien dieses Boot nicht über diese vorher erwähnten Gyrosstabilisatoren zu verfügen – oder wie die Teile hießen.

Ihre Finger schlossen sich um kühles Metall. Sie richtete sich auf und betrachtete den Gegenstand.

Neugierde verwandelte sich in Entsetzen, als sie das Ding auf ihrer Handfläche anstarrte. Das Blut rauschte in ihren Ohren, während ihr Atem sich beschleunigte, im Versuch gegen die plötzlich entstandene Enge in ihrer Kehle anzukämpfen.

Das konnte nicht wahr sein. Nicht schon wieder.

Gloria Blick fiel auf die *Última hora*, die zusammengefaltet unter einem feuchten Handtuch begraben lag. Ihre Hand zitterte, als sie nach der Zeitung griff und, einer Eingebung folgend, das Datum der Ausgabe auf der Titelseite suchte.

Sonntag. Gestern.

Eine Lüge. Es war alles eine verdammte Ausrede.

Manchmal war das Leben zu schön, um wahr zu sein. Das farbenfrohe Geschehen welkte wie ein verdorrtes Blatt. Die Illusion, die Euphorie und alles Rosarot schmolzen zu einem unförmigen braunen Klumpen zusammen.

Glorias Knie wurden weich, als das überschießende Glücksgefühl nun vollends ihrem Körper entwich. Stumpf und ausgelaugt starrte sie auf das von Feuchtigkeit gewellte Frontblatt der Zeitung.

Was nun?

Gloria schloss die Augen und fühlte das Brennen hinter ihren Lidern.

Wütend biss sie die Zähne zusammen und blinzelte die Tränen fort.

Es hatte alles so gut begonnen. Wehret den Anfängen, jetzt galt es, die richtigen Züge zu spielen, bevor diese Beziehung schon am Anfang in eine ungesunde Richtung abdriftete, und eine respektvolle Einstellung zu sich selbst einzunehmen.

Doch welche war das?

Es kribbelte ihr in den Fingern, JM zu konfrontieren und ihm zu sagen, wohin er sich sein verlogenes Geschwätz hinstecken konnte. Zuzusehen, wie das Lächeln aus seinem glatten Lügnergesicht rutschte.

Wenn er sie ein Stück hinausfuhr, würde sie den alten Mann mit der Llaüt erwischen und bitten, sie zurück nach Port de Sóller zu bringen. Bei dem Schneckentempo konnte der nicht weit gekommen sein.

Doch ein Teil von Gloria war nicht bereit, die romantische Vorstellung einer Verbindung mit JM loszulassen. Es passte einfach zu gut. Sie dachte an sein Lächeln, seine unaufdringliche Intelligenz und natürlich an diese Unterarme. Vielleicht gab es eine logische Erklärung für alles?

Zum x-ten Mal in ihrem Leben verfluchte sie den Umstand, bei der Geburt keine Gebrauchsanweisung erhalten zu haben mit klaren Instruktionen für Situationen wie diese.

Rutschte sie gerade in die Falle ihrer abgelegt geglaubten Muster zurück? Oder stellte das Ignorieren ihrer Bedenken die Falle dar? Die Augen vor den Fakten zu verschließen? Immerhin hatte Gloria ihn bei einer Lüge ertappt. Niemand konnte sich gleichzeitig in Barcelona und Mallorca aufhalten.

Sie schloss die Augen, atmete tief durch. Und traf eine Entscheidung.

Entschlossen zupfte sie sich das Bikinihöschen zurecht und schüttelte die nassen Haare aus, die ihr in kaltem Fächer über den Rücken fielen.

Den Metallgegenstand spitz zwischen Daumen und Zeigefinger geklemmt, stieg sie klopfenden Herzens die Stufen an Deck hoch.

In der Zwischenzeit hatte JM es sich auf der Sitzbank am Bug bequem gemacht, hielt sein Gläschen Rosado in der Hand und sah verträumt in die Dunkelheit. Sein Blick schweifte zu Gloria, glitt bewundernd über ihren Körper und den meerblauen Paillettenbikini. Das Lächeln auf seinen Lippen gefror, als er ihre in die Hüfte gestemmte Hand und ihren Gesichtsausdruck wahrnahm.

»Was ist los?« JM stellte das Weinglas ab. »Alles in Ordnung?« Er setzte sich auf und produzierte ein Quietschen auf dem Sitzbankleder.

Sein besorgter Blick landete auf dem Gegenstand, den Gloria ihm zwischen spitzen Fingern entgegenhielt.

»Was ist das?«, fragte er.

»Das lag unten auf dem Boden. Hat wohl jemand kürzlich verloren.« Glorias Stimme klang weich, neutral und vorwurfslos in ihren Ohren, als sie ihm das Ding vor die Nase hielt und sein Gesicht auf der Suche nach einer Regung scannte.

Seine Augen weiteten sich vor Überraschung. Die Verblüffung der Lügner, wenn sie entlarvt und mit ihrer Lüge konfrontiert werden? Er schien nachzudenken, wobei seine Augenbrauen sich fast über der Nasenwurzel vereinten.

Sein Blick wanderte von ihrer Hand nach oben und traf sich mit ihrem. Ruhig, gelassen, direkt. Ohne ein Blinzeln oder Ausweichen. »Ich habe keine Ahnung, was das ist. Mir gehört es jedenfalls nicht.« JM wirkte ratlos, fast unschuldig, doch Gloria entging nicht das kleine Aufflackern in seinem Blick.

Er ließ sich auf die Polster der Sitzbank zurückfallen. Sein Lächeln erschien ihr wie eine Hand, die sie nur ergreifen musste, um ins rosarote La-La-Land zurückzukehren.

Gloria zögerte. Ihre Gedanken rasten, überholten einander, stolperten.

Ihre Bedenken schmolzen dahin. Sie schalt sich eine Idiotin. Herzklopfen, Schmetterlinge, *I am happy …*

JM lächelte noch immer in Erwartung ihrer Reaktion, die den weiteren Verlauf des Abends bestimmen würde.

Gloria atmete tief ein. Gab den Widerstand auf und setzte zum Sprechen an.

Doch bevor auch nur ein Wort über ihre Lippen kam, blitzte ein Licht aus dem Nichts auf, verdrängte die Dunkelheit am Horizont, wo Sekunden zuvor nur die pechschwarze Finsternis des Mittelmeeres geherrscht hatte.

JM fuhr herum. »Was zum Teufel …«

Ein Streifen zog über den Himmel wie eine Sternschnuppe. Nur schneller. Schneller als alle Flugobjekte, die Gloria jemals gesehen hatte.

Das Phänomen erinnerte an den im August stattfindenden Perseiden-Meteoritenschauer, die Lágrimas de San Lorenzo. Doch während diese sogenannten Laurentiustränen lilafarben in Hunderten Kilometern Entfernung am Himmel ihre Bahn zogen, flog diese Erscheinung näher. Viel näher.

Es produzierte weder das Geräusch eines überfliegenden Flugzeuges noch die blinkenden Lichter anderer Farben, die sie als Warnleuchten von Heckflügeln oder Rotoren gekennzeichnet hätten. Nur den grellen weißen Schweif.

Gloria vergaß ihr Entscheidungsdilemma, den Mund zu schließen und sogar zu atmen.

Das Objekt zog eine halbkreisförmige Bahn am Himmel und verschwand dann westlich im Meer, genau wie vorher die Sonne, als existierte dort ein verborgener Ausgang aus dieser Welt.

Hinter ihnen bohrte sich ein zweites Licht durch die Dunkelheit. Ein Lichtkegel aus einer unbewegten Quelle an Land. Dunkler, *normaler*.

Sie fuhren beide herum. Der riesige Scheinwerfer des Militärradars auf dem Puig Mayor folgte dem gleißenden Lichtobjekt – dem Ding hinterher, das gerade am Horizont im Meer verschwunden war. Die golfballförmige Konstruktion auf dem Gipfel des höchsten Berges der Insel überwachte das westliche Mittelmeer bis nach Algerien. Dann erlosch auch der Suchscheinwerfer.

Der sternenklare Nachthimmel wirkte trotzdem einen Deut heller als noch einen Moment zuvor.

Obwohl nur wenige Sekunden vergangen waren, erschien es, als würde die Zeit zu einem greifbaren Gebilde erstarren.

Gloria blinzelte. Ihr Herz trommelte wieder einen wilden Rhythmus, doch dieses Mal steckte ein anderer Grund dahinter.

Sprachlos sah sie JM an. Sein Gesicht spiegelte ihr eigenes Erstaunen.

Alles hatte sich verändert. Und das bezog sich nicht auf die Romantik, denn die hatte sich schon vorher grußlos verabschiedet. Obwohl aus der Lautsprecherbox weiterhin Musik dudelte, hatte sich auch die Geräuschkulisse gewandelt. Es fiel Gloria schwer, den Grund auszumachen, bis es ihr dämmerte.

Die Zikaden waren verstummt.

2

Agente Francisca Gual von der Guardia Civil hatte ein Problem. Und ihr blieben noch genau neun Tage Zeit, es zu lösen.

An diesem frühen Dienstagmorgen um kurz nach sieben war der Strandabschnitt von d'en Repic in Port Sóller fast menschenleer. Nur eine Rentnerin in pinken Caprileggins und passender Bauchtasche zog ihre Walkingrunden am Ufer, unterbrochen von gelegentlichen Kniebeugeeinlagen an der Promenadenmauer.

Gual hob die Hand zum Gruß und blickte sich um. Wer Augen hatte, der sah. Die Welt stand in ständiger Kommunikation mit ihren Bewohnern, es erforderte nur ein bisschen Aufmerksamkeit.

Der wolkenlose Himmel bot heute keine Zeichen, ein heißer Tag bahnte sich an. Eine auflandige Brise wehte den Geruch von Salz und Algen in den runden Naturhafen. Nicht einmal die Sturmtaucher und Korallenmöwen hatten etwas zu meckern, das Gual Stoff zur Interpretation geliefert hätte.

Dann sah sie es.

Das vergessene Wahlplakat hing an einem Laternenpfahl, oberhalb eines Jobgesuchs für Gartenarbeiten. Vergilbt und von der Witterung an den Rändern aufgeweicht, hatte das Poster organische Eigenschaften angenommen und sich wie ein Chamäleon in die Natur integriert. Ein Lokalpolitiker der PSOE mahnte, dass, wenn Großes bevorstand, Vertrauen der Weg sei.

Aus dem Handylautsprecher eines Mitarbeiters der Straßenreinigung ertönte Pharrell Williams' »Happy«, während der Mann seine Tonne auf Rädern hinter sich herzog.

Zufrieden nickte Gual im Rhythmus der fröhlichen Klänge. Etwas Bevorstehendes, Großes. Vertrauen. *Happy.* Gab es ein deutlicheres Omen? Man musste kein erfahrener Zeichendeuter sein, um die Botschaft zu verstehen – und Gual verstand sich auf Zeichen.

Sie fühlte es im Kribbeln ihrer Zeigefingerspitzen, in der vibrierenden Unruhe der Muskeln ihrer Wade, in dem aufsteigenden Brennen ihres Reflux.

Heute würde etwas geschehen. Vielleicht der große Durchbruch? Sie musste nur vertrauen.

Trotz des früheren Aufstehens war die Einsamkeit am Morgen bewusst gewählt. Denn Badegäste, auf die sie Rücksicht nehmen musste, Zuschauer oder noch schlimmer Zeugen ihres Misslingens brauchte Gual jetzt wie eine Influenza A während der Sommerferien.

Sie überquerte den Sand zum Ufer, legte ihre Sachen ordentlich zusammen und ließ den Blick über das glatte Hafengewässer wandern.

Wie immer wellenfrei, glich es am frühen Morgen auch farblich einem Spiegel. Silbern glitzerte es in der Morgendämmerung und den ersten Sonnenstrahlen. Es wirkte eben und solide, dass sogar Übers-Wasser-Gehen wie eine ernsthafte Option erschien.

Eine Miniwelle umspielte Guals nackten Knöchel, ließ

den Glitzernagellack auf ihren Zehen wie regenbogenfarbene Fischschuppen reflektieren.

Langsam watete sie ins Meer, während sie das mitgebrachte Stand-up-Paddelboard neben sich herschob. Den Grund ihres Kommens.

Der weiche Sand unter ihren Füßen spendete Trost und Zuspruch, beruhigte die flaue Angst in ihrer Magengrube.

Als sie sich hüfttief im kalten Wasser befand – fünfundzwanzig Grad klangen wärmer, als sie sich anfühlten –, blieb sie stehen und starrte das Ding an.

Groß und wuchtig und himmelblau. Und dabei hatte Gual die Hölle immer mit Rot oder Orange assoziiert.

Sie zog die Mundwinkel nach oben und lächelte das Board freundlich an. Von wegen Echo und so.

Ziemlich neutral lag das Brett wie ein … Brett auf der Wasseroberfläche. In Guals Zeichenanalogie bedeutete das eine Einladung, den heutigen Übungstag zu starten.

Sie zählte bis drei, stieß sich ab und ließ sich der Länge nach auf das Board fallen. Obwohl das elegantere Gleiten früherer Versuche sich nicht bewährt und das Fallenlassen sich als stabilere Lösung erwiesen hatte, kam es gefährlich ins Schwanken.

Gual biss ärgerlich die Zähne zusammen und balancierte das Ding aus. Verhinderte im letzten Moment den ersten Ausflug ins Wasser.

Eine gute Stunde blieb ihr, bevor ihr Dienst im Revier der Guardia Civil begann. Da der Chef heute seinen ersten Urlaubstag antrat, ermahnte Gual sich, pünktlich zu sein – auch wenn sie nicht wirklich Gefahr lief, vor lauter Selbstvergessenheit und Freude die Zeit aus den Augen zu verlieren.

Glücklicherweise hatte Francisco diese Woche Fahrdienst, um die Kleine morgens in den Kindergarten zu bringen.

Niemand ahnte, dass sich Guals Bemühungen auf dem verhexten Stand-up-Paddelboard bislang nur auf Paddeln beschränkten – von Stehen keine Rede. Und bis zu ihrem Urlaubsantritt in neun Tagen musste sie es irgendwie geschafft haben, sich in aufrechter Haltung auf dem Ding fortzubewegen. Sonst konnte sie gleich zu Hause bleiben.

Sie legte das Ruder quer übers Board und paddelte mit den Händen hinaus aufs Meer.

Glatt und wellenfrei. Gual atmete tief durch, erinnerte sich an ihr Mantra. Kein Feind weit und breit, niemand trachtete danach, sie scheitern zu sehen. Weder das Board noch das Meer hatten Böses im Sinn.

Ohne die Wasseroberfläche aus den Augen zu verlieren, schob sie sich in die kniende Position.

Ein Zodiac tuckerte zur Hafenausfahrt, wirbelte einen weißen Schaumkronenschwanz hinter sich auf, der sich in Miniwellen zum Ufer fortsetzte. Als sie Gual erreichten, hatten sie die Größe eines Tsunamis angenommen.

Das Board hüpfte über die winzigen Wogen. Gual versteifte sich, stellte Hände und Knie tischförmig in sicherem Rechteck auf.

Die Wellen zogen vorbei. Gual blieb auf dem Board.

Beflügelt vom Fortschritt, beschloss Gual, es zu wagen. Das heilige Aufstehen.

Sie wartete ab, bis das Wasser wieder Spiegelcharakter annahm und niemand im unmittelbaren Umfeld Anstalten machte, den Motor seines Bootes anzuschmeißen oder den Hafen zu verlassen.

Vorsichtig stellte sie den linken Fuß auf, ohne ihn zu belasten. Sie verlagerte ihr Gewicht, während sie gleichzeitig den rechten in die gleiche Position nachzog. Die Oberschenkel in volle Spannung gebracht, drückte sie langsam die Knie durch.

Es geschah, was immer passierte.

Einer ihrer Füße entwickelte ein Eigenleben und belastete das Board überproportional stärker als die andere Seite. Das Brett kippte seitwärts, ihre linken Zehen versanken im Wasser. Panisch verstärkte Gual das Gewicht auf den rechten Fuß, um Ausgleich zu schaffen.

Leider traf sie nicht die richtige Stärke für eine simple Balance. Das Brett kippte nun nach rechts.

Es folgte eine Wipppartie wie auf dem Kinderspielplatz. Mal links, dann rechts, bis Gual das Gleichgewicht verlor und eine saftige Seitenbombe ins Wasser hinlegte, wobei sie ihr linkes Knie überdehnte.

Das eiskalte Meer zeigte Zähne, schnappte nach ihrer mittlerweile aufgeheizten Haut. Doch schlimmer schmerzte das Versagen.

Triefend wuchtete Gual sich zurück aufs Brett.

Buchstäblich jeder, den sie kannte, konnte stand-up-paddeln. Zwar war sie nicht die athletischste Person der Welt, doch wie viel Sportlichkeit erforderte ein simples Aufrichten auf einer schwimmenden Plattform der Größe eines ausgewachsenen Wals?

Sie würde es schon schaffen. Sie musste einfach. Zu viel hing davon ab. Ihr Ansehen, ihre Würde und die linke Patellasehne.

Vermutlich verhielt es sich wie mit dem Fahrradfahren

ohne Stützräder, das bei Gual ebenfalls einige Wochen und viele gescheiterte Versuche in Anspruch genommen hatte. Schon frühzeitig war dieser ausgeprägte Mangel an Balance aufgefallen, der weit über das Normale der anderen Kinder hinausging.

Vielleicht erklärte das äußere Ungleichgewicht Guals Bedürfnis nach innerer Rechtwinkligkeit. Geometrische Ordnung gab Halt, vermittelte Geborgenheit.

Sauber übereinandergelegte Kanten von Aktenordnern, Unterhosen oder Geschirrtüchern. All das wirkte wie ein innerer Rollator für ihre äußere Instabilität.

Warum hatte sie sich bloß auf diese Challenge eingelassen? So getan, als wäre es die beste Idee seit Menschengedenken? Doch andererseits ließen neue Herausforderungen einen als Person wachsen. Die Komfortzone verlassen – von der hatte Gual sich schon meilenweit entfernt.

Vom Ufer schrie jemand ihren Namen.

Erschrocken presste Gual sich flach aufs Brett. Ihr Herz pochte gegen das aufblasbare Hartgummi. Wer entdeckte sie um sieben Uhr früh auf einem verdammten Surfboard draußen auf dem Wasser? Sie würde einfach vortäuschen, nichts gehört zu haben.

Doch die Person ließ sich nicht beirren. Das Rufen wurde lauter.

Ihre Tochter! Vielleicht war Carolina etwas passiert? Notgedrungen drehte sie den Kopf Richtung Strand und stützte die Ellenbogen auf.

Ein Mann stand Arme schwingend am Ufer und rief ihren Namen.

Sie kniff die Augen zusammen, blinzelte gegen die helle

Sonne an und wischte sich salziges Meerwasser aus den Wimpern, die sie glücklicherweise noch nicht getuscht hatte.

Francisco.

Doch was wollte ihr Mann hier?

So souverän wie möglich paddelte Gual mit den Händen zurück zum Ufer.

Wie immer, wenn er ungeduldig wurde, zog Francisco seine bulligen Schultern hoch, was ihn halslos wirken ließ. Sorgfältiges Frisieren kaschierte die lichten Stellen seines mausbraunen Haars am Oberkopf, die trotz seiner erst neununddreißig Jahre täglich zunahmen. Ein Umstand, der zu viel Kummer und morgendlichem Stau im Badezimmer führte, obwohl Gual jeden kahlen Millimeter an ihm liebte.

Francisco fuchtelte mit einem Gegenstand in seiner Hand herum, den sie auf die Entfernung nicht erkennen konnte.

»Wieso paddelst du auf dem Bauch?«, fragte er, als sie nah genug gekommen war, um ihn zu hören. »Im Stehen geht es doch viel schneller.«

Gual presste die Lippen zusammen und schwieg. Selbst Francisco, dessen einzige sportliche Betätigung im Aufstehen vom Sofa bestand, um sich die zweite Tüte Chips zu holen, schaffte verdammtes Stand-up-Paddeln.

Sie liebäugelte mit dem Gedanken, hier und jetzt die Bombe platzen zu lassen. Tränen der Wut sammelten sich in ihren Augenwinkeln, verdampften im Feuer des Ärgers.

Doch ihr Mann kannte sie zu gut. Er legte den Kopf schräg und sah sie forschend an. »Was ist los?«

»Nichts. Warum bist du hier? Ist was passiert?« Spionierte er ihr etwa nach? Adrenalindurchflutet und klopfenden

Herzens setzte Gual sich auf. Das Brett wackelte bedenklich.

Francisco runzelte die Stirn und heftete seinen Blick auf das Board. »Du hast deinen Hausschlüssel vergessen.«

Die Anspannung fiel von Gual ab. »Mist. Carolina wollte heute Gummistiefel anziehen. Und das bei angesagten achtunddreißig Grad.« Jeder Morgen entfachte einen neuen Kampf mit dem Willen der Vierjährigen. Grenzen wurden gedehnt, Limits ausgetestet und neue rote Linien in den Sand gemalt. »Danke Francisco. Lieb von dir, ihn zu bringen.« Sie wies auf ihren Handtuchhaufen direkt am Uferrand, unter dem sie ihre Tasche versteckt hatte. »Leg ihn in den Strandkorb.«

Ihr Mann verstaute den Schlüsselbund in den Tiefen der Strohtasche und bedeckte sie mit den Handtüchern.

Und machte keine Anstalten zu gehen.

»Musst du nicht zur Arbeit?« Auf einen selbstständigen Handwerker wartete niemand mit Stechuhr, doch die Fliesen eines Badezimmers legten sich nicht von alleine.

»Die Baustelle ist oben an der Kirche.« Fünf Minuten Fußweg vom Strand. »Ich bin gut in der Zeit.«

Sie starrten sich über das Wasser hinweg an. Von der Brandung getrieben, schaukelte Guals Surfboard näher ans Ufer.

»Brauchst du Hilfe?«

»Wieso?« Gual schwitzte, obwohl sie noch immer nass war. »Seh ich so aus?«

»Ja.«

Mist. Sie verschoss Munition, wenn sie ihr Dilemma zugab und sich als komplette Loserin outete. Besonders, da sie ihrem Mann vorwarf, unselbstständig zu sein und nicht die einfachste Tätigkeit ohne ihre Hilfe durchzuführen. Er wusch Feinwäsche bei neunzig Grad, ließ Carolina während seiner Aufsicht die Schränke ausräumen und putzte Spiegel mit Antikalkspray.

Doch vielleicht konnte Francisco ihr helfen?

Bevor sein kritischer Blick ihre Resolution schwanken ließ, durchbrach gedämpftes Quaken die aufgeladene Stille zwischen ihnen. Er wandte sich zum Handtuchbündel und deutete auf die Tasche. »Soll ich rangehen?«

Das Quaken erstarb.

Den wichtigsten Kontakten hatte Gual ein bestimmtes Klingelsignal in ihrem Handy zugeordnet. Ihre Mutter rief mit Luis Fonsis »Échame la culpa« an, was Guals Meinung nach das schuldbehaftete Verhältnis tiefsinnig widerspiegelte. Francisco gehörte zum Hundebellen – denn die bissen nie, und alles Jobrelevante, also Lluc, Fina und der Festanschluss des Polizeireviers, zum Froschgequake.

Dankbar für die Ablenkung sprang Gual vom Brett, sprintete durchs flache Wasser und zog das Board hinter sich her.

In wenigen Schritten hatte sie ihre Tasche erreicht und wühlte das Telefon unter Klamotten, Kekspackung und Schminktäschchen hervor.

Vicente, der wachhabende Kollege, hatte eine unmissverständliche Nachricht geschickt.

Bitte sofort melden. Wir haben eine Leiche.

Guals Herz schlug schneller. Scham und Frust vergessen, schuf es Raum für Entsetzen. Doch wenigstens verschaffte ihr das eine Ausrede, die Stunde frühzeitig zu beenden.

Die Zeichen am Morgen – Gual hatte sie richtig erkannt, doch ärgerlicherweise falsch interpretiert.

Heute war tatsächlich etwas geschehen.

Nur leider nicht ihr erhoffter Durchbruch.

Noch acht Tage.

3

Die befürchtete Frage, die drohte, die Idylle von Lluc Casasnovas' kleiner Wanderung zu zerstören, kam kurz vor dem ersten Glas frisch gepressten Orangensafts auf der Finca Balitx d'Avall.

Die Welt war friedlich gewesen an diesem Dienstagmorgen um Viertel nach acht, als er seine Freundin Bel die Küstenroute Richtung Cala Tuent entlangführte.

Der erste Tag seines lang ersehnten Urlaubs.

Insekten zirpten in den Aleppokiefern, der Duft von honigsüßem Steinkraut und feuchter Erde erfüllte die klare Luft.

Lluc ging voran, die sichere Vorhut ihres Marsches, Bels leises Schnaufen nur wenige Schritte hinter ihm.

Sie waren am Aussichtspunkt des Mirador de ses Barques gestartet. Die erste Etappe der Route führte durch wilde Berglandschaft, an malerischen Orangenbäumen und jahrhundertealten Olivenhainen entlang. Der zweite Teil der Strecke verlief mit Blick aufs Meer direkt an der Steilküste zur beliebten Badebucht von Cala Tuent. Dort wartete frischer Calamar mit Tumbetgemüse zum Mittagessen und eine Rückfahrt mit einem kleinen Boot der *Barcos azules*.

In der Tramuntana gab es unzählige Wanderwege, doch hatte Lluc diese Tour bewusst gewählt – ein idealer Auftakt für seine sogenannte *Woche der Genesis*. Laut Bibel erschuf Gott die Welt in sieben Tagen. Obwohl Lluc nicht sonderlich religiös war, erschien es ihm trotzdem ein guter Maßstab, in derselben Zeitspanne eine viel kleinere Tat zu bewerkstelligen – schließlich litt er nicht unter Größenwahn.

Eine Überraschung zum einjährigen Beziehungsjubiläum und Bels bevorstehenden Geburtstag. Sein Geschenk an diese wundervolle Frau und Beitrag an ihre Beziehung, der momentan ein kleiner Reanimationspush nicht schadete.

Es war kein konkreter Vorfall, der ihm das Gefühl bereitete, das sie ihm entglitt, eher subtile Anzeichen, die selbst ein unsensibler Gebirgsesel wie er zu deuten wusste. Eine nachdenkliche Abwesenheit in ihrem Blick, ein nicht fassbarer Rückzug in sich selbst, wo vorher Offenheit und Zugewandtheit geherrscht hatten.

Sieben Tage spezieller Spaß standen auf dem Programm, der in ihrem Geburtstag am nächsten Dienstag seinen Höhepunkt finden sollte. Eine Überraschung pro Tag, bestehend aus Aktivitäten, die der normale Arbeitsalltag selten erlaubte. *Quality Time* hieß das, wie er in einer Zeitschrift im Wartezimmer seines Zahnarztes kürzlich gelesen hatte. Der Artikel richtete sich hauptsächlich an Männer, die damit ein größeres Verständnisproblem zu haben schienen. Dankbar für die eingängigen Erläuterungen hatte Lluc den Beitrag abfotografiert und den Plan ersonnen.

Heute war die Küstenwanderung geplant, für den morgigen Tag Valldemossa, wo Lluc am Abend zwei Karten für ein Open-Air-Klavierkonzert im Klostergarten reserviert hatte. Mondscheinserenade oder so was, ständig vergaß er den Titel, aber selbst für realen Vollmond war gesorgt. Klassische Musik zählte nicht zu Llucs Vorlieben, genauso wenig wie Kunst, doch Setting und Begleitung stimmten, und eine Bar gab es auch. Ein Glas Rioja würde ihm schon über die schlimmste Langeweile helfen. Bel würde es lieben, und er liebte Bel. Ende des Themas.

Doch die größte Überraschung war für ihren Geburtstag vorgesehen: Dinner bei Kerzenschein und Sternemenü über dem Meer, im Sonnenuntergang vom Béns d'Avall. Das Romantischste, das die Insel zu bieten hatte.

Lluc kickte loses Geröll und abgebrochene Zweige zur Seite und arbeitete sich an einem unbefestigten Pfadstück hoch. »Vorsicht, Rutschgefahr. Tritt möglichst auf dieselben Steine wie ich«, mahnte er und bog für Bel den dicken Zweig einer Steineiche zur Seite, der ihm fast das Gesicht zerkratzt hatte. Ein Mittelmeersturm war am Wochenende über die Insel gefegt, hatte in einer dreißigminütigen Blitzaktion Äste zerknickt, Bäume entwurzelt und das eine oder andere Dach abgedeckt.

Aus dem Augenwinkel sah er sie mit energischen Bewegungen aufschließen. Lluc unterbrach seinen Wanderschritt, blieb am Wegesrand stehen und wischte sich den Schweiß von der Stirn.

Er blinzelte gegen die helle Sonne auf das Panorama vor ihm, als würde er verschnaufen, obwohl nicht Atemnot ihn zu dieser Pause animiert hatte. Ebenso wenig wie die Aussicht – auch wenn er diese Ausrede lieber nutzte als Kurzatmigkeit.

Saftig grüne Bergflanken und terrassenförmig angelegte Zitrushaine säumten das Tal, bis hinten am Horizont das tiefe Blau des Mittelmeeres mit dem helleren Ton des wolkenlosen Himmels verschmolz. Den Weg weiter runter wartete der frisch gepresste Orangensaft aus eigenem Anbau der Finca Balitx d'Avall.

Doch Lluc hatte kein Auge für die Schönheit der Landschaft.

Schnaufend schloss Bel die letzten Meter der steilen Steigung zu ihm auf. Ihre langen, zu einem dunklen Zopf gebundenen Haare wippten im Rhythmus ihrer Schritte. Die roten Bäckchen der Anstrengung auf ihrem olivfarbenen Teint ließen sie frisch und viel jünger als ihre vierzig Jahre wirken. Sie reckte sich an ihm vorbei, um einen Blick ins Tal zu erhaschen, und die Berührung ihres Körpers entfachte kleine Stromstöße unter seiner Haut.

»Und? Was sagst du nun dazu, nächste Woche nach Sevilla zu fliegen?« Unbeirrt wiederholte Bel die vorher gestellte und von Lluc geflissentlich überhörte Frage.

Ein Schaf, rund und flauschig wie eine laufende Kumuluswolke, trat aus dem Schatten eines phönizischen Wacholders, kaute an einem Grasbüschel und sah ihn neugierig an, als wäre es ebenfalls an der Antwort interessiert.

»Der frühe Morgen ist meine Lieblingszeit. Jungfräulich wie ein weißes Blatt Papier birgt er alle Möglichkeiten.« Nichts. Genau das hatte Lluc dazu zu sagen.

»Was hältst du also davon, die besagte leere Seite mit dieser Idee zu füllen?« Bel stellte sich auf die Zehenspitzen und drückte ihm einen Kuss auf die Lippen. Ihr pudriges Parfüm – so unverkennbar Bel – stieg ihm in die Nase und ließ Lluc lächeln, obwohl ihm gar nicht danach zumute war.

»Der Vorschlag ist grandios, nur die Arbeit …«

»Du hast jetzt zehn Tage Urlaub.«

»Ein Polizist ist immer in Bereitschaft.«

»Man kann auch in Sevilla unglaublich bereit sein. Außerdem ist es nur für zwei, drei Tage.«

Lluc schloss den Mund, bevor er sich tiefer in die Grube schaufelte.

Bels Blick wog schwer, forderte eine Antwort ein.

Seine Gedanken rasten im Leerlauf, das verschwitzte Shirt klebte an seinem Körper, Bel an seinen Fersen.

Ablenken. Anderes Thema. Geburtstag. »Außerdem habe ich eine Überraschung für dich. Dein Geburtstag ist schon verplant.«

Er hatte mit etwas mehr Zeit gerechnet. Doch wie immer folgte das Leben einem eigenen Stundenplan.

»Mein Geburtstag ist am Dienstag. Danach hätten wir ausreichend Zeit, bis du wieder zurück ins Revier musst. Eine wunderbare Gelegenheit, nach Sevilla zu fliegen. Wir könnten einen Tag in die Berge.«

»Berge haben wir hier auch.« Er wies auf den Puig Mayor, der sich mit seinen knapp tausendsechshundert Metern vor das glitzernde Mittelmeer hob.

Bel seufzte. »Sei nicht so ein Mallorquiner.«

»Was soll das denn heißen?«

»Ein engstirniger Insulaner, der sich nicht von seinem Eiland fortbewegen will.«

Bel lachte, doch da war er wieder, dieser seltsame Blick, als würde ein Teil ihrer selbst sich abspalten und nach innen zurückziehen. Von ihm fort.

»Und du kannst endlich meine Familie kennenlernen«, vervollständigte sie das Argument. »Die halbe Sippe wird da sein.«

Lluc riss sich zusammen, arretierte eine Miene auf seinem Gesicht, die hoffentlich als freudig zu interpretieren war. Versah seine mit Bedacht gewählten Worte mit einer Prise Begeisterung. »Das wäre natürlich toll. Wie schade, dass ich da nicht kann.«

»Was ist dir denn so Dringendes dazwischengekommen?«

»Die Eigentümerversammlung meiner Wohnung in der Calle Bisbal.« Er beglückwünschte sich zu der spontanen Eingebung.

»Zu der du niemals gehst, weil zwei der anderen Eigentümer sich ständig streiten und der dritte die Polizei rufen will? *Diese* Versammlung?«

Mist, er hatte vergessen, dass sie die Anekdote kannte.

Bel schwieg, was nicht bedeutete, dass sie ihm seine Finte abkaufte. Sondern nur einen ermogelten Aufschub erlaubte.

Er kam sich kindisch vor – doch so war es nun mal. Dieses heikle Thema erforderte eine klare Problemidentifizierung und -auseinandersetzung, die er aus Zeitmangel noch nicht vorgenommen und auf seinen Urlaub verschoben hatte. Also auf jetzt. Beziehungsweise morgen. Man musste ja nicht am ersten Tag damit beginnen. Und deshalb passte es ihm gar nicht, dass sie das Thema vorwegnahm.

Schlechtes Gewissen und Schuldgefühle lieferten sich ein Rennen. Er durfte es nicht wieder vermasseln. Nicht dieses Mal. Aus dem Augenwinkel beobachtete er, wie Gräfin Isabel de Falcó, wie Bel unter Weglassung des Bataillons ihrer Mittelnamen vollständig hieß, einem Felsbrocken gekonnt auswich.

Doch egal, wie das Resultat seiner zukünftigen Reflexionen ausfiel: Er würde unter keinen Umständen nach Sevilla fliegen.

Zum Ausgleich bot er ihr *die Woche der Genesis*: Quality Time und romantische Zweisamkeit. Das musste reichen.

Noch immer hatte seine Beziehung mit Bel nicht die anfängliche Aufregung eingebüßt. Was wie etwas Positives und der Traum aller Männer klang, hatte einen Haken. Sie waren noch nicht in der entspannten Phase angekommen. Oder vielleicht hatte Bel diesen unbeschwerten Raum betreten, während Lluc noch immer vor der Tür stand. Zusammen fernsehen, essen gehen, Spaß haben – ohne das Bedürfnis, den Bauch einzuziehen. So etwas in der Art.

Neulich hatte er sich dabei ertappt, sich zu freuen, dass sie sich mit einer Freundin traf, damit er sich entspannen konnte – nur um sie den ganzen Abend schrecklich zu vermissen. Dreimal den Versuch startete, sie anzurufen. Und dann doch aufzulegen.

Es fühlte sich an, als müsste er auf rohen Eierschalen einen zehenspitzigen Pas de deux tanzen, ohne die Schritte zu kennen.

Dabei hatte alles so gut begonnen.

Sie hatten sich während seines letzten Falles kennengelernt, und seither unterteilte Lluc seine Zeitrechnung in prä- und post-Bel. Nach ihrer fulminanten Scheidung vom Investor Felipe Iglesias hatte die aus Madrid stammende Bel entschieden, länger auf Mallorca zu bleiben, und sich ein Dorfhaus in Sóller gemietet. Die Ausgabe hätte sie sich sparen können, da sie die meiste Zeit in Llucs Finca in Son Sales verbrachte. Die Luft sei hier besser – eine nette Art, ein

Kompliment zu verpacken. Aber natürlich verstand Lluc das Bedürfnis nach Unabhängig- und Selbstständigkeit. Obwohl es sicherlich viele Orte auf der Welt gab, in denen ihre aristokratische Familie eine Dependance zum Rückzug besaß, hielt sie sich weiterhin hier auf. Bei ihm.

»Sobald dein Urlaub um ist, mache ich mich an die Arbeit«, wechselte sie das Thema. »Es brennt mir richtig unter den Fingern. Mein erster Roman.«

»Großartig«, sagte Lluc und meinte nicht nur die Romanidee. Dankbar für das Rettungsseil, unterdrückte er einen Seufzer der Erleichterung über den Themenwechsel. »Und dann spielt er auch noch auf der Insel. Wir Mallorquiner scheinen es dir angetan zu haben.« Seitdem Bel bei einem gemeinsamen Abendessen mit Freunden von dem Fall gehört hatte, ließ die alte Begebenheit sie nicht mehr los.

»Allerdings gestaltet sich die Recherche komplizierter als gedacht.«

»Warum? Die Akte ist öffentlich, und die Details sind bekannt.« Bel war gelehrt, eine Frau mit Tiefe, die sie auch dort fand, wo nur Seichtheit herrschte. Doch solange sie beim Thema blieben und nicht wieder zu ihrer ursprünglichen Frage zurückkehrten, nahm Lluc jeden gedanklichen Exkurs dankbar an.

»Es ist wie verhext. Ich habe einen realen Kriminalfall gewählt, weil es einfacher erschien, sich auf eine wahre Begebenheit zu stützen. Ein Gerüst zu haben, an dem ich mich entlanghangeln kann.« Sie schüttelte den Kopf. »Aber mittlerweile glaube ich, es war eine Fehlentscheidung.« Sie biss sich nachdenklich auf die volle Unterlippe. »Je tiefer ich wühle, desto verwirrender wird es.«

»Du bist Journalistin. Recherche ist dein Metier. Und ein verzwickter Fall macht es doch erst spannend, oder?«

»Der Schreibprozess ist kompliziert genug. Es wäre schön, wenn ich wenigstens verstehen würde, worüber ich schreibe.«

»Dieses Problem ist nun wirklich überschaubar. Denk dir aus, was fehlt, und füll die Löcher. Schließlich ist es Fiktion, *inspiriert* von realen Begebenheiten. Kein dokumentarischer Tatsachenbericht. Sag mir Bescheid, wenn du Unterstützung brauchst, sei es Polizeiliches oder beim Ausdenken.« Blühende Fantasie besaß er im Überschuss.

»Das ist gemogelt. Das Reizvolle ist doch, die Geschichte zusammenzupuzzeln.«

»Es ist der alte Crespí-Fall. Damals war ich im Hauptquartier in Palma tätig und nicht in die Ermittlungen involviert. Trotzdem kann ich sicherlich bei der Suche verlorener Puzzleteilchen behilflich sein.«

»Danke. Allerdings werde ich mich auf die Verstrickung auf dem Festland fokussieren. Da sitzt der eigentliche Fall. Die Vertuschung, der Skandal. Die Geschehnisse auf Mallorca sind ein tragischer Ausläufer. Meine Story spielt in Valencia und Madrid.« Ein Schatten fiel über ihre leuchtenden Augen. »Vielleicht ist das alles eine Nummer zu groß, und ich sollte lieber mit etwas Einfacherem beginnen. Eine leichte Romanze, eine Frauenkomödie.«

»Ich weiß nicht, von welchen Verstrickungen du sprichst.« Doch er freute sich, mehr darüber zu hören, Hauptsache sie vergaß die Reise.

»Da ist im Hintergrund einiges abgelaufen, was die vordergründige Geschichte nicht hergibt. Es sieht so aus, als würde es Verbindungen in hohe Kreise auf dem Festland geben, die eine schützende Hand drübergehalten haben. Regierungsmitglieder, sogar Beamte der Polizei.« Eine Bergziege trat hinter einem verknoteten Olivenbaum hervor und kreuzte unbeeindruckt den Wanderpfad. Bel ließ sie passieren und fuhr dann fort: »Man hat den ursprünglichen Täter dort praktisch mit einem Klaps auf die Finger davonkommen lassen, auf Anordnung von ganz oben. Ein Skandal, wenn es um Kindesmissbrauch geht. Der Typ verkrümelte sich auf die Insel und trieb sein Unwesen weiter. Bis dann einer hier die rote Linie zog. Leider waren es nicht die Behörden, sondern ein Vater.«

»Es gab damals große Schlagzeilen. Alle haben darüber geredet, und ich kann mich nicht an irgendwelche Diskrepanzen erinnern.«

»Wie gesagt, die Unstimmigkeiten und der Skandal betreffen nicht die Ereignisse auf Mallorca, sondern auf dem Festland.« Sie sah nachdenklich in den Olivenhain. »Obwohl das, was hier in Sóller geschah, wirklich tragisch ist.«

Der Fall lag zehn oder fünfzehn Jahre zurück. »Ein Vater verprügelt den Typen, der seiner kleinen Tochter nachstellt, in einer Höhle, zündet dessen Motorrad an, und der ohnmächtige Verprügelte stirbt an Rauchvergiftung«, fasste Lluc die damaligen Ereignisse zusammen. »Bei mir abgelegt unter der Rubrik ›ziemlich scheiße gelaufen‹.«

»Mit deiner Genreeinteilung bin ich einverstanden. Den Rest sehe ich nicht so eindeutig. Es hätte nicht so kommen müssen. Der Vater hatte keine Absicht, ihn zu töten.«

»Deswegen wurde er auch wegen Totschlags verurteilt, nicht wegen vorsätzlichen Mordes.«

Bel seufzte. »Es ist eine Tragödie, dass er im Gefängnis gelandet ist, Lluc. Immerhin war seine Familie das Opfer. Sein

Kind wurde belästigt. Ich weiß nicht, was ich tun würde, wenn jemand sich an meinem vergreift. Da ist der Typ mit der Rauchvergiftung noch harmlos weggekommen«, murmelte sie. »Das hast du jetzt bitte überhört.« Bel schüttelte verdrossen den Kopf. »Und das ist nur eine Seite der Geschichte, die mich aufwühlt.«

»Es gab einen Toten. Einen Menschen, der sein Leben verloren hat. Und der Verurteilte war verantwortlich. Dafür muss er einstehen, tragisch oder nicht. Es gibt Gesetze.« Niemand hatte behauptet, dass das Leben fair war.

Bel senkte den Blick auf das unebene Terrain zu ihren Füßen, wich gekonnt größeren Steinen auf dem Schotterweg aus. »Ohne Zweifel war es ein Fehler. Doch kann man diesen durch einen weiteren Fehler korrigieren?«

Lluc blieb eine philosophische Antwort erspart, als sein Handy in seiner Hosentasche klingelte.

Guals Name erschien auf dem Display. Höchstwahrscheinlich konnte seine gewissenhafte Assistentin, die niemand im Dorf beim Vornamen nannte, nicht bis nach seinem Urlaub warten, ihm ein unbedeutendes Detail mitzuteilen. Auch wenn es zuweilen anstrengend war, schätzte er mittlerweile diese Art der Arbeitseinstellung, die nichts ausließ. Wenigstens gingen so keine Informationen verloren.

Lluc atmete tief ein, bereitete sich mental auf eine Tirade der Nichtigkeiten vor: Die Bleistifte waren ausgegangen, die taube Nachbarin von nebenan hatte sich bei der Polizei über die Lärmbelästigung ebendieser beschwert … »Vermisst du mich schon am ersten Tag?«

Doch Guals Antwort war knapp und präzise. »Wird nix aus deinem Urlaub. Wir haben eine Leiche.«

4

Obwohl Fremdsprachen nicht zu Llucs Stärke zählten, kommunizierten Tatorte manchmal in einer Weise, die er intuitiv verstand. Auch wenn nicht jeder von ihnen eine lange Geschichte zu erzählen hatte.

Dieser Tatort sprach nicht. Er sang.

Lluc duckte sich unter das blau-weiße Flatterband der Policía Local, das das Gebiet weiträumig absperrte. Ein uniformierter Beamter reichte ihm Plastikschoner, die er über seine Wanderschuhe streifte. Da die Kollegen vom *Laboratorio de criminalística* den Großteil der Untersuchung beendet hatten, verzichtete er auf den knittrigen weißen Schutzanzug. Er sah sich um und sog die Details der Örtlichkeiten auf.

Hohes Pampasgras und meterhoher Bambus umsäumten pittoresk das etwa zwei Meter tiefer verlaufende Flussbett. Ein trockener Lehmpfad führte oben an beiden Ufern entlang, umgeben von dichten Orangenhainen.

Im Winter fing der Torrente von Sóller den Regen und die Schneeschmelze der höchsten Berge auf. Der Sommer raubte ihm seine Wildheit und verwandelte ihn in einen friedlich plätschernden Gebirgsbach.

Nur die Frauenleiche am gegenüberliegenden Ufer zerstörte die Idylle.

Es hatte einige Zeit in Anspruch genommen, den Weg von

Balitx zur nächsten Straße zurückzulegen und ein Taxi zu finden. Abrufbare Personenbeförderung und stabile Funkverbindungen galten als seltener Luxus hoch oben in den Bergen.

Natürlich hatte Bel verständnisvoll reagiert, doch Lluc war die Enttäuschung in ihrem Blick nicht entgangen.

Ein Mordfall bedeutete nicht nur das Ende der heutigen Tagesaktivität, sondern katapultierte den Urlaub mit allen sorgsam gebündelten Plänen in den Mülleimer. In Gedanken sah Lluc seine *Quality Time* – seltsamerweise verstaut in einer Vintagedose *Quality Street,* die mit dem englischen Pärchen der Jahrhundertwende auf dem Deckel – mit metallischem *Klong* im Abfall verschwinden. Im Beziehungshimmel zogen sich dunkle Wolken zusammen.

Es sei denn, sie lösten den Fall schnell auf.

Am Tatort herrschte Stille. Die Mitarbeiter der Spurensicherung beendeten schweigend ihre Aufgaben, das Rascheln der weißen Schutzanzüge war das einzige Geräusch neben dem Plätschern des Baches und dem Zirpen der Grillen in den Büschen. Kameras, Scheinwerfer, Koffer mit Pudern und Pulvern, die der SpuSi unter den Kollegen den Spitznamen *Los de los polvos* eingebracht hatten.

Die militärische Disziplin beim Arbeiten und das Schweigen der Beamten wies auf die Anwesenheit von Doctora Gomez hin. Lluc sah sich nach dem charakteristischen grauen Haarschopf um. Tatsächlich entdeckte er die winzige Rechtsmedizinerin abseits der um die Leiche knienden Mitarbeiter. Wie ein Dirigent lenkte die natürliche Autorität der Frau das Orchester der Kriminaltechniker und Beamten ohne ein Wort der Ermahnung. Wahre Größe und Führungskraft hingen nicht von physischen Attributen ab, wie die geschätzten ein Meter fünfundvierzig der Doctora bestätigten.

In zweiter Reihe hinter den Kollegen vom *Laboratorio de criminalística* hockte Sargento Fina García und machte sich Notizen in ihr Moleskin.

Als würde sie den Blick auf sich spüren, sah Fina auf. Llucs Lächeln erwiderte sie nicht, winkte ihn nur wortlos zu sich herüber und richtete sich auf. Dunkel, schlank und makellos mit dezentem Make-up, wirkte Fina selbst im Einheitsgrößen-Plastikoverall adrett. In ihrer Straßenkleidung passte sie optisch eher in eine Anwaltskanzlei oder Bank als zu den gröberen Kollegen der Polizei. Von der heruntergelassenen Kapuze des Schutzanzuges nett in Szene gesetzt, tanzte selbst in der Hitze und hohen Luftfeuchtigkeit nicht eines ihrer schulterlangen dunklen Haare aus der Reihe. Nur der durchdringende Blick stach heraus. Schonungslos, unverblümt und eines Straßenrowdys würdig, ließ er keinen Zweifel darüber, wes Geistes Kind hinter der glatten Fassade wohnte.

Lose Steinchen knirschten unter Llucs Füßen, als er die kleine Steinquaderbrücke überquerte.

»Morgen Lluc. Perdón, dass wir dich enturlauben.« Fina klopfte sich Erdkrümel und Grashalme von den Hosenbeinen. Vor zwei Jahren war die Kollegin aus dem Hauptquartier der Guardia Civil in Palma zum Team nach Sóller gestoßen und fuhr jeden Tag die zwanzig Kilometer aus Mallorcas Hauptstadt hoch zum Tal in der Tramuntana.

Trotz einiger unerfreulicher Vorfälle während des letzten Falles, die wie ein Erdbeben der Richterskala sechs das kollegiale Vertrauen zu Fina erschüttert hatten, waren sie im Laufe der Monate wieder zusammengewachsen. Was

Tränen, bloße Beteuerungen und demütige Buße nicht vermochten, hatte zickenloses Verhalten vorerst gekittet.

Doch eine gewisse Vorsicht würde wohl bleiben.

Fina trat zur Seite und gab die Sicht auf das Opfer frei. »Sie wurde erdrosselt.«

Überrascht wich Lluc einen Schritt zurück. Nahm blinzelnd die Details des grotesken Bildes auf.

»Kommen Sie ruhig näher, Casasnovas. Die Spurensicherung ist durch, und ich brauche nur noch einen Moment«, begrüßte ihn Doctora Gomez. Wie gewöhnlich sprach sie leise, die Stille um sie herum erforderte keine Lautstärke.

»Bon dia, Doctora«, murmelte er, unfähig, seinen Blick von dem Opfer auf dem Boden zu lösen.

Voll bekleidet in Shorts und Tanktop, lag die tote Frau senkrecht zum Bach. Das platschende Wasser umspülte ihre nackten Füße, als hätte sie sich an diesem heißen Tag zum Abkühlen hingelegt. Ein kleiner tätowierter Albatros breitete seine Schwingen auf ihrem linken Innenknöchel aus. Sie mochte Mitte dreißig sein, die honigblonden langen Haare waren ordentlich über ihre Schultern drapiert, die Hände auf dem Bauch gefaltet.

Die junge Frau wirkte friedlich, wie aufbewahrt für ein Begräbnis, sah man von zwei Details ab.

Ein dunkellila Abdruck in Form eines umgekehrten U entstellte die goldgebräunte Haut ihres Halses. Doch es war das letzte Detail, das in Lluc eine wilde Assoziationskette auslöste. Er nahm ein Paar Latexhandschuhe von Fina entgegen und beugte sich über den Torso.

Im geöffneten Mund der Leiche steckte eine kleine Orange, eingeklemmt zwischen die Frontzähne beider Kiefer.

»So wurde sie aufgefunden?«

»Wir haben nichts verändert.« Fina wies über ihre Schulter, wo vor dem Orangenhain eine ältere Dame auf einer Steinbank saß und einen überfütterten Jack Russel an der Leine hielt. Der Hund lag brav zu ihren Füßen und leckte sich die Pfoten. Ihr zugewandt, in empathischer Haltung einer guten Zuhörerin, nahm Llucs Assistentin Gual die Aussage der Dame auf einem Klemmbrett auf. »Eine Spaziergängerin hat sie heute früh entdeckt, als ihr Hund kläffend im Bambus des Bachs verschwand und nicht mehr rauskam.«

»Ist die Tat sexuell motiviert?« Sein Blick glitt über die abgeschnittenen Jeansshorts des Opfers, deren Knopf und Reißverschluss ordentlich geschlossen und unversehrt waren.

Doctora Gomez zuckte mit den Schultern. »Soweit ich sehe, nicht. Genaueres kann ich dann nach der Obduktion sagen. Wir haben Petechieneinblutungen in den Augen und Schleimhäuten. Wenn nicht etwas Unvorhergesehenes dazukommt, ist Ersticken die Todesursache.«

Fina wies auf die Hose der Frau. »Denke nicht, dass er im Eifer des Gefechts noch Zeit hatte, ihr die Jeans anzuziehen und alle Knöpfe säuberlich zuzumachen.«

Eine Kriminaltechnikerin mit hochgezogener Kapuze nahm letzte Abstriche von Nägeln und Nagelbett des Opfers, schob sie in ein Teströhrchen und verschloss dieses in einen transparenten Beutel.

»Wie lange ist sie schon tot?«, fragte Lluc.

»Aufgrund des Zustands der Totenstarre würde ich schätzen, dass sie zwischen Mitternacht und zwei Uhr morgens gestorben ist. Genaueres aber wie gesagt nach der Autopsie.«

Gomez wandte sich wieder ihrer Arbeit zu und signalisierte das Ende des Gesprächs.

Lluc kaute nachdenklich auf seiner Unterlippe und starrte auf das groteske Bild vor ihm. Eine Goldkette mit zwei ineinander geschwungenen Herzen lag auf ihrer Brust drapiert, die keinen Schaden bei dem Angriff genommen zu haben schien.

»Was denkst du?« Finas Blick wog schwer auf ihm.

Lluc schob Gedanken und Ideen beiseite, ließ Vorbehalte, Impressionen und Meinungen los. Für eine erste Einschätzung brauchte er seinen sogenannten Monitor, der Projektionen der Umgebung auffangen konnte. Doch dafür erforderte es einen Augenblick, in dem die innere Leinwand blank und leer war.

Ein künstlich geschaffener Zustand, äußerst angenehm, doch fragil und schwierig beizubehalten. Doch ein Augenblick genügte, um das Bild einzufangen.

»Es erinnert mich an ... Kunst.«

Verwundert legte Fina den Kopf schräg und zog eine perfekt gezupfte Augenbraue in die Höhe. »Was?«

»›Windmills of my Mind.‹«

»Ich weiß nicht, wovon du redest.«

»Der Song von Sting?«

Fina nickte. »Was ist mit dem?«

»Der Songtext beschreibt den zwanghaften menschlichen Denkprozess wie kein anderer. Eine obsessive Gedankenschleife ohne Anfang oder Ende, wie eine Spirale immer um sich selbst drehend, um am gleichen Punkt herauszukommen, an dem man begann.«

Fina schien vertraut mit dem Phänomen, nickte. »Aber was hat es mit dem Mord hier zu tun?«

»Ich meine den Film zu dem Song.«

»Die *Thomas-Crown-Affäre.*« Ein Lächeln zog Risse in Finas ernste Miene.

»Ich liebe die alte Steve-McQueen-Version. Vor vielen Jahren, während eines Techtelmechtels mit einer Señorita namens Elsa, habe ich mir die moderne Variante bestimmt zwanzigmal ansehen müssen. Leider hatte Elsa Mühe, Realität von Fiktion zu unterscheiden, was das Ende unserer Beziehung beschleunigte …«

»Logisch. Mit Thomas Crown hältst du nicht mit.«

»Natürlich nicht.« Lluc hob in entschuldigender Geste die Hand. Er behielt seine Überraschung für sich. Fina ein weiterer Fan – die Enthüllung wies auf eine ungeahnte romantische Ader der Kollegin, die sich bisher nur in einem emotionalen Chitinpanzer präsentiert hatte. »Jedenfalls haben sich seither das Lied und dieses Gemälde aus dem Film bei mir eingebrannt.«

»Der Monet?«

»Nein. Der Mann mit der Melone und dem Apfel im Mund.«

»Du meinst *Der Menschensohn* von Magritte.«

»Seit wann bist du Kunstexpertin?« Der Tag hielt immer mehr überraschende Wendungen parat.

»Eher Thomas-Crown-Fan mit Allgemeinbildung.« Ihre Miene ließ keinen Zweifel daran, was sie von seiner hielt. »Und Magrittes *Menschensohn* hat den Apfel nicht im Mund, er verdeckt nur sein Gesicht.« Trotzdem betrachtete sie die Leiche am Ufer mit zusammengekniffenen Augen, als würde sie die Assoziation prüfen.

Die Stelle, an der die tote Frau lag, war von dem höher

liegenden Gehweg nicht einzusehen. »Hat der Täter absichtlich diesen Ort gewählt, oder ist der Mord zufällig hier erfolgt?«

Ehe Fina ihre Überlegungen zur Frage mitteilen konnte, stieß Gual zu ihnen. »Die Spaziergängerin hat niemanden gesehen und sofort die Polizei alarmiert. Und es tut mir leid wegen deines Urlaubs, Lluc.« In etwa gleichem Alter wie Fina konnte der Unterschied zwischen den zwei Frauen nicht größer sein – sowohl was innere als auch äußere Attribute betraf. Guals Gesicht glänzte vor Feuchtigkeit und passte zu ihren nassen Haaren, die zum Trocknen streng nach hinten gekämmt waren. Die stark getuschten Wimpern hatten blaue Spuren der Mascara am unteren Augenlid hinterlassen, als wäre das Auftragen in Eile geschehen.

»Außerdem haben wir ihre Tasche dort hinten im Gebüsch gefunden. Es fehlt nichts. Geld, Kreditkarten und Telefon – alles ist da.«

»Also kein Raubmord«, obwohl ihn ein solcher bei der Drapierung der Leiche überrascht hätte.

»Gloria Ortiz, 36 Jahre alt. Gemeldet in Palma. Sie trug einen Schlüssel mit so einem Schildanhänger bei sich, beschriftet mit C/Sa Mar.« Gual sah von ihren Notizen auf und zeigte auf eine Häuserzeile, die sich südlich vom Torrente abzeichnete. »Das müsste eines dieser Gebäude sein. Sie war vermutlich auf dem Nachhauseweg, denn es befand sich noch feuchtes Badezeug in ihrer Tasche. Handtuch, ein nasser Bikini, Sonnencreme. Vielleicht ist es eine Ferienwohnung oder …«

»Gloria Ortiz?«, unterbrach sie Lluc. Der Name löste ein

unangenehmes Prickeln aus. »Aber hoffentlich nicht Pedro Ortiz' Tochter?«

»Ich weiß nicht genau.« Gual runzelte die Stirn. Der unangefochtene Informationskönig aller Belange rund ums Dorf war Llucs Freund Tolo, doch Gual folgte ihm im Ranking der Kronprinzessin dicht auf den Fersen. »Pedro Ortiz' Tochter ist vor vielen Jahren nach Palma gezogen. Ich kann mich nicht erinnern, gehört zu haben, dass sie jetzt in Sóller wohnt. Aber du hast recht, sie heißt Gloria. Und das Alter passt.«

»So viele Glorias gibt es hier nicht.« Llucs Mut sank.

»Das bringe ich gleich in Erfahrung.« Gual zog umständlich ihr Handy unter dem Overall heraus.

»Wer ist Pedro Ortiz?«, fragte Fina.

»Don Pedro Orangensaft?«

»Der Inhaber ist von hier? Ich dachte, der kommt aus Andalusien.«

Lluc pfiff durch die Zähne. »Wir haben hier im Tal die besten Orangen Spaniens.« Er dachte an seine eigene magere Ausbeute in seinem Garten, die auf mangelnde Fürsorge zurückzuführen war. In Sóller gediehen die Orangen wie andernorts das Gras. Doch auch hier brauchten sie Bewässerung und Pflege. Er sah sich um, betrachtete den Orangenhain, der hinter einem flachen Maschendrahtzaun an das abfallende Ufer des Torrente grenzte. Schwer beladen mit dicken Früchten, bogen sich die Äste gen Boden.

»Ihre Handtasche lag zwischen dem Bambus hier drüben.« Gual zeigte auf das Gestrüpp von Pampasgras und Bambusstäben. »Das Telefon ist gesichert, es geht sofort in die Untersuchung. Ich denke, wir können ihren gestrigen Tag schnell rekonstruieren.«

»Wenn es einen Zusammenhang mit Don Pedro gibt, ist dann die Orange ein Hinweis auf das Motiv?«, fragte Lluc.

Gual wies mit dem Daumen auf den Orangenhain, den nur ein hüfthoher Maschendrahtzaun vom Uferweg trennte. »Man muss nur den Arm ausstrecken, und schon ist da die Orange. Vielleicht ist es eher Gelegenheit als Botschaft.«

»Casasnovas?«, rief Doctora Gomez. Obwohl noch immer leise, schwang eine neue Note der Dringlichkeit in ihrer Stimme. »Wir haben hier etwas.«

Lluc horchte auf, trat näher, dicht gefolgt von Fina und Gual.

»Er hat ihr die Ohrmuschel abgeschnitten.«

Lluc starrte auf die Wunde, wo in einer unsauberen Linie der obere Teil des Knorpels abgetrennt worden war. Er erinnerte sich daran zu atmen und verschluckte sich am eigenen Speichel.

Gomez runzelte die Stirn und wartete, dass der Husten abklang. »Er hat nicht den gesamten Knorpel erwischt. Vielleicht geschah es in Eile. Oder es war die Nervosität des ersten Mals«, mutmaßte sie. »Jedenfalls ist der untere Teil mitsamt Ohrläppchen unversehrt, weswegen ich es zuerst nicht bemerkt habe.« Sie presste die Lippen zusammen und schien verärgert über ihr Versäumnis. »Die geringe Blutung deutet auf eine *Post-mortem*-Verletzung.«

»Was ist mit dem anderen Ohr?«, fragte Lluc heiser.

Gomez legte die linke Seite frei und schüttelte den Kopf. »Hier ist alles intakt.« Sie ließ sich auf die Fersen zurücksinken und betrachtete schweigend den seltsam drapierten Körper vor sich. Zum ersten Mal, seitdem Lluc die Rechtsmedizinerin kannte, schien Gomez aus dem Gleichgewicht geworfen.

Das Schweigen, das nun am Tatort herrschte, hatte eine andere Klangfarbe angenommen.

Das Zirpen der Grillen wirkte lauter als zuvor und das Rauschen des Baches über Felsbrocken und Steine bedrohlicher, schneller, als würden plötzlich größere Wassermengen transportiert werden.

Gual fand als Erste die Sprache wieder. »Denkt ihr das Gleiche, was ich denke?«

Die geruhsamen Tage, seine Pläne und Llucs bis vor einigen Minuten schwerwiegend erscheinendes Beziehungsdilemma lösten sich auf wie ein flimmerndes Hologramm. Stattdessen schob sich das Bild des Melonenmanns oder *Menschensohns*, wie Fina ihn berichtigt hatte, vor seine Augen.

Das hier war die romantische Tramuntana: Orangenhaine, zirpende Grillen, glitzerndes Mittelmeer und *Pa-amb-Oli*-Schnittchen mit geriebener Tomate. Es gab hier keinen Platz für die Buffalo Bills und Hannibal Lecters dieser Welt, wie auch immer sie geartet sein mochten.

Er zwang das Gedankenkarussell in seinem Kopf zum Anhalten. »Es sieht nicht gut aus.«

5

Lluc umkringelte das Wort *Struktur*, das er auf einen Notizzettel gekritzelt hatte, während er dem obersten Vorgesetzten der Guardia Civil Coronel Alomar am Telefon lauschte. Er musste dringend Ordnung in diesem Chaos schaffen.

»Machen Sie vorerst weiter wie eben besprochen, bis Sie andere Anweisungen erhalten, Sargento Casasnovas.«

Llucs Ohr brannte, gepeinigt vom Druck der Plastikmuschel des Telefonhörers. Er wechselte ihn ans rechte Ohr, doch bevor er antworten konnte, hatte Alomar bereits das Gespräch beendet.

Seufzend legte er den Hörer auf die Gabel und ließ sich müde in die Lehne des Bürostuhles fallen. Die letzte halbe Stunde hatte er sich angehört, wie sich die Inselhoheiten den weiteren Verlauf der Ermittlung vorstellten. Die Balearenpräsidentin, der Chef der Guardia Civil, Bürgermeister Cadena – jeder von ihnen vertrat eine eigene Meinung.

Doch in zwei Punkten stimmten sie überein.

Keine Details an die Presse. Die Verhängung einer Nachrichtensperre, die nichts über die genauen Tatumstände und die Einzelheiten der Leichenpräsentation verlauten ließ. Also keine Erwähnungen des abgeschnittenen Ohrs und der Orange.

Letzteres führte zum zweiten Punkt: Die außergewöhnliche Präsentation der Leiche erforderte die sachverständige Beratung und Zusammenarbeit mit dem Team der operativen Fallanalyse. In vielen Fällen handhabte man das per Telefon und in Onlinezusammenkünften ohne die persönliche Anwesenheitspflicht der jeweiligen Mitarbeiter.

In dem Orangenmörderfall ging es selbst darüber hinaus. Coronel Alomar bevorzugte eine komplette Fallübernahme, was sich allerdings aus logistischen Gründen als problematisch herausstellte.

Schwebezustand schien das Etikett zu sein, das sich Lluc an diesem Morgen auf die metaphorische Stirn kleben konnte. Seinen inneren, privaten Zustand eingeschlossen.

»Struktur schaffen«, murmelte er wie ein Mantra vor sich hin.

Leider erschwerte die schwüle Hitze im Raum das Denken. Erst gestern war die verhältnismäßig neue Klimaanlage seines Minibüros im Revier ausgefallen, und bis jemand für die Reparatur auftauchte, musste der alte Standventilator herhalten. Ratternd, als würde er gleich losfliegen, rotierte der Schirm des Geräts Richtung Schreibtisch und blies den Notizzettel auf den Boden, auf dem die wichtigsten Stichpunkte des Telefonats standen.

Lluc stoppte den Flug des Papiers durch das Zimmer mit einem festen Tritt. Er trug noch immer seine Wanderschuhe, und die staubigen Sohlen hinterließen ein braunes Wellenmuster auf dem dünnen Material.

Mittlerweile war es Nachmittag, und sein Magen knurrte wegen des ausgefallenen Mittagessens. In einem Paralleluniversum würde er jetzt mit Bel im Es Vergeret in der Cala Tuent sitzen und frischen Bacalau auf Tumbetgemüse essen.

Lächelnd nahm er sein Handy und wählte ihre Nummer.

Sie hob nach dem ersten Klingeln ab, als hätte sie neben dem Apparat gewartet. »Ist es sehr schlimm?«

»Schlimmer.« Lluc seufzte und wischte sich den Schweiß von der klebrigen Stirn. »Es tut mir so leid, dass der ganze Plan nun geplatzt ist. Und ausgerechnet jetzt, wo ich doch das Community-Meeting für Sevilla absagen wollte …«

»Mach dir keine Sorgen, alles gut. Es passt sogar hervorragend.« Ihre Stimme klang heiter und aufmunternd. Zu animiert. »Stell dir vor, ich habe mich hingesetzt und mit dem ersten Kapitel begonnen.«

Eine Welle der Erleichterung durchflutete Lluc, spülte sein schlechtes Gewissen fort. »Ins kalte Wasser zu springen hat sich schon immer bewährt.« Sein zustimmender Ton klang in seinen Ohren genauso *fake* wie ihrer.

»Sie haben es eben in den Nachrichten gebracht. Ich hoffe, die arme Frau musste nicht leiden.« Der erste aufrichtige Satz in diesem Gespräch.

Alarmiert setzte Lluc sich auf. »Was haben sie gesagt?« Trotz Nachrichtensperre hatte selbst das dichteste Netz Löcher. Der Fahrer des Leichenbestattungsunternehmens, der es seiner Frau erzählte, oder die alte Dame mit dem Jack Russell, die auf den Schreck einen Hierbas mit Freundinnen kippte und die Neuigkeiten weitergab – ganz im Vertrauen natürlich.

»Nur dass eine junge Frau am Ufer des Torrente erdrosselt wurde. Nichts weiter.«

Erleichtert entließ Lluc den angehaltenen Atem und checkte die Uhr. »Ich muss los. Eine Besprechung jagt hier die nächste.«

Ihr breites Lächeln war selbst durch den Hörer zu spüren. »Mach dir meinetwegen keine Sorgen. Die freie Zeit passt mir gut in den Kram. Manchmal muss man zu seinem Glück gezwungen werden.«

»Ich freu mich, dass du angefangen hast. Ehrlich.« Und das war nicht gelogen. Auch wenn der Rest nicht stimmte und er ihr ihre Pseudofreude nicht abnahm. Die Enttäuschung schwang unverkennbar in ihren Worten mit.

»Dann mach ich jetzt weiter, bevor der Flow abbricht.«

»Viel Erfolg, *cariño*. Wir sehen uns heute Abend.«

Sie zögerte. »Ich hoffe, ihr fangt den Täter schnell.«

»Und ich erst«, sagte Lluc, doch sie hatte schon aufgelegt.

Das Gespräch hinterließ eine schale Leere, was wohl unvermeidlich war, wenn zwei schlechte Gewissen miteinander telefonierten.

Er seufzte, rollte seinen Stuhl zurück und begab sich ins Gemeinschaftsbüro.

Der Raum hatte sich in eine winzige Einsatzzentrale verwandelt. Mithilfe der uniformierten Beamten hatten Fina und Gual Tische zusammengeschoben und Whiteboards aufgestellt. Tatortfotos, Notizen und mit Leuchtstift markierte Ausdrucke bedeckten die Tafeln.

Lluc stolperte über Verlängerungskabel der zusätzlich installierten Computer, die wie ein Adernetz durch den Raum verliefen. »Wie sieht es denn hier aus?«

Gual öffnete knisternd die Außenfolie einer Kekspackung, pickte einen heraus, und schob ihn mit erstaunlicher Wendigkeit vollständig in den Mund. »Mittagersatz«, murmelte sie an Keksbrocken vorbei und streckte Lluc die Packung entgegen.

Guals Lebensmittelauswahl erinnerte an die Wundertüten seiner Jugendzeit: Man wusste nie, was man erhielt. Je nach Tagesform erwischte man ein Explosiv aus Transfetten und Zucker oder dessen Antithese, ein trockenes Bio-Reformhauskonstrukt ohne jegliche auf Geschmacksknospen Rücksicht nehmende Zusatzstoffe.

Lluc zögerte, griff dann aber doch zu. Hunger war nicht wählerisch. Er ließ sich auf einen der Stühle hinter einem leeren Schreibtisch fallen und betrachtete zweifelnd das überraschend schwere Gebilde in seiner Hand.

»Bürgermeister Cadena hat angerufen und will dich unbedingt heute sprechen, Lluc. Persönlich und allein. Du sollst im Rathaus vorbeischauen. Er ist bis um 16 Uhr da«, las Gual von einem Zettel ab.

»Da kann er sich hinten anstellen. Die Inselratspräsidentin und Coronel Alomar haben sich auch schon für Krisensitzungen angemeldet.« Mehrfach.

Das brachte der Polizeidienst einer beliebten Ferieninsel mit sich. Jegliche Art negativer Schlagzeilen in den auflagenstarken Tageszeitungen im Ausland führte zu Stornierungen. Die Urlaubsgäste blieben fort. Die Leute sehnten sich nach Erholung und friedlichen Ferien und schreckten davor zurück, Opfer der portugiesischen Galeere, eines Blauhais oder eben eines modernen *Jack the Ripper* zu werden – um alte und potenziell neue Headlines aufzuzählen. Für eine Region, die vom Tourismus lebte, bedeutete das ein finanzielles Todesurteil. »Die Presseabteilung der Inselregierung und der oberste Chef der Guardia Civil haben eine Nachrichtensperre für die Tatumstände verhängt. Also weder Orange noch abgeschnittene Ohren sollten irgendwo auftauchen.«

Fina saß auf einer Tischkante und betrachtete mit zusammengekniffenen Augen die Boards, die sie mithilfe der uniformierten Kollegen des Reviers vorbereitet hatte. »Es erfordert eine gewisse Kraftanstrengung, eine gesunde athletische Frau wie Gloria zu erdrosseln. Sie wird sich gewehrt haben. Wir sind uns einig, dass der Täter ein Mann ist? Womit haben wir es zu tun?«

Nur Guals knirschendes Kekskauen durchbrach die gespannte Stille. »Wir sind uns alle einig, dass die Präsentation der Leiche nicht nach einem normalen Mord aussieht. Ich meine diese ganze Aufbereitung, die Orange im Mund, das abgeschnittene Ohr, die Aufbewahrung wie in einem Sarg …«

»Serientäter«, beendete Fina den Gedanken.

Fernsehserien, Streamern und Romanen zum Trotz waren Serientäter extrem selten. Und dass ausgerechnet einer hier in der verschlafenen Tramuntana sein Unwesen trieb … Unauffällig und unentdeckt vor ihrer aller Nasen – die ja sonst mit Gusto in sämtliche Belange gesteckt werden. Undenkbar.

Gual wischte sich die Kekskrümel von den Fingerspitzen, zog einen mit gelbem Leuchtstift markierten Papierbogen vor sich und tippte auf den obersten Punkt. »Ich habe die Eckdaten der Leichenpräsentation durch das polizeiliche Register und diverse Datenbanken gejagt. Stichwörter wie Orange. Orange im Mund. Frucht im Mund. Ohr. Abgetrennte Körperteile. Tod durch Erdrosseln. Alle Wörter als einzelne Suchabfragen, und dann in Kombi.«

»Und?«, fragte Lluc, obwohl er die Antwort schon ahnte.

Guals ausgestreckter Zeigefinger signalisierte ihm zu warten. »Außerdem habe ich gecheckt, ob es ähnliche Todesfälle oder versuchte, abgebrochene beziehungsweise vereitelte Angriffe gegeben hat, die mit Orangen, abgeschnittenen Körperteilen oder anderem Obst in Verbindung standen.« Erwartungsvoll sah sie von ihrem Zettel auf.

»Und?«, wiederholte nun auch Fina weniger geduldig.

»Nada. Nichts. Abgetrennte Körperteile und gestopfte Münder – oft mit besagten Körperteilen – kamen schon vor, nur meist im Zusammenhang mit Bandenkriegen der organisierten Kriminalität. Keine Orangen oder andere Früchte.«

»Wie Gual schon erwähnt hat, gibt es die unvollendeten Taten. Serientäter eskalieren ihre Morde, und es ist fraglich, was nachher wirklich von seiner Signatur übrig bleibt.«

»Also war es richtig, auch nach abgebrochenen Taten zu suchen.«

»Genau. Und dann zum Beispiel nach Taten, in denen das Opfer erdrosselt und post mortem Schnittwunden zugefügt wurden. Das Abschneiden des Ohres könnte schon eine Eskalation sein. Gual, bitte setz dich auch mit Europol in Verbindung. Wir brauchen auch einen Abgleich mit internationalen Datenbanken.« Die Saison hatte begonnen, und die Insel quoll über mit Touristen aus ganz Europa.

Gual nickte und legte den Keks weg, den sie sich gerade zum Mund führen wollte. Sie zog die Tastatur zu sich hinüber, und ihre Finger begannen blind und wild über die Tasten zu fliegen.

Fina entließ hörbar ihre angehaltene Luft. »Ockhams Rasiermesser – vielleicht war es aber auch nur die Gelegenheit, die er genutzt hatte. Sie wurde neben einem Orangenhain erdrosselt.«

»Auch das bleibt eine Alternative. Außerdem stellt sich die Frage, was die Präsentation der Leiche bedeutet. Das ist ja kein normaler Mord. Er hätte es auch einfach beim Erdrosseln belassen können. Also, was will der Täter uns damit sagen?«

»Wenn er uns überhaupt etwas sagen will.«

Lluc nickte. »Aber gehen wir mal davon aus, dass es eine Botschaft sein soll.«

»Ihr das Maul zu stopfen. Sie zum Schweigen zu bringen«, sagte Gual, ohne ihr Tippen zu unterbrechen.

»Und weil er die Leiche nicht versteckt hat, sollte man sie finden. Eine Botschaft für andere?«, warf Fina ein.

»Ich habe gerade mit Coronel Alomar telefoniert. Sie sind noch am Ausloten der Möglichkeiten, welches Team sie schicken.« Lluc zog die Blicke beider Frauen auf sich.

»Was für ein Team?«, fragte Gual.

»Du glaubst doch nicht im Ernst, dass hier ein potenzieller Serientäter rumrennt und die uns alleine den Fall lösen lassen?« Fina schüttelte verständnislos den Kopf.

»Wir haben bisher immer alles zu dritt geschafft, vielen Dank für die Belehrung. Ohne die Hilfe irgendwelcher *Superteams*«, rechtfertigte sich Gual. »Außerdem wissen wir gar nicht, ob es tatsächlich ein Serientäter ist.«

»Wenn die näheren Umstände der Leichenpräsentation publik werden, ist hier die Hölle los«, unterbrach Lluc. »Die Einheit der operativen Fallanalyse in Palma ist nach Ibiza abberufen worden, wo eine Vergewaltigungsserie droht, die Saison zu sprengen. Die UACD sind voll ausgelastet mit Buffalo Bill.«

Fina pfiff durch die Zähne. Alle wussten, was das bedeutete. Die Elitegruppe der *Unidad de Análisis del Comportamiento Delictivo*, die gerade in Kantabrien im Einsatz war, okkupierte seit Wochen die nationalen Schlagzeilen.

Buffalo Bill. So nannten sie in Anlehnung an den Psychopathen in »Schweigen der Lämmer« den Serientäter, der die nordspanische Region in Schrecken versetzte und schon das fünfte Mädchenopfer in immer kürzeren Zeitabständen gefordert hatte. Um Trittbrettfahrer auszuschließen, gab es auch hier keine offizielle Stellungnahme, was den Modus Operandi des Täters betraf. Doch der Name war Programm und lieferte genug Anhaltspunkte über das Grauen, das sich im Norden des Landes abspielte.

Fina schob ihren Stuhl zurück und trat zum Whiteboard. Sie wählte den dicksten roten Filzstift und schrieb in Blockbuchstaben *Orangenmörder* als Titel auf die Tafel. »Die haben Buffalo Bill und wir den Orangenmörder.«

Sie legte den Filzstift auf dem Tisch ab und ersetzte ihn mit ihrem Kugelschreiber, den sie zwischen ihren Fingern jonglierte. Was für andere Leute ein Rosenkranz bewirkte, übernahm für sie der schwere Montblanc-Stift. »Doch was bedeutet das in der Praxis?«

»Das bedeutet, dass wir mit den Ermittlungen beginnen, Fakten sammeln, bis der Chef uns am Nachmittag mitteilt, wie es weitergeht.«

»Wir machen also die Knochenarbeit heute, und sie übernehmen morgen?« Gual schien sich nicht mit der Idee eines eintreffenden Teams anfreunden zu können.

Lluc presste die Lippen zusammen. »Seht es von dieser Seite: Ihr könnt viel von ihnen lernen.« Und Kontakte knüpfen, die in der weiteren Zukunft behilflich sein würden. Den letzten Teil behielt er für sich. Obwohl Finas opportunistische Tendenzen der Vergangenheit überwunden schienen, war noch immer Vorsicht geboten.

Doch zu seiner Überraschung sah die Kollegin das anders. »Wir werden nicht einmal in die Nähe der Ermittlungen kommen. Ich kenne diesen Schlag Leute.«

»In der Zwischenzeit ist es erst mal unser Fall«, lenkte Lluc ein. »Und wir sollten strukturiert vorgehen.« Er setzte sich auf eine Tischkante, die sich in der Gebläseschneise der angegilbten Klimaanlage befand. Im Gegensatz zu dem neuen in seinem Büro funktionierte das alte Modell einwandfrei.

Gual rückte die vor ihr ordentlich aufgereihten und mit Textmarkern bearbeiteten Zettel zurecht. Das Sammeln und Präsentieren von Daten war ihr Reich, über das sie wie eine Königin herrschte. »Unser Opfer ist Gloria Ortiz, sechsunddreißig Jahre alt. Leider ist nun bestätigt, dass es sich um die Tochter des Saftfabrikanten Pedro Ortiz handelt.«

Lluc seufzte. Für ihren Arbeitseinsatz bedeutete es keinen Unterschied. Den Tod einer Reinigungskraft würde er mit gleicher Akribie verfolgen wie den des Bürgermeisters. Doch die externe Einmischung und Publicity komplizierten sich um ein Vielfaches, wenn eine prominente Familie betroffen war.

»Gloria wohnte in Palma und hatte vor, den ganzen Sommer hier oben in einer Wohnung ihres Vaters zu verbringen. Sie arbeitet für eine Unternehmensberatungsfirma in der Nähe vom Porto Pi«, fügte Gual hinzu. »Ledig, keine Kinder, keinen festen Partner. Ihr Telefon ist in der kriminaltechnischen Untersuchung, aber wie es scheint, hatte sie gestern Abend ein Date mit einem gewissen JM. Damit müsste der Typ einer der Letzten sein, der sie lebend gesehen hat.«

»Unser Täter?«, fragte Lluc. »Was wissen wir über ihn? Haben wir einen Namen?«

Fina zuckte mit den Schultern. »Außer der Abkürzung JM liegen keine Daten vor. Die Telefonnummer ist eine uralte Prepaidkarte aus der Zeit, als man diese noch ohne persönliche Angaben kaufen konnte. Leider ist das Telefon ausgestellt. Wir haben eine Nachricht hinterlassen und müssen notfalls die Öffentlichkeit um Hilfe bitten.«

»Wissen wir etwas über das Date? Wo haben sie sich getroffen?«

»Im Chat erwähnen sie nur den Treffpunkt vor dem Café Marysol im Hafen. Gloria hatte nasses Badezeug in ihrer Tasche, als wir sie fanden. Deshalb tippe ich auf eine Bootstour. Wären sie zu einem der Strände der Felsküste gefahren – Béns d'avall, Llucalcari, Alconàsser – hätten sie sich nicht an der Bootsmole getroffen. Ganz abgesehen davon, dass sie nicht so spät nach Hause gekommen wäre, sondern viel früher.« Die Felsküste war wild und unbeleuchtet.

Gual biss geräuschvoll in einen Keks, der zwischen ihren Fingern in kleine Einzelteile zerbrach. »Die Kollegen haben sich unter den Bootsbesitzern umgehört. Glorias Foto gezeigt. Einer der Eigner meint, sich an eine Frau zu erinnern, die ihr ähnlich sah. Doch sie hatte die Haare hochgebunden und einen Hut auf, sodass er sich nicht sicher ist. Im Hafen herrscht gerade viel Verkehr, und niemand achtet auf die anderen Boote.«

»Wir wissen auch nicht, woher sie diesen JM kannte.

Gloria schien keine Dating-App genutzt zu haben, die uns weiterhelfen könnte.«

»JM«, murmelte Lluc nachdenklich. »Könnte eine Abkürzung sein. José Maria, José Manuel, Juan Manuel … Oder die Initialen seines Vor- und Nachnamens.« Es gab viele Möglichkeiten. »Was haben wir noch?«

»Am Tatort haben wir keine nennenswerten Spuren gefunden. Es hat seit Ewigkeiten nicht mehr geregnet, die Erde war furztrocken. Ungefähr so wie das Ding da.« Fina sah angeekelt auf Guals zerkrümelten Keks. »Keine vollständigen Fingerabdrücke, selbst die Orange war frei davon, vermutlich hat der Täter sie abgewischt, bevor er sie dem Opfer in den Mund steckte.«

Das Bild des *Menschensohns* von Magritte schob sich wieder in Llucs Gedanken, untermalt von der Melodie der »Windmills of my Mind«.

»Heute Abend ist die Autopsie«, fuhr Fina fort. »Ich kann hingehen, dann müsst ihr nicht extra runterfahren. Den vollständigen Bericht bekommen wir morgen früh.«

»Danke Fina«, sagte Lluc. Fünfundzwanzig Minuten im Auto erschienen keinem Festlandspanier als eine lange Zeit. Doch für einen Mallorquiner bedeutete selbst die Fahrt ins anliegende Nachbardorf einen Aufwand, dessen Notwendigkeit und Sinn er zweimal überdachte. »Glorias soziale Medien müssen durchforstet werden. Follower und solche, die ihre Posts kommentiert und gelikt haben.«

Gual machte einen Haken auf einen der vor ihr ausgebreiteten Zettel. »Schon am Laufen. Außerdem gehen die Kollegen rund um den Torrente von Tür zu Tür und versuchen Zeugen zu finden. Jemanden, der gestern Abend irgendetwas gesehen hat. Leider gibt es dort hinten keine Kameras, die uns weiterhelfen könnten.«

»Super Arbeit, Mädels.« Lluc nickte zufrieden. »Wir dürfen keine Zeit verlieren. Für den Verlauf des Nachmittags teilen wir uns auf. Gual und ich gehen zu Glorias Eltern. Fina, du übernimmst ihre Wohnung in Sóller. Unser Fokus ist dieser JM.«

Den Anruf aus der Chefetage erwartete er frühestens am späten Nachmittag. In der Zwischenzeit würden sie Informationen sammeln, um nicht mit leeren Händen dazustehen, wenn sie den Fall übergaben.

Llucs drahtloses Bürotelefon klingelte in der direkten Durchwahl, ohne den Umweg über die Rezeption zu nehmen. Nur Polizeiinterne, der Bürgermeister und die Inselpräsidentin nutzen die Nummer. Er runzelte die Stirn, bedeutete Fina und Gual zu warten. »Sieht so aus, als gäbe es schon Neuigkeiten aus dem Hauptquartier.«

6

Die Madrider Vorwahl auf dem Display des Telefons ließ Lluc stutzen. Doch ohne es weiter zu hinterfragen, zog er sich in sein Büro zurück und nahm das Telefonat auf dem Festnetz entgegen.

Den Hörer zum x-ten Mal am heutigen Tag ans Ohr gepresst, ließ Lluc sich in seinen Sessel sinken.

Wider Erwarten war nicht der Coronel am Apparat.

»Jurado hier«, stellte die tiefe Stimme sich vor.

Mehr war nicht notwendig.

Die erste Silbe hatte schon gereicht, um Lluc erstarren zu lassen. Er spielte mit dem Gedanken, eine schlechte Verbindung vorzutäuschen und aufzulegen. Doch das schob das Unabwendbare bloß hinaus.

Nicht nur in der Guardia Civil kannte man Fernando Jurado von der *Sección de Análisis del Comportamiento Delictivo.* Auch jeder Spanier, der um 21 Uhr nach erledigtem Arbeitstag die Nachrichten im Fernsehen einschaltete, erkannte den bulligen Galicier, der die letzten Wochen den Pressekonferenzen im Fall Buffalo Bill beigewohnt hatte. Stets im Hintergrund, denn Jurado war kein Mann großer Worte. Seine Sprache waren Taten. Gute wie schlechte.

Doch die wenigsten kannten ihn so wie Lluc.

»*Hola*, Fernando. Lange her«, presste er hervor. Eine

Schwere hatte sich auf Llucs Brustkorb gelegt, die ihm die Rippen zusammenpresste. Mühsam atmete er gegen den Widerstand an.

Eine aufgeladene Stille hing in der Leitung. Keiner wagte den ersten Schritt, das erste Wort.

»Dreißig Jahre? Ich hoffe, dir geht es gut, alter Mann«, brach Jurado das Schweigen. Seltsamerweise klang es ehrlich.

»Das sind wir wohl mittlerweile. Alte Männer.« Lluc verkniff sich weitere Kommentare.

»Coronel Alomar wird sich vermutlich nach unserem Telefonat direkt mit dir in Verbindung setzen und Details besprechen. Ich wollte nur vorab einige Dinge klären.«

Lluc hörte schweigend zu. Die Worte drangen in seine Ohren, folgten brav dem Weg ins Gehirn, und dann war Schluss.

Am Tag der merkwürdigsten Ermittlung seiner Karriere meldete sich ausgerechnet die Person, die für die schlimmste verantwortlich war.

Jurado räusperte sich. »Du wirst ja den Fall hier oben verfolgt haben.«

»Ja. Gute Arbeit so weit.« Mit Genugtuung nahm Lluc Jurados Verlegenheit zur Kenntnis.

»Ich weiß nicht, ob ich das so ausdrücken würde, wenn der Mistkerl vier Frauen töten muss, bevor wir genug Spuren haben, um ihm auf die Schliche zu kommen.« Ungewohnte Bescheidenheit von Jurado.

»Keines davon war das erste Opfer. Das erschwert die Suche.«

»Womit wir zu *eurem* Mistkerl kommen. Die Parameter der Tathergangssequenzierung, der Modus Operandi und die Leichenpräsentation haben auf die Schnelle keine Treffer in den Datenbanken ergeben.«

»Ich weiß.« Noch bevor sie ihre Papiere rechtwinklig zurechtlegen konnte, hatte Guals erste Aktion dem Prüfen der Register gegolten.

»Natürlich müsst ihr die Suche europaweit ausdehnen.«

Auch das wusste Lluc. Hielt Jurado sie für provinzielle Vollidioten? Er ersparte sich die Frage, denn auch diese Antwort kannte er. »Erzähl mir was Neues. Wir sind mitten in der Saison, die Insel platzt vor Urlaubern. Wir haben Touristen aus aller Welt hier. Theoretisch kann es jeder gewesen sein.«

»Weitet die Datenbanksuche auch auf unterschwellige Taten aus, in denen noch keine Grenze überschritten wurde.«

»Wir sind schon dabei.« Lluc war froh, sich an fachlichen Dingen festhalten zu können. Er fühlte sich merkwürdig starr, steif, als hätte er einen Stock verschluckt.

»Es besteht eine Möglichkeit, dass eure Tote das erste Opfer war.« Die erste Tat eines Serientäters ist eine Grenzüberschreitung. Die Hemmschwelle sinkt mit jeder weiteren Tat, weswegen die Entwicklung eines solchen Täters nachzuvollziehen war. Doch der Fokus liegt auf der ersten Tat. Zurück zum ersten Opfer.

Denn dieses ist meistens kein Zufallsopfer.

»In dem Fall könntet ihr ihn kriegen. Schneller als unseren Profi hier.« Er brach ab und kam gleich zur Sache. »Die balearischen Ressourcen sind auf Ibiza konzentriert. Und pünktlich zum Sommerferienbeginn scheint auch Hochsaison bei den Psycho- und Soziopathen zu herrschen.«

Lluc hielt den Atem an. »Das bedeutet was?« Sollte dieser

Tag doch mit etwas Positivem aufwarten und sie das Glück haben, auf sich alleine gestellt zu sein? Die Enge in Llucs Brust begann sich zu lösen, der Widerstand gab nach und erlaubte einen freieren Atemfluss.

Der Mord war geschehen. Sein Urlaub gestrichen, der Plan mit Bel zerstört. Das Auftauchen des UACD-Teams würde ihn und seine Leute in die zweite Reihe befördern und in einen weiteren Schwebezustand versetzen. Weder richtige Mordermittlung noch freie Tage. Lluc mochte Fisch oder Fleisch, diese Surf-and-Turf-ein-bisschen-von-allem-Geschichten waren nicht seins.

»Das bedeutet«, erklärte Jurado, »dass ich in diesem Augenblick kein Team schicken kann.«

Lluc boxte in die Luft, verkniff sich ein Grinsen. In einem Artikel über Callcentermitarbeiter hatte er gelesen, dass sich die Gesichtsmimik in den Klang der Stimme schlich. Um seinen Worten auch emotionalen Nachdruck zu verleihen, zog er die Mundwinkel herab und runzelte die Stirn.

Doch bevor er sein falsches Bedauern kundtun konnte, fuhr Jurado fort: »Du wirst dich an die Basics erinnern.« Es war keine Frage, deshalb sprach er weiter. »Beginnt mit der Tathergangssequenzierung aufgrund der Spurenlage …«

»Bevor wir jetzt ins Einmaleins der operativen Fallanalyse eintauchen, würde mich interessieren, wie du die Sache einschätzt«, unterbrach ihn Lluc. »Ist es ein Serientäter?«

Jurado zögerte nur kurz. »Die Art und Weise der Leichenpräsentation spricht eine klare Sprache. Natürlich müssen viele weitere Faktoren beachtet werden, und ich hatte noch keine Zeit, mich ausreichend mit den Details vertraut zu machen.«

Lluc beunruhigte das *noch.* Andererseits schadeten Hilfe und Anleitung der Experten nie. Der Sachverständigen, zu denen er vor langer Zeit auch fast gehört hatte.

Der Zimmerventilator stotterte, drehte dann weiter.

»Meine spontane Einschätzung: ein weißer Mann, zwischen fünfundzwanzig und vierzig, gute Bildung, unauffälliges Sozialverhalten«, beendete Jurado seine Bewertung.

Die Gesichter der Sóllerics spulten sich in seinen Gedanken ab, wie in einem Casting für die Besetzung der Rolle eines angehenden Serientäters. Die Aktion scheiterte, niemand passte. Undenkbar.

Eine schwache Brise blies durchs geöffnete Fenster des Büros, raschelte wie zur Empörung durch die Blätter des Zitronenbaums im Patio hinter dem Gebäude.

»Soweit wir wissen, gab es keinen sexuellen Übergriff«, sagte Lluc.

»Vielleicht ist das der nächste Schritt in der Grenzüberschreitung.«

»Schaut euch die verschiedenen Phasen an. Tatvorbereitung. Kontakt mit dem Opfer. Angriff. Tötungsphase.« Jurado vertiefte sich in die Ermittlungsstadien der operativen Fallanalyse.

Der Mann mit dem Apfel und der Melone oder Magrittes *Menschensohn,* wie Lluc nun gelernt hatte, materialisierte sich wieder in seinen Gedanken. Der Impuls, Jurado eine Apfelsine ins Maul zu stopfen, kam aus dem Nichts, ließ Lluc schmunzeln und hob zum ersten Mal während des Telefonats seine Stimmung.

»Leichenentsorgungsphase. Leichenzerteilungsphase. Es fehlt nur das Ohr?«, fuhr der UACD-Mann fort.

Lluc bejahte.

»Und was soll die Botschaft? Was will er sagen? War es tatsächlich die erste Tat, dann ist sein Bedürfnis geweckt. Und das heißt …«

»Er tötet bald wieder«, beendete Lluc den Satz.

Beide schwiegen.

Es sei denn, sie hielten ihn vorher auf.

Während beide Männer dem Gedanken nachgingen, fragte sich Lluc, aus welchem Grund Jurado dieses Gespräch mit ihm führte und nicht der Coronel. Die simple Einführung in die Arbeitsweise der UACD hätte jeder andere Mitarbeiter der operativen Fallanalyse mit ihm durchgehen können. Sicherlich hatte der schwerbeschäftigte Jurado sich nicht aus seinem laufenden Fall gerissen und freiwillig für die Wohltat des Tages gemeldet. Den guten, alten Zeiten zuliebe. Es hätte Lluc gleich auffallen sollen, doch der Schock, ausgerechnet Jurado nach all den Jahren der Stille aus der Versenkung zu holen, hatte seine Sinne benebelt.

Hier stimmte was nicht.

»Es ist tragisch, dass wir auf eure Expertise verzichten müssen«, log Lluc, fieberhaft bemüht, die perfekte Einleitung zur Gesprächsbeendigung zu finden. »Wir gehen besser gl…«

»Das habe ich auch gedacht.« Im Hintergrund der Leitung schlug eine Tür, Schritte entfernten sich klackend über harten Boden. Jurado wartete, bis wieder Ruhe eingekehrt war. »Und aus diesem Grund habe ich entschieden, selbst zu kommen. Es gibt noch etwas Papierkram zu erledigen, aber in drei, vier Tagen bin ich da. Haltet so lange durch.«

7

Jurados Worte detonierten in Llucs Ohren und hinterließen taube Stille noch lange, nachdem er aufgelegt hatte.

Er starrte auf den Wandkalender der BBVA-Bank an der Wand, während er innerlich versuchte, seine Sinne zu sammeln. Das Blatt zeigte den Puig Mayor im März. Klarer blauer Himmel, der Gipfel schneebedeckt. Wie immer hatte Lluc vergessen, die Monatsblätter abzureißen, und Gual schien seit Längerem nicht mehr aufgeräumt zu haben.

Auch damals war es März gewesen, als er Jurado das letzte Mal gesehen hatte. Lluc sah es noch heute wie einen Film vor sich. Ein ungewöhnlich kalter Monat in den frühen Neunzigerjahren in Madrid, der Llucs bis dahin vielversprechender Karriere eine Hundertachtziggradwende verpasst hatte.

Eine arktische Kältewelle mit Schneeregen hatte den Einsatz im Park von Casa de Campo erschwert, dem Lluc und Jurado als junge Polizisten zugeteilt worden waren. Im Rahmen eines Auswahlverfahrens für einen Basislehrgang der UACD hatte man den Junganwärtern die Fluchtwegsicherung während der Festnahme eines lang gesuchten Gewaltverbrechers aufgetragen.

Lluc als Jahrgangsbester galt als inoffizieller Favorit für den Platz in dem Lehrgang und damit später in der Truppe.

Das Team hatte den Täter zur Festnahme gestellt und bereitete den unmittelbaren Zugriff vor.

Taktisch positioniert sicherte Lluc den rückwärtigen Raum an einem Trampelpfad zwischen uralten Steineichen, während Jurado der Eingang zum Spielplatz weiter westlich zugeteilt worden war. Schon bald löste ein erfahrenerer Kollege Jurado ab, der Lluc Verstärkung leistete.

Ein Scheppern tief aus den Büschen schreckte sie auf. Lluc ging mit gezogener Waffe dem Geräusch nach, während Jurado an Ort und Stelle blieb, um die Position am Trampelpfad zu halten.

Doch das Geräusch entpuppte sich als eine streunende Katze, die auf der Suche nach Nahrung eine leere Waschmittelpackung aus einem überquellenden Mülleimer gestoßen hatte. Ariel Ultra. Als Lluc auf seine Position zurückkehrte, fand er nur einen verlassenen Pfad vor – und die Rückenansicht ihres fliehenden Verdächtigen, der schneller zu rennen schien als Michael Johnson. Der Täter entkam und verletzte auf der Flucht einen Passanten.

Da ungeachtet der Geschehnisse die Sicherung dieser speziellen Stelle in Llucs Verantwortung gelegen hatte, beendete der bedauerliche Vorfall alle Karriereaspirationen für die Spezialeinheit.

Llucs Fehler war es nicht gewesen, seine Position zu verlassen, sondern Jurado zu vertrauen. In der Aufarbeitung des Vorfalls begründete dieser Judas sein Verschwinden damit, ebenfalls einem Geräusch nachgegangen zu sein, obwohl er genau das Protokoll kannte. Doch Verantwortung schrieb man groß bei der Polizei. Lluc war raus, Jurado bekam die Stelle.

An die unmittelbare Phase nach dem Vorfall erinnerte Lluc sich nur vage. Alles verschwamm im dichten Nebel der Entmutigung und schweren Demoralisierung. Bis zum ersten Herzinfarkt seines Vaters einige Wochen später, den Lluc als Anlass genommen hatte, sich auf die Insel versetzen zu lassen.

In die sichere Provinz. Wo fliehende Gewaltverbrecher nicht auf der Tagesordnung standen und seine Nachlässigkeit niemanden verletzen konnte.

Es gab Tage, an denen er sich fragte, wie sein Leben in einem Paralleluniversum verlaufen wäre.

Beruflich wäre er sicherlich weiter aufgestiegen. Die Ränge absolviert, einen Posten nach dem anderen bis an die Spitze. Glorreiche Fälle gelöst, sich im Adrenalinrausch auf Messers Schneide befunden, am Rande der Lebensgefahr. Einer der typischen Polizisten, die ihr Leben dem Beruf widmeten und dabei Familie und Freunde vernachlässigten. Die am Ende ihrer Karriere nur auf ein tiefes Loch des Grauens zurückblicken, allein, in ihrer Zweizimmerwohnung vor den Noticias im RTE1, in einem Wohnblock einer überfüllten Stadt. Und das bei schlechtem Wetter.

Nun gut, was eine eigene Familie betraf, hatte er selbst in seiner gewählten Lebensvariante nicht gerade eine Paradevorstellung abgelegt. Aber er hatte gelebt, und gut sogar. Zeit für sich, seine Freunde und Lieben gehabt.

In Llucs Rückblick schien die Sonne, alles um ihn herum blühte, und sie saßen beim Fischen auf dem Meer oder atmeten die frische Bergluft des Teix während einer Wanderung nach Pastoritx. Er bereute nichts, obwohl ein verborgener Teil sich immer fragen würde, welche Möglichkeiten der andere Weg für ihn bereitgehalten hätte. Es war eine Sache, wenn die Lebensumstände sich aus einer eigenen freien Entscheidung heraus entwickelten. Eine andere, wenn Hinterlist und Missgunst dazu führten.

Manche Erlebnisse vergaß man nie. Eine Ratte blieb eine Ratte.

Die sich jetzt wieder in Llucs Leben schlich.

Lange war es her, es mussten tatsächlich fast 30 Jahre sein. Doch es gab prägende Situationen im Leben, bei denen Zeit keine Rolle spielte. Die Ecke in Madrid hinter dem Parkspielplatz war eine davon. Lluc sah noch immer die leere Ariel-Packung vor sich und den weißen Streifen auf der weinroten Windjacke des fliehenden Täters.

Jurado. Der Name hallte in seinem Kopf nach und hinterließ einen dumpfen Schmerz.

Lluc musste Entscheidungen treffen. Jeder Entschluss betraf nicht nur ihn selbst, sondern auch sein Team. Den Fall. Ihre Karrieren. Oder das, was davon übrig bleiben würde. Der Fisch stank immer vom Kopf.

Als Statist neben Jurado an einer Ermittlung teilzunehmen und dabei zuzusehen, wie seine Beziehung vor seinen Augen verwelkte. Und weder in der Morduntersuchung noch bei Bel irgendetwas ausrichten zu können.

Er checkte sein Handy. Keine Nachricht von Bel. Keine Antwort auf seine Frage, wie sie vorankäme. Zwei blaue Häkchen neben der Message bestätigten, dass sie sie gelesen hatte.

Zu dem dumpfen Druck in seinem Kopf gesellte sich das schale Gefühl, wenn man instinktiv erfasste, dass etwas überhaupt nicht stimmte.

Ein Klopfen an der Tür holte ihn in die Gegenwart zurück.

Guals dauergewellte Stufenmähne erschien im Türrahmen. Bei seinem Anblick zog sie besorgt die Brauen zusammen. »Alles in Ordnung?«

Als er geistesabwesend nickte, trat sie ein.

»Jetzt erinnere ich mich wieder daran, warum ich dieses Büro meide. Es sieht aus wie im Saustall.« Ihr Blick fiel auf den Kalender an der Wand, der ein tadelndes Schnalzen erntete. Mit einem Handgriff riss sie die alten Monatsblätter ab und aktualisierte den Kalender auf Juli.

»Wir haben aber erst Ende Juni.«

»Der ist schneller vorbei, als du gucken kannst. Und da du es eh vergisst – und ich dieses Büro zu meinem Seelenfrieden weiter meiden werde –, nehme ich dir die Arbeit vorweg ab.« Sie stemmte die Fäuste in die Hüften. »Du siehst nach Hiobsbotschaften aus.«

»Lass uns rübergehen.« Lluc schälte sich müde aus seinem Stuhl. Sein Körper fühlte sich an wie nach einer Shoppingtour mit Bel. Ausgelaugt und kraftlos. Warum einige Meter Geschäft-zu-Geschäft-Laufen so ermüdeten, blieb ihm ein Rätsel.

»Die Chefetage hat sich gemeldet«, verkündete er, als sie wieder versammelt in der Einsatzzentrale saßen. Finas und Guals Augenpaare waren voller Erwartung auf ihn gerichtet.

»Wir sind erst mal auf uns allein gestellt.«

»Was bedeutet das?« Fina hatte ihre Notizen in den Computer übertragen und hakte eine Liste in ihrem Notizbuch ab.

Er sah in die Runde seiner beiden Kolleginnen.

»Alle Beratungsteams der UACD sind zu diesem Zeitpunkt beschäftigt. Sie können niemanden abkommandieren, der die Ermittlungen übernimmt.«

»Wir brauchen kein Team, das schaffen wir allein«, sagte Fina und schnippte einen Krümel unter ihren frenchmanikürten Fingernägeln fort.

»Das sieht die Chefetage anders. Der Fall ist zu speziell.«

»So ein Pech, dass gerade niemand da ist, um zu übernehmen.«

Das hatte Lluc auch gehofft. »Jurado persönlich reist an.«

Selbst unter seinen Kolleginnen sorgte der Name für Schweigen. Nur das leise Schnauben der alten Klimaanlage durchbrach die staunende Stille, die sich über das Büro gelegt hatte.

Fina fand als Erste die Sprache wieder. »Wieso kommt der oberste Leiter der *Sección* für einen Fall in die Provinz?«

»Zum einen, weil sie glauben, dass die Tat die erste Grenzüberschreitung des Täters darstellt. Das bedeutet zweierlei. Erstens: Gloria ist kein Zufallsopfer, es muss irgendeinen Kontakt zu ihr gegeben haben. Weil – und jetzt kommen wir zu zweitens – er höchstwahrscheinlich wieder töten wird.«

»Die Frage ist nur, wann.«

»Wir müssen ihn vorher finden. Und der Schlüssel ist Gloria.«

Gual hatte dem Schlagabtausch schweigend zugehört und warf ein: »Und der andere Grund?«

»Was?«, fragte Lluc

»Du sagtest, ein Grund, warum Jurado kommt, ist die Grenzüberschreitung beim ersten Opfer. Was ist der andere?«

Sie kannten sich schon so lange. Auf irgendeiner Ebene

fand unbeabsichtigt eine nonverbale Kommunikation statt. Lluc überlegte, was er preisgeben sollte. Letztendlich war es eine Sache zwischen Jurado und ihm. Seine Mitarbeiter gehörten nicht in diese Vendetta. Wenn er andererseits von seinem Team Ehrlichkeit erwartete, dann musste er diese auch bieten und in Vorschuss gehen. »Es ist eine persönliche Sache zwischen Jurado und mir. Wir kennen uns schon sehr lange. Noch aus der Ausbildung.«

»Das hast du nie erwähnt.« Gual wirkte jedoch nicht überrascht.

»Es ist nichts, woran ich mich gerne erinnere.«

»Ach so, also eine *negative* persönliche Angelegenheit. Wär ja auch zu schön gewesen, mal eine der positiven Art zu erleben.« Gual pulte den letzten Keks aus der länglichen Packung, bot ihn zwischen Daumen und Zeigefinger in der Runde an und wirkte erleichtert, als alle ablehnten.

Fina verschränkte die Arme vor der Brust. »Wie lange haben wir?«

Lluc sah sie erstaunt an. Die Kollegin, die als seine Nachfolgerin nach Sóller gekommen und dann trotzdem geblieben war, als der Chefsessel mit seinem Hintern besetzt blieb, hatte sich in den letzten zwei Jahren als Joker entpuppt. Man wusste nie, welche Karte sie zum gegebenen Moment spielen würde. Für eine intelligente Frau mit großen Ambitionen kam ein Kontakt wie Fernando Jurado sehr gelegen. Der Typ war kein Sprungbrett – er war ein verdammtes Trampolin für einen Karriereaufstieg.

»Drei Tage. Vier maximal.«

Ihre Blicke trafen sich, verschränkten sich in einem unausgesprochenen Deal, der keine Worte benötigte.

Denn Lluc hatte seine Entscheidung getroffen.

Auch er besaß eine ehrgeizige Seite, die viele missinterpretierten, weil sie seine Bestrebungen nicht kannten. Ein gemütlicher Mittfünfziger, der fünf gerne gerade sein ließ, gesundheitsschädigendem Stress aus dem Wege ging und in seinem Alter den Einsatz von Ellenbogen als unangemessenes Werkzeug für das Erreichen seiner Ziele erachtete. Was vielen ambitionslos erschien, war das gnadenlose Verfolgen seines höchsten Zieles: eines beschaulichen, entschleunigten Lebens. Und er war sehr erfolgreich darin. Was aber nicht bedeutete, nur dieser einzigen Idee zu folgen.

Die Herausforderung im Zwiespalt des Lebens stellte häufig das Vereinen der miteinander im Konflikt stehenden Optionen dar.

Wie brachte er trotz Zeitmangel sein Problem mit Bel in Ordnung und verhinderte gleichzeitig, für Jurado den roten Teppich ausrollen zu müssen, damit dieser wie Julius Cäsar, der Imperator, mit seinem Siegerwagen die Lorbeeren einfuhr?

Llucs Entscheidung war ambitioniert. Ein Griff nach den Sternen. Doch wenn man schon nach etwas strebte, dann sollte es wenigstens funkeln.

Stolz erfüllte ihn, als er sein Team betrachtete. Ein Zusammenschluss von Außenseitern und Sonderlingen, die unterschiedlicher nicht sein konnten und trotz derber Startschwierigkeiten zu einer funktionierenden Einheit zusammengefunden und bewiesen hatten, dass auch Underdogs erfolgreich sein konnten.

Sie würden den Orangenmörder fassen. Noch bevor Jurado

seinen Hintern nach Mallorca bewegte und ihnen den Fall abnahm.

Und dann konnten Lluc und Bel gebührend Geburtstag feiern und endlich ihre *Quality Time* beginnen.

Vier Tage. Maximal.

8

Fina öffnete das Eingangsportal des schmalen Jugendstilhauses, in dem die tote Gloria Ortiz den ersten Stock bewohnt hatte. Wenn es schon keine Anhaltspunkte auf den Täter oder das Motiv gab, so vermittelte die Wohnung hoffentlich zumindest ein Gefühl für den Menschen, der Gloria gewesen war. Eine Aufgabe, für die niemand besser geeignet war als eine Frau im selben Alter. Manchmal dachte Casasnovas tatsächlich mit.

Das Treppenhaus schien frisch gewischt und roch ausgerechnet nach Orangenreiniger. In diesem Dorf verfolgte einen die Furcht, es gab kein Entkommen. Fina schmunzelte. Trotz der Startschwierigkeiten hatte sie sich mittlerweile für das Dörfchen erwärmt. Für die schrulligen Bewohner, die Sollerics, die in der mallorquinischen Aussprache das o gegen ein u austauschten – *Sullerics* –, immer alles voneinander wussten und ein Informationsnetzwerk gebildet hatten, das die nationalen Geheimdienste beschämte. Natürlich bevorzugte sie als alleinstehende Frau von Welt weiterhin die Vorzüge der Großstadt und nahm die Anfahrt in Kauf. Palma mit seinen kulturellen Möglichkeiten, auch wenn Fina sie nicht nutzte, ihrer Familie, den kleinen Boutiquen der Altstadt und dem Gewühl der Menschen auf der Straße, das ihr selbst sonntags das Gefühl gab, nicht so schrecklich allein zu sein.

Auf Zehenspitzen wich sie den feuchten Stellen im Eingangsbereich aus, durchquerte den engen Flur und stieg in die erste Etage. Ihre Mutter putzte den Hausflur des Wohnhauses, in dem die Familie seit dreißig Jahren wohnte, und obwohl es nur fünf Stockwerke beherbergte, nahm das Wischen wegen der Geringschätzung der Mitbewohner mehr Zeit in Anspruch, als es eigentlich sollte. Kaum hatte sie einen Absatz fertig, latschte irgendein Respektloser mit seinen Dreckschuhen durch, und ihre Mutter musste von vorne beginnen.

Fina entfernte das Polizeisiegel, das die Kollegen an der Wohnung angebracht hatten, als unten im Erdgeschoss eine Tür zuschlug.

Schritte trampelten auf den Stufen nach oben, und der braune Haarschopf eines jungen Typen erschien im Treppenhaus. Lässig schlurfte er an Fina vorbei, als würde er Schlittschuhlaufen, nickte ihr zu. Seine ausgetretenen Converse-Turnschuhe erweiterten den hellen Kachelboden um ein braunes Girlandenmuster.

»Hey, du«, rief Fina.

Der Junge blickte sich um, als würden drei weitere Kerle auf der Treppe im Stau warten, und zeigte auf sich. »Meinen Sie mich?«

»Siehst du noch jemand anderen?«

Schlaksig, groß und in einem Alter, wo die Gliedmaßen ihr Wachstum nicht miteinander abzusprechen schienen, sah er sie verwirrt an. »Äh … nein.«

»Was siehst du stattdessen?« Sie zeigte auf den Boden.

Der Junge starrte sie verständnislos an, folgte mit dem Blick ihrem ausgestreckten Finger. Runzelte die Stirn, als er nichts Außerordentliches zu finden schien. »Boden?«

»Und wie sieht der aus?«

»Schmutzig?« Er sah sie an, als wären ihr gerade drei Köpfe gewachsen, machte Anstalten, kopfschüttelnd weiterzugehen. Doch Fina versperrte ihm den Weg.

»Sehr. Schmutzig.« Fina nickte im Rhythmus der Worte. »Was daran liegt, dass du mit deinen Schuhen durchwatest, als würdest du den verdammten Amazonas durchqueren.«

»Und Sie sind hier der Hausmeister, oder was?« Seine Mundwinkel verzogen sich zu einem spöttischen Grinsen.

Fina zog ihren Ausweis aus der Tasche und hielt ihn dem Typen vor die Nase. »Nein, was viel Besseres als der Hausmeister.«

Der junge Mann grinste unbeeindruckt, doch Fina war sein nervöses Blinzeln nicht entgangen.

»Lebst du hier?«

Er nickte. »Oben, im zweiten Stock.«

»Kennst du die junge Frau, die hier wohnt?« Fina benutzte absichtlich das Präsens.

»Gloria? Ich bin ihr ein paarmal im Hausflur begegnet. Sie ist erst vor drei Wochen hergezogen. Bleibt wohl den ganzen Sommer.« Er sah sich um, als müsste er sich versichern, dass niemand Unautorisiertes sie belauschte. »Warum? Ist sie in Schwierigkeiten?«

»Das kann man so sagen.« Vielleicht hatte er das Polizeisiegel an der Tür noch nicht gesehen, wenn er das Haus schon früh am Morgen verlassen hatte. »Sie ist tot.«

Sein selbstgefälliges Grinsen schwankte. Fina entging nicht das überraschte Weiten seiner kindlichen Bambiaugen.

»Ist dir irgendetwas aufgefallen? Hatte sie regelmäßig Besuch?«

»In diesem Haus bin ich der mit dem Besuch. Außer ein paar Mal im Hausflur hatte ich keine Berührungspunkte mit ihr. Aber sie hat sich nie über unseren Lärm beschwert.« Er schüttelte bedauernd den Kopf, und auch diese Reaktion schien authentisch. »Gloria war okay. Wie ist sie denn gestorben?«

Anstatt ihn mit weiteren Details zu schocken, nahm Fina seine Personalien auf und schickte ihn in den zweiten Stock nach Hause.

Beim Öffnen von Glorias Wohnungstür schlugen ihr Zugluft und der unverwechselbare Duft von Raumerfrischungsstäbchen entgegen: *Black Vanilla* von Zara Home. Die Sorte, die Fina auch benutzte.

Leise schloss sie die Tür hinter sich und sah sich um.

Das Apartment bestand aus einem Wohnzimmer, einer winzigen Küchenzeile, einem noch winzigeren Bad und einem Schlafzimmer.

Das Mobiliar wirkte solide und zweckdienlich, aber unpersönlich. Man sah der Wohnung an, dass sie nicht von ihrer Bewohnerin eingerichtet, sondern nur vorübergehend bezogen worden war.

In der Spüle stand eine Kaffeetasse mit eingetrocknetem Rest des Vortages, ansonsten schien Gloria die Küche wenig benutzt zu haben – was der spärliche Inhalt des Kühlschrankes bestätigte. Fast so wie Finas. Eine faltige Gurke, abgelaufene Erdbeeryoghurts und ein Tetrapak Gazpacho von Mercadona, die Fina auch immer kaufte. Wahrscheinlich war Gloria zum Mittagessen zu ihren Eltern gefahren, wie so viele es hier taten, oder hatte sich von Restaurants und Take-aways ernährt.

Fina starrte auf die Tasse, das Relikt eines verloschenen Lebens, aus der Gloria nie wieder trinken würde. Der Gedanke an die Vergänglichkeit der Existenz weckte eine Traurigkeit, die ihr den Hals zuschnürte. Fina klatschte mit der Hand auf die Arbeitsplatte und verscheuchte das gruselige Gefühl, als wäre es eine Fliege. Die Haut ihrer Handfläche brannte, aber zumindest herrschte wieder kontrollierte Ruhe in ihrem Inneren.

Abgesehen von dem unpersönlichen Mobiliar erinnerte Glorias Wohnung in vielerlei Hinsicht an Finas.

Auch sie hasste es, Eier aufzuschlagen, Zwiebeln zu hacken und stundenlang in der Küche rumzustehen, um dann das mühevoll Zubereitete in fünf Minuten hinunterzuschlingen. Sie ließ es lieber gleich bleiben.

Doch wann immer sich die Gelegenheit bot, nutzte Fina ein Essen, um ihre Mutter und Schwester zu besuchen, die familiäre Nähe zu pflegen. Die Illusion einer Kontrolle zu bewahren. Auch wenn diese jeden Tag mehr schwand. Dafür nahm sie die noch schlimmeren Kochversuche ihrer Mutter in Kauf. Die alte Geschichte vom Apfel und dem Stamm.

Seit dem Unfall vor einigen Jahren, bei dem ihr Vater gestorben war und ihre Schwester schwere Kopfverletzungen davongetragen hatte, fühlte Fina sich für die Familie verantwortlich. Doch Ada hatte nun Nuno, führte ein selbstständiges Leben und traf ihre eigenen Entscheidungen, die leider häufig von Finas abwichen. Manchmal gewann Fina den Kampf mit der Akzeptanz. Doch meistens verlor sie ihn.

Loslassen war zu einer Lebensaufgabe geworden.

Fina verließ die Küche und betrat Glorias Schlafzimmer.

Auch in diesem Raum herrschte Ordnung, ein gemachtes Bett, der neueste Thriller von Jurado-Gomez auf dem Nachttisch, den Fina ebenfalls gerade las. Eine ungeöffnete Rechnung der Aqualia-Wasserwerke klemmte zwischen den Seiten.

Im Kleiderschrank hingen bunte Sommerkleider. Preislich erschwingbare Marken, geschmackvoll und stylish, die auch aus Finas Garderobe stammen könnten. Darunter aufgereiht wie Zinnsoldaten eine Kollektion von hochhackigen Sandalen und Flip-Flops. Fina empfand eine seltsame Verbundenheit mit der toten Gloria. Eine *alma gemela*, eine Zwillingsseele, die ihr in vielerlei Hinsicht geähnelt hatte.

Im Badezimmer stapelte sich Kosmetik in einem kleinen Schränkchen unter dem Spiegel. Keinerlei Anzeichen eines männlichen Besuches, nicht einmal eine Ersatzzahnbürste.

Falls es eine Liebschaft gab, hatte diese hier nicht regelmäßig übernachtet. Wieder eine Gemeinsamkeit, stellte sie lächelnd fest. Fina hatte ebenfalls keine ernste Beziehung. Auch keine lockere. Das Betreten ihrer Wohnung für Männer war mit ähnlich harten Einreisebestimmungen und Visumpflichten verbunden wie das Passieren des Eisernen Vorhangs im vorherigen Jahrhundert. Sie würde niemals einen Mann in ihre Wohnung lassen.

Sie schmunzelte, schloss den Badezimmerschrank und begab sich zum letzten Raum, dem Wohnzimmer. Sie dachte an ihr eigenes, an die Bücherstapel und Kuscheldecken, die Kissentürme auf dem Sofa, die ein Netflix-Binge-Watching angenehmer gestalteten. Erwartete, ein ähnliches Szenario hier vorzufinden.

Die Tür war angelehnt und knarrte beim Öffnen.

Überrascht hielt Fina inne, stützte sich am Türrahmen ab und starrte ungläubig auf die gegenüberliegende Wand.

Sie hatte sich geirrt.

Auch wenn sie in vielen Dingen den gleichen Geschmack teilten, war Gloria ganz und gar nicht wie sie.

9

Das Zuschlagen der Autotüren war das einzige Geräusch auf der Straße, als Gual und Lluc vor dem Haus von Pedro Ortiz ausstiegen. Totenstille herrschte in dem Teil des *Campo rústico*, der sich dem Dorf Richtung Fornalutx anschloss. Selbst die Insekten in den Büschen schienen eine andächtige Schweigeminute einzuhalten.

»Unheimlich hier«, sagte Gual und sah sich um.

Die Schwüle des Morgens war einer klaren Luft gewichen und ließ das Herrenhaus an der Flanke des Puig Mayors goldgelb in der Nachmittagssonne erstrahlen.

»Ein bisschen gruselig, aber wunderschön. Vielleicht braucht Don Pedro eine Untermieterin.« Gual musterte das Prinzessinnentürmchen des hellen Gebäudes, aristokratisch und elegant und untypisch für den Baustil des Tals.

»Heute ist nicht der richtige Moment dafür.«

Lluc wappnete sich innerlich für den sensiblen Besuch. Die Privatperson in ihm hätte sich am liebsten zu dem trauernden Vater gesetzt und schweigend sein Beileid geteilt. Doch der Polizist duldete kein Schweigen.

Das schmiedeeiserne Tor zum Grundstück stand offen. Bleistiftgestutzte, meterhohe Zypressen säumten den kopfsteingepflasterten Weg zum Hauseingang, vor dem ein Range Rover und ein schwarzer Mini parkten.

Aus dem Augenwinkel nahm Lluc in einem Fenster des oberen Stockwerks eine Bewegung wahr. Doch als er aufsah, erwischte er nur das Zurückgleiten eines Vorhangs. Im Fenster des oberen Stockwerks beobachtete sie jemand. Doch bevor Lluc die Gestalt ausmachen konnte, verschwand sie.

Sie klingelten und warteten schweigend vor dem massiven Eingangsportal. Gual inspizierte ihre Schuhspitzen, Llucs Blick folgte der Astlochmaserung der alten Holztür.

Trotz des schmerzhaften Anlasses versprach sich Lluc einiges von dem Besuch, was nicht zuletzt an Don Pedros Charakter lag.

Fairness und Integrität hatten ihm die Anerkennung und Freundschaft der Gemeinde verschafft. Mit Effizienz und Tüchtigkeit war er von einem talüblichen Orangenbauern zu einem der größten Orangensaftproduzenten im Land aufgestiegen. Ohne gnadenlosen Einsatz der Ellenbogen hatte der Mann sich gegen etliche Konkurrenten durchgesetzt.

Sie brauchten jetzt Pedro Ortiz' nüchterne Effektivität, um die nötigen Basisinformationen einzusammeln.

Auf das erneute Betätigen der Klingel ertönte kein Ton im Inneren des Hauses. Das schwere Eichenholz der Eingangstür schluckte alle Geräusche.

Ohne Vorwarnung schwang die Tür auf.

Lluc blinzelte überrascht, als er statt der erwarteten Hausangestellten Pedro Ortiz persönlich erblickte.

Das war der Moment, in dem Lluc ahnte, dass der Besuch nicht wie erhofft verlaufen würde.

»Hallo Lluc«, sagte der Mann mit monotoner Stimme. Lila Ringe säumten seine verquollenen Augen, das graue

Haar stand wirr von seinem Kopf ab. Er trug ein ausgeblichenes Shirt im Roséton, der elastische Stoff stellenweise ausgedünnt und löchrig.

»Unser herzliches Beileid zu deinem Verlust, Pedro.« Lluc schüttelte ihm die Hand. Der Händedruck des Mannes war schlaff, als würde ihm das Zudrücken Schmerzen bereiten.

Pedro Ortiz bat sie mit einer Geste hinein und führte sie einen dunklen Gang entlang in den Bauch des imposanten Herrenhauses. Alte See- und Landkarten von Spanien hingen in schweren Holzrahmen an den Wänden. Kronleuchter in verschiedenen Größen, lange Perserteppiche und Antiquitäten diverser Epochen füllten Räume und Korridore.

Vor den offenen Flügeltüren eines Salons blieb Ortiz stehen und bat sie, Platz zu nehmen.

Lluc setzte sich auf die Kante eines züchtigen Gründerzeitsofas, Gual ließ sich in einen weichen Polstersessel fallen. Offene Glassprossentüren gaben die Sicht auf einen smaragdgrünen Pool frei.

Pedro setzte sich in einen Sessel ihnen gegenüber und faltete die Hände auf seinem Schoß. Sein Blick klebte an einem üppigen Lilienstrauß in einer modernistischen Vase, der einen schweren Blütenduft im eleganten Wohnzimmer verströmte. Gedankenversunken verfiel er in eine Art katatone Starre. Nur die zuckenden Kiefermuskeln deuteten darauf hin, dass noch Leben in dem Mann war.

Lluc räusperte sich leise und setzte zum Sprechen an.

»Findet diesen Kerl«, kam Pedro ihm zuvor, ohne den Blick von den Lilien zu lösen.

»Deswegen sind wir hier. Wie geht es María?«

»Tomás hat ihr eine Beruhigungsspritze gegeben. Sie

schläft. Du kannst dir vorstellen, wie es ihr geht.« Nach einer kurzen Pause fügte er hinzu. »Nein, kannst du nicht. Ich habe es selbst nicht für möglich gehalten, solche Schmerzen zu fühlen. Und trotzdem weiterzuleben.«

Lluc strich sich über sein borstiges Kinn. Irgendwo im Haus schlug eine Uhr die volle Stunde.

»Pedro, wir müssen alles über Gloria wissen, egal wie nichtig die Info erscheint. Ich weiß, dass es nicht der geeignete Moment ist, aber je früher wir den Spuren nachgehen, desto schneller finden wir den Kerl.«

Pedro nickte, doch er schwieg. Verschwunden war seine charakteristische Forschheit, erloschen alle Effizienz.

»Seit wann war Gloria hier? Ich dachte, sie wohnt in Palma?«, versuchte Lluc es erneut.

Pedro schüttelte resigniert den Kopf, als würde er die Dummheit seiner Tochter bedauern. »Sie ist vor einigen Wochen in die Wohnung in der Sa Mar gezogen. Wäre sie mal in Palma geblieben. Ich Idiot hatte mich gefreut, sie in unserer Nähe zu haben.«

Gual ergriff zum ersten Mal das Wort. »Señor Ortiz, gab es einen Grund, warum sie nach Sóller kam?«

Pedro starrte ein weiteres Blütenloch in die weißen Lilien, als hätte er die Frage nicht gehört.

Gual wechselte einen Blick mit Lluc und versuchte es mit *multiple choice.* »Wollte sie jemandem aus dem Wege gehen? Vielleicht einem Ex-Freund, der ein Nein nicht kapierte? Leider sind das Probleme, denen wir Frauen uns oft stellen müssen.«

»Was ihr privates Leben anging, weiß meine Frau natürlich mehr als ich. Sie hat mir nicht ihre kleinen Beziehungen anvertraut.« Ein scheues Lächeln wagte sich auf seine Lippen, um gleich wieder zu verschwinden. »Es war kein Geheimnis, dass ich vernarrt in meine Tochter war. Gloria ist unser einziges Kind, das machte mich manchmal etwas … überfürsorglich.«

Gual nickte verständnisvoll, gab ihm Zeit, sich zu sammeln.

»Gloria hatte keine festen Lebenspartner, sie tat sich schwer mit ernsthaften Bindungen. Sicherlich gab es kleinere Liebschaften, doch nicht seriös genug, um uns den jungen Mann vorzustellen. Glaubt ihr, dass sie den Täter kannte?« Seine blauen Augen blitzten böse, und zum ersten Mal an diesem Nachmittag zeigte sich ein Funken Kampfgeist.

Lluc zuckte mit den Schultern. »Es ist noch zu früh, irgendetwas zu vermuten. Aber natürlich gehen wir allen Spuren …«

»Ja, ja«, winkte Pedro ab.

Pedros Adamsapfel hüpfte, als der Mann hart schluckte. Doch er schwieg.

»Wenn es also keine Ex-Freund-Flucht war, die sie hierhergetrieben hatte, was dann?«, griff Gual noch einmal sachte das Thema auf.

»Sie wollte den Sommer nutzen, um sich auszuruhen. Zweimal wöchentlich ging sie ins Büro, den Rest erledigte sie von zu Hause. So konnte sie der Stadt entfliehen und ihren … Hobbys nachgehen.«

Jeder Innenstadt-Palmesaner versuchte, dem vor Hitze flimmernden Asphalt der Gassen und den Horden von Touristen zu entfliehen, die die Kathedrale und die Altstadt bestürmten. Als besonders schlimm entpuppten sich bewölkte Tage, die Besucher der ganzen Insel von den Stränden zum Shopping zog und Einkaufszentren, Parkhäuser und Zubringerstraßen ans Limit brachten.

Gual konsultierte die Notizen in ihrem winzigen Notizbuch. »Sie arbeitete in einer Unternehmensberatungsfirma?«

Pedro nickte. »MPMA. Fragen Sie mich nicht, wofür das steht.«

»Was für Hobbys waren das, denen sie nachgehen wollte?«

Pedro machte mit der Hand eine vage Bewegung in der Luft, die vom Dirigieren bis zur Ermahnung alles hätte bedeuten können.

»Wandern? Rad fahren?«, schlug Gual vor. »Boot fahren?« Letzteres fügte sie mit leichter Betonung hinzu und sah den Mann erwartungsvoll an.

Pedro nickte unbestimmt. »Ja, all das.«

»Wirkte sie in letzter Zeit besorgter, anders als gewöhnlich? War irgendetwas geschehen, das aus der normalen Routine herausfiel?«

Pedro schüttelte den Kopf. »Sie wirkte sogar glücklicher. Ich hatte schon vermutet, dass ein Mann dahintersteckte, an dem ihr wirklich etwas lag.«

Lluc fing Guals Blick auf. Ihre Lippen formten ein lautloses JM.

»Ich habe körperliche Schmerzen.« Don Pedro griff sich an die Brust.

Alarmiert setzte Lluc sich auf, bereit, aufzuspringen. Es wäre nicht der erste ältere Mensch, dem Schock und Trauer buchstäblich das Herz zerrissen. Und eine Passage über den Styx bescherten.

Don Pedro wiegelte ungeduldig ab. »Ich bin in Ordnung. Tomás nervt alle fünf Minuten, kommt mit seiner Blutdruckmanschette und der ganzen Apparatur. Ich bin sicherlich wieder dran, sobald er mit María oben fertig ist. Ich wünschte, ich würde jetzt in der Pathologie in der kalten Schublade liegen und nicht …« Seine Worte erstarben. »Es würde weniger wehtun als das hier. Dann müsste ich diese Tortur nicht ertragen. Vielleicht ist es egoistisch, an den eigenen Schmerz zu denken, doch es tut so weh.« Pedro klopfte sich auf die Brust. »Ich würde weniger leiden, wenn der Mörder meiner Tochter mich getötet hätte.«

Lluc wartete, bis der Brustkorb des Mannes sich ruhiger hob und senkte und die Anspannung nachließ.

Er erhob sich aus dem harten Sofa. »Wenn dir noch irgendetwas einfällt, lass es mich wissen. Oder wenn ich etwas für dich tun kann.«

»Das kannst du. Finde den Mistkerl schnell. Und erlaube mir fünf Minuten mit ihm.«

Auf dem Weg zum Ausgang kam ihnen ein hochgewachsener Mann entgegen. Seine pechschwarzen Haare wiesen nur wenige silberne Strähnen auf, obwohl Tomás Torres schon Ende sechzig sein musste.

»Bon dia, Doctor«, grüßte Gual.

Der Arzt war Pedros enger Freund und die alteingesessene medizinische Eminenz des Ortes. Seine Miene war ernst, als er Lluc und Gual die Hand schüttelte.

»Pedro scheint es körperlich nicht gut zu gehen. Ich mach mir ein bisschen Sorgen«, sagte Lluc.

»Er wird schon wieder. Ich werde heute den ganzen Nachmittag bei ihnen bleiben und auf beide ein Auge haben.«

Beladen mit einer schweren Tasche, setzte Torres seinen Weg in den Salon fort.

Wortlos verließen Gual und Lluc das Haus.

Finas Anruf erreichte sie, als sie im Wagen saßen und den Camí de Biniaraix hinunterfuhren. »Was gibt's, Fina? Wir sind in zehn Minuten im Revier.«

»Vergiss das Büro. Kommt sofort zu Glorias Wohnung in den Carrer de sa Mar.«

10

Lluc lehnte im Türrahmen und fixierte das Werk, das sich über die gesamte Wohnzimmerwand in Glorias Wohnung ausbreitete. Bemerkenswert, was Aufwand, Akribie und … Seltsamkeit betraf. Er kniff die Augen zusammen, um sich aus einiger Entfernung einen Überblick zu verschaffen.

Auf Finas Anruf hin waren Gual und er auf direktem Weg hergefahren, und zugegebenermaßen hatte die Kollegin nicht übertrieben.

Vanilleduft hing in dem zweckmäßig eingerichteten Apartment, der vermutlich mal dezent und angenehm gewesen war, sich jedoch in der Sommerhitze schwer auf die Sinne legte.

»Das gibt's doch nicht!« Gual löste ihre Nase von der Wand, schloss den Mund, öffnete ihn erneut. Ihre Lippen formten Silben, ohne einen Laut zu produzieren.

Fina nickte zustimmend. Lluc konnte sich nur an wenige Situationen während ihrer gemeinsamen Zeit im Revier erinnern, die es vermocht hatten, seine Kollegin aus dem Gleichgewicht zu bringen. Hartgesotten und mit allen Wassern gewaschen, prallte das meiste an ihr ab. Doch jeder besaß einen wunden Punkt. Finas hieß Ada. Eine Bedrohung ihrer kleinen Schwester würde Fina vermutlich veranlassen, sich Kriegsbemalung ins Gesicht zu schmieren, die Patronengürtel quer über die Schultern zu hängen und jedem den offenen Guerillakampf anzusagen, der eine Bedrohung für Ada darstellte.

Doch auch ohne Rambo-Allüren war ihr anzusehen, dass dieser Fall Fina nicht kaltließ. Zum wiederholten Male fuhr sie sich nervös durchs Haar, das sich mittlerweile für ihre Verhältnisse rebellisch aus der Helmformation gelöst hatte. Ihr Blick sprang von einer Ecke der Wand zur nächsten. »Und ich habe noch gedacht, diese Gloria sei mir so ähnlich. Gleiches Alter, derselbe Stil. Bis ich das dann sah.«

In der Mitte der vier Meter langen Wand hing eine riesige Karte des Tramuntanagebirges, das sich über den Nordwesten der Insel zog. Gelbe Stecknadeln markierten verschiedene Stellen des Gebiets, die mit einem dicken roten Wollfaden achteckig miteinander verbunden waren. Rings um die Karte, vom hellgrauen Steinboden bis hoch zur verschnörkelten Stuckdecke, klebten Zeitungsartikel, Fotos, mit Textmarkern bearbeitete Ausdrucke und Berichte. Hunderte, dicht an dicht, sodass kein Zentimeter der Wand frei blieb. Das Werk einer Obsession. Eine zusammenklappbare Trittleiter lehnte in der Ecke.

»Die hat zu viel Netflix geguckt«, mutmaßte Gual.

»Das sieht aus wie bei einer Großermittlung«, sagte Fina und starrte auf den Aushang.

Lluc pfiff durch die Zähne. »Selbst der größte Mordfall hat nicht so eine Wand hervorgebracht. Wahrscheinlich nicht einmal Buffalo Bill.« Das Werk entblößte einen strukturierten Geist. Vermutlich akribischer als Guals. Würde es sich hier nicht um eine Mordermittlung handeln, wäre das der Moment, den nicht übersehbaren obsessiven Touch als

Arbeitseifer zu interpretieren und der Künstlerin ein Jobangebot zu unterbreiten.

»Ich verstehe immer noch nicht, worum es geht. Und ich stehe hier schon eine ganze Weile.« Finas Finger bewegten sich, als würde sie einen unsichtbaren Stift jonglieren. In Ermangelung ihres Kulis mussten wieder die Haare herhalten, die sie zu einer Wurst drehte und seitlich drapierte.

Lluc hatte es sofort erkannt. »Sie war eine von diesen UFO-Besessenen.«

»Was?« Fina schnellte herum und sah ihn an, als hätte Lluc behauptet, selbst eins gesehen zu haben.

»Oh, da gibt es hier viele. Das letzte Mal, als ich wegen einer mittelschweren Erkältung beim Arzt war, hat der mich eine Stunde mit irgendwelchen Ufo-Theorien vollgequatscht.«

»Aber nicht Doctor Torres?«, fragte Gual.

»Himmel, nein. Ein anderer, der gerade Dienst hatte.«

»Selbst schuld, wenn du wegen einer simplen Erkältung zum Arzt gehst. So ein Männerschnupfen kann schon sehr gefährlich sein.«

Er trat näher an die Wand heran. Ein Zeitungsartikel aus der deutschen Mallorca Zeitung, die vom Jahrestag der Lichtersichtungen und Ufo-Verschwörungstheorien in der Tramuntana berichtete. Ein weiterer, der die Notlandung eines Verkehrsflugzeugs in Valencia beschrieb, ausgelöst von einem nicht identifizierten Lichtobjekt, das nach dem Start in Palma neben dem Flugzeug geflogen war.

Einige Fotos folgten, die helle Lichterphänomene am dunklen Himmel darstellten, nicht unähnlich denen während des Meteoritenschauers im August, die hier oben in der lichterarmen Tramuntana wunderbar zu beobachten waren.

»Natürlich habe ich von den Geschichten gehört«, sagte Fina. »Ein Freund behauptet, bei einem Dinner in Estellenç einen hellen Schweif am Himmel gesehen zu haben. Höchstwahrscheinlich Elon Musks Starlink, meine Meinung. Die Großmutter eines Nachbarn schwört, als junge Frau während einer späten Wanderung eine fliegende Kugel beobachtet zu haben. Okay, damals gab es weder Starlink noch andere Satelliten. Ich habe das für Spinnereien von Bekifften oder Verschwörungstheoretikern gehalten, die glauben, dass die Erde flach ist und wir von Reptilmenschen beherrscht werden.«

Gual sah sie entsetzt an. »Das kannst du doch nicht *damit* vergleichen.«

»Soll das bedeuten, du glaubst den Mist?« Fina runzelte die Stirn.

»Was ich *glaube*, ist irrelevant. *Fakt* ist jedoch, dass viele Menschen hier tatsächlich unerklärliche Lichter oder helle Objekte am Himmel oder über dem Meer gesehen haben, die nicht auf normale Ursachen zurückzuführen sind. Meine Nachbarn zum Beispiel waren erst vor zwei Tagen im Es Vergeret zum Mittagessen in Cala Tuent gewesen. Dort haben sie sich etwas aufgehalten und waren dann noch schwimmen. Als sie zurückfuhren, wurde es dunkel, und da war dieses Licht. Sie sagen, es sah aus wie ein Meteorit, nur flog es niedriger als ein Verkehrsflugzeug.«

»Bestimmt hatten sie selbst die Lichter an«, warf Lluc ein. Mittagessen im Es Vergeret endeten immer feucht, fröhlich und *sehr hell*. Er kannte die Geschichten, die sich um das Tal und die Militärstation spannten. Schon sein Vater hatte davon berichtet, natürlich immer aus zweiter Hand. Jeder kannte jemanden, der wiederum jemanden kannte, der *schwor*, Zeuge dieser seltsamen Lichterphänomene geworden zu sein.

Für Lluc gab es eine simple Erklärung.

Einen Mallorquiner zeichneten zwei Eigenschaften aus: Das Erste war die Begeisterung für Wein. Ein wesentlicher Bestandteil eines guten Essens und Stützpfeiler der Kultur. Die zweite essenzielle Requisite eines balearischen Insulaners bestand aus Reden. Mallorquiner liebten es zu labern. Viel und laut. Legendär war das bei kulinarischen Zusammenkünften entwickelte Sitzfleisch.

Die Kombination aus beidem – Wein und Quatschen –, gewürzt mit Sensationslust, führte Llucs Meinung nach zu Storys wie diesen. »Ich glaube kein Wort von diesen Geschichten. Mit Ausnahme einiger Ausbildungsjahre auf dem Festland lebe ich hier seit meiner Geburt.« Er kannte Berge, Täler, Pfade, Buchten vermutlich besser als seine Schreibtischschublade. »Und ich habe noch nie ein solches Licht gesehen.«

»Ich auch nicht, Lluc. Aber deshalb muss man nicht alle anderen Leute, die behaupten, etwas beobachtet zu haben, als Spinner abtun.«

»Ich habe nicht gesagt, dass sie verrückt sind. Aber wer weiß, was sie da gesehen haben?«

Gual nickte. »Das ist wieder eine andere Story.«

Fina folgte verdutzt dem Gespräch. »Eine weitere Überraschung in diesem beschaulichen Örtchen?« Sie schüttelte den Kopf. »Jetzt will ich aber alles genau hören.«

Gual setzte zu einer Antwort an, doch bevor sie sich in wildesten Spekulationen verloren, übernahm Lluc das Wort. »Angeblich wurden über die Jahre fliegende Lichter in der

Tramuntana gesehen, die nicht auf herkömmliche Flugobjekte zurückzuführen sind. Anders beleuchtet als Flugzeuge. Die dann ins Meer abtauchen und so einen Kram.«

Gual inspizierte die Ausdrucke an der Wand, fand das Gesuchte und tippte mit ihrem behandschuhten Finger auf den Artikel, der vor Finas Nase in der Höhe von Andratx neben der Landkarte hing. »Die Iberia-Maschine in den Neunzigern, die in Valencia *ganz real* notlanden musste, hatte nichts mit *angeblich* zu tun.«

»Notlandung?« Fina zog erstaunt die Augenbrauen in die Höhe und trat näher. »Daran kann ich mich nicht mehr erinnern.«

»Eine Maschine, die nachts in Palma gestartet war und dann in Reiseflughöhe neben sich ein Licht entdeckte, das auf keinem Radar erschien. Der Tower konnte es nicht erklären. Die Piloten wurden zur Notlandung in Valencia angewiesen.«

»Neunzigerjahre«, brummte Lluc. »Ihr vergesst, dass wir auf dem Puig Mayor die größte Radarstation haben, die das gesamte westliche Mittelmeer bis runter nach Algerien überwacht.«

»Lluc, die Geschichten der Lichter hat schon mein Großvater erzählt. Da gab es noch keine Militärbasis und keinen Radar. Das ist ein Fakt.«

»Gegen Fakten habe ich nichts. Mit Interpretationen tue ich mich schwer.«

»Ich habe ja auch nicht behauptet, dass E.T. uns einen Besuch abstattet. Es gibt gewiss eine sachliche Erklärung – allerdings nicht die, die sie uns verkaufen wollen. Welche wäre, dass alle Spinner sind.«

Fina hatte angebissen. Sie wies Lluc mit einer Geste an zu schweigen und wandte sich an die Lichterphänomenexpertin, Gual. »Also, was hat es deiner Meinung nach mit diesen Phänomenen auf sich?«

»Die Gegend wird *El triangulo de silencio* genannt.«

»Das Dreieck der Stille?«

»Genau. Es zieht sich von Andratx nach Sóller und über das Meer nach Valencia.«

»Vermutlich Drohnen oder so was. Aber *triangulo de silencio* klingt natürlich schicker.« Lluc schüttelte den Kopf. Er konnte nicht fassen, dass sie ernsthaft über dieses Thema diskutierten.

»In den Neunzigern gab es keine Drohnen«, konterte Gual.

»Was glaubst du, wie lange die Industrie und Rüstung neue Ideen und Technologien in der Schublade herumliegen haben, bevor sie auf den Markt und in die Öffentlichkeit geschmissen werden?« Lluc kannte sich beim Militär aus. Er arbeitete für sie.

Gual ignorierte ihn und fuhr an Fina gewandt fort: »Meine gute Freundin Marina, trockene Anwältin aus Madrid, war auf einer Hochzeit auf der Klippe oben in Santa Catalina eingeladen. Von dort aus hat man nach hinten raus Sicht auf das offene Meer. Sie rauchte eine Zigarette auf der Terrasse, sah hinaus aufs Wasser und beobachtete ein Flugzeug. Erst hat sie sich gewundert, dass es so niedrig flog, weil Sóller sich auf keiner Flugroute befindet. Doch das war nicht das Schlimmste. Als es sich näherte, merkte sie, dass das Ding gar keine Flügel hatte. Und bevor sie weiter nachdenken konnte, verschwand es im Wasser.«

Triumphierend blinzelte sie Lluc an.

»Die Frage, die sich einem stellt, ist: Was befand sich in ihrer Zigarette. Ich wette, es war nicht nur Tabak.«

Gual ignorierte ihn. »Einige Fischer berichten von merkwürdigen Klopfgeräuschen aus dem Wasser.«

»Und was ist der Tenor? Wie erklären sie das alles?«

»Es gibt zwei Fraktionen. Die einen beharren auf Ufos. Die andere Gruppe vermutet eine geheime Militärbasis oder ein Militärprojekt im Meer. Oder so etwas in der Art. Du weißt ja, dass es in Port Sóller einen Flottenstützpunkt der Marine gibt. Im Zweiten Weltkrieg haben die sogar ein deutsches U-Boot im Hafenbassin versteckt.«

»Einen *stillgelegten* U-Bootflottenstützpunkt«, betonte Lluc.

»Jedenfalls lassen Glorias Recherchen vermuten, dass sie eindeutig zur Militär-Plot-Fraktion gehörte.« Gual löste ihren Blick von dem letzten Ausdruck, den sie eingängiger studiert hatte. »Hier sind Augenzeugenberichte, die ziemlich strukturiert ausgewertet werden.« Sie holte die Trittleiter aus der Ecke, entfaltete sie und stieg auf die erste Stufe, wo sie sich auf Augenhöhe mit einem blau markierten Dokument an der Wand befand. »Diese Berichte scheinen alle aus derselben Quelle zu stammen. Das Layout wirkt ziemlich uniform.« Sie stieg herab und löste das unterste Blatt aus der Fixierung. »Fuster MPMA. Das muss eine Firma sein, die diese Berichte erstellt hat.«

Während Llucs Blick über die Wand wanderte, rotierten die Gedankenmühlen in seinem Kopf. »Kommt mir irgendwie bekannt vor. Jedenfalls muss das alles erfasst und ausgewertet werden. Wir brauchen jeden Beamten, den wir dafür abstellen können. Alle Urlaube und freien Tage sind sofort gestrichen.«

Lluc dachte an Bel, der dieser Exkurs gewiss gefallen und eine Inspiration zu neuen Romanideen geliefert hätte.

Er sah sie förmlich vor sich, die vor Aufregung rosa gefärbten Wangen, den Glanz der Begeisterung in ihren Augen, den die meisten Erwachsenen seit der Kindheit verloren hatten. Lächelnd zog er sein Telefon aus der Tasche und checkte verstohlen das Display.

Keine Nachricht von Bel. Er öffnete ihren Chatverlauf und tippte die Frage ein, ob sie gut vorankäme. Steckte das Handy wieder zurück in die Hosentasche.

»Kommen wir zum wichtigsten Punkt: Was soll das hier? Warum hat es Gloria so interessiert? Und hat dieses außerordentliche Interesse etwas mit ihrem Tod zu tun?«

Lluc biss nachdenklich in die Innenseite seiner Wange. Der Mann mit dem Apfel schob sich wieder in seinen Kopf. »Und wenn die Orange ein Symbol ist? Man will ihr den Mund stopfen? Vielleicht geht es um das hier?« Er machte eine ausladende Handbewegung, die das Wandkonstrukt einschloss.

»Ihr Vater erzählte uns, dass einer der Gründe für Glorias Aufenthalt in Sóller das Nachgehen ihrer Hobbys ist.« Gual deutete mit dem Finger auf die Wand. »Das sieht schwer nach einem *Hobby* aus.«

»Jedenfalls bekommt alles einen neuen Charakter.«

»Ich weiß nicht, irgendwie verursacht mir das eine Gänsehaut.« Fina betrachtete die Collage. »Es ist unheimlich.«

»Du meinst, was ist, wenn sie irgendetwas entdeckt hat?«

Lluc lachte auf. »Spielen wir das mal durch. Gesetzt der Fall, das Militär steckt in irgendeinem geheimen Projekt.

Gloria ist dahintergekommen und muss wie in einem guten Blockbuster entsorgt werden. Meint ihr nicht, das Militär hätte das weniger auffällig gelöst?«

Stille senkte sich über den Raum, während alle ihren Gedanken nachhingen.

»Das ist jedenfalls der seltsamste Fall meiner gesamten Laufbahn«, murmelte Gual.

Eine Aussage, der sie sich wohl alle anschlossen.

»Wenigstens ist Lluc nicht wegen einer Bagatelle aus dem Urlaub zurückberufen worden. Wenn die UACD übernimmt, schaffst du es vielleicht noch nach Sevilla.«

Lluc erstarrte innerlich. Außer einem Zusammenpressen der Lippen ließ er sich seine Überraschung nicht anmerken.

»Wieso Sevilla? Ich dachte, du machst Urlaub auf der Insel? Hab ich was verpasst?« Guals Blick hüpfte neugierig zwischen ihnen hin und her.

»Ich sehe, du liest nicht die *Hola!*«, bemerkte Fina.

Gual rümpfte die Nase, als würde es stinken.

»Fliegst du denn nun hin?« Fina weigerte sich, das Thema zu wechseln. »Wenn die Truppe der UACD eintrifft, werden wir zwar bereitstehen müssen, aber für einen Abend kannst du sicherlich verschwinden.«

»Ich habe Besseres zu tun.« Lluc zeigte auf die Wand und setzte eine seriöse Miene auf.

Doch Fina fiel nicht auf seinen Versuch rein. »Besseres als deine Freundin zum Fest des Jahres zu ihrer Familie zu begleiten?« An Gual gewandt erklärte sie: »Bels Bruder feiert fünfzigjähriges Firmenjubiläum. Halb Spanien ist eingeladen. Zumindest die *Hola!*, die schon ausgiebig darüber berichtet, weil Felipe Iglesias als einer der Investoren dabei sein wird. Vorprogrammiertes Drama verkauft sich besser.« Sie musterte Lluc aus zusammengekniffenen Augen. »Schade, ich hätte gerne gesehen, wie du auf Iglesias reagierst. Beziehungsweise er auf dich. Und überhaupt hatte ich mich auf Einzelheiten gefreut.«

»Bel und Iglesias sind schon seit fast einem Jahr geschieden.« Als würde das alles erklären. Natürlich hatte Lluc wenig Lust, dem Ex-Mann seiner Freundin zu begegnen, und das noch auf dessen Terrain. Dieses Thema elegant zu umschiffen hatte ganz oben auf seiner Liste der Woche der Genesis gestanden.

Bels adelige Familie war sicherlich nett, es hatte sich in der Zeit, in der sie zusammen waren, keine Gelegenheit geboten, sie kennenzulernen. Nicht dass er sich besonders darum gerissen hätte. Um ehrlich zu sein, war er einem Treffen sogar aktiv aus dem Weg gegangen. Ohne speziellen Grund natürlich.

Um das Thema zu beenden und dem aufsteigenden schalen Gefühl in seinem Inneren Einhalt zu gebieten, mahnte er zum Aufbruch. »Wir müssen jetzt alle Daten zusammentragen und unsere eigene Wand erstellen.« Die hoffentlich annähernd so vollständig war, wie diese vor ihm erschien. »Was ist mit dieser Firma, die die Auswertungen vorgenommen hat?«

Gual blätterte in ihrem Notizbuch und pfiff durch die Zähne. »Ich wusste doch, dass der Name mir bekannt vorkam. Es ist dieselbe Firma, für die Gloria gearbeitet hat. MPMA, Don Pedro hat sie vorhin erwähnt.«

»Dann steht gleich morgen ein Besuch bei den Herrschaften an.«

Gual schoss letzte Nahaufnahmen der Dokumente in Glorias Werk, während Fina mit Lluc die anderen Räume durchforstete, ohne dass ihnen irgendetwas Fallrelevantes auffiel.

Sie verließen die Wohnung, Gual zog die Haustür ins Schloss und versah sie mit einem neuen Polizeisiegel. »Eine ganz andere Frage, Fina. Kannst du eigentlich Stand-up-Paddeln?«

Fina runzelte die Stirn. »Ich verstehe die Frage nicht?«

»Na, ob du das mit diesem Brett kannst?«

»Was gibt es denn da zu können?«

»Draufstehen und sich damit fortbewegen? Stehend?«

Fina wirkte ehrlich verdutzt. »Kann das nicht jeder?«

Gual presste die Lippen zu einem perlmuttfarbenen Strich zusammen und senkte den Blick. »Vermutlich schon«, murmelte sie.

»Nein, nicht jeder. Ich zum Beispiel nicht. Ich könnte niemals das Gleichgewicht halten«, warf Lluc ein. Das war gelogen, er hatte nicht einmal in Erwägung gezogen, es zu versuchen. Zur Fortbewegung auf dem Wasser gab es Boote, wozu sein Leben auf so einem Brett riskieren? Doch Gual hatte so traurig gewirkt, dass die Lüge von allein über seine Lippen gesprungen war.

Die Kollegin verdrehte die Augen und grinste, doch Lluc entging nicht die Erleichterung und Dankbarkeit, die hinter der vordergründigen Geste über ihr Gesicht huschte.

11

Tiefe Enttäuschung übermannte Lluc, als er in die Einfahrt zu seiner Finca einbog.

Es war kurz vor zehn Uhr am Abend. Schon von der Zubringerstraße oben hatte er Ausschau nach dem hellen Rechteck des erleuchteten Wohnzimmerfensters gehalten, dem Flimmern des Fernsehers, wo die Nachrichten des Tages mit der Wettervorhersage abschlossen.

Doch das Haus lag in Finsternis. Nur die Strahler der automatischen Terrassenbeleuchtung auf der Rückseite des Gebäudes warfen ein wenig Licht in die Dunkelheit.

Er hatte sich auf einen friedlichen Restabend mit Bel gefreut: Die von seiner Nachbarin zubereiteten Hackfleisch-Auberginen warteten im Kühlschrank, aufgewärmt zu werden. Dazu ein Gläschen Wein und diesen fürchterlichen Tag gemütlich auf dem Sofa ausklingen lassen.

Diese Aussicht im Hinterkopf hatte Lluc über die letzten Stunden angespornt, seinen knurrenden Magen und das stumme Handy zu ignorieren. Doch das Szenario vor ihm stimmte ihn alles andere als optimistisch.

Lluc parkte den alten Jeep vor dem Haus, schaltete den Motor ab und checkte noch vor dem Aussteigen erneut sein Handy. Vielleicht war ihm während des Chaos eine Nachricht durchgeschlüpft.

Doch Bel hatte keine telefonische Erklärung für ihre Abwesenheit hinterlassen. Als letztes Lebenszeichen war auf seine Nachfrage, wie sie vorankäme, ein hochgestreckter Daumen erfolgt. Seither herrschte nur Funkstille.

Nachdenklich blieb er sitzen, bis die Displaybeleuchtung des Bildschirms erlosch. Bel zählte nicht zu der Sorte Frauen, die beleidigt den Rückzug antraten, wenn etwas nicht wie erwartet lief. Sie vergeudete keine Zeit mit Manipulationen und subtilen Machtspielchen, die beide Geschlechter in Beziehungen einsetzten, wenn die erste Phase der Verliebtheit durchlebt war und man in das nächste Zweisamkeitsstadium trat. Einer der unzähligen Gründe, die sie so besonders machten. Und er Idiot stellte wieder sein herausragendes Talent zur Schau, alles zu vermasseln.

Seufzend öffnete Lluc die Tür des Jeeps. Eine milde Nachtbrise blies ihm warme Luft entgegen und mischte den Duft von Jasmin mit dem Geruch von nassen Hundehaaren. Er stieg aus dem Auto, schlug die Tür zu. Zögernd lag sein Finger auf der Fernbedienung. Er verspürte einen unerklärlichen Widerstand dagegen, den Verriegelungsmechanismus des Wagens zu aktivieren und damit die Innenbeleuchtung zum Erlöschen zu bringen.

Plötzlich spürte er etwas. Instinktiv.

Er war nicht allein. Es befand sich noch jemand auf dem Grundstück.

Lluc wirbelte herum. Doch die Einfahrt zur Straße hinter ihm lag in einsamer Dunkelheit.

Motten und Mosquitos tanzten in den Lichtkegeln der Autoscheinwerfer, die Hibiskussträucher warfen langen Schatten.

Sein Blick bohrte sich in die Finsternis hinter dem Haus, doch außer dem Flackern der Verandabeleuchtung, die sich automatisch einschaltete, wenn der Tag dem Ende zuging, war keine Bewegung in der formlosen Schwärze auszumachen.

Lluc schüttelte den Kopf. Jetzt litt er noch unter Verfolgungswahn. Der ereignisreiche Tag, der Mord, die seltsame Leichenpräsentation forderten ihren Tribut.

Er setzte sich in Bewegung, hielt inne, stutzte.

Wo blieb Iago? Der alte Berner Sennenhund folgte religiös dem täglichen Begrüßungsritual, ihn bei seiner Rückkehr am Wagen abzuholen.

Das Zirpen der Grillen aus dem Garten begleitete das Knirschen seiner Schritte auf dem Kies.

Erneut filzte Llucs Blick die Dunkelheit. Flog über die schemenhaften Konturen der alten Olivenbäume, den hüfthohen Lavendel, der den Weg säumte. Dahinter versank der wilde Garten in bewegungsloser Tintenschwärze.

Alles schien normal. Trotzdem stellten sich Lluc die feinen Härchen im Nacken auf.

Das Holster mit der Heckler & Koch hing schwer an seiner Hüfte. Es war das erste Mal, dass es ihn beruhigte, im Tal von Sóller eine Waffe zu tragen. Irgendwann feierte man immer Premiere, doch überraschte es Lluc, ausgerechnet diese eines Tages zu erleben. Trotz mehrerer Morde in den letzten Jahren ging es im Tal beschaulich zu, und niemals war die Insel mit einem so auffälligen Täterprofil und unvorhersehbaren Eskalationsstufen konfrontiert gewesen.

Unerwartet schob sich wieder das Gemälde des Mannes mit dem Apfel in seine Gedanken.

Kopfschüttelnd über seinen eigenen Irrsinn, erreichte Lluc die zur Straße gewandte Rückwand des Hauses. Er blickte durch eines der dunklen Fenster ins Wohnzimmer. Die ringförmige Beleuchtung des Klimaanlagenschalters erhellte den Raum genügend, um Möbel und Gegenstände ausmachen zu können. Auch hier nur Schatten und Schemen, keine Bewegung, alles wirkte friedlich und still.

Oben auf der Gebirgsstraße nach Deiá erklang der aufgemotzte Auspuff eines vorbeirasenden Motorrads aus der Ferne wie eine Erinnerung an die harte Realität.

»Iago?«, rief er.

Von der Terrasse hinter dem Haus ertönte ein leises Winseln.

Lluc spannte die Muskeln, trat um die Hausecke.

Seine Hand flog zum Holster.

Am Tisch vor dem Eingang saß ein Mann. Kantiges Gesicht, sauberer Kurzhaarschnitt, um die vierzig, der kräftige Oberkörper über das Schachbrett gebeugt, auf dem Lluc mit seinem Nachbarjungen Jaime seinen täglichen Zug spielte.

Iago, der Pseudowachhund, der selbst Buffalo Bill schwanzwedelnd begrüßt hätte, lag zu seinen Füßen und ließ sich das weiche Fell kraulen.

Der Mann sah auf, lächelte. Ein John-Travolta-Grübchen spaltete sein prominentes Kinn. Im nächsten Moment stand er neben seinem Stuhl, ohne dass die Bewegung sichtbar nachvollziehbar gewesen wäre. Während seiner Lehrjahre als junger Rekrut war Lluc auf einen Nahkampfausbilder gestoßen, der sich so schwerelos bewegt hatte wie Neo in den Kämpfen der Matrix. Domingo – wobei Lluc sich nicht mehr erinnerte, ob das sein Vor- oder Nachname gewesen war. Die bemerkenswerte Leichtfüßigkeit des Typen auf seiner Terrasse kam dem sehr nahe.

Eindeutig Spezialausbildung.

Eindeutig kein Sólleric. Dieses Gesicht hätte Lluc erkannt. Er tippte auf Festland-Spanier. Man identifizierte sie schnell. Es lag nicht an einem speziellen Detail, das sie besaßen, sondern dessen Mangel. Ein Mallorquiner verfügte über dieses *Etwas*, seinen Inselstolz, den er trug wie ein Kleidungsstück. Doch der Mann auf seiner Terrasse war keinesfalls nackt. Auch ihn umgab eine unmissverständliche Aura, die zu seinem militärischen Kurzhaarschnitt passte.

»Buenas noches«, sagte Lluc auf *Castellano.*

Der Mann sprang auf und reichte ihm die Hand. »Es tut mir leid, dass ich so in Ihr Heim hineinplatze. Sie waren nicht zu Hause, also habe ich einfach gewartet.« Ein leicht verschlucktes S deutete auf den Hauch einer andalusischen Aussprache hin.

»Meine Dienstnummer findet man bei Google.« Lluc betrachtete ihn aus zusammengekniffenen Augen. Irgendwas an dem Typen ließ bei ihm die Alarmglocken läuten. Die Dreistigkeit des Auftritts trug sicherlich dazu bei. Ebenso wie der durchdringende Blick aus kleinen Murmelaugen oder die präzise Effizienz seines Körpers. Doch ausschlaggebend war die Uniform, die ihn umgab, ohne dass er eine trug.

»Valls«, stellte er sich vor. Keine Erwähnung eines Ranges oder des militärischen Organs, für das er arbeitete, was auf einen Besuch als Privatperson hinwies. Sein Händedruck war kräftig und korrekt wie der Rest seiner Erscheinung. Er musterte Lluc abschätzend, als würde er eine Reaktion auf den Namen erwarten.

»Welche Streitkraft?«

Der Mann lächelte. »Die Aura klebt an einem, egal was man tut.«

Lluc zuckte mit den Achseln. »Man erkennt sich.«

Die Guardia Civil gehörte zu einem der drei Polizeikörper Spaniens. Im Gegensatz zu der Policía Nacional und der Policía Local erfüllte sie ebenso zivile wie militärpolizeiliche Funktionen und unterstand als solche, genau wie Heer, Marine und Luftwaffe, dem Verteidigungsministerium.

»Marine«, sagte Valls nach kurzem Zögern. »Ich wollte mich vorstellen. Ab August löse ich Comandante Romero als Chef des Stützpunkts in Port Sóller ab.«

»Sie gehen in die Hotellerie?« Trotz großspuriger Bezeichnung handelte es sich bei dem Posten um einen Hoteldirektor mit militärischem Rang, wie Llucs alter Freund Romero immer scherzte. Der stillgelegte Marinestützpunkt befand sich nicht mehr in aktiver Nutzung der Streitkräfte, sondern diente Militärangehörigen des ganzen Landes als Ausflugs- und Urlaubsbasis.

Valls zuckte mit den Schultern. »Neue Erfahrungen sammeln.«

Der Posten bedeutete die Sackgasse und Endstation einer militärischen Karriere. Zu jung für eine Pensionierung, hatte der Mann entweder etwas verbrochen, das nicht für eine unehrenhafte Entlassung ausreichte, aber schlimm genug war, um eine Strafverbannung zu rechtfertigen. Oder er hatte die Kollision mit dem Ego eines Vorgesetzten nicht unbeschadet überstanden. Doch Lluc stellten sich wichtigere Probleme als die fehlgeleitete Laufbahn eines Marineoffiziers.

Für eine kollegiale Kontaktaufnahme stimmten weder

Zeit noch Ort. Dieser Valls musste schon eine Weile im Dunkeln auf ihn gewartet haben. Welche Dringlichkeit bewog ein Mitglied der Marine, mitten in der Nacht Llucs Finca aufzusuchen?

»Sevilla?«, fragte Lluc. Irgendwie führten momentan alle Wege nach Sevilla.

»Cartagena. Nach der Scheidung meiner Eltern sind wir mit unserer Mutter zurück aufs Festland gezogen.«

»Haben Sie noch Angehörige hier in Sóller?« Vielleicht ließ sich Valls in eine familiäre Schublade einordnen. Diese waren eine besonders gute Art der Eingliederung. Als ob die Feststellung von Tanten, Onkeln oder des Stammbaums noch weiter zurückliegender Familienmitglieder etwas über die Persönlichkeit aussagte.

»Entfernte Verwandte in Campos. Mein kleiner Bruder ist allerdings kürzlich hergezogen und fühlt sich pudelwohl.«

»Ist er auch bei der Marine?«

Valls lachte. »Das einzig Militärische ist seine schicke Sporttasche im Camouflage-Print, der jetzt überall so in ist.«

Iago trottete zu Lluc und rollte sich zu seinen Füßen wie eine Gamba zusammen. Nachdem die Höflichkeiten nun ausgetauscht waren, kam Lluc auf den Punkt. »Bei allem Respekt und der Freude, Ihre Bekanntschaft zu machen, Señor Valls, bin ich sehr müde. Sicherlich haben Sie in den Nachrichten gehört, dass wir heute einen harten Tag hatten. Wie kann ich Ihnen also weiterhelfen?«

»In Wirklichkeit bin ich da, um *Ihnen* behilflich zu sein, Sargento.«

Lluc runzelte die Stirn. Wenn das Militär, egal welchen Regiments, sich herabließ, jemandem einem Besuch abzustatten, steckte selten ein philanthropischer Grund dahinter.

Seufzend ließ er sich auf einen Stuhl fallen und bedeutete Valls, wieder Platz zu nehmen – sitzend prallten die Frechheiten leichter von einem ab. Trotz müder Füße widerstand er dem Drang, sich die Schuhe auszuziehen, und bot Valls nichts zu trinken an. Was auch immer dieser Besuch bezwecken sollte, sie brachten es besser schnellstens hinter sich.

»Also gut, wie wollen Sie mir weiterhelfen?«

»Es geht um Ihren Fall. Gloria Ortiz.«

Eine besonders laute Zikade stach aus dem Konzert ihrer Artgenossen hervor und füllte die überraschte Stille. Iago hob den Kopf, lauschte sprungbereit. Lluc atmete tief ein und sog den Geruch des Nachtjasmins auf, der seinen Duft verströmte. Großzügig wie die Marine. Welche Informationen besaß ein Marineoffizier über das Mordopfer?

Lluc starrte ihn an, dachte an die Wand in Glorias Wohnzimmer. An die vielen Zettelchen, Sichtungspunkte, Bindfäden, Fotos und Auswertungsberichte. Versuchte, eine Verbindung zu ziehen, und scheiterte.

Valls senkte die Lider und warf einen Blick auf den Tisch, wo das Schachspiel stand. Gerade volljährig und schon seit zehn Jahren fähig, Lluc strategisch die Hose auszuziehen, hatte der Nachbarsjunge Jaime einen Zug gespielt, den Lluc später in Ruhe analysieren musste. Bis zum nächsten Morgen blieb ihm dann Zeit, eine adäquate Antwort zu setzen. Die Schnell-schnell-Methode führte ohne Umwege ins noch schnellere Schachmatt.

»Sie spielen Schach?« Valls Überraschung klang wie eine Beleidigung, während er die Spielzüge mit einem anerkennenden Nicken bedachte. Sein Blick flog über das Brett, und die stirnrunzelnde Art, die Positionen detailliert zu inspizieren, deutete ebenfalls auf einen Liebhaber.

»Ich spiele immer gegen mich selbst. So weiß ich, dass es ein ausgewogener, gerechter Kampf ist«, log Lluc. Vermutlich übertrieb er seinen Beschützerinstinkt, aber er traute diesen Leuten nicht. Je weniger gewisse Gruppierungen von Jaime und seinen bemerkenswerten Fähigkeiten wussten, desto besser. Und ungeachtet der Story, die Valls ihm verkaufen wollte, dieser Mann gehörte nicht zum aussortierten Fundus des Marinepersonals. Die außergewöhnliche Wendigkeit des trainierten Körpers sprach eher für ein Mitglied der *Fuerzas especiales*, der Spezialeinheiten, oder ähnlich ausgebildeten Teams.

Valls sah auf und traf direkt Llucs Blick. »Ich möchte Sie bitten, meinen Besuch heute vertraulich zu behandeln.«

»Dafür muss ich erst wissen, worum es geht.« Militär hin oder her. Regeln galten für alle.

Valls schien auf der Antwort zu kauen, schätzte die Lage ab und gab sich einen Ruck. »Eine Ihrer Mitarbeiterinnen hat mich angerufen.«

Erstaunt beugte Lluc sich vor. »Welche?«

»Eine Agente Gual. Sie bat um dringenden Rückruf.«

»In welcher Angelegenheit?« Doch noch während er die Frage aussprach, formte sich die Antwort in seinem Kopf.

»Ich hatte gestern Abend eine Verabredung mit Gloria Ortiz. Vermutlich war ich einer der Letzten, der sie lebend gesehen hat.«

12

»JM?« Lluc starrte den Mann über den Tisch hinweg an. »Sie sind Glorias Date?«

»Juan Manuel Valls.«

»Warum melden Sie sich jetzt erst? Wir versuchen schon den ganzen Tag, Sie zu erreichen. Meine Assistentin hat Ihnen diverse Nachrichten hinterlassen und Sie gebeten, unverzüglich mit uns Kontakt aufzunehmen oder im Revier zu erscheinen.« Stattdessen marschierte er hier ein, lauerte Lluc mitten in der Nacht auf, und besaß die Frechheit, es wie einen Gefallen wirken zu lassen.

Valls hielt Llucs Blick stand. »Ich habe erst heute Abend das Telefon wieder eingeschaltet, nachdem ich die Nacht in der Bucht von Sa Foradada vor Anker lag. Die Nachricht Ihrer Kollegin habe ich vor einer Stunde abgehört und von Glorias Tod erfahren.« Sein Adamsapfel hüpfte nervös, als er hart schluckte. »Ich bin dann direkt hergekommen, um mit Ihnen persönlich zu reden. Nicht am Telefon.« Seine Hand fuhr durch die kurz geschnittenen braunen Haare. Die erste Geste, die Emotionen andeutete und Unsicherheit verriet.

»Einen ganzen Tag ohne Handy nach einem romantischen Date?«

Valls zauberte aus den Tiefen seiner Jeanstaschen zwei Handys heraus und legte sie auf den Tisch. Ein altes Nokia-

Telefon im Miniformat und ein iPhone der neuesten Generation. »Natürlich habe ich auch ein normales Smartphone, doch für diese Art der Kommunikation bevorzuge ich die Anonymität der Neunzigerjahre. Man weiß ja nie, wer mitliest.«

»Eine merkwürdige Aussage.«

»Wir leben in seltsamen Zeiten, Sargento.«

Das silbrige, zerkratzte Gehäuse des Nokia mit dem winzigen Fensterdisplay wirkte wie ein Kinderspielzeug neben dem riesigen Bildschirm des Smartphones.

»Ich habe Gloria wirklich gemocht und bin zutiefst schockiert über ihren Tod. Was wissen Sie schon über die Umstände?« Valls Ton war insistierend, der Ton eines Menschen, der es gewohnt war, Antworten einzufordern.

Die Dreistigkeit des Mannes nahm irritierende Maßstäbe an. »Nichts, was ich Ihnen mitteilen dürfte. Belassen wir es dabei, dass ich die Fragen stelle. Einverstanden?«

Valls setzte zum Protest an, schloss dann aber den Mund und nickte widerstrebend.

»Also, was war das mit dem Telefon?«

Valls seufzte, schien sich geschlagen zu geben. »Um ehrlich zu sein, habe ich mich etwas über den Abend geärgert. Nach dem Treffen mit Gloria habe ich es ausgeschaltet. Und irgendwann war die Batterie leer, und das Ladekabel lag zu Hause.«

»Erzählen Sie bitte der Reihe nach. Den genauen Ablauf.« Da es nun drohte, eine längere Unterredung zu werden, entschied Lluc, sich doch ein alkoholfreies Bier zu gönnen. Aus Höflichkeit bot er Valls ebenfalls eins an, der aber ein Glas Wasser vorzog.

Lluc schloss das dunkle Haus auf, durchquerte den Eingangsbereich, ohne die Lichter einzuschalten – es sollte für Valls nicht zu heimelig einladend wirken –, und holte ein Estrella Galicia Zero aus dem Kühlschrank der offenen Küche.

Im Lichtschein des Eisschranks sah er den Zettel: An der weißen Schranktür oberhalb der Spüle klebte ein pinker Post-it.

Llucs Herz hüpfte. Ohne die Notiz zu lesen, faltete er das Papier zusammen, steckte es in die Hosentasche und kehrte mit Bier und einem Glas Wasser beladen zurück auf die Terrasse. Sein Fokus musste auf den Marinemann konzentriert bleiben, ohne dass Bel sich in seine Gedanken mischte und Aufmerksamkeit abzog.

Das Zischen beim Öffnen der Dose war das schönste Geräusch, das er an diesem Tag gehört hatte, und wie die eiskalte Flüssigkeit seine brennende Kehle hinunterlief, das beste Gefühl. »Erzählen Sie von Anfang an.«

Valls zuckte mit den Schultern. »Was soll ich sagen? Wir sind am späten Nachmittag nach Sa Calobra rausgefahren. Ein bisschen schwimmen, Musik hören, den Sonnenuntergang ansehen. Sie wissen schon.«

»Und dann?«

»So gegen elf Uhr habe ich sie wieder in den Hafen zurückgebracht.«

»Das war's?«

»Die grobe Version der Fakten, die für Sie wichtig sind.«

»Ich bevorzuge es eher fein. Und Unwichtiges filtere ich selbst heraus, danke für Ihre Hilfsbereitschaft.« Er nahm einen Schluck aus der Dose, ohne den Mann über den Rand hinweg aus den Augen zu verlieren. »Ein abruptes Ende der

Romantik«, bemerkte Lluc. »Sonnenuntergang, Sa Calobra, Weinchen, Verabredung. Hört sich nach dem perfekten Date an. Stattdessen setzen Sie Gloria ab und fahren dann in die nächste Bucht weiter. *Allein.*«

»Sagen wir es mal so: Es ist nicht ganz so gelaufen wie erwartet.«

»Gab es Streit?«

Valls hob abwehrend die Hand. »Keinesfalls. Wir verstanden uns blendend.«

»Hatten Sie eine sexuelle Beziehung mit Gloria Ortiz?«

Valls presste die Lippen zusammen, zögerte, schien sich dann zu erinnern, in eine Mordermittlung verwickelt zu sein. »Nein, dazu ist es nicht gekommen. Es war erst das dritte Treffen, wir befanden uns noch in der Kennenlernphase.«

Lluc drückte Dellen in die Bierdose. Die Geschichte hinkte. Valls wirkte nicht wie jemand, der seine Partnerin wochenlang auf Herz und Nieren prüfte, bevor er mit ihr intim wurde. Hatte Gloria ihn abgewiesen und damit seinen Zorn entfacht?

Ein Nachtfalter flog über das Schachspiel und ließ sich auf der Königin nieder.

»Es hat eigentlich gut angefangen. Wir haben gebadet, uns gesonnt, was getrunken.« Versunken in seinen Erinnerungen, heftete Valls Blick sich auf die Figuren.

»Und dann?«

»Die Sonne ging unter. Sa Calobra versank in Dunkelheit. Alles lief super. Bis dann …«

Er stockte, schüttelte den Kopf. »Sargento, ich bitte Sie wirklich, diese Einzelheiten vertraulich zu behandeln. Man könnte es missinterpretieren und falsche Rückschlüsse ziehen. Allerdings bin ich mir sicher, dass auch andere es gesehen haben. Wir waren nicht die Einzigen da draußen. Da war eine Llaüt Menorquin neben uns, die *Montemar.* Und auf dem Rückweg lagen in Cala Tuent auch Boote.«

»Was ist geschehen?«

»Da war dieses Licht. Wie ein Meteorregen, nur näher dran. Ich vermute irgendein Satellit oder etwas in der Art. Es flog vorbei, ein paar Sekunden, dann war es weg. Jedenfalls war Gloria ganz aufgeregt und wollte sofort zurück nach Hause.«

Er hob den Blick, als würde er dort oben eine Reprise des Gesehenen erwarten, wo jedoch nur ein Insekten jagender Gecko auf den Dachbalken der Veranda lauerte. »Es sah aus wie eine fallende Sternschnuppe. Nur näher. Und verschwand dann am Horizont.«

»Unabhängig von der Interpretation dieses … Lichts. Was hat das mit dem Abend zu tun?«

»Sie wurde plötzlich ganz komisch. Ernst und aufgeregt. Sie hat sich geärgert, kein Foto geschossen zu haben, doch es ging alles so schnell. Jedenfalls wollte sie sofort zurück nach Port de Sóller. Ich habe noch versucht, die Atmosphäre zu retten, doch die Stimmung war dahin.«

»Wegen dieses Lichts?« Das Bild von Glorias Recherche an der Wand ihres Wohnzimmers schob sich vor Llucs Auge. Die Mühe und Energie, die Arbeitsstunden, die sie in dieses akribische Werk investiert hatte. Gemessen an ihrem Rechercheaufwand erstaunte ihn Glorias heftige Reaktion überhaupt nicht. »Wegen eines verpassten Fotos ein hoffnungsvolles Date platzen lassen?« Da muss noch mehr gelaufen sein.

Valls zögerte eine Sekunde. »Ja, verrückt. Nicht wahr?«

»Also haben Sie Gloria zurückgefahren?«

»Korrekt.«

»Kann das jemand bestätigen? Diese Llaüt vielleicht?«

»Die Montemar ist vorher zurückgetuckert. Ich habe Gloria an der Tankstelle im Port abgesetzt. Sie war schon geschlossen, es muss so gegen elf Uhr gewesen sein. Sicherlich gibt es dort aber eine Kameraüberwachung.«

In der Tat war die *Gasolinera* mit Kameras gesichert. Außerdem herrschte im Sommer rege Betriebsamkeit im Hafen, viele der Eigner schliefen auf den Booten oder kamen von den Ausflügen nach Sonnenuntergang zurück.

Gleich am Morgen würde Gual die Aussage überprüfen.

»Sie ist an der Mole von Bord gesprungen, hat mir versichert, sie würde sich melden, und ist davongeeilt. Ich habe mich fast wie ein abserviertes Date gefühlt.« Er grinste, doch hinter der Selbstironie konnte Lluc einen verletzten Ausdruck ausmachen. Sicherlich erfuhr Valls nicht häufig eine Abfuhr. Aber war das ausreichend, um an Gloria Rache zu nehmen?

»Und was haben Sie dann getan?«

»Ehrlich gesagt war ich ein bisschen sauer. Wir hatten uns auf einen schönen Abend gefreut, und plötzlich möchte sie unbedingt sofort nach Hause, ohne eine Erklärung abzugeben. Sie war brüsk und verschlossen. Und nervös. So hatte ich sie noch nie erlebt.« Valls bewegte die Hand Richtung Schachbrett, streckte die Finger abwesend nach dem Turm aus und schien sich im letzten Moment zu erinnern, ein laufendes Spiel vor sich zu haben. »Mein Abend war gelaufen, nach Hause wollte ich nicht. Also bin ich nach Sa Foradada weitergefahren und habe dort in der Bucht übernachtet.«

»Gibt es Zeugen?«

Valls zog die Augenbrauen zusammen. »Da lag eine Horizon P110 neben mir vor Anker, die Crew kann sich bestimmt an mich erinnern. Ein Riesending, mit Skylounge und Flybridge auf dem dritten Deck. Nach dem Dilemma mit Gloria brauchte ich was Stärkeres als Rosado. In der Kabine habe ich noch eine halbe Flasche Gin gefunden, aber nichts zum Mischen. Einer von der Crew war so nett, mir ein Tonic zu leihen.« Er schürzte die Lippen und vertiefte sein Kinngrübchen. »Nette Leute, Südafrikaner aus Durban. *Delia* hieß das Schiff, falls Sie es überprüfen wollen.«

Äußerst zweckdienlich, Zeugen zur Hand zu haben, die einem auch die Zutaten für den Frustdrink lieferten. Auch Altkönig Juan Carlos war bekannt für solche Leihaktionen auf See, was der Grund dafür sein mochte, dass das Alibi konstruiert klang.

»Haben Sie etwas dagegen, wenn die Kollegen sich auf Ihrem Boot umsehen?«

Valls wirkte nicht unbedingt glücklich darüber, nickte aber. »Ich habe nichts zu verbergen.«

Nachdenklich starrte nun auch Lluc aufs Schachbrett, ohne Spielzüge oder Figuren wahrzunehmen, die in einem schwarz-weißen Brei verschwammen.

Der unerwartete Nachtbesuch ergab langsam einen Sinn. Valls versuchte, das Aufsehen zu vermeiden, das seine Verbindung mit Gloria unweigerlich erregen würde. Was nachvollziehbar war. Der kurze oder lange Dienstweg wurde häufig eingeschlagen. Selten allerdings der superkurze in Form eines nächtlichen Besuchs eines Privatmanns, der einem auf der dunklen Terrasse auflauerte. Lluc konnte das Gefühl nicht abschütteln, dass da noch mehr hinter der Fassade steckte. Valls erzählte ihm nicht die ganze Geschichte.

»Wussten Sie von Glorias Hobby?«, tastete Lluc sich vor.

»Welches? Sie hat nie etwas Spezielles erwähnt.« Seine Antwort wirkte ehrlich.

»Gloria Ortiz hatte eine Schwäche für Verschwörungstheorien.«

Falls Valls das verwunderte, ließ er sich das nicht anmerken. »Sie meinen die Mythen der Lichtersichtungen? Natürlich habe ich von diesen Geschichten gehört, als ich den Posten erhalten habe. Alles im Scherz, versteht sich. Diese Legenden ranken sich schon seit dem letzten Jahrhundert um das Tal. Die Menschen brauchen ein bisschen Folklore und Mystik.«

»Würden Sie das Licht, das Sie gesehen haben, in diese Kategorie einordnen?«

»Die Luftwaffe hat vor einigen Jahren eine ausführliche Untersuchung durchgeführt. Aussagen, Augenzeugenberichte und Fotos wurden dokumentiert und korrekt ausgewertet. Zur Wahrung der Neutralität wurde sogar eine externe Firma beauftragt.«

Lluc konnte sich vage an den Report erinnern, der vor Jahren durch die Schlagzeilen der Inselpresse gefegt war. Es hatte kein großes Interesse in ihm geweckt, da er auch ohne kostenintensive Untersuchung das Ergebnis hätte vorhersagen können.

»Die Analyse ist von unabhängigen Instanzen zertifiziert und das Resultat eindeutig. Weder gibt es fliegende Untertassen und grüne Männchen im Tal noch geheime Militärprojekte«, sagte Valls.

»Das Wort geheim impliziert, dass es nicht öffentlich gemacht wird.«

Valls überging den Einwand. »Doch ich verstehe, dass ein nüchternes Ergebnis weniger romantisch ist als ein Besuch vom Planeten Endor.«

Ein Star-Wars-Fan. Der erste Sympathiepunkt für Valls. »Endor ist ein Mond.«

Valls lachte auf. »Touché.«

Nachdenklich legte Lluc den Kopf schräg. Bisher hatte der offizielle und von Valls zusammengefasste Standpunkt exakt seine Meinung widergespiegelt. Wenn der Marineoffizier beabsichtigt hatte, Llucs Neugier zu wecken, war ihm das gelungen.

»Wie haben Sie Gloria kennengelernt? Sie sind doch erst seit Kurzem auf der Insel.«

Valls' Blick glitt zum Turm auf dem Schachbrett. »Das war ein merkwürdiger Zufall.« Doch sein Gesichtsausdruck erzählte eine andere Geschichte. Eine, in der es keinen Platz für Zufälle gab. »Jeden Morgen jogge ich vom Hafen ins Dorf und zurück, nehme dabei immer dieselbe Route. Ein Treckingpfad, der am Monumento-Kreisel beginnt und hinter dem kleinen Tunnel im Hafen endet. Wegen der Stille und des unebenen Terrains fast wie ein Miniberglauf. Eines Morgens stand sie auf der Stelle trabend neben mir, als ich gerade meine Schnürsenkel zuband. Sie fragte, ob es mir was ausmache, zusammen zu laufen. In dem Thriller, den sie las, wurden Joggerinnen von einem Serientäter überfallen. Und es war ihr dann doch etwas mulmig, so allein.«

Die Geschichte stank zum Himmel, obwohl unklar blieb, wer gelogen hatte. Die Route war selbst mitten am Tag einsam, führte durch einen dichten Wald und wurde wegen des unebenen Bodens voller Zweige und Geröll niemals von Joggern für ihre morgendliche Runde genutzt. Und nun sollen gleich zwei Läufer auf die Idee gekommen sein, diese unpassende Tour zu wählen? Ausgeschlossen.

»Und dabei befürchtete sie nicht, dass Sie ein Killer sein könnten«, warf Lluc ein.

»Offensichtlich hielt sie mich für vertrauenswürdiger, als Sie es tun, Sargento.« Er zeigte aufs Schachspiel. »Wer ist am Zug?«

»Weiß«.

Gerade als Llucs Abneigung gegen den Mann erste Risse zeigte und bröckelte, streckte Valls die Hand aus und schloss die Finger um den weißen Bauern auf d7. Ohne die Bitte um Erlaubnis bewegte er die Figur auf das schwarze Grundreihenfeld d8. Eine Bauernumwandlung. Dieser Sonderzug erlaubt die Umwandlung eines Bauern in eine andere Figur, wenn dieser die gegnerische Grundreihe erreicht. Valls wählte die Dame, sodass die weiße Partei nun zwei Damen auf dem Brett besaß.

Lluc starrte ungläubig auf das Schachbrett. Die dreiste Selbstgefälligkeit der Geste verschlug ihm für einen Moment die Sprache, und es kostete ihn Überwindung, sich zu beherrschen. »Ich kann mich nicht erinnern, um Hilfe gebeten zu haben.«

Zwei Damen.

Ein kalter Schauer kribbelte seine Wirbelsäule hinunter wie eine dunkle Vorahnung.

Er sah Valls direkt an, versuchte, den seltsamen Mann zu lesen. War das eine Botschaft?

Doch dieser lächelte nur, die Miene unverändert undurchdringlich. Er schob seinen Stuhl zurück und reichte Lluc eine Visitenkarte. Hellgraues Papier, imprägniert und von hoher Qualität, auf dem nur eine Telefonnummer stand. Kein Name, kein Dienstgrad.

»Bitte rufen Sie mich an, wenn Sie noch Fragen haben.«

Lluc wendete die Karte in seinen Fingern. »Soll das ein Witz sein, Valls? Diese James-Bond-Nummer beeindruckt vielleicht im Kino. Oder in Narnia. Aber dem Realitätscheck hält sie nicht stand.«

Valls hob zum Abschied zwei Finger an die Stirn. »Buenas noches, Sargento.«

Allein auf seiner Terrasse, zog Lluc sich als Erstes die Schuhe aus und tappte barfuß ins Haus. Der Natursteinboden kühlte angenehm seine Sohlen, beruhigte seine Wut. Bei der Bierflasche, die er dieses Mal aus dem Kühlschrank nahm, handelte es sich um die vollwertige Alkoholversion. Er hielt sie an die Stirn, Abkühlung für die rauchenden Gedanken.

An die Arbeitsplatte der Küchenzeile gelehnt, zog er den pinken Post-it-Zettel aus seiner Hosentasche und entfaltete die Notiz.

Wie erwartet war es eine Nachricht von Bel.

Amor, *bin im totalen Schreibflow. Gehe nach Hause und verkrieche mich ins Schreibretreat.*

Eine Welle der Erleichterung schwappte durch seinen Körper. Es gab eine Erklärung für Bels Verhalten, sie war nicht kommentarlos gegangen.

Lluc öffnete das Bier, nahm einen gierigen Schluck und tappte zurück auf die Terrasse.

Wo Minuten vorher Valls' Präsenz für Unruhe gesorgt hatte, herrschte nun Stille. Doch seine Rastlosigkeit war noch immer zu spüren.

Er schickte Gual und Fina eine Nachricht, ihn früh am Morgen im La Gaviota zu treffen. Das Café lag strategisch günstig in Port de Sóller und bot Gual die Möglichkeit, gleich im Hafenamt die Kameraaufzeichnungen der Bootstankstelle zu sichern und Valls' Alibi der zwei Boote zu überprüfen, die seinen Angaben zufolge neben ihm geankert hatten. Delia und Montemar.

Lluc ließ sich in den Korbstuhl fallen und streckte die Beine aus. Iago leckte ihm die nackten Füße und schmiegte sich an seine schmerzenden Knie. Eine Hand in dem beruhigend weichen Fell des Hundes vergraben, starrte Lluc in die Dunkelheit.

Es gab einiges zu ordnen.

13

Gedankenschleifen und nervöse Anspannung hatten Lluc schon lange vor dem Wecker wach werden lassen. »Windmills of my Mind«, sie drehten sich wieder.

Der Tag war vollgestopft wie sein Besenkammerbüro im Revier, in dem er heute so wenig Zeit wie möglich verbringen wollte. Beim dritten Krähen des Hahnes auf Joanas Grundstück nebenan sprang er aus dem Bett. Es war schon hell, obwohl die Sonne nicht hoch genug am Himmel stand und sich auf der Ostseite der Insel hinter den Gipfeln der Tramuntana versteckte.

Lluc fühlte die Müdigkeit in den Knochen, doch das Wundermittel Adrenalin zirkulierte in seinen Adern, putschte ihn auf. Den Rest erledigten eine kalte Dusche und frische Jeans und T-Shirt.

Er fütterte Iago, versprach ihm einen baldigen Spaziergang durch das Tal von Son Sales und wandte sich dem mit seinem Nachbarjungen Jaime begonnenen Schachspiel zu. Dank Valls' gestrigen Zugs der Bauernumwandlung standen noch immer zwei weiße Damen auf dem Spielfeld. Es fehlten Lluc sowohl Zeit als auch Energie zum tieferen Nachdenken. Doch der Zug musste gespielt werden, wie es die von Jaime und ihm aufgestellten und jahrelang praktizierten Spielregeln besagten. Weder Krankheit noch Psychopathen durften diese außer Kraft setzen. Lluc starrte einen Moment auf das Brett und beschloss, es bei Valls' Zug zu belassen. In der gegebenen Spielsituation entpuppte er sich sogar als die beste Alternative.

Nur zehn Minuten später saß er im Wagen und verließ das Grundstück.

Frische Morgenluft strömte durch die offenen Fenster und brachte einen Moment des Friedens auf seinen Schwingen. Die Vögel zwitscherten, die üppige Vegetation des Tals leuchtete, der Himmel strahlte und vermittelte die Aussicht auf eine positive Zukunft und Lösung aller Probleme. Lluc überholte einen einsamen Spaziergänger, winkte ihm lächelnd zu und fuhr dann in Schrittgeschwindigkeit weiter, die ihm fast den Motor absaufen ließ. Für gewöhnlich, an normalen Tagen ohne Mordermittlung, lief er morgens das Stück zur Arbeit zu Fuß, um die grüne Pracht der Berge zu bewundern. Das Tramuntanagebirge kesselte das Tal von Sóller wie ein Ringwall ein und hatte bisher nie seine einnordende Wirkung auf Lluc eingebüßt. Was einen der Gründe darstellte, warum er niemals einen Wohnsitz an einem anderen Ort der Welt in Betracht zog.

Am Ende des Wegs bog er ab, fuhr am Sportzentrum von Son Angellats vorbei auf die Ma-13 und parkte an der Tankstelle.

Das Can Lluis am zweiten Kreisel des Ortes war das erste Café, das in Sóller öffnete. Ein Segen für Frühaufsteher, Handwerker und Palma-Pendler, um schon ab sechs Uhr in der Früh vor der Arbeit Kaffee und Frühstück zu ergattern.

Lluc kaufte Croissants und zwei Café con leche zum Mitnehmen und fuhr auf direktem Weg ins Dorf.

Das Haus, in dem Bel sich eingemietet hatte, befand sich in einer kleinen Seitengasse des Carrers de sa Lluna. Er parkte am Marktgebäude und lief von dort hintenrum durch die engen Altstadtgassen.

Eine schwarze Streunerkatze sprang von einer Steinmauer auf die Straße, streckte die Vorderpfoten in einer Bewegung, die sehr nach Yogapose aussah, und kreuzte Llucs Weg von links auf die rechte Seite.

War das die Richtung, die Glück oder Pech brachte? Denn das machte einen großen Unterschied und entschied über das Wohlwollen der näheren Zukunft, davon war Gual fest überzeugt. Leider konnte Lluc sich nicht mehr an die richtige Reihenfolge erinnern, ebenso wenig wie an das Gegenmittel im Falle eines Pechsymbols, um im Bedarfsfall das Unheil abzuwenden. Also wertete er es mal als positives Zeichen, und vorsichtshalber, um alle Eventualitäten abzudecken, spuckte er dreimal auf die Straße. Not machte erfinderisch, und er brauchte momentan alles Glück, das er kriegen konnte.

Das schmale Townhouse aus Naturstein stand zwischen einem zu einem Turismo interior umfunktionierten alten Dorfhaus und einer Apotheke. Sowohl das rezeptionslose Hotel als auch das Ladenlokal lagen in kompletter Finsternis. Dafür brannte aus Bels Häuschen das Licht in allen Fenstern und war erleuchtet wie ein Adventskalender.

Lluc lächelte. Ein Indikator für viele Stunden konzentrierter Arbeit, wenn sie die Morgendämmerung noch nicht bemerkt hatte.

Lluc hatte sich nicht angekündigt, sein Kommen geplant als kurze Überraschung an einem arbeitsreichen Morgen.

Doch jetzt, während er mit zwei Café con leche im Papphalter, Croissanttüte und pochendem Herzen vor der Tür stand, war er sich über die Großartigkeit der Idee nicht mehr so sicher. Er hatte die Möglichkeit nicht in Betracht gezogen, dass Bel ihn gar nicht sehen wollte. Vielleicht waren ihre abwesenden Blicke, die Zurückhaltung die ersten Indizien für das Nachlassen ihrer Gefühle. Doch wenn dem so war, würde er dieses Mal keinen beleidigten Rückzug antreten.

Sein Puls beschleunigte sich, als er sich räusperte und an die Holztür klopfte. Das Geräusch ertönte laut in der Stille des Morgens, und er kam sich vor wie ein kompletter Vollidiot und Störenfried.

Nach dem zweiten Klopfen ertönten Schritte.

»Wer ist da?«, fragte sie mit der durch die dicke Holztür gedämpften Stimme.

»Ich bin es. Kaffeedienst. Mach auf.«

Der Schlüssel drehte sich zweimal im Schloss, und ein Riegel wurde zurückgeschoben, bevor die Tür sich öffnete.

»Fort Knox? Seit wann verbarrikadierst du dich so?«

Ein ganzes Tramuntanagebirge fiel ihm von seinem Herzen, als sich Bels Mundwinkel zu einem breiten Lächeln verzogen.

Sie trug noch immer ihre Shorts und das Spaghettiträgertop, worin sie schlief, und schob sich die Lesebrille auf die Haare, die wie eine dunkle Wolke in Wellen um ihre Schultern fielen. »Ich hatte gestern Nacht plötzlich so ein komisches Gefühl. Alles knarrte und quietschte, und ich meinte, Schritte vor dem Fenster zu hören. Immerhin rennt hier ein Mörder frei rum.« Sie ließ Lluc passieren und nahm ihm den

Kaffee ab, den sie auf der Küchenzeile abstellte und ihm in einer festen Umarmung um den Hals fiel.

»Bist du gerannt?«, fragte sie in den Stoff seines Poloshirts, während sie geräuschvoll seinen Duft einsog.

»Wieso?«

»Dein Herz schlägt so schnell.«

»Es freut sich nur, dich zu sehen.«

Sie lachte, lehnte sich tiefer in seine Arme und drückte die weichen Lippen auf seine.

»Danke für den Kaffee, den sollten wir schnell trinken, bevor er kalt wird. Aus der Mikrowelle schmeckt er nicht.«

Sein Körper schrie nach ihrer Wärme und Weichheit, fühlte sich wie amputiert, als sie sich löste, einen der Pappbecher ergriff und sich im Schneidersitz auf einem hohen Küchensessel niederließ.

»Wie kommst du mit dem Roman voran?«

Bels Augen leuchteten auf, als sie in die Papiertüte lugte und ein Croissant hervorzauberte. »Nach einem fantastischen Start fingen die Schwierigkeiten an. Ich weiß nicht, was die dritte und vierte Szene sein sollen, und muss jetzt erst mal an dem Handlungsentwurf basteln. Aber der Anfang ist gemacht.« Sie biss in den Blätterteig, der wie Konfetti in viele kleine Krümel in ihrem Schoß zerfiel.

»Du kannst ja Zettel mit verschiedenen Möglichkeiten an die Wand hängen, wie wir das im Film immer machen«, schlug Lluc vor und dachte sogleich an Glorias Wandkunstwerk.

»Apropos Zettel. Du hast hoffentlich meine Nachricht gefunden.«

»Ich hatte gestern Abend noch Besuch von einem Zeugen.«

Zumindest hoffte Lluc, dass Valls das war. Die Vorstellung, dass der Mann Bel alleine zu Hause auf der Finca vorgefunden hätte, wie es ursprünglich geplant war, schnürte ihm den Magen zu.

»Dann kommt ihr schnell voran?« Ihrem Blick über das Croissant hinweg konnte Lluc noch immer das Thema ansehen, das unausgesprochen über ihnen hing.

Sevilla.

Eine Stadt, die für ihn jetzt so weit weg war, als läge sie in Feuerland. Er hatte vorher keine Absicht gehabt, nach Sevilla zu fliegen, und der Fall hatte selbst den Gedanken an eine Reise aus seinem Gedächtnis radiert.

Nur konnte er nun keine *Quality Time* im Austausch anbieten, um die Wogen zu glätten, Einsatz zu beweisen und seinen guten Willen zu demonstrieren. Doch die Liebe war kein Tauschgeschäft und sie keine Teenager. Bel würde es verstehen.

»Wir gehen den Spuren nach. Ob sie uns zum Täter führen, wird die Zeit zeigen.«

»Seid vorsichtig. Irgendwie habe ich kein gutes Gefühl.«

Obwohl sie nicht einmal die vollen Informationen über die seltsame Leichenpräsentation besaß und nichts von den Befürchtungen und der Alarmbereitschaft der Guardia Civil ahnte, war ihr Instinkt eindrücklich.

»In ein paar Tagen wird ein Team zur Verstärkung geschickt.« Lluc bereute den Satz, noch bevor er ihn zu Ende gesprochen hatte.

Und postwendend erfolgte die Frage. »Was für ein Team? Sie haben euch doch in der Vergangenheit auch allein ermitteln lassen. Letztes Jahr waren es sogar drei Opfer, und man hat dir den Fall nicht entzogen.« Sie senkte die Tüte in ihrer Hand, vergessen das Croissant, die Journalistin war geweckt.

»Es ist kompliziert«, versuchte er sich rauszureden.

»Ist es das nicht immer?«

Sie sah ihn abwartend an, legte den Kopf schräg. »Verstehe. Da läuft einiges hinter den Kulissen, von dem ihr der Öffentlichkeit nichts gesagt habt. Jetzt hast du meine Neugier geweckt.«

»Das war nicht meine Absicht. Aber wenn wir das Thema schon angeschnitten haben, möchte ich dich bitten, vorsichtig zu sein.« Es lag ihm auf der Zunge, zu fragen, wie lange sie vorhatte, dieses Schreibretreat durchzuziehen. Andererseits mochte er ihr nicht ihren Freiraum nehmen und sich in ihre Pläne einmischen, wenn seine Arbeit schon die gemeinsamen gekillt hatte. Obwohl er sie schrecklich vermisste, fragte Lluc sich, ob sie hier, eingekesselt zwischen Geschäften und Wohnhäusern des Dorfes, nicht sicherer war als bei ihm draußen, wo sich der nächste Nachbar nicht in unmittelbarer Rufnähe befand. Zerrissen in diesem Thema, wusste er selbst nicht, welche Einstellung er dazu hatte. Er hörte förmlich die Eierschalen unter seinen vorsichtigen Schritten knacken.

»Wenn es heute nicht zu spät wird – und nichts Unvorhergesehenes geschieht, komme ich am Abend vorbei. Wenn du magst.« Fügte er nach kurzem Zögern hinzu.

Sie lächelte. »Ich würde mich sehr freuen.«

Trotz der schönen Worte schnitt die Förmlichkeit, mit der sie miteinander umgingen, in seine Seele. Als Nächstes siezten sie sich noch.

Er sah auf die Uhr und erhob sich. »Ich muss los, Lagebesprechung mit Gual und Fina steht an.«

Der Kuss zum Abschied war lang, tief und schmeckte nach Croissant. Nur widerwillig löste Lluc sich von ihr und verließ das Dorfhaus.

Auf dem Weg zum Auto rief er Gual an. Sie meldete sich mit ungewohnt genervter Stimme.

»Guten Morgen, will die Kleine wieder im Ninja-Karnevalsoutfit in den Kindergarten?« Schon seit ihrer Geburt rüttelte Guals Tochter an den bestehenden familiären Machtstrukturen und praktizierte sprachlich den Imperativ eines guten Befehlshabers.

»Nein, ein Typ aus dem Port hat mich aus dem Bett geschmissen. Er rief um halb sechs an, weil er Gloria an einem der Boote gesehen haben will. Warum das den Leuten mitten in der Nacht einfällt, ist mir ein Rätsel. Ich habe dort gestern herumgefragt und meine Nummer hinterlassen.« Nach kurzem Zögern fügte sie hinzu: »Beim nächsten Mal hinterlege ich deine.«

»Ich bin im Dorf. Soll ich dich mitnehmen? Es gibt Neuigkeiten.«

»Danke, aber ich bin schon am Hafen. Muss mein Morgenprogramm schaffen.«

»Du hast Ninja-Transportdienst?«

»Es geht nicht um Carolina.«

»Worum dann?«

»Mein Ritual.«

Ein Müllabfuhrfahrzeug an der Plaça Mercat leerte geräuschvoll eine Tonne Altpapier. Lluc drückte den Hörer ans Ohr und wechselte die Straßenseite. »Sagtest du Ritual?«

»Lange Geschichte. Ich habe eine Challenge mit mir selber. Leider läuft jetzt die Zeit ab, was mich sehr nervt, da ich meine Morgenübungen nicht machen kann.«

»Mach sie abends.«

»Das geht nicht.«

»Warum? Die Kleine lässt sich doch bestimmt organisieren.«

»Jetzt hör auf mit der Fragerei«, blaffte sie ihn an. »Wir sehen uns in einer halben Stunde. Wenn ich zu spät komme, fangt schon mal ohne mich an.«

Erstaunt legte Lluc auf. Gual war eigen, aber nie zickig. Diesen Part übernahm Fina ganz gerne. Und warum sollte sie sich zur Lagebesprechung verspäten, wenn sie eh schon am Hafen war?

14

Wegen seiner langen Öffnungszeiten und guten Lage an der Hafenpromenade war das La Gaviota eines der Lieblingscafés der Polizei und vieler Dorfbewohner in Port Sóller.

Von acht Uhr morgens bis spät in die Nacht versorgten die Geschwister Ana und Pep Crespí ihre Gäste mit Getränken und Snacks. Kaffee und leichtes Frühstück am Morgen, eine abgespeckte Mittagskarte und Tapas mit Bar am Abend.

Noch immer lag der Hafen im angenehmen Schatten.

Seit dem Wochenendsturm war die Luft so klar, dass sich die Linien des weißen Leuchtturms Far de Cap Gros in einer Schärfe hervorhoben, als befände er sich in Reichweite.

Trotz früher Stunde war Lluc nicht der erste Gast. In einer von getopften Zitronenbäumchen abgeschirmten Ecke saß Fina und textete rasant eine Nachricht in ihr Telefon.

»Buenos días«, grüßte sie auf Castellano, ohne von ihrem Display aufzublicken. Während in den Dörfern überwiegend *mallorquí* gesprochen wurde, ein Dialekt der katalanischen Sprache, verständigte man sich in Palma besonders unter den jüngeren Generationen auf Castellano. »Ich bin hier gleich fertig. Habe den Obduktionsbericht und Glorias Handyauswertung vorliegen.«

»Lass uns noch einen Moment auf Gual warten. Ich habe auch Neuigkeiten.«

Die Lebensgeister geweckt, lehnte Lluc sich im Stuhl zurück und sah sich im Café um. Früher eines seiner Stammlokale, hatten schlechte Erinnerungen ihn jahrelang die Bar meiden lassen. Total irrational, denn natürlich konnte das Gaviota nichts dafür, dass sein ehemals bester Freund und Llucs damalige Freundin sich hier ineinander verliebt hatten.

Pep Crespí, der Besitzer, trat mit federnden Schritten hinaus, beladen mit einem Stoß Tageszeitungen, die er auf einem Tischchen neben dem Eingang zur Lektüre der Gäste ablegte. Stirnrunzelnd überprüfte er die geschienten und festgebundenen Zweige der eingetopften Zitronenbäumchen, denen der Sturmschaden vom Wochenende noch immer anzusehen war.

»Bon dia. Was treibt euch denn so früh aus den Federn?« In den Dreißigern, klein und drahtig schien Pep außerordentlich gut gelaunt an diesem Morgen. Selbst seine normalerweise glatten braunen Haare standen heute in gegelten Spikes vom Kopf ab.

Lluc freute sich, Pep so fröhlich zu erleben. Erst am Sonntag war überraschenderweise sein Vater gestorben. Als Lluc ihm sein Beileid ausgesprochen hatte, war der junge Mann besorgniserregend betroffen gewesen. »Obwohl ich es mir denken kann, wenn man das hier anschaut.« Er hielt die *Última Hora* in die Höhe.

Ein riesiges Foto von Glorias Vater, dem Saftfabrikanten Pedro Ortiz, prangte auf der Titelseite, aufgenommen beim Verlassen seines Hauses, mit der Überschrift: *Ich wünschte, ich wäre tot.*

Lluc stöhnte. »Bon dia, Pep. Schmeiß mal bitte die Gazette rüber. Vielleicht erfahren wir noch was Neues.«

Pep grinste und reichte ihm die Zeitung über die Zitrushecke. Dabei fiel ihm ein abgeknickter Zweig ins Auge, den er kritisch inspizierte, für erhaltenswert erachtete und zur Genesung in den Strang der anderen geschienten Äste an den Hauptstamm band.

Llucs schlechtes Gewissen meldete sich. Sein verwilderter Garten benötigte ebenfalls einige Aufräumarbeiten. Eine Zypresse war von den Windböen aus der Mauerformation gerissen worden, und Llucs ganzer Stolz, seine erste Bananenstaude, hatte sich aus drei Metern Höhe in Handreichweite geknickt.

Zufrieden mit seinem Werk kam Pep an ihren Tisch. »Schlimme Sache. Ich habe Ana angewiesen, mit mir die Abendschicht zu tauschen. Dafür übernimmt sie den Vormittag. Ich möchte nicht, dass sie im Dunkeln alleine im Dorf herumrennt, solange das nicht geklärt ist.« Er wies mit dem Kinn ins Ladeninnere, wo eine Frau einen Zweiertisch anhob und durch den Eingang auf die Terrasse bugsierte.

»So schlimm wird es hoffentlich nicht werden. Bon dia, Ana. Was macht das Training?«, fragte Lluc.

Ende zwanzig, trug sie wie immer das hellbraune Haar zu zwei eng am Kopf geflochtenen französischen Zöpfen. »Im Sommer trainieren wir am Spätnachmittag, sodass ich die Morgenschichten übernehmen kann und Pep sich nicht um seine arme wehrlose Schwester Sorgen machen muss. Obwohl ich nicht gedenke, mich vor irgendwas zu verstecken.« Ana Crespís tiefe Stimme passte zu ihrer Erscheinung. Sie stellte den Tisch ab und legte einen Arm um die Schultern ihres Bruders. Trotz der netten Geste hatte sich eine Spannung zwischen den Geschwistern aufgebaut, es wirkte wie gute Miene nach einem Streit.

»Pep fällt es schwer, zu akzeptieren, dass ich schon lange nicht mehr das kleine elfjährige Mädchen bin.«

Direkt nebeneinander wirkte der Unterschied der beiden grotesk. Sie war nicht nur die größte Frau des Dorfes, sondern überragte auch die meisten Männer – ihren älteren Bruder um gut einen Kopf. An Llucs ein Meter achtundachtzig kam sie locker ran.

Pep verzog den Mund. »Mir entgeht der Witz, Ana.«

Die Geschwister tauschten einen ernsten Blick, und Ana wechselte das Thema. »Im September geht die Saison wieder los. Dieses Mal werden wir Balearenmeister. Und die Knieverletzung ist auch verheilt.«

»Was darf ich euch bringen?«, unterbrach Pep, dessen gute Laune leichte Risse zeigte.

Sie bestellten Café con leche und Tostadas mit Tomate und Olivenöl. Pep notierte alles und zog sich ins Ladenlokal zurück, während Ana die freien Tische auf der Terrasse in die richtige Formation rückte.

»Wenn ich ein Täter wäre, hätte ich nachts auf der Straße mehr Respekt vor der Schwester als vor Pep«, flüsterte Fina, als sich Ana außer Hörweite befand. »Sind die sicher, dass sie Geschwister sind?«

»Darüber bitte keine lauten Witze machen. Besonders für Pep ist das ein sehr sensibles Thema.«

»Hältst du mich für einen Unmenschen? Natürlich würde ich so etwas niemals direkt fragen.«

Lluc bemühte sich um ein ernstes Gesicht, spitzte die Lippen und betrachtete seine Fingernägel.

»Was trainiert Ana?«

»Sie ist Sóllers Exportschlager in Volleyball. Nach einer Erfolg versprechenden Karriere in der ersten Liga in Barcelona musste sie wegen einer Knieverletzung nach Mallorca zurück, wo sie jetzt in der Superliga 2 der Shootingstar des CVS U-Energía ist.«

Lluc schlug die Zeitung auf und überflog den Artikel, der den Tod von Gloria Ortiz zusammenfasste, ohne die Details des Tathergangs zu erwähnen – so weit schien die Nachrichtensperre zu funktionieren. Der Bericht drückte alle emotionalen Knöpfe beim Leser, indem er Pedro Ortiz' Leid ausschlachtete: Sein Herz sei gebrochen, man hätte ihn nicht schlimmer treffen können, selbst sein eigener Tod wäre gegen den Schmerz, ein Kind zu verlieren, eine Wohltat gewesen.

Noch bevor der Kaffee und die Tostadas serviert wurden, erschien Gual. Es waren nicht nur die nass gewellten Haare, die ihr strähnig ins Gesicht fielen, die die Assoziation eines begossenen Pudels erregten. Ihr zusammengekniffener Mund und die saure Miene deuteten darauf, dass etwas definitiv nicht nach ihrem Gusto verlaufen war.

Sie rief Pep ihre Bestellung durch die offene Lokaltür zu – Café solo und eine Ensaïmada, extra gezuckert – und ließ sich dann neben Lluc auf den freien Stuhl fallen.

»Was ist mit dir los? Du siehst nicht gut aus«, bemerkte Fina. So viel zu ihrer diplomatischen Zurückhaltung.

»Danke. Das steigert meine Laune ungemein.«

»Jetzt, wo wir alle versammelt sind und unsere Befindlichkeiten zur Genüge ausgetauscht haben, lasst uns die Erkenntnisse zusammentragen.« Lluc pustete konzentrische

Kreise in die Oberfläche seines dampfenden Kaffees. »Ich hatte gestern Abend einen unangemeldeten Gast. Wir wissen jetzt, wer dieser JM ist.« Er fasste den Besuch des zukünftigen Chefs des Marinestützpunkts von Sóller zusammen.

»Er hat ein Handy, das er auch dienstlich nutzt und ein rein privates. So hat er es genannt. Diese Nummer benutzt er für Chats, die auf gar keinen Fall jemals in die Hände des Militärs gelangen sollten.«

»Also sein Sexting mit Gloria. Obwohl es ziemlich katholisch war«, warf Fina ein.

»Was heißt das denn?«, fragte Gual.

»Sehr anständig. Keine Abartigkeiten oder so.«

»Wenn ich wüsste, dass Coronel Alomar meine Nachrichten in die Finger bekommt, würde ich mir auch so ein Drogenschieberhandy aneignen.« Gual rümpfte die Nase. »Nicht dass ich irgendeine Form von Sexting hätte.«

Lluc räusperte sich und konzentrierte die Aufmerksamkeit der Kolleginnen zurück auf die wichtigen Dinge. »Laut Valls Aussage fing das Date gut an, bis sie dieses komische Licht sahen und daraufhin das Treffen abbrachen. Das ist für mich der Knackpunkt, den ich ihm nicht abnehme. Man beendet ein vielversprechendes Date nicht einfach wegen eines Lichts. Es muss noch irgendetwas anderes vorgefallen sein.«

»Gloria war eine Vollblutverschwörungstheoretikerin. Das ist doch genau ihr Thema. Und dann wird sie selbst Zeugin eines dieser vermeintlichen Lichter? Wahrscheinlich ist die Aufregung mit ihr durchgegangen, und sie wollte nur nach Hause?«, schlug Gual vor.

»Um dann mit ihrem überstürzten Aufbruch was genau zu erreichen?« Lluc strich sich über das borstige Kinn. »Nein, ich glaube, da ist noch etwas anderes vorgefallen. Etwas, das die plötzliche Abfahrt auslöste und was der gute Mann uns verschweigt.«

»Das muss das gleiche Licht gewesen sein, das meine Freunde in Cala Tuent beobachtet haben. Auch wenn das jetzt nicht zur Debatte steht, aber um was könnte es sich handeln?«

»Valls vermutete so etwas wie einen neuen Satelliten.« Diese Erklärung ging mit Llucs Meinung konform und ruckelte an keinem Weltbild.

Fina fuhr fort. »Es ist ja schon fast ein Klassiker: Typ freut sich, einen zu versenken. Frau weist ihn ab, er rastet aus.«

»Irgendwie sieht er mir nicht wie einer aus, der ausrastet, weil man ihn abweist«, sagte Lluc.

»Und wie genau sieht deiner Meinung nach so einer aus?«

»Keine Ahnung«, gab er zu. »Ausschließen können wir ihn nicht und müssen seine Alibis überprüfen. Gual, du kümmerst dich bitte um die Kameraaufzeichnungen an der Tankstelle und versuchst, Valls' Aussage mit den Crews der zwei Boote abzugleichen.« Auch wenn Lluc keine großen Überraschungen erwartete. Eine Überprüfung seiner Angaben war simpel und der Marinemann intelligent genug, das zu wissen.

»Uns bleiben nur noch wenige Tage, bis Don Cojones hier auftaucht. Irgendwas anderes Interessantes in ihren Chats?«

Fina blätterte in dem ausgedruckten Papierstapel vor ihr. »Außer dem total unspektakulären Sexting mit diesem JM – jetzt wissen wir, dass es für Juan Manuel Valls steht –

ist alles noch harmloser. Eine Standleitung zu ihrer Freundin, einer gewissen Elena. Sie arbeitet in einer Bankfiliale in Palma. Ansonsten Anrufe von der Arbeit, den Kollegen, ihren Eltern. Nichts Auffälliges.«

Gual hatte nachdenklich zugehört, setzte zum Sprechen an, doch wurde von Pep unterbrochen, der mit einem beladenen Tablett an den Tisch trat und das Essen brachte.

»… und einmal Ensaïmada, superfettig.« Er grinste und zwinkerte Gual zu. »Löst Kummer und andere Probleme. Zu Risiken und Nebenwirkungen fragen Sie Ihren Arzt oder Apotheker.« Er begann, Tassen und Teller zu verteilen, und stellte eine Ensaïmada vor ihr ab. Eine mehrere Millimeter dicke Schicht Puderzucker bedeckte das Schmalzgebäck, als hätte es darauf geschneit.

»Warum hast du schlechte Laune?«, fragte Fina und kippte den halben Salzstreuer auf ihre getoasteten Tomaten-Olivenöl-Brotscheiben.

Gual zögerte, haderte offensichtlich mit sich, was sie preisgeben sollte, starrte auf Finas Teller. »Ist Salz nicht schlecht für die Gesundheit?«

»Niedriger Blutdruck«, sagte Fina.

»Gual, es ist unnötig, dein Missgeschick mit den Paddelboards weiter zu verheimlichen«, warf Lluc ein.

»Woher weißt du …?«

»Ich bin Polizist, schon vergessen? Ermittler. Es ist mein Job, Geheimnisse zu kennen.«

Gual zerpflückte ihre schneckenförmige Ensaïmada, stopfte sich eine Schicht in den Mund und sah nachdenklich auf das spiegelglatte Wasser im Hafen.

Fina biss in die knusprige Tostada und wischte sich mit

der Serviette über die Lippen. »Ich helfe dir, Gual. Das ist nicht so schwer.«

Puderzucker klebte an Guals Oberlippe. »Wieso solltest du das tun? Um dich dann über mich totzulachen?«

»Das ist jetzt echt gemein. Was hast du für ein Bild von mir? Wie Lluc gerade sagte. Wir sind Polizisten. Die Polizei, dein Freund und *Helfer*. Schon vergessen?« Fina zwinkerte ihr zu. Und hob ihre Hand, als würde sie Guals Arm drücken wollen, doch ergriff dann im letzten Moment eine zweite Serviette.

Sie schwiegen, bis Pep alle Tassen abgeladen hatte und wieder ins Ladeninnere verschwand.

»Findet ihr es nicht auffällig, dass Gloria diese Obsession mit den Lichterphänomenen hatte und dann ausgerechnet den zukünftigen Chef des Flottenstützpunkts datet?« Gual sah in die Runde. Der Puderzuckerrand an ihrer Oberlippe bildete mittlerweile einen soliden Weihnachtsmannbart.

»Merkwürdig«, stimmte Fina zu und reichte Gual ihre überflüssige Serviette. »Und diese Geschichte mit dem Joggen klingt auch fake.«

»Was sagt der Obduktionsbericht?«

»Ersticken war tatsächlich die Todesursache. Das Ohr wurde post mortem abgetrennt mit einer ziemlich stumpfen Klinge. Gomez vermutet ein Klapp- oder Schweizer Messer von Victorinox.«

»Also ein klassisches Souvenir.«

Fina nickte und holte ein Foto aus ihrer Mappe heraus. Es zeigte einen Ohrring, eine kleine Kreole, an dem ein goldenes Weinblatt hing. »Das hier haben sie in ihrer Hosentasche gefunden.«

»Trug sie den zweiten am intakten Ohr?« Lluc konnte sich nicht erinnern, außer der langen Kette mit dem Doppelherzanhänger anderen Schmuck an der Leiche gesehen zu haben.

»Sie hatte keine Ohrringe angesteckt. Vielleicht hatte sie den zweiten verloren? Ich mache dann auch immer den einzelnen ab und hebe ihn auf.« Fina griff sich instinktiv ans rechte Ohr, an dem heute kleine Diamantstecker funkelten.

Sie schlug das Lesezeichen ihres Notizbuchs auf und entnahm ein gefaltetes Papier, das sie Lluc reichte. »Der ausgedruckte Obduktionsbericht. Gloria wurde an Ort und Stelle erdrosselt, die Leiche nicht bewegt. Sie haben Faserspuren eines Stricks auf ihrer Haut gefunden, die von einem Hanfseil stammen, wie es in jeder *Ferretería* erhältlich ist. Handelsübliche Eisenfachgeschäftsware, wie man sie an allen Ecken bekommt.«

»Es war nicht ihr täglicher Nachhauseweg um diese Uhrzeit. Er kann ihr nicht aufgelauert haben. Entweder war sie ein Zufallsopfer – was die UACD ja für unwahrscheinlich erachtet –, oder er hat sie verfolgt.«

Lluc sah hinaus aufs Meer, das nun tiefblau das Morgenlicht des Hafens reflektierte. Eine ältere Frau schob ihren Rollator die verkehrsberuhigte Promenade hinauf und ließ sich an einem freien Tisch nieder. Sie holte eine Ausgabe des *Diario de Mallorca* aus ihrem Metallkörbchen und las kopfschüttelnd die Schlagzeile. Pep wischte die Tischplatte mit einem trockenen Tuch nach und nahm ihre Bestellung auf.

»Hoffentlich finden sie den Täter schnell. Man traut sich ja nicht mehr vors Haus.«

»Schlimme Sache«, bestätigte Pep und verschwand ins Ladeninnere.

Gual senkte die Stimme. »Die Leute fürchten nun schon weitere Opfer, und dabei wissen sie noch nichts von der Leichenpräsentation.«

»Und so muss es unbedingt bleiben«, sagte Lluc.

»Wie gehen wir jetzt weiter vor?«

»Wir teilen uns auf. Fina fährt mit mir nach Palma. Ich schaue mir diese Firma an und rede mit den Vorgesetzten. Vielleicht haben wir Glück und einer der Kollegen kann etwas berichten. Fina, du nimmst dir Glorias Freundin vor, diese Bankfrau Elena. Gual überprüft die Jacht vor Sa Foradada und die Kamera an der Tankstelle. Wir sehen uns nachher auf dem Revier.«

15

Die Flottenbasis der *Armada Española* befand sich am äußersten Ende des Naturhafens, strategisch platziert auf der Nase der nierenförmigen Bucht. Früher aktiver U-Boot-Flottenstützpunkt der Marine, hatte sich die *Base naval* in den Neunzigerjahren des letzten Jahrhunderts in eine Einrichtung für soziale Maßnahmen umgewandelt, bestehend aus Zimmern der RMDA *Tramontana* und Ferienwohnungen für die übrigen Angehörigen der Streitkräfte.

Coronel Romero, der amtierende Stützpunktchef, war ein alter Freund, den Lluc von gemeinsamen Mittagessen der Männerrunde um den Direktor der Zuggesellschaft, Antonio Colom, kannte. Eine Gourmettruppe, dessen Treffen sich um selbst gefangene Llampugas, exklusive Gambas aus Sóller oder die seltenen und mit langer Schonzeit geschützten Raons drehte, stets begleitet von edlen Tropfen.

Lluc sah den grauen Haarschopf des Freundes schon von Weitem, als dieser sich der Schranke am Eingang der Gitterzufahrt der *Base naval* näherte.

Romero trug eine dunkelblaue Hose und sah in seinem weißen Uniformhemd wie ein gebräunter Kapitän des Traumschiffs aus. Er winkte dem Pförtner zu, als er die Schranke und das geöffnete Tor umging und Lluc an der Einfahrt traf.

»Was soll das, warum bemühst du meine alten Knochen den ganzen Weg hier runter? Warum kommst du nicht hoch, und wir trinken einen Kaffee wie normale Menschen?« Romeros hellgraue Augen musterten ihn argwöhnisch. Sie schüttelten die Hände. »Nicht umsonst haben wir ein wunderbares Restaurant da oben.«

»Lass uns ein bisschen spazieren, während wir plaudern.«

Romero blieb wie ein Maultier stehen. »Ich will nicht laufen. Und du bist mir auch nie wie der sportliche Typ erschienen. Obwohl ich schon zugeben muss, jetzt neugierig zu sein, was dieser Quatsch hier soll.« Romero versenkte die Hände in die Hosentaschen und folgte widerstrebend bei Fuß.

»Ich überhöre das mal mit meinem Fitnessgrad.«

Sie liefen an den Liegeplätzen der Fischer vorbei, wo ein Kleinfangboot mit mehrrolligem Netzeinzug angelegt hatte. Riesige Haufen grüner und blauer Netze trockneten auf dem Betonboden der Mole und verbreiteten einen stechenden Fischgeruch in der klaren Morgenluft, der sich mit zunehmender Temperatur ins Bestialische steigern würde. Ein Mann in roter Wathose sprühte das Schiffsdeck mit Süßwasser ab und schrubbte mit einem Besen nach, was dem Gestank keinen Abbruch tat.

»Ich hatte gestern Abend Besuch.« Eine Korallenmöwe setzte schreiend zum Sinkflug an und pickte mit ihrem roten Schnabel ein Stück Fisch vom Deck des Bootes, bevor der Besen des Mannes es erwischte.

»Du willst mir sicherlich nicht von deinen Freizeitaktivitäten berichten.«

»Dein Nachfolger hat mich gestern aufgesucht.«

Romero blieb überrascht stehen. »Valls ist schon hier? Ich erwarte ihn erst am Nachmittag aus Cartagena. Sein Zimmer ist ab heute reserviert. Dann hat er noch ein paar Tage zum Eingewöhnen und Ausruhen, bevor wir nächste Woche mit der Übernahme beginnen.« Zögernd schloss er zu Lluc auf.

»Dann wird er woanders untergekommen sein.« Die letzten Wochen.

Romero hing seinen Gedanken nach, und Lluc ließ ihn über die internen Implikationen nachsinnen, während sie schweigend zur neuen Marina Tramontana spazierten. Diese Ecke des Hafens erlaubte einen schönen Blick auf die Berge, die den Hafen umsäumten, und auf die Mole der kleineren Jachten. »Was wollte er so spät?«

»Wir haben wegen des Ortiz-Mädchens Überstunden gemacht.«

»Ich habe es gehört. Schrecklicher Fall. Der arme Pedro.«

»Valls muss eine Weile auf meiner Terrasse gewartet haben. Im Dunkeln.«

Romero schwieg, runzelte die Stirn. Hörte zu. Er hatte sein Leben lang in der Marine gedient. Sein Dienst neigte sich dem Ende entgegen, die Pension und der Ruhestand waren in unmittelbarer Reichweite. Obwohl er über gute Kontakte verfügte und die Spatzen von den Dächern pfeifen hörte, würden inoffizielle Anordnungen oder neue interne politische Entscheidungen der Marine sich vermutlich seinem Kenntnisstand entziehen. Doch er war die beste Informationsquelle, die Lluc momentan zur Verfügung stand.

»Was wollte er? Ich kann mir nicht vorstellen, bei allem

Respekt, dass seine erste Tat darin besteht, dir die Aufwartung zu machen.«

»Das Folgende bleibt unter uns.«

Romero nickte.

»Es hat mit dem Fall zu tun. Mehr kann ich im Moment nicht sagen.«

»Und was willst du nun von mir? Bin ich etwa auch in den Mord involviert?« Er grinste, doch seine grauen Augen spiegelten nicht den oberflächlichen Humor wider.

»Hältst du Valls' Anstellung hier für eine Strafversetzung?«

Romero schüttelte den Kopf. »Wenn er mit der Frau eines Admirals ins Bett gegangen ist, so haben wir davon nichts gehört. Und du weißt, wie schnell *so etwas* hier angekommen wäre.«

Lluc schmunzelte. »Im selben Moment, in dem es geschah.«

»*Correcto*. Er hat niemanden in Selbstverteidigung umgebracht, keine Alkohollagerbestände der Offiziere gestohlen oder das Sinken eines U-Boots verschuldet. Auch keine andere mindere Straftat begangen, jedenfalls haben wir nichts davon gehört.« Alles Delikte, die im Militäralltag mehr als einmal vorgekommen waren.

Romero zuckte mit den Achseln. »Ungewöhnlich, dass ein junger Mann diese Art von Posten übernimmt, die normalerweise Fast-Rentnern wie mir vorbehalten ist, die um einen letzten Job in ihrem Heimatdorf gebeten haben.«

»Was weißt du über Valls? Er erschien mir gut ausgebildet.«

Romeros Blick scannte den Parkplatz, blieb an einer vielköpfigen Familie an einem Parkautomaten hängen, die über die neuerdings erforderliche Nummernschildeingabe debattierte.

»Ich habe ihn persönlich noch nicht getroffen«, begann er langsam. »Ich kann nicht viel berichten, und auch im Buschfunk ist es still. Was aber in diesem Fall nicht heißt, dass da nichts ist.«

»Wie meinst du das?«

»Er scheint ein ziemlich unbeschriebenes Blatt zu sein. Und das ist der springende Punkt.« Romero blieb stehen, seine nebelgrauen Augen fixierten Lluc, als würden sie sicherstellen wollen, dass er ihn verstand. »Die spärliche Info liegt nicht daran, weil er durchschnittlich, angepasst oder unauffällig wäre. Fakt ist, es gibt *gar nichts*. Als würde er nicht existieren.«

Lluc starrte ihn an, hoffte auf eine Erklärung, doch sah sein gestriges Gefühl sich bewahrheiten.

»Du weißt, wie das ist«, fuhr Romero fort. »Besonders in Institutionen wie dem Militär. Oder auch der Polizeiorgane. Keine noch so moderne Flak kann es mit der Schallgeschwindigkeit von Tratsch aufnehmen.«

Das Thema war ein Evergreen, über das Lluc sich nicht beschwerte. Immerhin bemühte er gerade in diesem Augenblick die Macht und Dienste der stillen Post und hoffte auf einen reibungslosen Service der Gerüchteküche. Auf der Insel war beides durch die Tatsache gewährleistet, dass die meisten um irgendeine Ecke miteinander verwandt waren, oder die Menschen kannten jemanden, der jemanden kannte und offenherzig und freigebig seine Info weiterreichte.

Kombiniert mit der genetisch angelegten Gesprächigkeit und dem angeborenen Mitteilungsdrang der Spanier bildete der Klatsch einen unversiegbaren Informationsfluss, auf dem ein Großteil von Llucs polizeilicher Ermittlungstätigkeit fußte.

»Keiner kennt diesen Valls, niemand hat von ihm gehört oder mit ihm auf anderen Posten oder Positionen gearbeitet.«

»Wie ist das möglich?«

»Er taucht aus dem Nichts auf. Meine Kontakte in Cartagena zucken mit den Achseln. Es sei einer von außen, der von ganz oben auf diesen Posten gesetzt würde. Wenn es die Spitze gutheißt, dann wird meine Wenigkeit gewiss nicht dagegen aufbegehren. Zumal die Tage hier gezählt sind.«

»Ich habe das Gefühl, dass da mehr dahintersteckt, als sie uns erzählen.«

Falls Romero sich seiner Meinung anschloss, bestätigte er es nicht. Allerdings stritt er es auch nicht ab.

Sie passierten die Familie und liefen an dem neuen Club Nàutic vorbei, dessen schicke Bestuhlung und stylishe Aufmachung zu den Riesenjachten passten, für die an diesem Ende des Hafens Liegeplätze mit größerem Tiefgang und Länge reserviert waren.

»Eine letzte und zugegebenermaßen dumme Frage«, kündigte Lluc an.

Romero stöhnte. »Mir schwant Böses.«

»Was sagst du zu diesen Lichtern? Die Lichter der fliegenden Drohnen, Ufos, Satelliten oder was auch immer die Leute meinen zu beobachten. Geheime Militärstationen in der Tramuntana. Dieser Quatsch.« Er hob die Hand Einhalt gebietend. »Und bevor du jetzt denkst, ich sei komplett übergeschnappt: Die Frage hat auch mit dem Fall zu tun.«

Romeros Augen blinzten vor Neugierde. »Jetzt hast du mich aber gepackt. Was verbindet der gemeine Mord eines Mädchens am Torrente mit diesen alten Geschichten?«

»Wenn ich das wüsste, würde ich dich nicht fragen.«

Romero lächelte. »Ah, verstehe. Du sprichst also vom neuen U-Boot-Flottenstützpunkt im Meer, der so geheim ist, dass noch nicht einmal ich etwas davon weiß, weil meine Freigabestufe als Coronel nicht ausreichend ist.«

Es erschien Lluc, als spiele sich vieles oberhalb Romeros Klassifikationsfreigabe ab. Doch er schwieg.

»Die Luftwaffe hat den damaligen Auswertungsbericht erstellt beziehungsweise große Teile in Auftrag gegeben. Doch es wird bei euch nicht anders sein. Jedenfalls sind die Teilstreitkräfte keine glückliche Familie. Man traut sich nicht über den Weg, jeder kämpft für den Erhalt oder die Erweiterung seines Budgets. Das Heer misstraut der Marine, die wiederum der Luftwaffe, und alle halten sich für Gottes magischen Schutzschild gegen die feindlichen Linien, ohne die die nationale Sicherheit nach außen nicht gewährleistet werden kann.« Er gähnte gelangweilt. »Du kennst das Spiel. Ich persönlich traue jedem in Uniform, nur soweit diese kurzsichtigen Augen ihn sehen können.«

»Wie beruhigend, dass ich keine trage.« Lluc grinste und sah demonstrativ an seinem schwarzen T-Shirt und seiner Jeans herab. »Die Ufos habe ich ja schon selbst von der Liste gestrichen. Aber nun doch keine geheimen Militärprojekte?«

Die in weiße T-Shirts mit dem Aufdruck *Mama Nou* gekleidete Crew einer zweistöckigen Superjacht zog sich vor einem Landungssteg der Größe und Länge einer soliden Brücke die Schuhe aus und trug Einkaufstüten auf den Kahn. Eine Handvoll Spatzen, die friedlich auf dem Steg gehockt hatten, stoben gestört aus ihrer besinnlichen Ruhe.

Romero kniff die Augen zu Schlitzen und zeigte auf die Vögel. »Sie sind klein und unbedeutend, aber sie sehen alles. Etwas in dieser Größendimension geschieht nicht vor meiner Nase und einfach an mir vorbei, ohne dass ich es mitkriege.«

»Schade, ich hatte mich gerade für genau zwanzig Sekunden wie in einem Agententhriller gefühlt: geheime Militärprojekte, Offiziere ohne Vergangenheit …«

»Tut mir leid, dich zu enttäuschen, mein Sohn.«

16

Die Fahrt nach Palma verlief schweigend, bis Lluc und Fina den Tunnel von Sóller verlassen hatten.

Ein leicht zugezogener Himmel empfing sie hinter dem Alfabiagebirge, dem großen Wolkenstaudamm der Insel, dessen Gipfel Schlechtwetterfronten zu beiden Seiten der Bergwand abfingen. So konnte es geschehen, dass man bei strahlendem Sonnenschein in Sóller losfuhr, um nur fünf Minuten später den Tunnel im Regen bei Bunyola zu verlassen.

»Gibt es Neuigkeiten von diesem Jurado?«, fragte Fina vom Beifahrersitz.

»Er hat mich in der Nacht nicht mehr kontaktiert, falls du das meinst.« Lluc warf ihr einen Seitenblick zu.

Fina starrte auf ihre auf dem Schoß gefalteten Hände, inspizierte ihre makellos manikürten French Nails und wandte sich dann dem vorbeiziehenden Panorama der Landstraße zu.

Endlose Mandelbaumfelder, lindgrüne Wildblumenwiesen und grasende Schafe begleiteten die Autofahrer auf der Ma-11 nach Palma.

Überrascht konzentrierte Lluc sich wieder auf die Fahrbahn. Keine Freundin delikater Diplomatie, bevorzugte Fina normalerweise die Holzhammermethode. Vornehme Zurückhaltung und Rumdrucksen gehörten nicht zu ihrem Naturell. Der Anflug seltener Verlegenheitsgesten wie dieser knallte wie ein Warnschuss, dass nun sensibles Terrain betreten wurde.

»Ich weiß genau, was du denkst«, fuhr sie fort. »Aber du irrst dich.«

»Dann scheinst du mehr zu wissen als ich.«

»Das ist nicht besonders schwer.«

»Ich bin froh, dass du deinen Charme nicht verloren hast«, sagte er erleichtert. Er hatte schon angefangen, sich Sorgen zu machen.

Finas Grinsen erlosch. »Keine komischen Spielchen, keine Intrigen. Es tut mir wirklich leid, was letztes Jahr passiert ist. Du kannst auf mich zählen, Lluc. Wenn Don Cojones Jurado auftaucht, meine ich.«

»Dann ist es leider zu spät. Ich brauche deine Hilfe jetzt.«

»Ich meine es ernst, Lluc.«

»Ich auch.«

Das Schweigen breitete sich wieder im Fahrzeuginneren aus, doch war es mittlerweile nicht mehr so aufgeladen. Der erstaunlich schwache Berufsverkehr an diesem Morgen erlaubte ihnen, die Strecke nach Palma im Rekordtempo zurückzulegen, jeder in seine Gedanken versunken.

»Wie geht es Bel? Ich kann mir vorstellen, dass sie über den Urlaubsabbruch nicht amüsiert ist.« Fina sah weiterhin aus dem Fenster.

Der Kreisel von Son Castelló lag unmittelbar vor ihnen, der Verkehr verdichtete sich. Lluc wechselte hoch konzentriert die Spur, drosselte die Geschwindigkeit und reihte sich in die Schlange der im Kreisverkehr wartenden Autos ein. Zwei Rennradfahrer in pinken Trikots rasten auf der Standspur an ihnen vorbei, als hätten sie versteckte Akkus im dünnen Alurahmen.

Das Manövrieren hatte ihm einige Sekunden Luft verschafft, über die Antwort nachzudenken. »Sie hat die Auszeit genutzt, endlich mit dem Schreiben ihres Romans zu beginnen.«

»Aus deinem Mund klingt das wie etwas Bedauerliches.«

»Es ist toll.«

»Eben.«

Lluc spürte Finas Blick auf sich. Er fuhr ab auf Palmas Stadtring Vía de Cintura und hielt sich in Richtung Port.

»Was ist los, Lluc?«

Sein Seufzer kam aus tiefster Seele, ehe er ihn stoppen konnte. »Es scheint mir alles zu entgleiten.« Die Worte waren raus, nun brauchte er sich auch nicht mehr zu verstellen. »Ich hatte gehofft, durch den Urlaub und gemeinsame Unternehmungen alles ins Lot zu bringen. Es ist keine wirkliche Schieflage, mehr so ein Gefühl, mich im Schwebezustand zu befinden. Bel zieht sich zurück, meldet sich nicht, ist irgendwie komisch.«

Fina sah wieder aus dem Fenster, betrachtete vorbeiziehende Autobahnabfahrten, das Fußballstadion von Son Moix. »Wahrscheinlich spürt sie dich nicht.«

»Was soll das denn heißen?«

»Keine Ahnung. Du bist nicht greifbar. Wie ein Fisch.«

»Das ist mein Sternzeichen. Nur zur Mitschrift, nicht dass es damit irgendeine Bewandtnis hätte.«

»Ich spüre dich auch manchmal nicht. Was es einem erschwert, dich einzuschätzen. Auf dich einzugehen.«

Lluc verkniff sich einen Kommentar, wie Fina auf ihr Umfeld wirkte. Stattdessen sagte er: »Wie mache ich, dass sie mich spürt?«

»Keine Ahnung. Vielleicht dich erst mal selbst spüren?«

Was auch immer das bedeutete, es erforderte Nachdenken.

»Wenn du es herausgefunden hast, teile die Weisheit mit mir. Wir sitzen im selben Boot.«

Lluc nahm den Exit Puigpunynet und bog am Kreisverkehr in den Carrer Jesús ein. Einige Minuten später hatte er Palmas Innenstadt erreicht und ließ Fina am Paseo Mallorca raus.

»Melde dich, wenn du fertig bist. Ich hole dich ab.«

Die verbleibende Strecke zum Hafenviertel an Palmas Westrand nahm zehn weitere Minuten in Anspruch. Unweit vom Einkaufszentrum Porto Pi parkte Lluc vor einem hohen Glasgebäude am Paseo Marítimo, dessen ehrgeizige Umbauarbeiten wirkten, als würde sich ein Riesenwurm an der Küste entlangziehen. Die Großbaustelle würde in absehbarer Zukunft dem Club de Mar ein modernes Hauptgebäude, Palma eine schicke Flaniermeile und Kreuzfahrtschiffen einen neuen Kai bescheren.

Die Firma MPMA, in der Gloria bis zu ihrem Tod gearbeitet hatte, befand sich im zehnten Stock des Gebäudes. Hinter der automatischen Eingangstür erfragte ein Pförtner den Grund und Ziel seines Besuches.

»MPMA, ich habe keinen Termin.«

»Zehnter Stock, den Fahrstuhl rechts.«

Vor dem Lift wartete eine kleine Menschentraube. Drei voll beladene junge Frauen balancierten in Alufolie eingepackte Bocadillos auf Kaffeepappbechern. Als die Fahrstuhlkabine eintraf, kam ein älterer Mann ihnen lächelnd zu Hilfe und drückte den siebten Stock für sie. Lluc musste den zehnten selbst drücken.

Die Kabine fuhr an der Außenwand des Gebäudes entlang und präsentierte einen sensationellen Blick auf den Hafen von Palma. Ein Meer aus Takelagen und weißen Jachtkörpern, ordentlich aufgereiht entlang der Molen des Club de Mars und weiter südlich des Reial Club Náutic. Am Ende der Stadtbucht von Palma glänzte die Kathedrale wie eine Perle in der Sonne inmitten von Dächern und Gebäudefassaden der Altstadt.

Als der Lift den zehnten Stock erreichte, war Lluc der einzige Fahrgast.

Die Firma befand sich auf der linken Seite, die Eingangstür stand weit offen. Auch hier stieß man nach Betreten der Räumlichkeiten auf einen wachenden Zerberus.

Hinter einer kleinen Rezeption saß eine ältere Rothaarige und nickte in einen Hörer. Das Namensschild an ihrer Bluse wies sie als »Marga« aus. Sie bedeutete Lluc, einen Moment Geduld zu haben, und beendete das Gespräch.

»*Buenos dias*«, sagte er und stellte sich vor. »Ich ermittle in der Mordsache Gloria Ortiz und hätte gerne den oder die Vorgesetzte gesprochen.«

Unbeeindruckt schürzte die Frau die Lippen, was einen Fächer Raucherfalten um ihren Mund zog, und sah ihn skeptisch über den Rand ihrer Lesebrille an. »Ich fürchte, Señor Pomar ist beschäftigt. Ich weiß nicht, ob sein heutiger Terminkalender Störungen erlaubt.«

»Ich fürchte, dass mir das egal ist. Wenn Sie so nett wären,

Señor Pomar über meinen Besuch zu informieren. Ich bin mir sicher, er wird Verständnis für eine kurze Störung haben. Gerne warte ich auch, falls er gerade in einem Meeting steckt. Ich brauche nicht lange.«

Marga zögerte, bat ihn um einen Moment Geduld und verschwand einen schmalen Gang entlang in einem der rückwärtigen Büros.

Lluc sah sich um. Hinter der Rezeption schloss sich ein Großraumbüro mit kleineren Unterteilungen an, die etwas Privatsphäre und Ruhe gewährten. Zwei Frauen und ein Mann arbeiteten hoch konzentriert hinter riesigen Bildschirmen. Den ersten Schreibtisch gleich neben der Anmeldung besetzte eine blasse Frau um die dreißig und beobachtete Lluc verstohlen über den Rand ihres Computerbildschirms. Sie trug die schwarzen Haare zum strengen Pferdeschwanz gebunden, eine modische Hornbrille und eine knallrote Seidenbluse, farblich passend zum Rotton ihrer Lippen. Als Lluc ihren Blick traf, sah sie weg.

»Señor Pomar hat sein Zoom-Meeting kurz unterbrochen. Sie können zu ihm«, sagte Marga in knappem Tonfall, der keinen Zweifel an ihrer Missbilligung des spontanen Nachgebens des Chefs ließ. »Dritte Tür rechts.«

Die junge Frau mit dem Pferdeschwanz sah nicht auf, als Lluc ihren Schreibtisch auf dem Weg zum hinteren Büro passierte. Stattdessen starrte sie betont konzentriert auf eine Akte vor sich.

Lluc klopfte an Pomars Türrahmen.

Ein Mann in mittlerem Alter sprang hinter einem modernen Architektenschreibtisch auf.

Pomar gehörte zu der Sorte unauffälliger Leute, deren Gesichter man sah und im nächsten Moment sofort wieder vergaß: gepflegt, gebügelt und glatt rasiert, eher klein als groß, durchschnittlich, was Haarfarbe, Gesichtskonturen und Attraktivität betraf. Sein Äußeres bot wenig Wiedererkennungswert und machte ihn so zum perfekten Chamäleon, Verbrecher oder Geheimagenten.

Im Gegensatz dazu verwandelte sein würziger Rasierwasserduft den Raum in einen Fichtenwald, rief die Assoziation mit hochgekrempelten Holzfällerhemden, behaarten Armen und rauer Männlichkeit wach.

Sie schüttelten die Hände, stellten sich vor.

»Tolle Aussicht haben Sie hier.« Lluc drehte sich zum Fenster. Der gleiche Panoramablick wie aus dem Glaslift, nur statt eines winzigen Ausschnitts lag einem die ganze Bucht von Palma zu Füßen.

Der Himmel hatte sich aufgeklart, und ganz hinten in der Ferne ließen sich sogar die nebeligen Umrisse der kleinen Insel Cabrera erahnen.

Pomar lächelte gönnerhaft. »Wie kann ich Ihnen helfen, Sargento?«

Er bot Lluc einen Platz vor dem Schreibtisch in einem samtbezogenen Drehstuhl an, der sicherlich so viel kostete wie Llucs Monatslohn. Ein goldgerahmtes Familienfoto stand neben dem riesigen Bildschirm, so platziert, dass auch ein Besucher Einblick in die Familienidylle erhielt: Pomar mit einer blonden Frau und zwei kleinen Jungen, die in Sonntagskleidung vor einer Kirche posierten.

»Wir ermitteln im Mordfall Gloria Ortiz.«

»Das dachte ich mir, obwohl ich nicht weiß, wie ich Ihnen weiterhelfen kann. Ich bin zwar der Chef, aber hatte außerhalb der Bürozeiten wenig mit Gloria zu tun.« Er zuckte mit den Schultern, lächelte. »Ihre unmittelbaren Kolleginnen und Kollegen können sicherlich mehr Information beisteuern als ich.«

»Wie kommen Sie darauf, dass ich Sie persönlich befrage?«

»Na ja, Sie reden ja hier mit mir. Nicht mit einer Mitarbeiterin, die Gloria viel nähergestanden hatte.« Er lächelte nachsichtig.

»Aber Sie sind der Chef. Und meine Fragen beziehen sich auf die Arbeit.«

Lluc legte interessiert den Kopf schräg. »Wie lange sind Sie in der Firma tätig?«

Pomar runzelte die Stirn, dachte nach, als würde die Frage eine Falle beinhalten. »Seit fünf Jahren, vorher habe ich in einer Anwaltskanzlei gearbeitet, die sich auf Wirtschafts- und Arbeitsrecht spezialisiert hatte. Gloria war schon ein Jahr in dieser Firma tätig, als ich dazustieß.«

»Es gab vor einiger Zeit eine Untersuchung in Kooperation mit der Luftwaffe, die Lichtersichtungen in der Tramuntana auswertete.«

Pomar spitzte nachdenklich die Lippen. »Ich meine mich zu erinnern, ja. Es stand damals sogar in allen Zeitungen und schockte alle Verschwörungstheoretiker.« Dieses Mal war sein Lächeln echt.

»Genau diese. Also waren Sie nicht an den Auswertungen beteiligt?«

»Nein. Warum fragen Sie?«

»Hat Gloria jemals außerordentliches Interesse an dieser alten Geschichte bekundet?«

Pomars Lächeln breitete sich zu einem Grinsen aus, als er die Richtung der Vernehmung zu erahnen schien. »Ach, das meinen Sie. Ja, jeder hier wusste von Glorias kleinem Hobby. Sie hatte sich in den Kopf gesetzt, dass in der Tramuntana merkwürdige Dinge geschehen. Und nichts und niemand und keine zweitausend Untersuchungen der Welt konnten sie davon abbringen. Die seien alle Vertuschung und Ablenkungsmanöver, während das Militär geheime Projekte durchzieht. So etwas in der Art. Dabei interessierten Fakten sie weniger als das Gefühl von Romantik und Abenteuer, das einem solchen Mysterium anhaftet.« Er hob verständnisvoll die Handflächen. »Viele Menschen sind nicht gewillt, das aufzugeben, und rennen dem Monster von Loch Ness oder anderen Kuriositäten nach, weil das eigene Leben zu langweilig ist.«

»Ist Ihr Leben langweilig, Señor Pomar?«

Der Mann blinzelte, überrascht über die Frage. »Nein. Wie kommen Sie darauf?«

Lluc zuckte nur mit den Schultern. Und beobachtete. Und fühlte.

Pomar warf einen Unterstützung suchenden Blick auf das Foto im Goldrahmen, doch auch seine Familie schwieg.

»War Gloria beliebt unter den Kollegen?«

»Alle mochten sie. Sie war einer dieser lustigen Menschen, etwas schräg mit Ecken und Kanten wie eben diese seltsame Obsession, die aber alle wohlwollend respektierten und schmunzelnd drüber hinwegsahen. Sie war eine hervorragende Mitarbeiterin, erledigte ihre Arbeit sauber und schnell und kam mit allen gut klar.« Er zuckte die Schultern. »Viele Leute haben Spleens. Irgendwelche Verrücktheiten.

Meine Frau glaubt, dass die ehemalige First Lady der USA ein biologischer Mann ist, andere glauben an ein verstecktes Forschungszentrum in der Antarktis …«

»Melania soll ein Mann sein?«, warf Lluc ein.

Pomar blinzelte. »Nein, nicht dieser Präsident. Der davor.«

Das Festnetztelefon auf dem Schreibtisch klingelte. Er entschuldigte sich, nahm ab und lauschte. »Es tut mir leid, ich fürchte, ich kann meine Termine nicht mehr länger schieben.«

»Danke Ihnen für die Zeit. Bei Bedarf würde ich wieder auf Sie zurückkommen, wenn das in Ordnung ist.« Lluc reichte Pomar eine Visitenkarte und schälte sich aus dem weichen Designerstuhl. »Bitte rufen Sie uns an, falls Ihnen noch etwas einfällt.«

Umgeben von einer Tannenzapfenduftwolke geleitete ihn Pomar zum Flur, nickte höflich und schloss mit Nachdruck die Tür hinter Lluc.

Am Ende des langen Korridors kurz vor dem Ausgang hatte die blasse Frau mit dem Pferdeschwanz sich in ihrem Stuhl herumgedreht und fing Llucs Blick auf.

Ertappt senkte sie den Kopf, bückte sich nach ihrer Handtasche und schob den Bürostuhl zurück. »Ich bin dann mal eben in die Pause«, hörte Lluc sie der Rezeptionistin sagen. »Brauchst du was aus dem Porto Pi?«

Beim Hinausgehen wünschte er der Sekretärin einen guten Tag, was sie nickend, aber unerwidert zur Kenntnis nahm.

Am Fahrstuhl erreichte ihn Finas Anruf.

»Ich stehe hier noch immer und warte, dass sie endlich

aufmachen. Habe schon meine Familie durchtelefoniert, jetzt bist du dran.«

»Immer Lückenbüßer.« Er drückte den Fahrstuhlknopf und wartete ungeduldig auf das Erscheinen der gläsernen Kabine.

»Und? Was denkst du? Gab es etwas Neues?«

»Ich denke, wir sollten einkaufen gehen. Wenn du dort fertig bist, nimm dir sofort ein Taxi.«

17

Fina wartete vor den geschlossenen Türen der Caixa-Bank und sah ungeduldig auf die Uhr.

Die Filiale befand sich am Paseo Mallorca, einer der vornehmsten Wohnstraßen mitten im Zentrum von Palma, wo die alteingesessenen Familien traditionsgemäß ihre teuren Winterresidenzen besaßen. Selbst als geborene Palmesanerin und Liebhaberin der Altstadt hatte Fina bisher nicht herausgefunden, was die Straße so gefragt machte. Zwar lag sie malerisch am zypressengesäumten Torrente de Ribera, der weiter unten an der Festung es Baluard ins Meer führte. Aber der gesamte Verkehr in die Innenstadt wurde über den Paseo geschleust.

Fina ignorierte einen Einparkeinweiser, der ihr ein unmissverständliches Kompliment zurief, und ließ einen lärmenden Straßenreinigungswagen passieren.

Laut den Öffnungszeiten begann der Kundenservice in zwölf Minuten, und sie bevorzugte einen ungestörten Moment mit dieser Elena, ohne dass ihr eine Oma mit ihrem Sparbuch im Nacken saß.

Fina drückte ihre Nase buchstäblich an der Scheibe platt und klopfte. Drinnen machte sie zwei Mitarbeiterinnen aus, die Papiere ordneten und Ausdrucke aus einem Printer zu Fächern und Schreibtischen trugen.

Eine Frau mit hochhackigen Schuhen und kurzem Sommerkleid sah im Vorbeigehen auf, zeigte demonstrativ auf ihre Armbanduhr.

»Ich bin nicht zu blöd, die Zeit abzulesen«, murmelte Fina und klopfte energischer an die Glastür, genau auf den Aufkleber mit den Öffnungszeiten. Sie presste ihren Dienstausweis an die Scheibe und machte mit einem letzten, lauten Klopfer auf sich aufmerksam.

Die Frau runzelte die Stirn und trat näher. Braune Haare fielen in Stufen auf runde Schultern, als sie den Kopf reckte, um das an die Scheibe gepresste Dokument zu erkennen. Fina hielt ihren Ausweis niedriger und passte ihn der Augenhöhe der winzigen Bankangestellten an.

Ein Schlüssel drehte sich im Schloss, die Tür öffnete sich einen Spalt, als würde die Frau ein Stürmungskommando befürchten.

»Guardia Civil, Sargento García. Ich muss dringend mit Elena Marqués sprechen.«

Auch ohne Vorstellung wusste Fina, dass sie Glorias Freundin vor sich hatte.

Ihr rundliches Gesicht glänzte über geröteter Haut, als hätte sie sich gerade abgeschminkt oder geweint. Sie zeigte keine Zeichen der Überraschung, dafür lauerte noch etwas anderes in ihrer Miene, das Fina nicht deuten konnte. »Ich bin Elena. Kommen Sie herein, Sargento.«

Ohne Fina anzusehen, ließ Elena sie passieren, stellte sicher, dass niemand sonst vor dem Eingang an die Tür trommelte, und schloss wieder ab. Ihre Stilettos klackerten auf dem hellgrauen Fliesenboden, als sie Fina zu einem durch eine Milchglaswand abgetrennten Arbeitsplatz führte.

Ein Namensschild neben dem Computer kündigte sie den Kunden als *Elena Marqués, Subdirectora,* an.

Angenehme Kühle blies aus unsichtbaren Klimaanlagen und verteilte den Geruch von Papier und Druckerpatronen in den Bankräumlichkeiten. Falls die anderen Mitarbeiter Finas Besuch mitbekommen hatten, ignorierten sie ihn und gingen weiter ihren Vorbereitungen für den Arbeitstag nach.

»Nehmen Sie bitte Platz.« Elena deutete auf den Besucherstuhl, setzte sich hinter den Schreibtisch und faltete wie zum Gebet die Hände, wo ein schlichter Goldreif den linken Ringfinger zierte. »Sie sind wegen Gloria hier. Ich habe Sie schon erwartet.« Sie sah kurz auf, betrachtete den obersten Knopf an Finas Bluse und wandte ihr Augenmerk dann wieder ihren Händen zu. Eine Kette mit zwei ineinander verschlungenen Herzen hing um ihren Hals – das gleiche Modell, das die Tote getragen hatte.

»Mein herzliches Beileid. Wenn ich richtig verstehe, waren Sie und Gloria eng befreundet.«

»Seitdem wir im Kindergarten gewettet haben, dass die andere es nicht schafft, eine Murmel zu schlucken.« Elena lächelte traurig. »Es gab zwei Siegerinnen, tellerweise Linseneintopf und einen ganzen Tag auf dem Töpfchen.« Sie heftete ihren Blick an Fina vorbei in die Ferne, sichtbar versunken in ihren Erinnerungen einer glücklicheren Vergangenheit. Die Rötung um ihre Nase wurde stärker, die Augen glänzten feucht und füllten sich mit Tränen. Bevor sie überliefen, blinzelte Elena mehrfach, kehrte zurück ins Jetzt.

Irgendetwas stimmte nicht mit der Frau. Fina versuchte, ein Gefühl für sie zu bekommen. Doch Elenas irritierende

Weigerung, ihr ins Gesicht zu schauen, brachten jede Einschätzung zum Scheitern.

»Seit diesem Tag war Gloria für mich die Schwester, die ich nie hatte. Ich weiß, es klingt so schrecklich nach Klischee, aber so war es.«

Fina nickte, sie verstand. Ihr Hals schnürte sich zu beim bloßen Gedanken, dass Ada etwas geschehen könnte. Herzensschwestern waren ein fragiles Gut, was sie aus schmerzhafter Erfahrung wusste. Das eigene Wohlbefinden hing von der Freude der Schwester ab. Freute Ada sich, war Fina glücklich. Ein Umstand, den nur wenige Personen erfüllten.

»Vielleicht können Sie uns helfen, Gloria besser zu verstehen. Wer sie war. Ihre Träume, ihre Ängste … Möglicherweise ist da etwas, das uns zu dem Täter führt.«

»Denken Sie, er kannte sie? Ihr Mörder?«

»Wir glauben momentan nicht an ein Zufallsopfer.«

Noch immer vermied Elena, Fina direkt anzusehen. Sie presste die Lippen zusammen und griff nach einem Stapel Altpapier in einer Plastikablage neben dem Drucker und begann damit, es in schmale Streifen zu zerreißen. »Ich hoffe, es ist in Ordnung, wenn ich währenddessen das Papier entsorge.«

»Kein Problem.« Fina wies mit dem Kinn auf den Papierschredder direkt neben dem Drucker, dessen Aktivitätsknopf grün leuchtete und einsatzbereit wirkte. »Mit dem geht's bestimmt schneller.«

Elena winkte ab und murmelte etwas, das im Reißen des Papiers unterging, aber nach *kaputt* klang. »Gloria war kein ängstlicher Typ. Sie besaß dieses Rebellionsgen, das manche Menschen haben. Zwar ist sie ein sturer Widder, doch hat das hier nichts mit astrologischen Zeichen zu tun. Es hing eher mit dem bedingungslosen Rückhalt ihres Vaters zusammen, der ihr das Gefühl gab, unbesiegbar zu sein.«

Die Reißbewegungen ihrer Hände verstärkten sich. Ihre gepflegten Fingernägel waren lang und rot lackiert, doch die Nagelhaut ihrer Daumen blutete wie nach frischen Bissspuren oder heftigem Knibbeln.

»Wir haben uns ein bisschen über ihr Interesse an den Lichtersichtungen in der Tramuntana gewundert.«

Elena formte ein Lächeln auf ihre im Rotton der Nägel bemalten Lippen. »Gloria langweilte sich im geordneten Leben. Eine Familie, Kinder, tägliche Routine – all das scheute sie wegen der Vorhersehbarkeit und Monotonie. Sie suchte nach Abenteuer und Geheimnissen. Selbst dort, wo es keine gab. Am liebsten hätte sie in einem ihrer geliebten Thriller gelebt, die sie verschlungen hat wie Pizza.«

Pass auf, was du dir wünschst … Die Erfüllung dieser Sehnsucht hatte Gloria sich sicherlich anders vorgestellt. Elena schien den Gedanken zu teilen, denn das Lächeln verschwand, bis nur noch der rot gepresste Lippenstrich übrig blieb.

»Wie stand es mit Männern?«

»Auch da ein ähnliches Prinzip. Wenn sie was taugten, sich verpflichten und sesshaft werden wollten, langweilten sie Gloria. Allerdings zeigte sie neuerdings Einsicht und schien auf dem Weg der Besserung.«

»Wie darf ich das verstehen?«

»Sie hatte ihr Muster erkannt und alten On-off-Liebschaften, die sich wie Kaugummi zogen, endlich den Rücken gekehrt. Problem erkannt, Gefahr gebannt.«

Fina setzte sich auf. »Ist da vielleicht einer dabei, der ihr das übel genommen hat?«

Die Antwort kam schnell und prompt. »Definitiv nicht. Die waren mindestens genauso froh, endlich weitergehen zu können. Nein, ausgeschlossen.«

»Joggte Gloria regelmäßig?«

Elena lachte auf, ohne ihren Fokus von den Papierfetzen zu nehmen, die sie im Papierkorb entsorgte. »Weder regel- noch unregelmäßig. Sie *hasste* Joggen. Leidenschaftlich. Sie war supersportlich, machte unzählige Kurse im Gym. Das ist dieses neue Fitnessstudio, von dem sie ganz begeistert war. Aber Laufen war nicht ihr Ding.«

Damit fiel die Theorie flach, dass Valls seine Route danach gewählt hatte, Gloria kennenzulernen. Wahrscheinlich war die ganze Joggergeschichte fake.

»Obwohl Gloria häufig Änderung gelobt hatte, waren es meist nur Lippenbekenntnisse, die mit dem nächsten Bad Boy vergessen waren«, fuhr sie fort. »Doch dieses Mal war es anders. Sie hatte einen neuen Mann kennengelernt. Ich habe sie lange nicht mehr so glücklich erlebt.« Elena hielt inne.

»Haben Sie ihn getroffen?«

Elena zögerte. Nahm nachdenklich das Papier wieder auf und setzte ihren Vernichtungsprozess fort. »Nein. Dazu war es zu früh. Sie kannten sich erst ein paar Wochen und ließen es so richtig altmodisch langsam angehen. Behauptete sie zumindest. Obwohl ich mich ein bisschen über die Geheimniskrämerei gewundert habe.«

»Hat Gloria Ihnen erzählt, wie die beiden sich kennengelernt haben?«

Elena verzog das Gesicht, als würde sie plötzlich Schmerzen haben. »Sie hatte … Gloria war seit langer Zeit wieder glücklich und aufgeregt, sodass …«

Elena sah auf, und zum ersten Mal an diesem Morgen traf sie Finas Blick.

Schuld.

Das war es, was sich hinter der Trauer auf ihrem Gesicht versteckt und sich Finas Einschätzung bisher entzogen hatte.

Sie schwieg, hakte nicht nach, gab Elena Raum, sich ihrem Zerwürfnis zu stellen.

»Aus diesem Grund habe ich es nicht ernst genommen.« Ihre Finger flogen zu ihrem Kettenanhänger, spielten mit der Rundung des goldenen Herzschenkels.

»Was haben Sie nicht ernst genommen?«

Elena seufzte. »Sargento, darf ich Ihnen mein Herz ausschütten? Ich trage es nun schon seit zwei Tagen mit mir herum und traue mich nicht, es irgendjemandem gegenüber in Worte zu fassen.«

Fina hielt den Atem an, gab ihr mit kurzem Nicken zu verstehen weiterzureden.

»Ich mache mir schwere Vorwürfe, meine Freundin im Stich gelassen und ihr nicht zugehört zu haben. Weil ich mit verstopften Klos, Klempnern und Kindergärten Krieg geführt habe.« Ihre Stimme brach.

»Ich habe es für eine von Glorias Abenteuergeschichten gehalten, einen letzten Versuch, Indiana-Jones-sucht-das-goldene-Kind zu spielen, bevor sie der Alltag einer normalen Beziehung einholte. Der ist halt meistens unsexy und spießig. Mit unromantischen Challenges, wie wer den Müll heraustägt und ob drei- oder vierlagiges Toilettenpapier gekauft wird.« Elenas Blick war flehend, suchte Absolution.

»Ich bin mir sicher, Sie haben Ihr Bestes getan«, sagte Fina. »Aber ich brauche jedes Detail. Alles kann uns helfen, den Mörder Ihrer Freundin zu finden.«

»Ich bin mir sicher, dass sie mir erzählt hatte, wie sie sich kennengelernt haben. Aber ich war zu sehr mit meinem Mist beschäftigt, um ihr zuzuhören. Hauptsache, sie war glücklich. Zu genervt von verdammten Alltagsdingen, um die Geheimniskrämerei zu hinterfragen oder ihre Bedenken ernst zu nehmen.«

»Was für Bedenken?«

»Gloria hatte …«, Elena sah zur Decke auf der Suche nach dem richtigen Wort. »So etwas wie Furcht war ihr fremd. Eher ein mulmiges Gefühl.«

»Warum?«

»Gloria glaubte, dass jemand sie verfolgt.«

18

Obwohl Gual die gesuchten Videoaufzeichnungen an der Tankstelle schnell gefunden hatte, war ihre schlechte Laune vom Morgen nicht verflogen.

Oscar, der Mitarbeiter vom Hafenamt, dessen Tochter mit Carolina in derselben Sommergruppe einen Segelkurs für Zwerge belegte, hatte ihr einen Stuhl an seinen Schreibtisch vor dem Monitor gezogen und die Aufnahmen vom Montag bereitgelegt. Es schien das Highlight seines Tages zu sein, der Guardia Civil bei den Ermittlungen zur Hand zu gehen, was er mit einem Beitrag von Kaffee und einer Dose schokoüberzogener Waffelzigarillos von Agromart honorierte.

Mit dem exakten Datum und dem ungefähren Zeitintervall waren genau dreizehn Minuten Videosichtung vergangen, bis sich der Bug von Valls' 780 Faeton Moraga in das körnige Bild des Monitors schob. Neben den Zapfsäulen der Tankstelle an der Mole legte er an, genau wie von Valls beschrieben. Sekunden später sprang eine leichtfüßige Gloria auf den Steg, winkte und lief aus dem Bild, als hätte sie es eilig. Das Schiff setzte zurück und verschwand Richtung Hafenausfahrt.

Soweit gab es keine Diskrepanz zwischen Valls' Aussage und den dokumentierten Tatsachen.

Auch den Eigner der *Montemar* ausfindig zu machen

und zu kontaktieren hatte nicht mehr Mühe erfordert. Der Mann hieß Eduardo Grasa, besaß einen Anlegeplatz in der ersten Molenlinie und hatte sich bei der hinterlegten Telefonnummer nach dem zweiten Klingeln gemeldet. Seine Aussage bestätigte Valls' Geschichte bis zu dem Moment der Abfahrt der Llaüt aus Sa Calobra.

Die Überprüfung der dreistöckigen *Delia* warf schon erheblichere Schwierigkeiten auf.

»Für Boote dieser Größe sind wir in Sóller nicht ausgerüstet. Selbst unsere größten Liegeplätze sind zu kurz und zu flach, um einen Kahn dieser Dimension aufzunehmen. Das bedeutet, wir haben keine Kontaktdaten.«

»Und was jetzt?«

»Wir probieren die Hafenämter von Andratx oder Port Adriano. Oder auch Portals. Wenn das Schiff überhaupt eine Anlegestelle auf der Insel hat, dann in einem dieser drei Häfen. In dem Fall bekommen wir eine Telefonnummer.«

Gleich in Andratx wurden sie fündig. Der Skipper, ein Südafrikaner aus Port Elizabeth namens Rob, erinnerte sich an den *poor bloke with the rotten date.* Er hoffte, dass sein Tonic den armen Mann über dessen vermasselte Verabredung getröstet und Valls eine zweite Chance mit der Lady bekommen hatte.

»Leider ist die tot«, murmelte Gual vor sich hin, während sie das Gespräch beendete.

Zweite Chancen gab es nur im Film. In den Liebeskomödien, die sich neunzig volle Minuten damit aufhielten, in einem ewigen Hin und Her alles zu versauen – denn so lohnte sich wenigstens das Geradebiegen. Doch nach Guals Lebenserfahrung besaß man entweder die Weitsicht, es schon beim ersten Mal richtig zu machen, oder das Karma holte einen ein, was nichts anderes als das Prinzip von Ursache und Wirkung darstellte.

Menschen waren nachtragend. Selbst wenn sie beteuerten zu vergessen, meinten sie in Wirklichkeit gönnerhaftes Verzeihen, um als moralisch Erhabene das alte Vergehen nicht loszulassen. Gual sprach aus Erfahrung, denn sie war eine von ihnen. In einer kürzlichen kindischen Meinungsverschiedenheit mit ihrer Schwiegermutter über die korrekte Art, eine Coca Mallorquina zu backen, während sie naserümpfend Guals probierte, hatte Francisco seiner Mutter zugestimmt beziehungsweise nicht vehement genug dagegengehalten. Eine lächerliche Kleinigkeit. Äußerlich. Doch hinter jeder Verstimmung, der kleinsten Diskussion lauerte seither dieses Gefühl des Verrats.

Genau wie jetzt, wo ihr diese dumme Geschichte wieder in den Sinn kam.

Was war wirklich auf dem Boot geschehen? Wäre Gloria noch am Leben, wenn sie es nicht fluchtartig verlassen hätte?

Gual bedankte sich bei Oscar, stibitzte eine Waffelrolle als Wegzehrung und verließ das Büro.

Ein Schiff der Barcos azules bereitete die erste Fahrt des Tages nach Sa Calobra vor. Eine lange Schlange gesittet anstehender Touristen wartete beim Boarding.

Mittlerweile brannte die Sonne heiß vom Himmel, und die steigende Temperatur erhitzte Guals brodelndes Gemüt. Ihr Missgeschick mit den Paddelboards hing ihr noch immer nach. Sie schaffte es nicht, das Gefühl des Versagens abzulegen. Die Deadline rückte immer näher, und ein Teil von ihr sehnte sich heimlich nach Überstunden, einer Komplikation des Falles, einer Eskalation, die sie dazu nötigen würde – völlig widerstrebend, versteht sich –, den Urlaub abzusagen.

Im gleichen Moment schämte sie sich für ihre Gedanken, denn solch eine Zuspitzung der Ereignisse bedeutete eine weitere Leiche. Und ihre Tochter zählte schon seit Wochen, wie oft sie noch bis zur Abfahrt in den Urlaub schlafen musste.

Finas Angebot, Gual zu helfen, begegnete sie ebenfalls mit gemischten Gefühlen. Allerdings gab es wenig zu verlieren. Gual war nie entgangen, wie die Kollegin mit erstauntem Blick ihre zusammengewürfelten und oftmals von Kinderbrei – im besten Fall – bekleckerten Klamotten anstarrte. Das verräterische Zucken ihres Mundes, wenn sie die blaue Wimperntusche betrachtete, die Gual so liebte. Ganz zu schweigen von Guals Nahrungsvorlieben, ihren Keksen, Müslis und Ensaïmadas.

Ihr Geheimnis war aus dem Sack, aber sie hatte ihnen nicht den Grund verraten, warum sie unbedingt stand-up-paddeln wollte. Challenges klangen positiv und motiviert, die Komfortzone verlassen, über sich hinauswachsen. Die halbe Welt verbrachte neuerdings die Zeit mit immer neuen Herausforderungen. Sei es Eiswasserbaden, 30-Tage-Pilates, drei Bücher die Woche lesen – die Menschen wurden nicht müde, sich und anderen etwas zu beweisen.

So auch Gual, obwohl die angebliche Challenge mit sich selbst weit entfernt war von der Wahrheit. Gual besaß ein entspanntes Verhältnis zu ihrer Person, sie langweilte sich keineswegs mit sich und benötigte keine künstlich erzeugten Herausforderungen zur Spannungssteigerung.

Ihr Handy meldete sich mit normalem Klingelton. Sie checkte das Display. Wenn man vom Teufel sprach …

Kurz zog sie in Betracht, den Anruf zu ignorieren. Schließlich waren sie mitten in einer Mordermittlung und brauchten keine privaten Ablenkungen. Doch dann blieb sie den Rückruf schuldig, den sie, in Anbetracht ihrer Laune, lieber gleich hinter sich brachte.

»*Hola*«, meldete sie sich.

»Ich wollte gerade auflegen«, sagte die Frauenstimme am anderen Ende.

»Hey, Blanca. Ich bin zwischen zwei Vernehmungen.« Was nicht einmal gelogen war, denn sie befragte die im Konflikt stehenden Parteien ihres Geistes.

»Mein Gott, ja, der Fall. Ihr seid berühmt. Du musst uns alles erzählen, wenn wir dann nächste Woche in dem Haus in Son Serra sind.«

»Ich hoffe, dass wir bis dahin einen Durchbruch in der Ermittlung haben. Ansonsten könnte es für mich schwierig werden mit dem Urlaub.«

Blanca holte erschrocken Luft. »Was? Nein, das kann nicht sein. Wir haben doch schon alles gebucht und bezahlt.«

»Naja, notfalls kommt Francisco allein mit Carolina.«

»Das ist nicht dasselbe. *Du* fehlst. Und was machen wir mit dem Retreat? Es ist alles schon so lange reserviert.« Ihre Stimme wurde schriller.

»Das ist doch nur das Worst-Case-Szenario«, ruderte Gual zurück.

»Ich hab mich schon erschrocken.« Erleichterung schwang in Blancas Stimme. »Wir freuen uns schon alle so drauf, endlich die Seele baumeln zu lassen. Und was ist dafür besser geeignet als eine Kombination aus Yoga und Pilates? Dass die das als Retreat anbieten, ist ein Glücksfall.«

»Ja.« Mehr sagte Gual nicht, obwohl ihr vieles auf Zunge und Seele lag.

»Und auf dem Wasser haben wir wenigstens Ruhe vor Männern und Kindern.«

»So schlimm sind die auch wieder nicht.«

»Bitte setz dich bei der Arbeit für deinen Urlaub ein. Das hast du dir verdient, nach der harten Schufterei im letzten Jahr. Außerdem brauchen wir für die Gruppenformation vier Teilnehmer. Maria und Cati werden am Boden zerstört sein, wenn du dich ausklinkst. Wo sollen wir denn ein neues Mitglied finden?«

»Wir geben unser Bestes. Da läuft ein Mörder frei herum.« Ärger braute sich in Guals Innerem zusammen. Sie wusste, dass Blanca es nicht böse meinte, aber ein bisschen mehr Pietät hatte sie schon erwartet. »Wolltest du etwas Bestimmtes?«

»Ach ja, entschuldige, wenn ich dich aufhalte. Ich wollte fragen, ob du die Vormittags- oder Nachmittagskurse bevorzugst? Die von Playa Retreats haben mich kontaktiert. Wegen der großen Nachfrage bieten sie jetzt auch ein Nachmittagsprogramm an. Cati und Maria ist es egal, was meinst du?«

Gar kein Kurs war die wahre Antwort. »Mir ist auch beides recht«, brachte sie schließlich hervor.

»Dann entscheide ich einfach spontan.« Blanca wünschte ihr noch viel Erfolg und legte auf.

Das wäre die Chance gewesen, aus der Nummer auszusteigen, ohne ihr Gesicht zu verlieren. Sie hätte es auf die

Unsicherheit des Falls geschoben und die Mädels gebeten, schon auf die Suche nach einem Ersatz für die Gruppenformation zu gehen. Warum hatte sie die Gelegenheit nicht ergriffen und sich von diesem Damoklesschwert befreit?

Die Antwort darauf öffnete eine weitere Büchse der Pandora, die in diesem Moment lieber verschlossen blieb. Guals Verhältnis zu sich selbst schien doch nicht so entspannt, wie sie sich das einzureden versuchte.

Frustgetrieben hielt sie auf dem Weg ins Büro am Agromart an der MA-13 und kaufte, von Oscar inspiriert, zwei Dosen dieser leckeren Waffelzigarillos.

Im Revier herrschte Stille, als Gual die Tür zum Empfangsbereich aufstieß. Fina und Lluc waren noch immer nicht von ihren Ermittlungen aus Palma zurück, und Vicente, der sonst hinter dem Rezeptionstresen alle Anfragen auffing und weiterleitete, hatte sich in die Mittagspause zurückgezogen.

Gual schloss die Tür des Gemeinschaftsbüros, öffnete die Fenster des um diese Tageszeit schattigen Patios und machte es sich mit einer der Waffeldosen und einem kalten Wasser vor den Whiteboards gemütlich.

Während sie die Schokolade rings um den Zigarillo abknabberte, bis nur noch die nackte Waffelrolle übrig blieb, betrachtete sie Glorias Researchwerk, das sie auf einer separaten Tafel in einer Ecke des Großraumbüros rekonstruiert hatte.

Die gekennzeichneten Sichtungspunkte auf der Tramuntanakarte folgten einer sternförmigen Anordnung. Zufall oder Muster? Doch wer Regelmäßigkeiten finden wollte, würde wohl überall fündig werden.

Valls' Alibi war bestätigt, er hatte nicht gelogen. Doch was bedeutete es wirklich? Lluc vermutete, dass der Mann etwas verheimlichte, und die nächtliche Aktion, bei ihm zu Hause aufzutauchen und in der Dunkelheit zu warten, stellte Gual die feinen Härchen auf.

Selbst für einen Militäroffizier ein merkwürdiges Benehmen.

Hatten die eigentlich Zugang zu dem Fuhrpark der Marine? Immerhin handelte es sich um einen U-Boot-Flottenstützpunkt – stillgelegt oder nicht. Vor Guals innerem Auge verließ Valls nach seinem am Deck getrunkenen Gin Tonic mit einem heimlichen Mini-U-Boot die Bucht und jagte Gloria hinterher, wie James Bond.

Auch wenn es verlockend nach Abenteuer klang, übernahm ihr Realitätssinn wieder die Regie.

Gual steckte die angebissene Waffel in den Mund, und ließ ihren Blick nachdenklich über die Sammlung wandern, während sie das Gebäck geräuschvoll zermalmte. Der Zucker schmolz in ihrem Mund und entfaltete sofort seine beruhigende Wirkung. Augenblicklich lichtete sich der Horizont.

Sie pulte ein weiteres Zigarillo aus der Dose, trat näher an die Wand heran und startete einen erneuten Entschokoladisierungsprozess. Sie hatte versucht, die Recherchewand originalgetreu nachzustellen und Glorias nach Themen sortierte Anordnung nicht zu verändern.

Auch wenn es keine Punkte zu gewinnen gab, war sie stolz auf ihr Werk, als sie das Konstrukt begutachtete. Dabei fiel ihr ein unauffälliger Zeitungsartikel ohne Illustration ins Auge, der ihr bisher wegen seiner mageren Aufmachung und Größe nicht aufgefallen war. Sie überflog die Überschrift, stockte.

Ihr Puls legte einen Zahn zu, der Appetit war ihr vergangen, als ihr die Implikation bewusst wurde.

Der kurze Artikel war nicht der Einzige. Vor sechs Wochen hatten die lokalen Zeitungen *Setmanari Sóller* und das *Sa Veu* zwei weitere gebracht, die über das gleiche Thema berichteten. Sogar ein Foto war mit angehängt. Grob und verpixelt zeigte das Bild einen stattlichen Mann im mittleren Alter.

Juan Manuel Valls, den zukünftigen Chef des Marinestützpunkts von Port Sóller.

Sie hatte völlig falschgelegen.

Die Zeitungsberichte belegten, dass Gloria schon lange, bevor sie Valls kennengelernt hatte, auf ihn aufmerksam geworden war.

In Anbetracht ihrer Passion für das Verschwörungsthema der geheimen Militärprojekte deutete das nur auf eine logische Verknüpfung: Nicht Valls hatte Gloria aufgelauert, sie gestalkt und für irgendwelche mysteriösen Machenschaften ausgewählt.

Gloria hatte *ihm* nachgestellt.

19

Nur der knallroten Seidenbluse verdankte Lluc, dass er die Frau mit dem Pferdeschwanz entdeckte.

Beim Verlassen des Bürogebäudes fand er den Gehweg leer vor. In gelbe Warnwesten gekleidete Bauarbeiter leiteten mit Signalflaggen die Autokolonnen um, der Baustellenlärm der Bagger und des vorbeiziehenden Berufsverkehrs erfüllten die Luft. Von der MPMA-Mitarbeiterin war weit und breit nichts mehr zu sehen.

Lluc blickte die Straße hinauf, die zum Einkaufszentrum von Porto Pi führte. Er hatte nur einen Lift später genommen, und obwohl die Geschwindigkeit des Fahrstuhls eher behäbig war, konnte die Frau nicht so schnell verschwunden sein. Wahrscheinlich gab es einen zweiten Ausgang zum Carrer de Joan Miró, denn das Glasgebäude lag zwischen der Hafenpromenade und der Umgehungsstraße, die parallel dazu zur Innenstadt führte.

Das Porto Pi war das größte überdachte Einkaufszentrum am Westrand von Palma mit direktem Anschluss an den Hafen und die Autobahn. Auf mehreren Etagen boten kleine Boutiquen, ein riesiger Supermarkt und die Vertreter der großen Bekleidungsketten ihre Waren an.

Lluc betrat den Komplex über den Eingang oberhalb der Parkplätze. Und da sah er sie. Eine Etage tiefer leuchtete die knallrote Bluse in der Menschenmenge auf der Rolltreppe auf.

Lluc drängelte sich an den Leuten vorbei, die wie immer die gesamte Treppe nebeneinander belegten, ohne die linke Seite für den Durchgang freizuhalten.

Das blutige Rot fest im Blick, folgte Lluc der Frau, die zielstrebig in den riesigen Zara-Store marschierte.

Rechts neben dem Eingang blieb sie an einem Ständer mit langen Sommerkleidern stehen. Ein blaues aus Satin schien ihr zu gefallen, das sie am Bügel hervorzog und sich vor einem Spiegel an den Körper hielt.

»Entschuldigung, haben Sie mal einen Moment«, fragte Lluc und tippte der Frau an die Schulter.

Erschrocken fuhr sie herum und starrte ihn an. Ihre grünen Augen wirkten riesengroß hinter der starken Vergrößerung der Brillengläser und weiteten sich, als sie Lluc erkannte.

»Sargento Casasnovas«, stellte Lluc sich vor. »Ich habe Sie hier reinkommen sehen und dachte die Gelegenheit für ein paar Fragen zu nutzen.«

Die Frau wirkte noch immer perplex und sah unentschlossen auf das Kleid in ihren Armen. Ihre Hand fuhr nervös zu ihren Haaren, als müsste sie sich vergewissern, dass die Frisur saß.

»Darf ich nach Ihrem Namen fragen?«

»Irene. Irene Montes.«

»Irene, es tut mir leid, Sie hier zu überfallen, aber es ist wirklich außerordentlich wichtig.« Ohne logische Anhaltspunkte war Lluc einem spontanen Gefühl gefolgt und hoffte, nun nicht enttäuscht zu werden.

Irenes Blick schweifte zum Ausgang, wie um den Fluchtweg zu checken. »Entschuldigen Sie, aber ich habe wirklich nicht viel Zeit. Heute Nachmittag bin ich zu einem Business-Galacocktail eingeladen, und ich muss auf die Schnelle ein Outfit dafür finden.« Sie warf einen Blick auf ihre Apple Watch, als würde ein Countdown laufen. »Mir bleiben genau dreißig Minuten Zeit. Dann ist nämlich mein nächster Termin im Büro, den ich auf gar keinen Fall verpassen darf.«

»Lassen Sie sich durch mich nicht aufhalten. Ich laufe mit. Vielleicht kann ich mich ja nützlich machen.«

»Ich weiß nicht ... wirklich. Ich habe es sehr eilig.« Irene ignorierte ihn und checkte das Etikett des blauen Kleides. Die Größe schien nicht die richtige zu sein. Irene schob diverse Bügel zur Seite, überprüfte Preisschilder, bis sie das Passende erwischt hatte. »Was kann ich für Sie tun, Sargento?«

»Wie Sie bestimmt mitbekommen haben, ermitteln wir im Fall Gloria Ortiz. Sie haben mit ihr zusammengearbeitet. Kannten Sie sie gut?«

Irene legte das Kleid über ihren Arm und begutachtete einen Ständer mit eleganten Zweiteilern. Weite Seidenhosen mit dazu passenden Blusen in einem hellen Beigeton. »Leider nein. Sie war nett, aber wir haben außerhalb der Arbeit keine Freizeitaktivitäten unternommen oder Kaffee miteinander getrunken.« Ihre Miene wirkte verschlossen, der Ton ungeduldig, als sie sich das Zweiteilerensemble ebenfalls über den Arm legte.

»Vielleicht kann ich Ihnen helfen«, warf Lluc ein. »Das Beige betont nicht Ihre Porzellanhaut.« Sie würde aussehen wie die Überlebende einer schweren Krankheit. »Das hier würde Ihnen viel besser stehen.« Er wies auf einen Hosenanzug an einem Ständer mit hellgrauen Jumpsuits in einem fließenden Stoff, der das Grün Ihrer Augen hervorheben würde. »Oder auch das hier.« Der Schnitt des fliederfarbenen Kleides entsprach dem des von Irene ausgewählten blauen, nur mit kurzen Ärmeln statt der Spaghettiträger.

Überrascht hielt Irene inne und stellte sich vor eine der vielen verspiegelten Säulen der riesigen Verkaufsräumlichkeiten. Sie hielt sich den beigen Zweiteiler vor den Körper und sah sich mit Llucs exakter Prognose konfrontiert. Der leichte Gelbstich des Stoffs, der ihn an die Formunterwäsche seiner Großmutter erinnerte, strich ihre Blässe in einer unvorteilhaften Art heraus.

Lluc nickte und reichte ihr das lila Kleid. »Und nun das«.

Sowohl der Fliederton als auch das Grau hoben Irenes Vorzüge hervor, ließen ihre blasse Haut erstrahlen, betonten den Kontrast der dunklen Haare zu den hellen Augen.

Irenes Abwehr zeigte Risse, ein erstes Lächeln drängte sich an der verschlossenen Miene vorbei, und sie traf Llucs Blick im Spiegel. »In Ordnung. Sie haben sich wohl gerade einige Minuten verdient.« Mit dem Kinn wies sie zu den Umkleidekabinen. »Allerdings muss das während der Anprobe geschehen. Und da dürfen Sie auch gerne Ihren Senf dazugeben.«

Glücklicherweise war der Umkleidebereich großflächig, ziemlich leer und in etwa zwanzig von dunklen Vorhängen abgetrennte Kabinen unterteilt. Sie wählten eine freie Umkleide in der hintersten Ecke, deren benachbarte auch unbelegt waren, und die somit ein bisschen Privatsphäre ermöglichte.

Irene verzog sich mit dem Kleiderstapel hinein, während Lluc sich vor der zugezogenen Gardine postierte.

»Hat Gloria von ihrem Privatleben berichtet? Von Freunden, Liebhabern?«

»Ich habe doch schon gesagt, dass wir keine engen Freundinnen waren«, kam es gedämpft hinter dem schweren Vorhang zurück.

»Manchmal erzählt man ja Fremden, dem Friseur oder Arbeitskollegen, mit denen man privat nicht verkehrt, mehr aus seinem Leben als engen Freunden. Gerade wenn es um deftigere Details geht.« Wegen der Anonymität wurde weniger geurteilt. Und wenn doch, spielte es keine Rolle, weil diese Menschen eben nicht zum engeren Freundeskreis gehörten.

»Ich weiß. Mein Friseur kennt auch alle Einzelheiten meines Lebens. Aber in diesem Fall nicht. Gloria und ich hatten einfach keinen Draht zueinander. Das ist jetzt nicht böse gemeint, es herrschte keine Antipathie oder so. Es gab nur keine Verbindung.« Das Knistern von Stoff über elektrisierten Haaren, ein Reißverschluss wurde zugezogen.

Lluc sah ungeduldig auf die Uhr. Er war sich so sicher gewesen, dass Irene die Ermittlungen weiterbrachte. So viel zu seinem Instinkt. Die Zeit, die er hier verschwendete, ließ sich anderweitig besser nutzen.

In diesem Moment öffnete sich der Vorhang, und Irene stand in einem Albtraum in Blau vor ihm.

Sie streckte die Arme seitlich aus und schimpfte: »Wer macht solche Schnitte? Sicherlich keine Frau, denn die hätte gewusst, dass es unterhalb der Brust für gewöhnlich schmaler zuläuft und dass dann eine Hüfte folgt, die breiter ist als besagte Taillenschmalstelle.«

In der Tat war ihre Argumentation nicht von der Hand zu weisen.

»Das Kleid wird Ihnen in der Tat nicht gerecht.«

Ein sichtlicher Kampf zwischen Lachen und Ärger spielte sich auf Irenes Gesicht ab. »Haben Sie einen Kurs belegt?«

»Wofür?«

»Immer die richtigen Worte zu finden?« Irene sah auf die Uhr, und der Ärger gewann die Vorherrschaft. »Scheiße.«

Der Vorhang wurde wieder zugezogen, erneutes Rascheln von Stoff, der Reißverschluss.

»Aha.« Irene klang vielversprechend.

Als der Vorhang sich wieder bewegte, drehte sie sich in dem grauen Zweiteiler, der sich elegant um ihren Körper schmiegte.

Irene lächelte zufrieden ihr Spiegelbild an und zupfte den Hosenbund zurecht. »Wie sieht es aus?« Sie überprüfte den Sitz seitlich im Spiegel, und die weiten Beine der Hose flossen in seidiger Bewegung nach.

»Das ist es«, sagte Lluc und streckte den Daumen hoch. Trotz der Freude, das perfekte Outfit für Irene gefunden zu haben, übernahm die Ungeduld die Regie. Er war kein Personal Shopper, der die Arbeit zur Zufriedenheit der Kundin erfüllt hatte. Sein Job blieb weiterhin unerledigt und Glorias Mörder auf freiem Fuß, ohne dass sie ihm auch nur einen Deut näher gekommen waren.

Irene musterte Lluc im Spiegel, wurde ernst. Die Dame würde nie eine gute Kartenspielerin werden. Jede Emotion stand ihr ins Gesicht geschrieben, als trüge sie ein Schild auf der Stirn. Ihre Augen schienen eine Nachricht zu senden, als bitte sie ihn weiterzugraben, während der zusammengekniffene Mund Abwehr signalisierte. Hätte sie in einem pantomimischen Ratespiel den Prozess des *Mit-sich-Ringens* darstellen müssen, hätte sie es nicht besser erledigen können.

»Also«, fasste Lluc zusammen, »hatte Gloria keine Feinde.«

»Feinde?« Irene lächelte bitter. »Ganz im Gegenteil.« Ihr Blick flog zu ihrer Uhr, was sie dazu bewog, erschrocken Luft zu holen. Der magische Moment der Enthüllung wurde vom Vorhang unterbrochen, hinter dem Irene sich hastig umzog.

Lluc verspürte das typische Prickeln entlang des Rückgrats, das sich einstellte, wenn sich eine Spur abzeichnete. Sie kamen dem Thema näher, doch die Zeit rannte ihm davon, das Mädchen war eindeutig auf dem Absprung.

»Irene, waren Sie eifersüchtig auf Gloria?«, wagte er den Sprung ins kalte Wasser.

Der Vorhang öffnete sich, und eine in ihr ursprüngliches Outfit gekleidete Irene starrte ihn einen Moment sprachlos an. Ihr Blick war direkt, ohne sich einen Fluchtweg zu sichern. Sie lud sich die nicht passenden und zur Rückgabe sortierten Kleider über den Arm und händigte ihm das hellgraue Outfit zum Halten aus. »Sie haben nicht die geringste Ahnung, worum es hier geht.«

20

Mit dem grauen Zweiteiler über dem Arm eilte Irene zur Kasse.

Lluc machte ihr ein Zeichen, sie draußen zu treffen.

Um Begleitpersonen das Warten zu verkürzen, standen vor dem Laden eine Sitzbank und elektrische Kinderbespaßungselemente mit Münzeinwurf. Eine Großmutter fütterte ein Schaukeleinhorn mit einem Euro und ermöglichte ihrer Enkelin einen jauchzenden Ritt auf der Stelle.

So früh am Morgen waren nur wenige Kunden auf Shoppingtour, was Irene erlaubte, den Zahlvorgang innerhalb einer Minute abzuwickeln.

Mit der Tüte in der Hand trat sie aus dem Laden und blieb vor Lluc stehen. Ihr Blick wanderte zu dem Kind auf dem Einhorn und heftete sich auf die rosa Hufe des Schaukeltieres.

Lluc schwieg.

»Ich liebe meinen Job«, presste Irene heraus, als würde das alles erklären. Und das tat es auch. Zumindest begründete es ihr Zögern.

»Sie haben nichts zu befürchten.«

Sie lachte verbittert. »Die Konsequenzen werden sich leider nicht vermeiden lassen.«

Lluc legte den Kopf schräg. »Wir werden alle Informationen vertraulich behandeln, soweit das möglich ist. Aber es geht hier um Mord.«

Irene biss sich auf die Lippe. Ihre Finger kneteten die Papphenkel ihrer Altpapiertüte, drehten sie zu einer Kordel, ohne dabei das Einhorn aus den Augen zu verlieren.

»Gesetzt den Fall, Sie sehen etwas, das Ihnen komisch vorkommt«, begann sie. »Gleichzeitig wollen Sie aber niemandem Ärger bereiten und sich nicht in Dinge einmischen, die Sie nichts angehen.«

»Irene, wenn Sie etwas wissen, das im Zusammenhang mit Glorias Tod stehen könnte, dann müssen Sie uns das sagen.«

Ihre Vorderzähne knabberten an der vollen Unterlippe und hinterließen schmale Mulden in der roten Farbe des Lippenstifts.

Fast körperlich konnte Lluc das innere Ringen der jungen Frau spüren, einige Sekunden der geladenen Anspannung, die sich zu einer Ewigkeit ausdehnten.

Schließlich schien Irene zu einer Entscheidung zu kommen, gab sich einen Ruck, löste ihren Blick vom Einhorn und heftete ihn auf Lluc.

»Es war letzte Woche. Alle waren zu spät dran mit ihren Berichten für eine Präsentation am nächsten Tag. Wir arbeiteten auf Hochtouren, machten Überstunden. Meine Kollegin Eva und ich waren die Letzten im Büro. Der Chef war am Gehen, um den Rest zu Hause fertigzustellen.« Sie schluckte trocken, die Verzweiflung, mit ihrer Aussage das Falsche zu tun, grub sich in ihr Gesicht, sodass sie Lluc leidtat.

»Eine Minute später oder so rief er von unten an.«

»Wer?«

»Pomar.«

Lluc signalisierte ihr mit einem Nicken, weiterzuerzählen.

»Er saß schon im Auto vor dem Gebäude und hatte eine Akte vergessen. Er bat mich, sie ihm zum Eingang runterzubringen, weil man seit der Baustelle mit dem Wagen unten nicht in zweiter Reihe stehen bleiben kann.«

Lluc nickte. Er war sich sicher, dass sie mit ihrem Zivilfahrzeug ebenfalls einen Strafzettel auf dem kreativen Parkplatz zwischen Bürgersteigkante und Altglascontainer der Mülltonnenphalanx bekommen würden.

»Ich lief also in sein Büro, wie immer in solchen Momenten. Es war nicht das erste Mal, dass wir vergessene Garagenöffner, Brieftaschen oder Telefone nach unten zum Pförtner trugen.«

Eine Frau schob einen voll beladenen Einkaufswagen des Supermarkts auf die Rolltreppe zu. Das Gewicht des Wagens hinderte sie daran, eine saubere Kurve zu fahren. Irene und Lluc wichen aus, bevor es zu einem Zusammenstoß kam.

»Die Akte lag auf der Computertastatur«, fuhr Irene fort. »Wir haben alle Sperrbildschirme, die sich nach einiger Zeit in den Ruhemodus begeben und einen Code erfordern. Doch Pomar war so kurz fort, dass sein Bildschirm entsperrt und das Anmeldefenster noch nicht aktiviert war.«

Lluc ahnte, wohin die Story führte.

»Er muss so hastig aufgebrochen sein, dass er vergessen hatte, die letzten Fenster zu schließen.«

Sie schwieg, während ihre Finger nicht aufhörten, die Papiertüte in ihren Händen zu bearbeiten.

»Was war es?«

»Ich habe sofort reingeklickt, um das Fenster offen zu halten, und das Einsetzen der Sperre zu vermeiden«, sagte Irene schuldbewusst. »Das hätte ich nicht tun sollen. Im Normalfall führt das zu einer Abmahnung. Es ist ein Bruch seiner Privatsphäre. Ganz abgesehen davon, dass es auch fallrelevante vertrauliche Dokumente gibt …«

Irene schloss die Augen, schluckte erneut.

»Aber es waren so viele. Dutzende. Es hat einen ganzen Ordner davon.«

»Was?«, fragte Lluc. »Irene, was haben Sie gesehen?«

»Es waren Fotos. Heimlich aufgenommen, das konnte man erkennen. Verschiedene Situationen, Orte. Am Strand, am Fenster, beim Sport, an der Kasse im Supermarkt. Krank. Es war krank.«

»Wer war auf den Fotos?«

»Gloria.«

21

Llucs Herzschlag trommelte laut in seinen Ohren, was die sterile Stille des Verhörraums verstärkte. Sicherlich erging es Fina trotz ihres Pokerface ähnlich.

Pomar war ein Glücksgriff. Innerhalb von achtundvierzig Stunden einen Verdächtigen und erdrückende Indizien vorweisen zu können, trieb allen das Adrenalin ins Blut. Jetzt ging es nur noch darum, sauber zu spielen und im besten Fall ein Geständnis zu erzielen.

»Wo waren Sie Montagnacht zwischen elf und zwei Uhr morgens?«, fragte Lluc und sah den nun nicht mehr so glatten Pomar an. Dunkle Schweißringe unter seinen Achseln fügten dem einst schneeweißen Hemd ein neues Muster hinzu, die hochgekrempelten Ärmel waren zerknittert.

Der Verhörraum des Reviers war mit Absicht kahl, kühl und kompromisslos. Er unterstrich den Ernst der Lage und erzeugte den Impuls, den Raum so schnell wie möglich verlassen zu wollen. Eine namenlose Bedrückung legte sich über die Anwesenden, selbst wenn man die Fragen stellte.

Fina saß am anderen Ende des Tischs und verzog keine Miene. Aus Llucs Erfahrung konnte dieser unlesbare Gesichtsausdruck vieles bedeuten: Von ihrer nächsten Einkaufsliste bis zu kreativen Rachemaßnahmen gegen Gewaltverbrecher, die sich an Frauen vergriffen, war alles möglich.

Pomars Rechtsbeistand, ein adretter Mann in den Vierzigern, nickte seine Erlaubnis, auf die soeben gestellte Frage zu antworten. Er sah so aus, wie Pomar am Morgen noch gerochen hatte, auch wenn der Anwalt statt des Flanellhemds das klassische blau-weiße Karo der Advokaten trug und seine raue Männlichkeit und die behaarten Arme nicht zur Schau stellte.

»Ich war natürlich im Bett zu dieser Zeit. Wie jeder normale Mensch, der am nächsten Morgen zur Arbeit muss«, antwortete Pomar.

Natürlich. »Kann das irgendjemand bestätigen?«, fragte Lluc.

»Der Hamster Ihres Sohnes zählt übrigens nicht«, murmelte Fina und erntete eine hochgezogene Augenbraue von Pomars Anwalt. Rodrigo oder Rodriguez, wenn Lluc richtig hingehört hatte.

»Meine Frau und die Kinder sind in Murcia zu Besuch bei den Schwiegereltern.«

»So ein Pech.« Finas dunkle Augen brannten wie zwei Kohlestückchen in ihrem ausdruckslosen Gesicht.

Es hatte genau zehn Minuten gedauert, bis sie nach Llucs Besuch im Porto Pi einen unterschriebenen Durchsuchungsbefehl vorliegen hatten.

Vor gelöschten Daten und Beweisen fürchtete sich Lluc nicht. Seit Hillary Clintons E-Mail-Affäre und Wikileaks wussten selbst neugierige IT-Normalos, dass für die permanente Datenentfernung spezielle Programme, ein bisschen Know-how und ein Hammer notwendig waren. Doch bezweifelte er, dass Pomar zu den Interessierten gehörte oder über Kenntnisse in Bleachbit verfügte. Und sein Computer hatte vor einer Stunde noch ziemlich intakt ausgesehen. Alle einfach gelöschten Daten konnten von den Kriminaltechnikern wiederhergestellt werden.

Und sie waren nicht enttäuscht worden.

»Hören Sie. Ich habe nichts mit Glorias Tod zu tun.« Pomar wiederholte sich und begann, wie ein Papagei zu klingen.

»Wir haben alle …« Lluc checkte den Bericht der ITler, der vor ihm auf dem Tisch lag. »Einhundertdreizehn Fotos gefunden, die Sie von Gloria auf Ihrem Rechner hatten. Die gelöschten und wieder rekonstruierten Daten mit eingerechnet. Aus dem Supermarkt, am Strand, vor ihrem erleuchteten Fenster, im Auto … ich denke, wir können ohne Übertreibung sagen, dass Sie sie gestalkt haben.«

Pomar legte den Kopf in seine Hände und rupfte an seinen Haaren, die mittlerweile wie kleine Spikes vom Kopf abstanden. »Nein, nein so war das nicht.«

»Wie denn dann? Wie haben Sie überhaupt geschafft, einhundertdreizehn unterschiedliche Fotos zu schießen, ohne dabei entdeckt zu werden?«, fragte Lluc. Trotz aller Unauffälligkeit des Mannes waren Gloria und Pomar miteinander bekannt, sie arbeiteten im selben Büro.

Pomar tauschte einen Blick mit Rodrigo Rodriguez, der wieder nickte. »Es war ein Privatdetektiv.«

»Sie haben einen Detektiv engagiert? Wozu?« Lluc beugte sich interessiert vor.

»Wir waren uns etwas nähergekommen. Also nicht körperlich«, verbesserte er sich schnell. »Im Mai, bei der letzten Betriebsfeier im Valparaiso haben wir die ganze Nacht getanzt, gelacht, Spaß gehabt. Ich habe die andere Seite von

Gloria Ortiz gesehen. Offen, herzlich, unglaublich lustig und mutig.« Pomars Schwärmerei spiegelte sich im Leuchten seiner Augen. »Seither ist es um mich geschehen. Ich war ihr total verfallen.« Er zuckte hilflos mit den Achseln, gab sich Mühe, nicht in Finas Richtung zu sehen, suchte stattdessen Llucs Blick. Vielleicht versprach er sich das Verständnis eines Gleichgesinnten? »Doch bevor mehr daraus werden konnte, hat sie mir gesagt, dass sie einen Freund habe.«

»Und?«

»Ich glaubte ihr nicht. Hielt es für eine Ausrede.«

»Und dann haben Sie einen Detektiv engagiert, um was zu beweisen? Dass sie keinen hatte? Was wäre dann Ihr nächster Schritt gewesen? Sie wegen der Lüge rauszuschmeißen?« Lluc staunte immer wieder, wie irrational intelligente Menschen sich verhielten, wenn Hormone und Emotionen hochschossen. Doch so blöd konnte Pomar selbst in verliebter Manie nicht gewesen sein. Seine Aussage ergab überhaupt keinen Sinn. Nachvollziehbar vielleicht für einen minderintelligenten Menschen, aber nicht für einen Wirtschaftsanwalt, der einer der renommiertesten Unternehmensberatungsfirmen der Balearen vorstand.

»Nein, nein. Ich weiß nicht, ich war nicht Herr meiner Sinne.«

»Die klassische Nummer. Ich übersetze mal für die Begriffsstutzigen unter uns. Gloria wollte nichts von Ihnen und bangte um ihren Job bei einer Abfuhr, also wählte sie den sanften Weg, ohne dass Sie sich abgewiesen fühlten«, fasste Fina zusammen.

»Wir brauchen die Kontaktdaten dieses Detektivs. Wenn er sie verfolgte, müsste er am Montag etwas beobachtet haben.«

Pomar stöhnte auf und schüttelte den Kopf. »Nein, ich habe die Aktion letzten Donnerstag abgeblasen.«

»Wie praktisch. Damit Sie dann in Ruhe Ihr Werk abschließen können«, sagte Fina.

»Nein, weil es keinen Sinn machte. Ich konnte die Rechnungszahlungen nicht mehr vor meiner Frau verstecken, und irgendwann kapiert selbst der größte Narr, dass er einer ist.«

»Und dann schlägt er zu.«

Pomar machte sich nicht einmal mehr die Mühe, zu antworten. Alle Anspannung schien von ihm abzufallen, als er sich im Stuhl zurücklehnte, den Widerstand aufgab.

»Warum die Drapierung?«

Er runzelte die Stirn. »Ich verstehe nicht.«

Auch seine Stimme hatte sich verändert. Verschwunden der weinerlich verzweifelte Ton, ersetzt durch etwas, das viel eher zum mit allen Wassern gewaschenen Leiter der renommierten Firma passte. Sachlich, mit dem Hauch einer Note, die sein Gegenüber auf den seiner Meinung nach gehörenden Platz einnordete. Vor ihnen saß kein Opfer mehr, sondern jemand, der sein Schicksal in die Hand nahm. Ein Aktiver. Ein Täter?

Lluc versuchte es anders. »Mögen Sie Obst?«

Nach einer Blickkonsultation mit seinem Anwalt – Rodrigo Rodriguez schien mit der Frage auch nichts anfangen zu können – antwortete Pomar: »Soll das jetzt eine Fangfrage sein?«

Als keine Antwort erfolgte, fuhr er fort: »Nein, ich mag Obst nicht besonders. Am schlimmsten sind Orangen, davon bekomme ich Sodbrennen. Und, ja, bevor Sie fragen, natürlich weiß ich, wer Glorias Vater ist. Jeder kennt den Don-Pedro-Saft.«

Lluc tauschte einen Blick mit Fina. Ihr Nicken war unauffällig und kaum mehr als ein Senken des Kinns.

Weder Fina noch Lluc hatten vorgehabt, Pedro Ortiz in der Befragung zu thematisieren. Eine merkwürdige Entscheidung von Pomar, die Orange herauszupicken und die Frage nach Don Pedro vorwegzunehmen.

Glorias Tod mit ihrem Vater, dem Orangensaftfabrikanten, zu verbinden, hatte nur Sinn, wenn man die Orange in ihrem Mund als Botschaft interpretierte. Abgesehen von der Zeugin, die die Leiche gefunden hatte, wusste außer der Polizei nur eine weitere Person von der Orange.

Der Täter.

»Sie kennen Pedro Ortiz?« Lluc legte Überraschung in seine Stimme.

»Nein, ich habe den Mann noch nie zuvor getroffen und habe auch keine andere Verbindung zu ihm.«

»Wie kommen Sie dann auf die Idee, dass er etwas mit dem Mord an seiner Tochter zu tun hat?«

Pomar lachte auf. »Nun legen Sie mir aber Dinge in den Mund. Natürlich glaube ich das nicht.«

»Und warum erwähnen Sie den Mann dann?«

Dem hatte Pomar nichts mehr hinzuzufügen. Er zog die Augenbrauen hoch und wandte sich mit gelangweilter Miene an seinen Rechtsbeistand, als wäre seine Geduld langsam am Ende. Mit den Händen wischte er sich übers müde Gesicht, drückte die Finger gegen Stirn und Schläfen.

Während sie sprachen, durchsuchte eine Polizeikolonne Pomars Wohnung. Lluc ging nicht davon aus, das Ohr in dem Apartment zu finden. Doch vielleicht hatte sich Pomar als Strohwitwer in Sicherheit gewähnt und belastendes Material herumliegen gehabt – und sei es nur für ein paar Tage. Nachlässigkeit hatte schon häufiger zur Überführung von Tätern geführt.

Rodrigo oder Rodriguez schaltete sich ein. »Mein Mandant hat Ihnen hilfreich alle vernünftigen Fragen beantwortet. Wenn Sie bitte sachliche …«

»Ja, wir wissen: Nur der Hamster war Zeuge.« Fina winkte ab.

»Ich habe keinen …«, murmelte Pomar hinter vorgehaltenen Händen. »Hören Sie. Ich bedauere sehr, dass es so weit gekommen ist. Es war unüberlegt, impulsiv und kindisch. Meine Frau …« Reue schwang in seiner Stimme. Wobei es ihm nicht um seine Taten ging, sondern die Konsequenzen, die das ganze Geschehen auf seine Familie haben würde.

»An die hätten Sie denken sollen, bevor Sie die Stalkerkarriere starteten.« Fina kräuselte die Oberlippe vor Verachtung.

»Señor Pomar, Sie sind vorläufig festgenommen. Es besteht dringender Tatverdacht gegen Sie, Ihre Mitarbeiterin Gloria Ortiz getötet zu haben.«

22

Llucs Zeigefinger folgte der Kontur von Bels Hüfte, ihre nackte Haut fühlte sich weich und warm an. Das leise Schnaufen der Klimaanlage war der einzige Laut in der angenehmen Ruhe, obwohl nur laue Luft dem Gebläse entwich.

Er lehnte sich zurück in die aufgetürmte Kissenreihe des Doppelbetts und stob damit eine Wolke Weichspülerduft auf. Neben ihrem pudrigen Parfüm war das die zweite Note, die er mit Bel assoziierte. Ihr ganzes gemietetes Dorfhäuschen roch wie frisch aus der Waschmaschine gezogen.

Draußen war es dunkel, und das gelbe Licht der Straßenlaternen drang in das dunkle Schlafzimmer. Die Sanduhrsilhouette ihres Körpers neben ihm zeichnete sich vor dem erleuchteten Fenster ab.

Postkoitale Wonne. In diesem Zustand gab es weder Zwietracht noch Aggressionen, keine Wut oder sonstige niederen Emotionen. Ein seelischer Aggregatzustand, der der Einheit mit dem Sein und der Existenz wohl am nächsten kam. Ginge es nach Lluc, würde man ein Gesetz verabschieden, das in diesen Momenten Worte, Bewegungen und jegliche Störungen verbot.

Er wurde nie müde, das Wunder der Natur zu bewundern, das da ausgestreckt neben ihm lag, den Oberkörper auf einem Ellenbogen abgestützt, den Kopf in der Hand.

Ein amüsiertes Lächeln kräuselte Bels volle Lippen, und ihre Augen glänzten im diffusen Licht des Zimmers.

»Was ist?« Trotzdem war er es, der das Schweigen als Erster brach.

»Nichts. Du siehst nur so zufrieden aus.«

Zufriedenheit traf seinen Zustand mehr als präzise. Alles war perfekt gelaufen. Sie hatten einen dringenden Tatverdächtigen festgenommen, noch bevor Llucs Deadline vor Jurados Erscheinen abgelaufen war. Sein zusammengewürfeltes Team der Nichtangepassten zog zum ersten Mal an einem Strang, und er hatte gerade den heißesten Sex mit der schönsten Frau der Insel gehabt.

Er lächelte träge in die Dunkelheit.

Jurado konnte mit seinem Hintern in der Wüste von Tabernas bleiben, dort gab es genügend Sand, um ihn ins Getriebe anderer Leute zu streuen. Solange es sich nicht um Llucs Maschinerie handelte, hatte er kein Problem damit.

Die Welt war gerecht und schön – hoffentlich nicht zu schön, um wahr zu sein. An Llucs innerem wolkenlosem Himmel strahlte die Sonne. Und er würde keiner Wolke erlauben, ihn zu trüben.

»Wir haben natürlich etwas Nacharbeit mit dem Fall, aber wenn alles glattgeht, könnten wir den Rest des Urlaubs wie geplant genießen. Und deinen Geburtstag feiern.« Sanft strich er ihr eine lange Haarsträhne aus dem Gesicht.

Der Glanz ihrer Augen vertiefte sich, die nun funkelten wie kleine Diamanten in der Düsternis des Zimmers. »Und dann schaffen wir es auch noch nach Sevilla.«

Eine Wolke schob sich unangekündigt vor Llucs eben noch perfekten inneren Himmel. Fett und schwarz und tief hängend, sog sie alle Farben auf, drohte mit Sturm und Graupel.

Trotz der Dunkelheit spürte er Bels prüfenden Blick auf sich. Sie beobachtete ihn wie eine Spinne, die das Verfangen der Fruchtfliege in ihrem Netz aussaß und reglos auf eine Bewegung wartete.

Lluc zuckte betont unbeteiligt mit der Schulter. »Warum ist dir das so wichtig?« Innerlich braute sich die Spannung zwischen seiner Zufriedenheit und des Problemthemas auf.

»Warum sträubst du dich so dagegen?«

»Tu ich nicht.« Er verstand selbst nicht, weshalb der Gedanke an die Reise ihn so beunruhigte.

Er beugte sich vor, um einen Kuss statt Worte sprechen zu lassen. Die Verbindung wiederherzustellen, die so brüsk unterbrochen worden war.

Doch Bel wich zurück. Rutschte von ihm weg und schaffte eine Distanz, die Lluc physische Schmerzen bereitete. Trotz der Hitze des Schlafzimmers überzog Gänsehaut seine Arme und stellte ihm die Härchen auf.

»Was ist los?« Er streckte seine Hand nach ihr aus, suchte die Berührung der warmen Haut.

Doch sie war zu weit weg. Nicht nur körperlich.

Ihre Stimme war frostig.

»So kann es nicht weitergehen, Lluc.«

Geschockt blinzelte er.

Diesen Eimer Eiswasser hatte er nicht kommen sehen. Er stützte seinen Oberkörper auf dem Ellenbogen auf. »Was meinst du damit?« Diesmal diente die Frage keinem rhetorischen Zeitgewinn. Er verstand es tatsächlich nicht. Zwischen den Zeilen zu lesen, gehörte nicht zu seinen Stärken.

»Ich kann dich nicht greifen. Du bist wie ein … glitschiger Fisch.«

Das kam ihm bekannt vor. »Das ist nun mal mein Sternzeichen. Geboren am 22. Februar.« Wie ein pawlowscher Hund gab er die gleiche Antwort auf die Aussage, die Fina ihm an diesem Morgen an den Kopf geworfen hatte.

Bel verzog keine Miene. »Ich meine es ernst. Du entgleitest mir, ich kann dich nicht spüren.«

»Also, ich finde, dass wir gerade sehr viel gespürt haben«, murmelte er.

Was meinte sie damit? Wieso drang das tiefe Gefühl, das er für sie hegte, nicht zu ihr durch? Er konnte keine blockierende Wand feststellen, zumindest befand diese sich nicht in *seinem* Inneren. Vielleicht lag das Problem an ihr, an ihrem Empfangen, nicht an seinem Senden.

Ein irres Lachen stieg in ihm auf. Lluc schluckte trocken, drängte es weg. Das Leben war wieder zu Scherzen aufgelegt und machte seine kosmischen Witzchen. Hier brabbelte er was von großer Liebe und tiefen Emotionen, wie in einer dieser Sitcoms im Fernsehen, und Bel beschwerte sich, ihn nicht zu *spüren*. Sie redeten klassisch aneinander vorbei.

Llucs Gedanken rasten. Der Schock betäubte ihn. Bilder, Emotionen wirbelten durcheinander wie in einer geschüttelten Schneekugel. Bels kurvige Silhouette vor dem erleuchteten Fenster, ihre eiskalte Stimme, der Waschmittelduft der Kissen, Llucs überraschte Schockstarre, Pomars Schweißflecken auf seinem weißen Hemd …

Das letzte Bild half ihm, sich loszureißen. Er konnte nicht fassen, dass Bel ausgerechnet diesen Zeitpunkt für kleinliche Grundsatzdiskussionen wählte. Jetzt, da sich doch alles zum Guten wendete, die Probleme verschwanden und sich Lösungen abzeichneten. Sie hatten den Täter in Rekordzeit gefunden, es würde keine weiteren Opfer mehr geben, und Lluc würde Bel die notwendige Zeit und Aufmerksamkeit widmen, die nötig war, um ihr wieder die emotionale Geborgenheit zu geben, die sie offensichtlich vermisste.

Es sei denn, es handelte sich nicht um eine Kleinigkeit und sie hatte gar nicht vor, eine Lösung zu finden, sondern suchte nach Ausflüchten, weil sie sich längst entschieden hatte. Gegen ihn, gegen die Beziehung.

Was hatte er verpasst?

Sie betraten vermintes Gebiet. Jeder Schritt, jedes Wort musste mit allergrößter Vorsicht bedacht werden.

Bel starrte ihn an, wartete auf seine Reaktion. Ein Moment in der Waage.

Sie holte Luft, setzte zum Sprechen an.

Doch das Piepen von Llucs Telefon zerstörte den Moment.

»Entschuldige, einen Augenblick«. Er checkte das Display. Die Nachricht war von Fina, die sich erkundigte, wo er steckte. Die versammelte Mannschaft des Reviers wartete auf ihn.

Es war der dümmste Moment, um zu gehen. Aber ein Blick auf Bels Gesicht zeigte ihm, dass das postkoitale Entzücken schon lange zerstört war.

»Es tut mir leid. Die Arbeit ruft. Sie warten auf mich, um es für heute abzuschließen«, sagte er und hasste sich im gleichen Moment für seine Feigheit. Doch dieses Thema ließ sich nun mal nicht in einigen dazwischen gequetschten Minuten abhandeln.

»Ich komme nachher zurück, wenn es dir recht ist. Und wir reden in Ruhe. Ist das in Ordnung?«

Seine Hand fand die ihre. Bel zog sie nicht weg. Ließ zu, dass seine Finger sich mit ihren verschränkten. Sie erwiderte seinen Druck, ein trauriges Lächeln auf den Lippen.

»In Ordnung. Bis später.«

* * *

Aus dem La Gaviota ertönte laute Musik. Jarabe de palo rappte »Bonito« aus den Lautsprechern, Gesprächsfetzen und Gelächter schlugen Lluc beim Öffnen der schweren Glastür entgegen. Es war fast so wie früher, als er noch ein Jungspund war, frisch und dynamisch, und sich mit seinen Freunden die Nächte um die Ohren geschlagen hatte. Nur der fehlende Zigarettenrauch und die gute Luft im Lokal erinnerten daran, dass sie nicht mehr in der Vergangenheit des zwanzigsten Jahrhunderts lebten.

Das Lokal war gerammelt voll. Zusätzlich zu den normalen Tagesgästen hatte sich die gesamte Belegschaft des Reviers der Guardia Civil eingefunden, sie lehnten an der Bar oder standen in kleinen Grüppchen herum und stießen mit ihrem *Vino tinto* und *Cañas* auf den heutigen Erfolg an. Selbst der älteste Beamte, Vicente vom Empfang, hatte sich ein frisch gestärktes und gebügeltes Hemd angezogen, und prostete Lluc mit seinem Glas grinsend zu.

»Da ist ja der Mann der Stunde.« Hinter der Bar rubbelte Ana Crespí mit einem Geschirrtuch ein Bierglas trocken, hielt es prüfend gegen das Licht und reichte es ihrer Hilfskraft Dani, der ihnen abends in der Bar zur Hand ging. »Einen *Tinto?*«, rief sie ihm über die Leute hinweg zu.

Lluc nickte und drängte sich an Ellenbogen und Rücken vorbei an eine leere Stelle am Tresen.

Die kollektive Ausgelassenheit konnte er nicht mehr teilen. Die Diskussion mit Bel brannte wie eine Ohrfeige und hatte jegliches Feiergefühl vernichtet.

Sie so zurückzulassen, fühlte sich falsch an. Er hätte nicht gehen sollen.

Der Drang, sofort das Lokal zu verlassen und zu ihr zu fahren, war überwältigend. Das Gefühl, sonst würde etwas Schlimmes geschehen, ließ sich nicht abschütteln.

Lluc zwang sich zu einem Lächeln, das ihm so gestellt erschien, als hätte ihm jemand die Mundwinkel nach oben gezogen.

»Was ist los?« Gual schob sich zu ihm durch, prostete ihm mit ihrem Bier zu und stieß dabei fast sein Glas Rotwein auf der Theke um. Sie hatte sich umgezogen und zur Feier des Tages in ein azur glitzerndes Paillettentop geschmissen, das farblich zu ihrer blauen Wimperntusche passte.

»Nichts.«

Statt einer Antwort zog sie nur eine Augenbraue in die Höhe, bis sie unter dem krausen Pony verschwand.

In einer Gruppe, die neben ihnen an der Theke lehnte, erzählte ein Typ in modernen Hochwasserhosen einen Witz über zwei Mallorquiner, die sich darüber stritten, wer von beiden der Sohn Gottes war. Als sie einen dritten um Rat und seine Meinung baten, antwortete dieser, er habe keine Söhne.

Die daraus resultierende Lachsalve brannte in Llucs

Ohren, als hätte er Säure hineingeschüttet. Die Begleitung des Hochwassermannes krümmte sich vor übertriebenem Gackern.

Der Erzähler fühlte sich in seiner Rolle als Stand-up-Comedian bestätigt und legte mit dem nächsten Witz nach.

Lluc schaltete ab, nahm einen Schluck des Ribera de Duero, der erstaunlich kühl und von vollem Bouquet war, und ließ seinen Blick in die Menge schweifen.

Fina war in ein Gespräch mit einem hochgewachsenen Mann vertieft, der von hinten Pomars Anwalt ähnelte. Natürlich handelte es sich um jemand anderen, denn Rodrigo/Rodriguez kam aus Palma und würde nicht mit ihnen in dieser Bar abhängen, um die Festnahme seines Mandanten zu feiern. Lächeln, Grinsen, Blicke, wie man sie beim Flirten einsetzte.

Sie entdeckte Lluc und zwinkerte ihm zu. Nur wenig später löste sie sich aus ihrem Plausch und drängelte sich an Kollegen und anderen Gästen vorbei an die Bar.

»Auf uns.« Glas an Glas klickte, als sie mit Lluc und Gual anstieß.

»Wir haben das prima ohne die Hilfe von diesem Jurado und seiner Marvel-Superhero-Truppe geschafft.« Gual nahm einen Schluck ihrer Cerveza und sah Lluc und Fina aus ihren dick getuschten Augen an. »Ich wollte euch sagen, dass ich sehr stolz bin, Teil unseres Teams zu sein. *Os quiero mucho.*«

»Jetzt werd nicht sentimental«, sagte Fina, doch Lluc entging nicht der verräterische Glanz in ihren Augen. »Ich hab dich natürlich auch lieb, Gual.« Unbeholfen hob sie ihre Hand, schien es sich dann aber anders zu überlegen und stieß einfach noch einmal mit Gual und Lluc an.

»Wie geht es jetzt weiter? Kommt dieser Jurado trotzdem?«, fragte Gual.

»Ich hoffe mal nicht. Der Staat muss doch Kosten sparen. Es gibt hier nichts mehr für ihn zu tun.« In einem seltenen Anflug von Lebenslust tänzelte Fina im Rhythmus der Musik. In den zwei Jahren, die die Kollegin mit ihnen arbeitete, hatte Lluc sie noch nie so ausgelassen erlebt. Fast steckte sie ihn mit ihrer guten Laune an.

Ein Schwall warmer Luft zog zu ihnen herüber, als die Tür sich öffnete und Pep mit einer Kiste Bier den Laden betrat. In seinem Gefolge drei blonde *Extranjeras*, dem Look nach Deutsche, die sich hinter ihm ins La Gaviota drängelten, als gäbe es kein anderes Lokal im Port. Dabei bestand der Hafen aus nichts anderem. An der Promenade lagen Dutzende von ihnen aneinandergereiht.

»Der Chef war Gäste rekrutieren«, scherzte Gual.

Pep hob den Kasten über seinen Kopf und bugsierte ihn an den Grüppchen vorbei hinter den Tresen.

»Wo warst du heute Abend so lange?«, fragte Fina und wippte im Takt.

»Bei Bel«, antwortete Lluc.

Er sah ihr an, dass sie nachhaken wollte, und bevor sie ihn wieder in die Mangel nahm, würde er sich aufs Örtchen verabschieden. Er stellte das Weinglas neben seinem Telefon auf dem Tresen ab, ein Quasi-Messingschild, um den Stammplatz zu markieren, und zwängte sich an der Witzetruppe vorbei zu den Toiletten.

Der Ober-Comedian gab wieder einen zum Besten – dieses Mal traf ein Argentinier auf einen Deutschen –, als ein lautes Klingeln von der Theke ertönte. Llucs Handy bimmelte in Begleitung eines irgendwann eingestellten Flashlights, das er nicht zu entfernen wusste.

Fina warf einen Blick aufs Display, lächelte, und bevor Lluc es verhindern konnte, ging sie ran.

Der Witzemacher hatte seine Pointe erreicht, die mit schrillem Gelächter seiner Fans quittiert wurde.

Lluc drehte sich auf dem Absatz um und nahm das Handy entgegen, das Fina ihm reichte. Doch der Anrufer hatte schon aufgelegt.

»Wer war das?« Und wann hatten sie die Hürde der Privatsphäre abgeschafft, die es ihr erlaubte, an sein Telefon zu gehen?

»Es war Bel. Ich wollte nur Hallo sagen, deshalb bin ich rangegangen, aber da war die Verbindung unterbrochen.« Fina verzog den Mund und gab sich Mühe, zerknirscht auszusehen. »Es tut mir leid, das war vermutlich übergriffig.«

Lluc winkte ab und bewegte sich zum Ausgang. Bei diesem Lärm verstand man eh sein eigenes Wort nicht.

Er öffnete die Tür, drückte auf Bels Wahlwiederholung und lauschte dem Klingeln seines WhatsApp-Anrufs.

Doch Bel meldete sich nicht.

Er probierte es über die normale Leitung und bekam die Ansage, dass der Teilnehmer vorübergehend nicht erreichbar sei.

Vielleicht war ihre Batterie leer, versuchte er sich zu beruhigen. Einfach aufzulegen war nicht Bels Stil. Doch das ungute Gefühl ließ sich nicht vertreiben.

Das Handy schrillte in seiner Hand. Erleichtert und ohne das Display zu checken, nahm er den Anruf entgegen.

Doch wider Erwarten war es nicht Bel.

Eine tiefe Männerstimme fragte: »Sargento Casasnovas?«

»Am Apparat.«

»Sargento Amís, Revier Valldemossa. Wir haben hier ein Problem.«

»Wie kann ich Ihnen weiterhelfen, Sargento?« Valldemossa gehörte einem anderen Gemeindebezirk an und unterstand einem eigenen Revier der Guardia Civil. Was immer dort stattfand, fiel in der Regel nicht in den Zuständigkeitsbereich der Stelle in Sóller.

Der Mann räusperte sich, seine Stimme knackte wie ein trockener Ast. »Leider haben wir hier einen Todesfall. Es wurde eine Leiche entdeckt.« Seinem erschütterten Ton nach zu schließen, sahen sie sich in dem kleinen Bergdörfchen nicht häufig mit so einem Fund konfrontiert.

»Das tut mir leid. Aber was haben wir damit zu tun?«

Amís räusperte sich erneut und atmete schwer in den Hörer. »Das ist es ja. Die Präsentation der Leiche ist ... sehr ungewöhnlich.« Räuspern. »Nach Eingabe in die Datenbank haben wir gesehen, dass etwas Ähnliches erst kürzlich aufgetreten war.«

Llucs Herz pochte gegen seine Rippen. Die folgenden Worte gingen im Rauschen des Blutes in seinen Ohren unter.

»Wiederholen Sie das bitte, Amís.«

Der Mann räusperte sich und wiederholte mit zittriger Stimme: »Sie hat eine Orange im Mund, und man hat ihr das Ohr abgeschnitten.«

23

Im Gegensatz zum größeren Sóller lag das winzige Valldemossa nicht in einem Talkessel, sondern eingebettet wie ein goldenes Juwel inmitten der hohen Berge. Am höchsten Punkt des Zentrums, von warmen Lichtstrahlern beleuchtet, stachen die Gebäude der San-Bartomeu-Kirche und des Kartäuserklosters heraus. Schon von Weitem, während der serpentinenartigen Zufahrt, gab das aus Naturstein erbaute Bergdorf ein postkartenwürdiges Motiv ab.

Die Autofahrt verlief schweigend. Lluc am Steuer, den Blick auf die kurvige Straße gerichtet, Gual auf die Finsternis der vorbeiziehenden Tramuntana. Jeder für sich, im Zwiegespräch mit seinen eigenen Gedanken. Doch vereint im brennenden Wissen, den falschen Mann festgenommen zu haben.

Fina war mit ihrem Wagen gefahren, um von Valldemossa aus den direkten Weg zurück nach Palma zu nehmen.

In einer einsamen Seitenstraße der Ma-1110 stellte Lluc das Auto ab. Die Luft hier oben, vierhundertvierzig Meter über dem Meeresspiegel, war deutlich kühler als unten im Tal von Sóller und brachte angenehme Erfrischung an diesem heißen Abend.

Im Inneren des Dorfes schlug die Kirchturmuhr die zweite Stunde des frühen Morgens. Der Klang der Glocke durchbrach unheimlich die Stille der Nacht. Außer Lluc, Gual und einer gestreiften Katze mit halbem Schwanz war um diese Uhrzeit niemand unterwegs.

Tagsüber von Touristen übervölkert, fanden sie die engen Altstadtgassen nun verlassen vor. Das gelbe Laternenlicht warf lange Schatten in die schmalen Durchgänge, Hausportale und zugezogenen Holzfensterläden.

Ihre Schritte hallten von den Natursteinfassaden der Gebäude wider, als sie angeleitet von Guals Google-App das Labyrinth der winzigen Gassen durchquerten.

Mit gesenktem Blick ging Gual voran. Auch sie wirkte wie vor den Kopf geschlagen und vergaß, darauf zu achten, nicht in die Fugen des Straßenpflasters zu treten.

»Ich habe nicht gewusst, wie einsam es hier nachts sein kann«, sagte Gual und sah sich um. »Wenn man sich vom Hauptplatz ein bisschen in die Gassen entfernt, ist es richtig gruselig.«

»Andere würden es romantisch nennen.«

»Die wissen aber nicht, wer hier nachts sein Unwesen treibt.«

Sie ließen die Kartause hinter sich und bogen links ab. Nach einer kurzen Unterführung landeten sie in einer engen Gasse, die in einem kleinen Platz um eine fliederfarbene Glyzinie auslief.

Dahinter hatte die Spurensicherung ein weißes Zelt aufgebaut und Strahler aufgestellt, die das Ding von innen erleuchteten wie eine gigantische Laterne. Ein Beamter stand Wache hinter dem Absperrband am Eingang der Gasse und ließ niemanden passieren.

Lluc und Gual wiesen sich aus und fragten nach Sargento Amís.

»Ein kleiner Mann mit roten Haaren. Nicht zu übersehen«, antwortete der Beamte und deutete mit dem Kinn in den Lampion hinein.

Die Spurensicherung war in vollem Gange. Es wirkte wie eine Invasion weiß gekleideter Aliens, die den Einbruch der Nacht genutzt hatten, um über das verschlafene Bergdorf herzufallen.

Auch dieser Tatort war leise. Die Beamten arbeiteten in stiller Effizienz.

Genau wie der uniformierte Beamte ihnen versichert hatte, war Amís nicht zu übersehen: Seine borstigen Haare standen vom Kopf ab und hatten die Farbe von frischem Rost. Ein Ton, den man in Spanien selten sah. Klein und hager, telefonierte er wild gestikulierend etwas abseits des Geschehens, sichtlich bemüht, die Lautstärke zu drosseln und nicht seinen ausufernden Gesten anzupassen. Die vorsichtigen Blicke, die er der Leiche zuwarf, ließen vermuten, dass Doctora Gomez ihm bereits alles erklärt hatte. Denn auch dieser hier war eindeutig ihr Tatort. Ein Hort der Ruhe und Produktivität.

»Sargento Amís?«, fragte Lluc. »Lluc Casasnovas und Agente Gual.«

Sie schüttelten sich die Hände.

Amís drückte fest zu. Sein Blick aus den eng beieinanderstehenden braunen Augen war direkt und offen. »Ich werde ehrlich mit Ihnen sein, Sargento. Ich bin ein wenig überfordert und freue mich, dass Sie da sind.«

»Keine Sorge, Herr Kollege. Dann sind wir schon zwei.«

»Ich habe eure Fälle die letzten Jahre mit Interesse verfolgt. Gute Arbeit.«

»Danke.«

»Bei uns geschehen Morde nicht häufig. Es gab mal einen Fall von häuslicher Gewalt, der Täter hat uns angerufen, den Tod seiner Frau gemeldet und die Tat noch am Telefon gestanden. Das hier ist eine andere Nummer.« Sein prominenter Adamsapfel hüpfte aufgeregt, als er hart schluckte.

»Ein Teenagerpärchen hat die Leiche entdeckt«, fuhr er fort. »Die beiden hatten sich von der Gruppe ihrer Freunde entfernt, *um sich die Beine zu vertreten.*« Er malte mit den Fingern zwei Anführungszeichen in die Luft. »So heißt das heute, wenn man rummachen geht.« Amís grinste und wurde sogleich wieder ernst.

Die Zeltplane am Eingang wurde zurückgeschoben, und eine Gestalt trat auf sie zu.

»Sargento Fina García«, stellte Fina sich vor und reichte Amís die Hand. »Bitte lassen Sie sich nicht stören. Ich finde ins Thema hinein.«

Er nickte und fuhr fort. »Wir wissen, dass die Tote um einundzwanzig Uhr eine Yogaklasse besuchte. Die Stunde fand in einem ausgebauten Atelier am anderen Ende der Straße hinter diesem Zelt statt.« Er zeigte auf die Nordseite des Tatorts. »Um zweiundzwanzig Uhr dreißig hat sie die Stunde verlassen. Der Täter muss sie genau danach abgepasst haben.«

»Abgepasst?« Fina zog eine Augenbraue hoch. »Was veranlasst Sie, zu glauben, dass es kein Zufallsopfer war?«

»Das erschien mir die logischste Variante.« Amís runzelte nachdenklich die Stirn. »Es ist um diese Zeit sehr einsam hier oben. Wenn es der gleiche Täter ist wie eurer, der ein neues Opfer sucht, ist das hier der letzte Ort, um eines zu finden.«

»Ist es eine regelmäßige Stunde?« Llucs Gedanken verselbstständigten sich. »Die Yogaklasse, meine ich?«

»Jeden Mittwoch um die gleiche Zeit. Einundzwanzig Uhr. Der Lehrer hat abgeschlossen und ist kurz darauf in die entgegengesetzte Richtung gelaufen, wo sein Wagen nahe der Hauptstraße parkte.«

Gual zuckte sofort ihr Notizbuch. »Den Namen des Lehrers brauchen wir.«

»Ein Rico Fontes. Wir schicken Ihnen den Kontakt später zu. Doch sicherlich wollen Sie die Leiche sehen. Wir können den Rest währenddessen besprechen. Ich glaube, diese Doctora Gomez möchte nach Hause.«

Amís' sichtliche Bemühungen, die Doctora nicht noch einmal auf dem falschen Fuß zu erwischen und ihren Unwillen auf sich zu lenken, ließen Lluc schmunzeln. Die winzige Rechtsmedizinerin verschaffte sich Respekt und verbreitete Angst und Schrecken.

»Gift kommt in kleinen Dosierungen«, flüsterte Fina ihm zu.

»Delikatessen auch«, fügte Gual hinzu.

Sie drängten sich an Mitarbeitern der Spurensicherung vorbei, die Beweistütchen versiegelten, Tuben und Deckel zuschraubten und ihre Koffer schlossen.

Am Rand des Zeltes stand eine weitere Glyzinie, umgeben von einer Steinbordüre, die ihr Erdbeet ordentlich abgrenzte. Darunter abgelegt, wie zu einem Schläfchen im Schatten, lag eine Frau.

»Ich will Sie dieses Jahr nicht mehr sehen, Casasnovas«, rief die Rechtsmedizinerin über ihre Schulter, während sie Füße und Beine der Toten untersuchte.

»Auch ich würde Sie lieber zu einem Kaffee treffen, Doctora. Hoffentlich erkennen wir uns dann ohne Schutzanzüge.«

»Ihr könnt ja eine Orange als Erkennungsmerkmal mitnehmen«, sagte Fina und erntete einen bösen Blick von Gual.

»Das ist nicht witzig.«

»Ist ja gut. War nur ein blöder Scherz.«

Bevor er sich näherte und die Details in sich aufnahm, schloss Lluc die Augen. Versuchte, die blanke Leinwand in seinem Kopf zu schaffen, wie immer, wenn er einen Tatort besuchte. Es mochte an der späten Stunde liegen oder an der unmöglichen Aufgabe, widerspenstige Emotionen und den Missmut befeuernde Gedanken fortzuschieben. Es gelang ihm nicht, den Kopf frei zu bekommen. Sie hatten den falschen Mann festgenommen, noch eine Frau musste sterben, weil sie sich auf den falschen Täter eingeschossen hatten, Bel hatte ihr Telefon ausgestellt. Die Störfrequenzen waren spannungsgeladen und unmöglich abzuschalten. Nicht einmal für einen Moment.

Sie mussten von vorne beginnen. Und je eher er persönliche Befindlichkeiten und Eitelkeiten losließ, desto besser für die Ermittlung.

Er hörte Gual neben sich nach Luft schnappen – überrascht oder erschrocken?

Schlagartig öffnete Lluc die Augen und trat zu seinen Kolleginnen, die Schutzoveralls angezogen hatten und sich nun über die Leiche beugten.

Braune Haare wellten sich um die Schultern der jungen Frau. Sie war jung, jünger noch als Gloria, und trug ein geblümtes Sommerkleid, das ordentlich bis über ihre Knie fiel und wie glatt gestrichen wirkte.

Eine hässliche rote Linie teilte die weiße Haut ihres Halses in zwei Hälften.

In ihrem Mund steckte eine kleine Orange.

Doch Lluc hatte keinen Sinn für die Details. Er starrte auf das Gesicht, die glatte jugendliche Haut, die haselnussbraunen Augen, die im Leben verschmitzt gezwinkert hatten – nun im Tode grotesk aufgerissen, erstarrt in einem Ausdruck des Horrors. Die letzte Regung, die das arme Mädchen gefühlt hatte.

»Es ist Marta«, flüsterte Gual. »Heiliger Himmel.«

»Wer ist Marta?«, fragte Fina. Trotz der zwei Jahre, die sie als wesentlicher Bestandteil des Teams in Sóller arbeitete, beschränkte sich ihr Kontakt mit den Dorfbewohnern nur auf die Arbeit.

»Das ist die Frau von José Vidal. Dem Besitzer der Tangerina-Kette.«

»In der Filiale am Kreisel hole ich mir jeden Tag nach der Arbeit ein Eis.« Fina pfiff durch die Zähne. »Ratet mal welche Sorte? Spoiler: Eine, die ich nach diesem Fall nie wieder essen werde.«

»Tangerina-Filialen gibt es auf der ganzen Insel.«

Die Geschäfte der beliebten Kette verkauften lokale Produkte des Tals wie natives Olivenöl, Naturkosmetik, Gin und Liköre. Außerdem stellten sie eigenes Eis her und vertrieben alles über ihre Filialen oder im Onlineshop sogar bis ins Ausland.

Nachdem das letzte Foto geschossen wurde und die Reflexion des Blitzlichts sich auf der Retina der Anwesenden verewigt hatte, entfernte Doctora Gomez die kleine Orange aus dem Mund der toten Frau. Sie drehte die Frucht zwischen ihren behandschuhten Fingern und betrachtete sie interessiert. Dann ließ sie die Frucht in einen transparenten Beweisbeutel plumpsen, und ein Mitarbeiter versiegelte und beschriftete ihn mit Namen, Ort und Uhrzeit.

»Das ist doch kein Zufall. Der Täter folgt einem Plan.«

Die Windmühlen in Llucs Kopf drehten sich. »Er hat Frauen aus dem Dorf im Visier«, sagte er nachdenklich.

»Er hat ihr wieder das rechte Ohr abgeschnitten. Post mortem, den Wundrändern nach zu urteilen. Dieses Mal allerdings etwas vollständiger«, fügte Gomez hinzu. Anders als in Glorias Fall, wo das untere Drittel des Knorpels und das Ohrläppchen der Schneide des Messers entgangen waren, fehlte hier die Ohrmuschel in der Ganzheit.

»Das ist seine Minieskalation. Es klappt jetzt besser mit dem Souvenir.«

»Was ist mit dem anderen Ohr?«

»Intakt«, sagte Gomez und legte die linke Ohrmuschel frei.

Lluc stutzte.

»Moment mal.« Er beugte sich vor und legte seine behandschuhte Hand unter das linke Ohrläppchen. Marta trug eine goldene Kreole mit einem ziselierten Weinblatt in ihrem gestochenen Ohrloch.

»Der Ohrring.«

»Da er das gesamte rechte Ohr abgetrennt hat, wird er das Pendant mitgenommen haben. Ein weiteres Souvenir.«

»Das meine ich nicht.« Llucs Puls galoppierte los. Er musterte das Schmuckstück genauer, kam zum selben Rückschluss. »Es ist der Gleiche, den Gloria in ihrer Hosentasche hatte.«

Finas Augen weiteten sich. »Es muss an meiner Müdigkeit liegen, dass dir stillosem Sack das auffällt und mir entgeht.« Sie zog ihr Handy aus der Tasche, scrollte durch ihre Nachrichten und rief den Bericht der Spurensicherung des ersten Tatorts auf. Sie fand das Bild, zog es groß und hielt es neben das Beweisstück an Martas Ohrläppchen. »Es ist tatsächlich der gleiche Ohrring.«

»Wieso trägt Marta Glorias zweiten Ohrring?«

»Oder umgekehrt. Vielleicht trug Gloria Martas«, sagte Lluc nachdenklich. »Wie dem auch sei, der Orangenmörder hat wieder zugeschlagen.«

24

»Er sucht seine Opfer bewusst aus.« Adrenalin durchflutete Llucs Adern, als sie zurück zum Wagen liefen. Vergessen die Müdigkeit und bleierne Apathie, die sie nach der Nachricht der zweiten Leiche überkommen hatte. »Es gibt einen Zusammenhang. Der Ohrring war sein erster Fehler.«

»Oder eine Botschaft«, warf Fina ein.

»Auch das ist möglich«, gab er zu. »Aber welche?«

»Selbst wenn sie offensichtlich wäre, würde ich sie nicht erkennen. Ich bin total fertig.«

Irgendwo in einem Baumwipfel schrie ein Käuzchen, und die Nacht erschien dunkler als noch eine Stunde zuvor. Die Temperatur war weiter gesunken.

»Vielleicht beobachtet er uns gerade und lacht über unsere Dummheit.« Gual zog die Schultern hoch und sah sich um, ohne ihren Schritt zu verlangsamen.

»Dem wird schon das Lachen vergehen«, sagte Fina, doch Lluc entging nicht, wie ihre Hand sich unauffällig zu ihrem Holster bewegte.

»Wir sollten eine Warnung rausgeben. Gual, bitte gleich morgen früh. Den Frauen des Dorfes wird angeraten, sich nach Einbruch der Dunkelheit nicht mehr alleine auf die Straße zu begeben.«

»Weißt du, wie das aussieht? Die Inselhoheiten werden an

die Decke gehen. Dann kannst du es gleich als Schlagzeile bringen, womit wir es hier zu tun haben.«

»Das ist mir egal, wie es wirkt. Das Leben unschuldiger Frauen ist wichtiger als die finanziellen Aspirationen geldgieriger Säcke.« Nun gut, das war ein bisschen unfair. »Wir müssen ja nicht eine Panik lostreten. Man kann es ja sanfter formulieren.«

Gual schwieg, doch ihre Mundwinkel spannten sich zu einem zufriedenen Lächeln.

Sie hatten die Hauptstraße erreicht, die nach dem Touristentrubel des Tages wie evakuiert wirkte. Finas Absätze knallten hart auf dem Pflaster.

»Wo hast du geparkt, Fina?«

»An der Hauptstraße am Ortseingang, auf dem Parkplatz.«

Er drehte ab nach rechts und stampfte voran.

Gual wies mit dem Daumen in die entgegengesetzte Richtung. »Wir stehen am Ortsausgang.«

»Ab sofort gehen wir immer zusammen. Das Gebot gilt auch für uns, niemand steht über dem Gesetz.«

»Und das Gesetz bist du?« Fina lachte. »Das ist jetzt wirklich übertrieben, Lluc.« Doch sie machte keine Anstalten, ihre Kollegen davon abzuhalten, sie zum Wagen zu begleiten.

»Deklarier es als vorgezogene Lagebesprechung«, sagte Lluc. »Wir nutzen den Weg zum Besprechen, denn morgen früh ist die Liste voll und keine Zeit fürs Planen. Wir legen gleich los. Als Erstes befragen wir diesen Rico. Ich bin mir sicher, dass unser Täter seine Opfer kennt. Es gibt einen Zusammenhang. Wir müssen ihn nur finden.«

»Was wissen wir über Marta?« Fina schlang ihre Handtasche über ihre Schulter.

Ohne ihren kleinen Block zu konsultieren, spulte Gual die Daten ab, die sie von Amís und seinen Kollegen zusammengesucht hatte. »Sie war erst einunddreißig Jahre alt. Seit vier Jahren verheiratet mit José Vidal, dem Besitzer der Tangerina-Kette.«

Lluc pfiff durch die Zähne. »Vidal müsste um die sechzig sein. Mir war nicht bewusst, dass der Altersunterschied so groß ist.« Die Betagten wirkten jugendlicher, die Jüngeren reifer, das Alter richtig zu schätzen, stellte noch immer eine Herausforderung dar.

»Sugardaddy?«, fragte Fina.

»Eigentlich nicht, zumindest habe ich es vorher nie so aufgefasst. Vidal ist ein hochattraktiver, erfolgreicher Mann. Im Dorf ist er sehr beliebt und wird als Ehrenmann geschätzt«, antwortete Lluc.

»Was machte Marta beruflich?«

Auch dafür brauchte Gual keine Notizen. »Eigentlich hat sie nicht gearbeitet. Und da man heute nicht mehr einfach nur Hausfrau ist, widmet man sich den sozialen Medien. Anscheinend war sie da sehr aktiv, so eine Art lokale Influencerin bei Instagram mit vielen Followern. Könnte sein, dass sie sich um die öffentlichen Auftritte für Tangerina gekümmert hat.«

»Hier ist der Plan für morgen früh. Gual, check bitte Martas Profil nach Auffälligkeiten. Und überprüfe, ob es Gemeinsamkeiten oder Überschneidungen mit Gloria gab. Vielleicht irgendjemand, der bei beiden kommentierte. So was in der Art.«

Gual nickte. »Wird gleich als Erstes erledigt.«

»Fina, wir beide suchen morgen früh diesen Yogalehrer Rico und Martas Mann Vidal auf.«

Fina gähnte. »Passt. Es tut mir leid, ich bin einfach zu müde, um eine schlaue Idee zu haben. Hier ist mein Auto.« Sie blieb an dem silbernen Seat stehen, kramte den Schlüssel aus der Tasche und entriegelte mit der Fernbedienung den Verschlussmechanismus. Die Handtasche flog als Erstes auf den Beifahrersitz, dann setzte sie sich hinters Steuer. »Gute Nacht.«

Sie winkte, wendete und fuhr los.

Nachdem Finas Rücklichter wie Glühwürmchen in der Dunkelheit erst aufleuchteten und dann verschwanden, setzten Lluc und Gual sich in die entgegengesetzte Richtung in Bewegung.

Ihr Marsch zurück zum Auto verlief schweigend.

Ebenso wie die Autofahrt, begleitet von leisen Balladen auf Melodía Fm.

»Was macht eigentlich dein Training?« Sie hatten Sóller erreicht, und Lluc fuhr in den ersten Kreisel des Ortes. Er bedachte die Kollegin mit einem Seitenblick, um sich zu vergewissern, dass Gual nicht eingeschlafen war.

»Ich glaube, das einzig Positive an diesen verdammten Serienkiller ist, dass ich eine Ausrede habe, damit auszusetzen.« Ihre Stimme wirkte sehr wach.

»Falsch.«

»Was?«

»Es ist nicht das einzige Positive. Es gibt noch etwas. Ich muss nicht nach Sevilla reisen.«

Gual lächelte müde. Ihre resignierte Miene spiegelte

genau wider, was Lluc fühlte: Anstatt es als Erleichterung zu empfinden, nun durch höhere Gewalt von dem Problem befreit zu werden, ohne dass sich ihm etwas vorwerfen ließe, war die Last, die ihm auf der Seele lag, schwerer geworden. Genau wie er schien auch Gual zu ahnen, dass in irgendeiner Art ihr Einsatz gefordert war und sie sich dieses Mal nicht so einfach aus der Affäre ziehen würden.

Sie erreichten den Carrer d'Adela Oliver Llinás, und Lluc setzte Gual sicher vor ihrem Wohnhaus ab, wartete, bis die Haustür des Mehrparteienhauses hinter ihr ins Schloss gefallen war, und fuhr nach Hause.

Er fütterte Iago, der sich nach einem langen Spaziergang mit dem Nachbarsjungen Jaime selig in seinem Körbchen einrollte, streifte sich die Klamotten vom Leib und fiel ins Bett.

Die letzte Aktion, bevor Lluc die Augen schloss, galt dem Checken seines Handys. Pochenden Herzens öffnete er die App, doch Bels WhatsApp-Profil zeigte keine neuen Aktivitäten. Auch hatte Lluc keine Benachrichtigung über die Erreichbarkeit eines vorher nicht verfügbaren Gesprächspartners erhalten.

Er hängte das Telefon zum Laden ans Kabel, schloss die müden Augen. Sterne und Lichtreflexe tanzten vor seinen dunklen Lidern.

Sekunden später schlief er ein.

Und träumte die ganze Nacht von Bel.

25

Das neue Kulturzentrum Can Bol in der Gran Via hatte schon ab sieben Uhr seine Tore für Fitnessbegeisterte geöffnet.

Lluc und Fina betraten das alte Herrenhaus um Viertel vor acht. Das Timing war genau mit Guals Recherche abgestimmt, nach der Rico hier seine Trainingsklassen am Morgen gab und in Kürze den ersten Kurs beendete.

Eine der ersten Amtshandlungen von Bürgermeister Cadena hatte der Renovierung und Erweiterung des Kulturzentrums gegolten. Man hatte es in ein herrschaftliches Gebäude verlegt, das nach dem Tod des Besitzers und der Unfähigkeit der Erben, die Erbschaftssteuer zu bezahlen, in die immer offenen Hände des Staates gefallen war. Wenigstens profitierte in diesem Fall die Öffentlichkeit davon.

An der Rezeption im Erdgeschoss wartete ein Dutzend Frauen aller Altersgruppen, plauderte fröhlich durcheinander und stieg quatschend die Treppe hoch zu den oberen Kursräumen und Umkleidekabinen. Viele von ihnen trugen die gleiche lässige Sporttasche im Camouflage-Look über der Schulter, die auch hinter dem Tresen hing und zum Verkauf angepriesen wurde. Der Aufdruck *Can Bol* zierte in weißen Lettern ein Seitenfach.

»Wieso ist es so früh schon so belebt?«, fragte Lluc und reihte sich in die Warteschlange ein.

»Was glaubst du denn, wann man sonst in einem vollen Berufsalltag neben einkaufen, Kinder abholen, Zeit mit der Familie verbringen und Essen kochen auch noch die körperliche Ertüchtigung unterbringen soll?«

»Dann habe ich jetzt die Lösung für mein Problem gefunden.« Zwar betrafen ihn von Finas Aufzählung nur der erste und letzte Punkt, trotzdem kam sein Sportprogramm zu kurz.

Als Fina und er an die Reihe kamen, begrüßte sie eine motiviert wirkende junge Frau Anfang zwanzig in weißem Can-Bol-Poloshirt und schwarzen Leggings. Ein angeheftetes Namensschildchen wies sie als *Kaya P.* aus. »Herzlich willkommen. Wir sind ein inklusiver Verein. Diversität ist uns sehr wichtig.« Sie strahlte Lluc an und begann, ihnen Kurskonditionen und Mitgliedschaften aufzuzählen.

Lluc stoppte sie mitten in ihrem erlernten Verkaufsgespräch. »Auch wenn ich es dringend bräuchte, sind wir nicht hier, um uns anzumelden.« Er lächelte. »Und das mit der Inklusion und Diversität habe ich in diesem Zusammenhang nicht verstanden.«

Fina neben ihm unterdrückte ein Lachen.

Kayas Lächeln welkte. »Na, weil Sie doch ein Mann sind. Sexismus und Diskriminierung haben bei uns keinen Platz. Wir nehmen auch Männer auf.« Sie blickte Hilfe suchend zu Fina.

»Da bin ich ja beruhigt und fühle mich gleich gut aufgehoben.« Er zwinkerte und hielt ihr seinen Ausweis vor die Nase. »Ich komme vielleicht später auf das großzügige Angebot zurück. Aber heute würden wir gerne mit Rico sprechen.«

Kayas Mund klappte zu. Ängstlich wandte sie sich um,

doch dort befand sich nur die geschlossene Tür zu den Büroräumen. »Ich hoffe, er hat nichts angestellt?«

»Er ist ein wichtiger Zeuge«, versicherte Lluc lächelnd.

Die Farbe kehrte zurück in das Gesicht des Mädchens. »Einen Moment bitte.«

Sie verschwand hinter der Tür und kehrte kurz darauf mit einem förmlich gekleideten jungen Mann zurück. Zumindest trug er keine Leggings, wohl aber das weiße Unternehmenspoloshirt. Groß und dunkelhaarig, mit prominentem Kinn und Grübchen, kam er Lluc erstaunlich bekannt vor.

»Buenos días, ich bin der Geschäftsführer. Wie kann ich Ihnen helfen?« Laut Namensschild hieß er Fran V., roch frisch geduscht und parfümiert und lächelte höflich.

Fina wiederholte ihr Anliegen, während Lluc darüber nachdachte, wo er den jungen Mann kürzlich gesehen hatte.

»Ich denke, das ist kein Problem. Da Sie in Zivil sind, erschrecken Sie niemanden.« Er grinste und zeigte auf die Treppenstufen. »Im ersten Stock, der zweite Kursraum rechts. Sie können vor der Tür warten, die Stunde müsste gleich zu Ende sein.«

Bevor sie sich zum Gehen wandten, fügte er hinzu: »Ach, und wenn Sie eine neue Trainingsgelegenheit suchen – wir nehmen übrigens auch Männer auf.«

»Ich weiß, Diversität und Inklusion sind Ihnen eine Herzensangelegenheit.«

Fina lachte, Lluc verstand den Witz wieder nicht.

Salsaklänge drangen aus dem geschlossenen Kursraum im ersten Stock und pochten im Rhythmus mit Llucs Kopfschmerzen.

Die Holzbank, auf der sie auf das Ende von Ricos Kurs

warteten, sah eleganter aus, als sie sich anfühlte, und erwies sich als ziemlich unbequem.

Schicke Holzverschnittböden lagen in beiden Etagen aus, das Ambiente war wohltemperiert und geruchsneutral. Was am Umstand liegen mochte, dass größtenteils weibliche Klientel die Kurse besuchte – auch wenn die Rezeptionistin ihnen versichert hatte, ein inklusiver Klub zu sein. Hauptsächlich männerfrequentierte Fitnessstudios rochen nach Pumakäfig, fand Lluc.

Er schloss die Augen und lehnte den Hinterkopf an die Wand. Das Ibuprofen wirkte noch nicht, obwohl er nach dem Aufstehen sechshundert Milligramm eingeworfen hatte. Sein Kopfschmerz musste an der Dehydrierung liegen, im Eifer des Gefechts hatte er gestern zu wenig getrunken. Oder an der kurzen Nacht und der Tatsache, dass Bel noch immer nicht auf seine Nachrichten und Anrufe reagiert hatte.

»Ich dachte, dieser Rico sei Yogalehrer. Dieser Typ dort sieht gar nicht Om aus.« Fina wippte mit dem Fuß im Takt und beobachtete die Bewegungen der Teilnehmer durch die Glasfront.

»Wie sieht denn jemand Om aus?«

»Jedenfalls nicht so.«

Auch wenn Lluc nicht wusste, wie man Om aussah, musste er ihr recht geben. Seine Vorstellung von Yogalehrern fußte noch auf alten Zeiten, als hagere Vollzeitökos sich mit der philosophischen Lehre befasst hatten. Mittlerweile war Öko der neue Schick, und jeder praktizierte Yoga als körperliche Betätigung, losgelöst von dem spirituellen Hintergrund.

Vermutlich war die Bank strategisch so platziert, um dem Voyeurismus zu frönen und das Zuschauen zu erleichtern.

Denn Rico war ein Hingucker.

Das dunkle Deckhaar am Oberkopf trug er zu einem kleinen Zöpfchen gebunden, die untere Nackenpartie ausrasiert. Breite Schultern, schmale Hüften, die sich fließend im Rhythmus der Musik bewegten.

Er stand mit dem Rücken vor seiner überfüllten Klasse und gab vor einem großen Spiegel Instruktionen.

Auf Kommando legten die Damen mit einer einstudierten Choreografie los, die wie eine Mischung aus Salsa und Aerobic wirkte.

»Was soll das sein?«, fragte Lluc. Zumindest war es kein Yoga.

»Zumba.«

In Llucs Ohren klang das wie ein Saft.

Die Musik verlangsamte sich, die Dehnphase begann, bis dann endlich ein begeistertes Klatschen das Ende der Stunde markierte.

Sport mache glücklich, hieß es. Eine Bestätigung dieser Aussage lieferten die lachenden Gesichter der zufriedenen Frauen, die buchstäblich tänzelnd den Kursraum verließen. Beschwingt, fröhlich, eins mit ihrem Körper.

Fina sprang von der Bank und war durch die Tür, bevor Lluc sich von der harten Sitzfläche schälen konnte.

Der Raum war warm, aber dank des Naturwunders *Frau* weiterhin geruchsneutral.

Eine zierliche Brünette war zurückgeblieben. Sie hatte sich ihr Handtuch über die Schultern geworfen und redete auf Rico ein, während dieser auf dem Boden hockte und sein Tablet und Kabel verstaute.

»Guten Morgen, haben Sie einen Moment?« Fina stellte

sich vor und zeigte ihren Ausweis. Lluc behielt seinen in der Hose.

Die Frau wandte sich ab, noch immer ein breites Lächeln auf ihrem Gesicht. »Adiós, Rico. Bis morgen.« Sie warf Fina einen schnellen Blick zu, der es schaffte, in einer Sekunde einen Ganzkörperscan vorzunehmen.

Rico richtete sich auf und wischte sich mit einem Handtuch den Schweiß von der Stirn. Er lächelte sie schüchtern an, was echt wirkte, aber auch eine Masche sein konnte.

»Ach ja, natürlich.« Seine Zähne waren weiß, sein Bauch ein Brett, und die Armmuskeln dick, ohne die Vulgarität eines Pumpers. »Ich habe Sie schon erwartet.« Sein Spanisch wies einen südamerikanischen Akzent auf, kolumbianisch, vermutete Lluc.

»Die Kollegen aus Valldemossa haben ja schon mit Ihnen gesprochen, somit sind Sie ja unterrichtet. Nachdem Marta Ihren Kurs gestern verlassen hat, wurde sie überfallen und ermordet.«

Ricos Lächeln erstarb. Er nickte. »Ich weiß gar nicht, was ich sagen soll. Es ist einfach schrecklich.«

»Ist Ihnen gestern irgendetwas aufgefallen, als Sie kamen oder gingen? Lungerte jemand dort herum?«

»Nein, ich habe niemanden gesehen. Es war eigentlich wie immer. Als wir fertig waren, sind wir gemeinsam raus. Ich habe abgeschlossen und bin dann links runtergegangen, den kleinen Durchgang entlang Richtung Hauptstraße zum vorderen Parkplatz. Marta ist rechtsherum gelaufen, weil ihr Auto am Ortsausgang stand.«

»Wie viele Kurse geben Sie mittwochs in diesem Atelier?«

Ricos Lächeln drückte ein Grübchen in seine Wange. »Nur diese eine Klasse.«

»Wir bräuchten dann eine Liste der anderen Kursteilnehmer. Vielleicht ist irgendjemandem etwas aufgefallen.«

Fina öffnete mithilfe des Lesebändchens ihr Moleskine und drehte den Montblanc auf.

Rico verlagerte das Gewicht auf den anderen Fuß und warf einen Blick hinaus auf den Park, der sich hinter dem Gebäude bis zum nächsten Häuserblock erstreckte und einen Panoramablick auf grüne Berge und Zitronenbäume freigab. Eine Taube setzte sich auf das Fensterbrett und versenkte ihren Schnabel in einem undefinierbaren Flatschen auf dem Stein.

Finas Kuli schwebte über dem Papier. Sie sah auf. »Sie können uns die Liste auch schicken, man kann ja schließlich nicht alle Namen im Kopf behalten.«

»Es waren keine da.«

»Keine was?«

»Es ist ein Einzelcoaching.«

Fina wechselte einen Blick mit Lluc. »Ach so. Also nur Sie und Marta?« Sie musterte seinen Bizeps in dem ärmellosen Shirt. »Verstehe.«

»Ja, ich gebe Gruppenunterricht und Einzelcoachings. Dabei kann man mehr auf den Schüler eingehen, seine Haltung verbessern. Das Work-out ist viel intensiver, eine Mischung aus Personal Training und Yoga. Sie sollten es mal probieren«, schlug er Fina vor und nahm sie mit seinem Blick ein.

Der Typ war ein Naturtalent, sein Charme echt, süß wie Honig und zog die Bienenköniginnen an, ohne schmierig oder klebrig zu wirken.

Doch Fina verzog die Mundwinkel und schüttelte den Kopf. »Danke, kein Bedarf.«

Rico erinnerte sich an das Motto von Can Bol und bot Lluc schnell den gleichen Service an. Gleichberechtigung und Inklusion.

»Ist Ihnen auf dem Weg zum Auto jemand begegnet?«, fragte er.

Rico schüttelte den Kopf. »Erst unten auf der Straße. Da waren Menschen. Die Cafés und Restaurants waren noch geöffnet, das Abendessen in vollem Gang.«

»Kann das irgendjemand bestätigen?«

Er zuckte mit den athletischen Schultern. »Weiß ich nicht. Ich bin die Straße runter zum Auto und dabei Leuten begegnet. Wie das halt normal so ist.«

»Um wie viel Uhr war das?«

»Zehn Minuten, nachdem ich abgeschlossen habe. Also zwanzig vor elf.«

»Also waren Sie der Letzte, der Marta lebend gesehen hat?«

Rico schien die Frage nicht zu gefallen. »Nein. Das dürfte wohl ihr Mörder gewesen sein.« Sein Blick hielt Llucs stand, forderte heraus. Löste sich dann als Erster.

»Kannten Sie Marta gut? Wie lange war sie schon Ihre Schülerin?«

»Außerhalb der Stunden hatten wir keinen weiteren Kontakt. Sie hat vor einigen Monaten angefangen, zweimal wöchentlich in meine Klassen zu kommen. Ein Gruppenkurs Zumba hier im Can Bol und dann mittwochs zum Einzeltraining in Valldemossa, weil ich dort von einem Freund das Atelier nutzen darf.«

»Hier im Can Bol gibt es kein Einzelcoaching?«, fragte Fina.

»Nein, die Räume sind den Gruppenveranstaltungen vorbehalten. Sie sind den ganzen Tag ausgebucht.«

»Also ist die Mittwochsstunde eine regelmäßige Vereinbarung. Keine einmalige Sache. Wusste jemand davon?«

Rico schien die Frage unangenehm. »Es war zumindest kein Geheimnis. Wem sie davon erzählt hat, weiß ich nicht.« Er verlagerte sein Gewicht und warf sich das Handtuch über die Schulter.

Ein vorsichtiges Klopfen an der Tür lenkte die Aufmerksamkeit zum Eingang. Eine Frau in Leggings und Sporttop betrat barfuß den Saal, eine Plastikkiste mit langen Sportgummibändern im Arm. »Wir brauchen den Raum, die Pilatesstunde beginnt jetzt hier.«

Lluc gab Rico seine Visitenkarte und verabschiedete sich. »Ich bin sicher, wir kommen bald auf Sie zurück.«

Weder Kaya P. noch Fran V. waren an der Rezeption, um sie zu verabschieden, als Lluc und Fina das Kulturzentrum verließen.

26

Gual watete aus dem Wasser und schob das Surfbrett auf den Strand.

Pitschnass vom Scheitel bis zur Sohle, sah sie vermutlich aus wie ein nasser Pudel. Doch heute fühlte es sich anders an.

Anstatt des einen Herzstillstand provozierenden Schocks hatte die letzte Kopfüberlandung ins Wasser sogar für eine angenehme Erfrischung gesorgt. Auch das Paddeln – wohlbemerkt nicht Stehen – war besser gelaufen: gezielter, präziser. Besser hieß nicht gut, nur eben weniger katastrophal. Auf dem Brett zu stehen war noch immer utopisches Ziel, doch die Wackelpartie ähnelte wenigstens nicht mehr einer Wippe auf dem Kinderspielplatz.

Beschwingt packte Gual ihre Sachen zusammen und spülte sich das Salzwasser unter der öffentlichen Stranddusche ab.

Sie verstaute ihr Zeug im Auto und fuhr los in Richtung Revier.

Es war nicht ihr Plan gewesen, an diesem Morgen an den Strand zu kommen. Vielmehr war sie gedankenversunken losgefahren und automatisch dem Gewohnheitsritual der letzten Wochen gefolgt. Ehe sie sich's versah, fand sie sich auf der Ausfahrt Richtung Platja d'en Repic wieder, und da sie stets Badesachen im Auto bunkerte, war sie einfach auf diesem Weg geblieben.

Nach den gestrigen Ereignissen und der zweiten Leiche ging Gual von einer baldig verhängten Urlaubssperre aus, die Coronel Alomar ausrufen würde. Dann brauchte sie nie wieder ein verdammtes Stand-up-Paddelboard anzusehen.

Vicente, der Pförtner, sah von seiner *Última Hora* auf, als Gual das Revier betrat. Egal, um welche Uhrzeit der erste Mitarbeiter eintraf, fand er Vicente schon Zeitung lesend an seinem Platz vor.

»Bon dia, Vicens«, grüßte sie ihn in der mallorquinischen Form des Namens.

»Bon dia. Ich lese gerade von dem Schrecken gestern.« Er faltete die Zeitung mit seinen stämmigen, mit Altersflecken übersäten Händen zusammen.

»Irgendwelche Details, die sie nicht wissen durften?«

»Nein, alles unter Kontrolle. Ich kann nicht fassen, dass nun auch die kleine Marta tot ist.« Traurig schüttelte er den Kopf. »Allerdings fangen die Journalisten an, Fragen zu stellen. *Schon die Zweite, die es erwischt hat. Was ist da los in Sóller*? In der Art.«

»War ja abzusehen.« Gual legte ihre Sachen ab und bereitete in der Küche zwei Kaffee zu. Eine Tasse stellte sie Vicente auf den Tisch, mit der zweiten in der Hand setzte sie sich an den Computer in der Einsatzzentrale und rief Instagram auf.

Sie begann ihre Recherche mit Martas Profil und ihrem letzten Beitrag vom gestrigen Morgen. Wer auch immer ihren Account demnächst übernehmen würde, hatte noch nicht die traurigen News an ihre Follower mitgeteilt.

Das letzte Foto zeigte sie während ihrer Joggingrunde

am Leuchtturm von Sa Muleta. Im Hintergrund nur blaue Weite, eine in Weiß gekleidete Marta, die farblich glorios inszeniert in die Kamera lächelte. Die üblichen Herzchen-Kommentare ihrer Freundinnen, viele Likes. Eine Clara1308, die sich auf später freute.

Und da war er.

Rico Fontes.

Gual wusste nicht, wie ihr Yoga-Rico aussah, doch wie viele Rico Fontes gab es schon, die dann auch Marta Selles kannten? *Morgenstund hat Gold im Mund*, hatte er geschrieben und eine Sonne gepostet.

Das musste er sein.

Gual zog ihre angebrochene Kekspackung aus der Schublade und tunkte eines der trockenen Dinkeldinger in den heißen Kaffee. So mit Espresso durchweicht, schmeckten sie fast wie Tiramisu.

Ricos Kommentar war nicht gerade ominös. Eher ein normaler Post unter Freunden oder Bekannten.

Sie scrollte sich durch den Rest von Martas Beiträgen, bewunderte ihre Fotos und Outfits und konnte die große Followerschaft gut nachvollziehen, die einfach Spaß hatte, wenigstens virtuell am Leben einer sympathischen jungen Frau teilzuhaben.

Die jetzt im Institut für Rechtsmedizin in der forensischen Pathologie in einer farblosen Metallschublade fror.

Um ihr Gemüt zu lichten, griff Gual nach einem weiteren Keks und tunkte auch ihn in den Kaffee.

Sie überflog die restlichen Kommentare, machte Stichproben, checkte die dazugehörigen Profile. Kein User fiel aus dem Rahmen oder durch Merkwürdigkeiten auf.

Clara1308 schien eine enge Freundin zu sein, jedem von Martas Fotos folgte ihr unmittelbares Feedback.

Auch Rico hatte regelmäßig oberflächliche Freundlichkeiten kommentiert.

Sie gab Gloria Ortiz' Namen ins Suchfeld ein und wählte den richtigen Account.

Eine blonde Badenixe auf einem Motorboot lachte ihr im letzten Post entgegen. Gual öffnete die Kommentare und scrollte sich auch hier durch die Herzchen, Sonnen, Blumen und andere Nettigkeiten und Komplimente ihrer Freundinnen.

Und dann sah sie ihn.

Vor Schreck vergaß sie den Keks in ihrer Hand, der nun völlig durchweicht in die Kaffeetasse plumpste.

Rico.

Guals Herz trommelte gegen ihre Rippen.

Auch er hatte Glorias Posts kommentiert – ein unanstößiges *hab Spaß* –, und sie hatte ihm mit einem Küsschen und *Gracias* geantwortet.

Sie kannten sich.

In der ersten Runde der Social-Media-Analyse war Rico in der Menge von Glorias Freunden nicht aufgefallen, weil weder seine Beiträge aus dem Rahmen fielen noch sein Name sich in irgendeiner anderen Weise in der Ermittlung herausgehoben hatte.

Mit zittrigen Fingern rief Gual sein Profil auf, doch es war geschützt. Sie schickte ihm eine Freundschaftsanfrage und gab alternativ *Can Bol* ein.

Nicht nur das Gebäude des Kulturzentrums war schick aufgepimpt und renoviert worden, es besaß auch ein cooles

Instagramprofil: professionelle Fotos der Kurse, Momentaufnahmen der Stunden, die Lehrer.

Und da war er wieder: Rico Fontes.

Gual ließ sich die Follower anzeigen, und tatsächlich fand sie hier die Verbindung.

Gloria Ortiz.

Sie war Mitglied im Kulturzentrum von Can Bol gewesen.

Wahrscheinlich hatte sie sich für ihren Sommeraufenthalt im Dorf eine temporäre Mitgliedschaft im Klub gesichert.

Der Hörer fiel ihr aus der zitternden Hand, als sie nach dem Telefon griff, um Lluc und Fina vor ihrem Besuch des Typen zu warnen. Doch ein Pling kündigte den Eingang einer E-Mail an und ließ sie wieder auflegen.

Gual öffnete ihr Postfach und sah auf die Uhr. Doctora Gomez hatte die Obduktion vorgezogen und den Bericht schon fertiggestellt. Man konnte von der herrischen Rechtsmedizinerin halten, was man wollte, doch auf der faulen Haut lag die Dame nicht.

Wie es schien, hatte auch die Spurensicherung Überstunden gemacht. Gual wurde warm ums Herz, angesichts der vereinten Bemühung aller Mitarbeiter, die keinen Aufwand scheuten, um ihre Auswertungen zügig zu liefern und zu einer schnellen Lösung des Falls beizutragen. Die Kollegen der kriminaltechnischen Untersuchung hatten die ersten Ergebnisse zusammengefasst und in einem vorläufigen Bericht gesendet.

Gual druckte den Report aus, tackerte die Seiten zusammen und zog die Kappe von ihrem pinken Textmarker ab. Sie markierte gern gleich beim ersten Lesen die wichtigsten Punkte und musste sich dann während des zweiten Anlaufs nicht mehr durch Lagen von unwichtigen Details kämpfen. Sofern es überhaupt welche gab, denn aus der richtigen Perspektive betrachtet hatte alles eine gewisse Bedeutsamkeit.

Die Fasern des Stricks, mit dem Marta erdrosselt worden war, entstammten dem gleichen Massenwarenprodukt wie bei Gloria Ortiz. Bei der Orange in ihrem Mund handelte es sich um eine Valencia Late, die gerade überall im Dorf wuchs.

Sie ging über zum Obduktionsbericht und markierte zur Unterscheidung die wichtigen Punkte in gelber Farbe:

Todesursache war eindeutig Ersticken. Das rechte Ohr war post mortem entfernt worden, das Schnittmuster der Klinge ähnelte dem von Gloria, sodass Doctora Gomez von derselben Tatwaffe ausging. Marta hatte sich gewehrt, ihren Angreifer wahrscheinlich getreten, wobei der Zehentrenner ihrer Flip-Flops sich aus der Gummibefestigung gelöst hatte.

Die Analyse der Badelatschen befand sich noch im Auswertungsprozess, man versprach sich allerdings nicht viel vom Ergebnis, da jeglicher Fasernachweis auch von der Straße stammen konnte. Es wurden keine Blut- oder Hautzellen gefunden.

Der Angriff musste Marta rücklings überrascht haben und schnell erfolgt sein, da sie auch keine Kratzreste unter den Fingernägeln aufwies.

Und dann stutzte Gual.

Gebannt las sie den gesamten Abschnitt. Kehrte dann zurück zum Anfang und las erneut.

Gual konnte nicht bestimmen, ob ihr flatternder Puls von dem vielen Kaffee oder dem Inhalt des Berichts rührte.

Kurz vor ihrem Tod hatte Marta Sex gehabt. Es handelte

sich um freiwilligen Geschlechtsverkehr, denn es existierten keine vaginalen Verletzungen. Auch konnte Doctora Gomez keine vaginalen Samenspuren nachweisen, dafür Rückstände des Gleitmittels eines handelsüblichen Kondoms.

Trotzdem hatte der Liebhaber Spuren hinterlassen. Über Martas linker Hüfte war Doctora Gomez auf Reste von Samenflüssigkeit gestoßen. Eine kleine Menge, doch ausreichend, um eine DNA-Probe zu gewährleisten.

Guals Herz flatterte, überschlug sich und trommelte dann weiter. Schon morgens am Strand hatte sie bemerkt, dass heute der Tag der Veränderungen war. Ihr morgendliches Surfbrettversagen hatte sich weniger dramatisch angefühlt, sie verzeichnete einen wenn auch noch nicht messbaren, doch kleinen Unterschied.

Und nun kam Bewegung in den Fall.

Gual hatte eine Verbindung zwischen den beiden Opfern gefunden.

Can Bol war der Zusammenhang zwischen den beiden Frauen, und Rico das verbindende Glied. Und wie es aussah, vermutlich im wörtlichen Sinne.

27

Lluc wappnete sich innerlich für einen schwierigen Besuch, als er und Fina um kurz vor neun Uhr an José Vidals Haustür klingelten.

Es nagte an ihm, wieder in die Augen eines Menschen blicken zu müssen, der einen Angehörigen an den Orangenmörder verloren hatte. Dem Schmerz und der Trauer zu begegnen, gegen die es kein Mittel gab und kein Kraut gewachsen war.

Das schicke Apartment nahm die obere Etage eines riesigen zweistöckigen Hauses in Port Sóller ein und stand auf dem Gipfel eines Hügels, der sich hinter der Hafenmitte erhob. Lluc inhalierte das spektakuläre Panorama, das Vidal jeden Tag von seiner Terrasse und beim Verlassen der Wohnung genoss. Das nierenförmige Naturhafenbecken eröffnete sich in seiner malerischen Gesamtheit wie eine Nautilusmuschel: weiße Bötchen, türkisgrünes Wasser, die beiden Leuchttürme Far del Cap Gros und Far de Sa Creu rechts- und linksseitig der Hafeneinfahrt zum Anfassen nah, dahinter das offene Meer.

An normalen Tagen sah man José Vidal seine gut gepflegten sechzig Jahre nicht an. Der heutige Tag machte eine Ausnahme.

Ein angeschlagener Mann öffnete ihnen die Tür. Fahle

Haut, verquollene Augen, rote Nase, als hätte er die Nacht durchgetrunken, was er der beißenden Alkoholfahne nach zu urteilen, die sich unter sein Parfüm mischte, auch getan hatte.

»Kommt rein«, sagte er mit kratziger Stimme. Das dunkle, dichte Haar zerzaust, Bartstoppeln im Salz-und-Pfeffer-Look, wo für gewöhnlich nur glatt rasierte Ordnung herrschte.

»Unser herzliches Beileid zu deinem Verlust«, begrüßte ihn Lluc. »Meine Kollegin, Sargento Fina García.«

Fina kondolierte und schüttelte dem Mann die Hand.

Vidal gehörte zu den Menschen im Dorf, die jeder kannte und schätzte. Mit dem Vertrieb der Orangenprodukte hatte er das Image des Ortes aufpoliert, exportiert und Arbeitsplätze geschaffen. Nach und nach war Tangerinas Sortiment erweitert worden, was die Firma zu der schicken Kette hatte wachsen lassen, die heute alle schätzten und liebten.

Lluc hatte Vidal stets als nett und zurückhaltend empfunden, als Mann, der sich um die Belange des Dorfes kümmerte und engagierte, ohne seine Person zu sehr in den Vordergrund zu stellen. Er schmiss keine Wohltätigkeitsgalas, taufte weder Schiffe auf öffentlichen Zeremonien noch schnitt er als Ehrengast traditionelle Eröffnungsbänder bei Einweihungen durch wie manch anderer angesehener Bürger.

Das Penthouse bestand aus weiten Räumlichkeiten, war stilvoll und modern eingerichtet, ohne den Fokus von der Hauptattraktion der Glasfront und der riesigen Terrasse mit Meerblick zu lenken.

Vidal führte sie in die offene Küche und bat sie, am französischen Eichentisch Platz zu nehmen. Ein bunter Obstkorb stand in der Mitte des Tisches, dessen überreife Früchte einen süßlichen Duft verteilten.

»Ich brauche einen Kaffee«, sagte Vidal und zeigte auf eine Kaffeemaschine auf dem Arbeitstresen. »Wollt ihr auch einen?« Mühsam, wie unter Schmerzen, schleppte er sich zur Küchenzeile und zog dabei sein linkes Bein nach.

Fina sprang auf. »Ich kann das erledigen. Zu Hause habe ich die gleiche Maschine.«

Vidal nickte ihr dankbar zu. »Tassen, Zucker und anderes Zubehör finden Sie in den Schubladen darunter.«

»Hast du eine Vorstellung, wer Marta das angetan haben könnte?«, fragte Lluc seinen alten Bekannten, während Fina für alle Heißgetränke zubereitete.

Vidal begegnete seinem direkten Blick. »Wenn ich das wüsste«, begann er langsam und nahm Lluc mit seinen schlammfarbenen Augen ein, »würde ich nicht hier sitzen, Lluc. Ich bin zwar alt, aber einiges funktioniert noch erstaunlich gut.«

Fina jonglierte ein Tablett mit drei Tassen, stellte es auf dem Tisch ab und runzelte nachdenklich die Stirn. Sie holte Luft und setzte zum Sprechen an, schien es sich dann anders zu überlegen und schloss den Mund.

»Also hat sie sich nie über Stalker beschwert? Irgendwelche penetranten Typen, die ihr nachstellten? Online war sie ja ziemlich aktiv«, fuhr Lluc fort.

Vidal nahm seine Tasse dankend entgegen und trank einen Schluck. »Nein. Nichts dergleichen.«

Der Löffel in Finas Hand klackte gegen das Porzellan, als sie Zucker und Milch verrührte. »Wissen Sie, ob sie Gloria Ortiz kannte? Waren die beiden eventuell befreundet?«

»Nein, Freundinnen waren sie nicht. Ich glaube nicht einmal, dass sie voneinander wussten. Obwohl das mit den sozialen Medien schwierig zu sagen ist. Die Leute *kennen* sich, ohne sich jemals begegnet zu sein.« Er rieb sich die roten Augen, die danach noch blutunterlaufener wirkten. »Marta verbrachte über die Hälfte ihrer wachen Zeit an ihrem Handy. ›Influencerin‹ nennt man das, habe ich mir sagen lassen.«

Aus seinen Worten sprachen Trauer und eine unterschwellige Verbitterung. Gab er den sozialen Medien eine Mitschuld an ihrem Tod?

»Willst du damit andeuten, dass ihre Onlineaktivität etwas mit dem Mord zu tun hatte?«

Resigniert zuckte der Mann mit den Schultern. »Was weiß ich? Das ist doch alles nicht mehr normal.« Zusammengesackt und machtlos, starrte er auf die Fruchtfliegen, die, angezogen von den überreifen Aprikosen, den Obstkorb umschwirrten. Ein müder und verzweifelter Mensch, der hoffte, dass der Spuk schnell ein Ende fand.

Nur dass diese Geister mit dem Morgengrauen nicht verschwinden würden. Martas Tod war real.

»Wie wirkte sie gestern? Ist dir irgendetwas Außergewöhnliches aufgefallen?«

Vidal schüttelte den Kopf. »Sie erschien mir beschwingt. Fröhlich. Sie war ein glücklicher Mensch.«

Ganz offensichtlich im Gegensatz zu ihrem Mann.

»Sie schien sich auf ihre Stunde zu freuen. Mittwochs war sie beim Yoga in Valldemossa. Das mache ihren Geist frei, sagte sie.« Sein Gesicht verzog sich zu einer Grimasse.

»Wir würden gerne noch mit einer ihrer Freundinnen sprechen. Kannst du uns da einen Kontakt geben?«

Etwas blitzte in seinen Augen auf. Vidal leerte seinen

Kaffee in einem Zug und sagte dann: »Clara Castillo. Ihr werdet ihre Nummer in Martas Handy finden.«

»Bevor ich es vergesse, Señor Vidal.« Fina scrollte in ihrem Telefon und rief ein Foto auf ihrem Bildschirm auf. »Gehört dieser Ohrring Ihrer Frau?« Sie hatte das Bild der Spurensicherung vergrößert und hielt ihm das Display entgegen.

Vidal warf einen Blick darauf und nickte sofort. »Ja, das sind ihre. Die Weinblätter sind von einer lokalen Schmuckdesignerin aus Binissalem. Marta hat mich bedrängt, Ohrringe, Ketten und Ringe dieser Dame bei uns in den Läden zu verkaufen, aber ich habe abgelehnt, weil es nicht ins Konzept passt. Schließlich vertreiben wir Lebensmittel und Gourmetartikel und nicht Schmuck und Klamotten.« Er senkte Kinn und Lider und vermittelte den Eindruck, mitten im Gespräch eingeschlafen zu sein. Doch dann bewegten sich seine Augäpfel unter der Haut, und er hob die Hand, um einen rostbraunen Fleck auf der verknitterten Knopfleiste seines Hemdes mit dem Fingernagel zu entfernen.

Lluc nickte nachdenklich und versuchte, die neuen Informationen ins Puzzle einzufügen. Wenn es sich um Martas Ohrringe handelte, wie kam Gloria dann in den Besitz eines Exemplars? Er überlegte, wie er die nächste Frage am besten verpackte, doch Fina übte sich in Gedankenlesen und kam ihm zuvor.

»Señor Vidal, wo waren Sie gestern Nacht zwischen zehn und elf Uhr?«

Vidal setzte sich empört auf, sein Kopf schoss in die Höhe. »Was soll das heißen? Wollen Sie etwa andeuten …?«

Lluc legte dem Mann sachte die Hand auf den Arm.

»Beruhige dich. Wir müssen das fragen, um dich als Täter auszuschließen. In der Mehrzahl der Fälle war es der Ehepartner. Je schneller wir das Thema vom Tisch haben, desto eher können wir uns auf den wahren Täter konzentrieren.«

Vidal starrte ihn einen Moment an, erschien unschlüssig über seine weitere Reaktion. Sein Widerstand und die Anspannung waren deutlich spürbar. Dann löste sich etwas, und der Mann sackte erneut in sich zusammen.

»Entschuldigung. Ich weiß, ihr macht nur euren Job. Und natürlich kann ich euch sagen, was ich gestern gemacht habe. Um sieben Uhr begann das Training unseres Seniorenfußballvereins. Eine Halbzeit kicken. Und danach saßen wir alle zusammen beim Vereinsabendessen.« Das erste Lächeln formte sich auf seinen rissigen Lippen. »Immer weniger kicken, dafür mehr essen. Und trinken«, fügte er hinzu und fasste sich an den Kopf, als würde er die Nachwirkungen noch immer spüren.

»Das können die anderen Herren vermutlich bestätigen?«

»Alle elf. Und Ersatzspieler. Wir waren im Hafen im Camposol. Mir ging es nicht so gut, ich hatte zu viel getrunken und habe mich dann zu Hause sofort schlafen gelegt.«

Er verschränkte die Arme vor der Brust, schloss die Augen und dehnte den Rücken in einem müden Katzenbuckel. »Entschuldigt, wenn ich euch keine große Hilfe bin. Die Nacht war der Horror, und ich bin fix und fertig. Aber jetzt muss ich los, den neuen Laden aufschließen.«

»Du solltest heute nicht arbeiten gehen.«

»Ich warte auf meine Angestellte und bleibe dann dort im Büro. Hier zu Hause kann ich nicht abschalten und drehe noch durch.« Vidal erhob sich mühsam und hinkte zur Tür.

Lluc schob den Stuhl zurück. »Was ist mit deinem Bein passiert?«

Vidal winkte ab. »Bin gestern beim Kicken umgeknickt und hab mir den Knöchel verstaucht. Die alten Knochen machen nicht mehr so mit wie früher.« Er kniff die Lippen zusammen und streckte Fina zum Abschied die Hand hin. »Nichts Schlimmes, ein bisschen Eis drauf, und es geht schon wieder.«

»Du hast meine Nummer.« Lluc klopfte dem Mann beim Hinausgehen auf die Schulter. »Melde dich bitte, wenn dir noch etwas einfällt.«

Draußen vor der Haustür atmete er tief ein und ließ den Blick über die Wellen des Meeres wandern, die nahtlos in den wolkenlosen Himmel übergingen. Stellte sich vor, wie sich Trauer, Verlust und Anspannung in der blauen Weite entluden und in ihr auflösten, bis nur noch Frieden und Stille herrschten.

Lluc zog sein Handy aus der Hosentasche und checkte das Display. Noch immer keine Antwort von Bel.

28

Lluc und Fina stiegen ins Auto und fuhren die steile Steigung hinab auf die Hafenpromenade.

Besucher und Sollerics waren erwacht und belebten die Fußgängerzone des Ports. Menschen bummelten in den kleinen Klamottenboutiquen und Souvenirläden oder suchten den besten Frühstücksplatz in einer riesigen Auswahl von Restaurants und Cafés mit Meerblick. Der Duft von frisch gebrühtem Kaffee hing in der Luft und weckte die Lebensgeister.

Lluc bog in die Rambla ab und verließ den Port über den Kreisel in den kleinen Tunnel.

Gedankenversunken starrte Fina aus dem Fenster auf die beleuchteten Betonplatten der kurzen Unterführung.

»Was hältst du von ihm?«, fragte Lluc. Ähnlich wie er selbst hatte auch Fina einen Bullshitmesser, der eine Täuschung sofort auffing. Doch im Gegensatz zu ihm war sie als Outsider unvoreingenommen. Ihre Urteilskraft wurde nicht durch alte Geschichten, jahrelange Bekanntschaften und vorgefertigte Einschätzungen getrübt.

»Da stimmt irgendetwas nicht. Zu viel Verbitterung. Dieser Vidal war auch vor dem Mord nicht glücklich.«

»Er klingt nach Midlife-Crisis. Viele Männer haben das, kurz bevor sie sechzig werden. Der sechzigste Geburtstag ist ein einschneidenderes Datum für uns als der fünfzigste.« Besonders, wenn man eine dreißig Jahre jüngere Frau an seiner Seite hatte. Die Endlichkeit des Daseins, gebrechliche Knochen, schmerzende Glieder und das Greisentum rückten in greifbare Nähe. Man zählte die Sommer, die man bestenfalls noch vor sich hatte. Die Anzahl der Skiurlaube nach Andorra oder Abenteuerreisen nach Peru, Neuseeland und Ruanda, die körperlich noch zu bewerkstelligen waren. Selbst wenn sie einen vorher nicht die Bohne interessiert hatten, bekamen sie jetzt eine sensible Wichtigkeit. Schließlich wollte man nicht sterben, ohne wenigstens die Möglichkeit ausgeschöpft zu haben, einen Berggorilla in freier Wildbahn zu sehen.

»Sprichst du aus Erfahrung?« Das spöttische Grinsen lockerte Finas ernste Miene auf, die sie seit dem Gespräch mit dem Tangerina-Besitzer aufgesetzt hatte.

»Ich bin noch lange nicht sechzig.«

»Bei Vidal steckt mehr dahinter als nur eine Krise. Für mich klang es, als hätten die Eheleute einige Probleme gehabt.« Sie schüttelte sich, als würde sie sich gruseln, und pustete eine große Wolke Kohlendioxid in die Luft. »Ich muss jetzt erst mal diese ganze negative Energie loswerden. Die lag wie ein Schleier über der Wohnung.«

»Findest du?« Natürlich hatte er Vidals Trauer und Niedergeschlagenheit gespürt. Auch der leichte Zynismus war ihm aufgefallen, den er aber mit der Angst vorm Älterwerden assoziiert hatte. Doch die subtilen Verflechtungen, die potenziellen Spannungen zwischen dem Ehepaar, die Fina andeutete, waren ihm entgangen. Alte Bekanntschaft, die blind machte. »Mir ist nichts dergleichen zu Ohren gekommen.

Die Leute tratschen viel, aber Vidal ist nie im Zentrum des Flurfunks gewesen. Gual soll sich gleich ans Telefon setzen und sein Alibi überprüfen. Ich kann mir nicht vorstellen, dass Vidal gelogen hat, aber das sollte ja schnell zu prüfen sein.«

Sie bogen am Kreisel links Richtung Polizeistation ab und wurden von einer Kindergartenklasse in Händchen haltender Zweierformation abgebremst, die vor ihnen die Straße überquerte. Auf ihren winzigen Rücken trugen sie noch winzigere Zwergenrucksäcke und folgten brav den Instruktionen ihrer Erzieherinnen.

Im Revier begrüßte sie wie immer Vicente am Pförtnertischchen des Eingangs.

»Bon dia, Vicens. Ist Gual schon da?«, fragte Lluc.

»Sie war hier und ist wieder schnell weg. Ich soll ausrichten, sie müsse noch kurz etwas Wichtiges überprüfen. Aber dass sie Neuigkeiten habe.«

»Dann machen wir schon einmal allein weiter.«

Guals Tisch war übersät mit Ausdrucken mit ihrer typischen pinken Färbung. Sauber angeordnet in einer geometrischen Platzierung, sah es ganz nach einer bewussten Reihenfolge aus, die Lluc nicht zu verändern wagte.

Fina starrte auf das Whiteboard, das zunehmend dem Gebilde an Gloria Ortiz' Wand ähnelte. Gual hatte ihren Meister gefunden und eiferte ihrem toten Vorbild nach. »Ich verliere so langsam die Übersicht.«

»Wir brauchen mehr Struktur. Irgendetwas entgeht uns.« Das Gefühl, etwas übersehen zu haben, hatte sich wie ein Splitter in Llucs Unterbewusstsein gerammt und nervte bei jedem Gedanken.

Er zog einen Stuhl zu Fina heran und legte ein weißes

Blatt Papier und einen Filzstift vor sich auf den Tisch. »Lass uns brainstormen. Alle Möglichkeiten auspacken, die uns einfallen, egal wie abwegig sie erscheinen.«

»Vielleicht sollten wir Gual dazuholen? Die denkt nicht um Ecken herum, sondern im Labyrinth – und das meine ich nicht negativ, bevor du mir wieder den Kopf abreißt.«

»Wir müssen jetzt alleine zurechtkommen. Diese Orange. Ist es eine Botschaft? Wenn ja, welche? Was will er damit sagen?«

»Den Zufall können wir nun ausschließen, denn in Valldemossa wachsen keine Orangenbäume. Es ist also eine Botschaft.«

Lluc kritzelte das Wort Botschaft auf das Blatt. »Welche?«

»Er will ihnen den Mund stopfen. Sie wissen etwas, das sie nicht sagen sollen. Oder sie haben zu viel geredet. Das könnte es sein.« Sie nahm den Gedanken auf und spann ihn weiter. »Beide waren Frauen, die sich gut ausdrücken konnten, smart, selbstbewusst, in den sozialen Medien aktiv … Er ist ein Frauenhasser. Einer, der Angst vor ihnen hat. Wahrscheinlich mit Versagensängsten und dominanter Mutter, die ihn zur Strafe in den dunklen Keller gesperrt hat.«

»Es gibt hier keine Keller.«

»Dann in den Schuppen mit dicken Kakerlaken. Oder in den modernden Kleiderschrank mit Omas miefenden Mottenkugeln. Ist doch egal wohin.«

»Und warum ausgerechnet die Orange?«

»Weil Sóller.«

»Ach so.« Lluc grinste.

»Hier ist doch alles mit Orange. Vergiss nicht, wir haben es mit einem Psycho zu tun.«

»Dieser Theorie nach, sind die Opfer zufällig oder bewusst gewählt?«

»Bewusst. Da Marta und Gloria sich überhaupt nicht ähnelten – die Erste blond, die Zweite brünett, unterschiedliche Größe, verschiedene Berufe –, muss es eine andere Gemeinsamkeit geben. Und das ist die Art von Frau, die sie verkörpern.«

Fina lehnte sich im Stuhl zurück, zufrieden mit ihrer Analyse.

Lluc kratzte sich am Kinn. Finas Theorie ergab Sinn. Die Bartborsten unter seinen Fingern waren hart wie diese Massagebürsten, die Druckpunkte und Reflexzonen aktivierten, was vermutlich die beruhigende Wirkung erklärte.

»Mir fällt noch eine Alternative ein«, sagte er. »Eine weitere Gemeinsamkeit der Frauen ist ihre Verbindung zur Frucht. Was ist, wenn die Orange nicht dafür steht, ihnen den Mund zu stopfen. Sondern als Sinnbild, sozusagen figuratives Wappen für ihre Familien?«

Fina runzelte die Stirn. »Das verstehe ich nicht.«

Zugegeben, es war blöd ausgedrückt. »Beide Familien haben beruflich mit der Orange zu tun beziehungsweise haben Ansehen und Vermögen mit dem Vertrieb von Orangen erworben.«

Pedro Ortiz mit der Produktion von Orangensaft und Vidal mit seinen Tangerina-Shops.

»Dann ist er ein Frauen- und Orangenhasser? Er hasst schlaue Frauen und Orangen und tötet diejenigen, die beides vereinen.«

So ausgedrückt klang es nicht sehr überzeugend. »Ohne Zweifel gibt es eine rituelle Komponente bei den Morden, die auf einen Serientäter hinweist. Trotzdem sollten wir Vidal und Pedro Ortiz fragen, ob es in der Vergangenheit etwas Auffälliges gab. Ob sie Feinde hatten oder jemanden, der irgendwie negativ aufgefallen war und diese Antipathie für seinen Trieb nutzte.«

Der Menschensohn von Magritte schob sich wieder in seine Gedanken. Langsam fühlte Lluc sich von dem Bild verfolgt. Vielleicht half es gegen die auffällige Häufigkeit der Heimsuchung, ihm eine Präsenz in der Realität zu geben. Das Gemälde konkret vor den Augen zu haben.

Er erweckte den schlafenden Bildschirm eines Computers zum Leben, rief bei Google das Bild auf und druckte eine Farbkopie aus.

Fina beobachtete ihn skeptisch. »Was soll das?«

»Weiß nicht. Ich hatte irgendwie das Gefühl, es will aus meinem Kopf raus. Also muss ich es von innen nach außen verbannen.«

Er trat zum Whiteboard und überlegte, wohin er den Melonenmann kleben sollte. Eine Stelle, die den Überblick und die Inspiration förderte, um beim bloßen Betrachten Zusammenhänge zu erkennen. Schließlich entschied er sich für das Naheliegendste und hängte es neben die Fotos der Leichenpräsentation am Tatort.

Der Mann mit dem Apfel vor dem Gesicht, eingekesselt von Gloria und Marta mit den Orangen im Mund.

Die Ähnlichkeit war frappierend, zumindest empfand Lluc es so. Er betrachtete die Bilder und wartete auf eine Reaktion der rotierenden Zahnräder in seinem Kopf. Manchmal überraschten die eigenen Eingebungen und spuckten verwertbare Ideen aus.

»Wann kommt Jurado?«, unterbrach Fina seine Kontemplation.

Ein tiefer Seufzer entfuhr seinem Mund. »Seinem Plan zufolge übermorgen.«

Gemäß Llucs Plan gar nicht.

Noch zwei Tage.

29

Clara Castillo arbeitete in einem Sportgeschäft an der Hafenpromenade, das zwischen einer Pizzeria und einem Viersternehotel lag.

Gual überflog die zwei großen Schiefertafeln in der Auslage vor dem Laden, die Passanten und Interessierte über das heutige Angebot der sportlichen Aktivitäten informierten. Geführte Wanderungen nach Biniaraix, Fornalutx und Cala Tuent, eine Biketour über San Figuera und sogar Ausritte mit Pferden standen auf dem Programm. In zwanzig Minuten begann eine kleinere Runde zum Refugi de Muleta am Leuchtturm vorbei.

Der unterste Eintrag auf der zweiten Tafel zog Guals Aufmerksamkeit auf sich.

Stand-up-Paddeln im Sonnenuntergang.

Möglichkeiten, Alternativen, halb angedachte und dann verworfene Planfragmente wirbelten in ihrem Kopf herum.

Sie passierte eine Reihe Mountainbikes zum Verleih und zwei Ständer mit atmungsaktiven Multifunktionshemden und betrat den Shop.

Die weit ausgefahrene Markise schuf eine höhlenartige Atmosphäre im fensterlosen Innenraum, sodass Gual fast erwartete, Stirnlampen und Helme im Angebot vorzufinden. Mit Outdoor-Sportartikeln beladene Ständer und

Regale füllten die Wände des Verkaufsraums: Seile und andere Kletterutensilien, Wander-, Surf- und Badeschuhe, Fahrradhelme und gepolsterte Radshorts – schon vom Umsehen fühlte sie sich athletisch und motiviert, perfekt ausgerüstet, mit der jeweils dazugehörigen Sportart loszulegen.

Eine junge Frau Mitte dreißig hockte auf dem Boden und schnürte einen kleinen Wanderrucksack.

»*Hola.* Ich suche Clara Castillo«, sagte Gual.

Die Frau sah auf. Trotz der Sonnenbräune war ihr Teint fahl und merkwürdig blass, als würde etwas unter der Haut die tiefste Melaninschicht auflösen, ohne die oberste zu tangieren. Hellbraune Haare fielen ihr in weichen Wellen auf die Schultern. »Ich bin Clara.« Neugierig musterte sie Gual aus kleinen, etwas zu dicht stehenden Augen.

»Agente Gual, von der Guardia Civil. Ich bin wegen Marta da. Ich weiß nicht, ob man Ihnen schon die traurige Nachricht überbracht hat.«

Clara schloss die oberste Schnalle und legte den Rucksack auf dem Ladentresen ab. »Martas Mann hat mich angerufen, nachdem man es ihm mitgeteilt hatte.«

»Mein Beileid. Sie scheinen enge Freundinnen gewesen zu sein.«

»Für mallorquinische Verhältnisse kannten wir uns noch nicht lange. Aber unsere vier Jahre waren intensiv. Sie war meine beste Freundin.«

»Sie sind nicht von hier?« Abgesehen von dem Verweis auf mallorquinische Gepflogenheiten wies Clara die ebenmäßige Intonation des Festlands auf. Im Vergleich dazu machten Mallorquiner am Satzende gerne einen Schlenker, hoben die ersten Silben des letzten Wortes in dramatische

Höhe, um sie dann in einen Abgrund stürzen zu lassen. Was einen inseltypischen und vom Rest des Landes belächelten Singsang erzeugte.

»Murcia.«

»Clara, vermutlich kannten Sie Marta besser als die meisten anderen. Unter engen Freundinnen erzählt man sich Dinge, die oft niemand sonst in der Familie weiß. Ich muss Ihnen ein paar Fragen stellen.«

Clara bückte sich und setzte die Schnürung an den Bändern ihrer groben Wanderstiefel fort, nickte.

»Hat Marta sich bedroht gefühlt? Beobachtet? Ist irgendetwas vorgefallen, dass sie Ihnen vielleicht anvertraut hat?«

»Nein, nicht wirklich.« Clara schüttelte den Kopf, ohne den Blick zu heben. »Ich überlege schon den ganzen Morgen, ob ich irgendetwas übersehen habe. Ob sie etwas gesagt hat, dem ich keine Bedeutung beigemessen habe. Doch da ist nichts.«

»Dann komme ich gleich zum Punkt.« Der Grund, weshalb Gual sie so dringend aufgesucht hatte. »Erzählen Sie mir von Rico.«

Claras Blick sprang von ihren Schnürsenkeln zur Stange der Wanderhemden, von dort weiter zu den bunten, mit Werbestickern versehenen Radtrikots an der gegenüberliegenden Wand und musterte sie, als würde sie die Shirts zum ersten Mal sehen.

Die junge Frau haderte mit sich.

»Marta ist tot«, erinnerte Gual sie. »Sie brauchen sie jetzt nicht mehr zu decken. Außerdem bin ich von der Guardia Civil, die Moralpolizei ist eine andere Abteilung.« Die Gual niemals aufgenommen hätte. »Mit Ihrem Schweigen schützen Sie nur Martas Mörder.«

Das rüttelte Clara auf. »Kann das unter uns bleiben?«

»Wie stellen Sie sich das vor? Wir sind in einer Mordermittlung. Mehrfacher Mord. Sie wissen, dass vor Marta eine weitere junge Frau unter ähnlichen Umständen umgekommen ist?«

»Ich meine, dass Sie das nicht von mir haben. Wegen José Vidal. Ich schäme mich, ihm in die Augen zu sehen.«

Sie öffnete den Klickverschluss der soeben geschlossenen Steckschnalle des Rucksacks und ließ sie mit einem Klacken erneut einrasten. »Er soll nichts davon wissen, bitte. Zumindest nicht, dass es von mir kommt.«

»Wir werden es nicht auf Plakaten verbreiten. Mehr kann ich Ihnen nicht versprechen.«

»Sie trafen sich regelmäßig.«

»Rico und Marta?«

Clara nickte. »Heimlich. Meistens in Valldemossa, weil dort niemand spontan vorbeikam, um nach dem Rechten zu sehen, weil keiner von diesem Ort wusste.«

Niemand bezog sich eindeutig auf José Vidal.

»Manchmal auch woanders, aber nur, wenn das Atelier besetzt war oder sie es aus anderen Gründen nicht nutzen konnten.« Sie öffnete die Rucksackschnalle und ließ sie wieder zuschnappen. »Ich habe Marta gewarnt, dass es eine dumme Idee ist. Alles zu riskieren für ein bisschen Nervenkitzel.« Clara stützte die Ellenbogen auf dem Tresen ab und legte den Kopf in die Hände. Ihre Finger massierten ihre gerunzelte Stirn. »Rico bedeutete ihr nichts. Es ging Marta nur um den körperlichen Reiz. Sie liebte das Gefühl des Abenteuers, den Kick des Verbotenen. Den Sex mit einem Mann, der nicht ihrer war. Doch Marta hat nur gelacht, meine Warnungen in den Wind geschlagen. Man sei nur einmal jung, pflegte sie zu sagen, und ich soll nicht so konservativ daherreden wie ihre Mutter.«

»Und Rico?«

Clara zuckte mit den Schultern. »Keine Ahnung. Ich bin ihm nie begegnet. Offenbar hatten sie eine Vereinbarung getroffen, denn es lief ohne Zwischenfälle weiter. Marta und er hatten ein Arrangement, ein gutes Versteck und das Alibi der Sportstunden. Dabei achtete sie immer darauf, peinlich genau die Zeit einzuhalten und niemals ihre *Klasse* zu überziehen.«

Sie schaute Gual flehend an wie auf der Suche nach Absolution. »Ich wusste, dass das kein gutes Ende nehmen würde. Nur hatte ich an etwas weniger Dramatisches gedacht. Niemals, dass so was …« Sie brach ab, und ihre Augen füllten sich mit Tränen.

»Kannten Sie Gloria Ortiz?«

»Das ist die andere Frau, die umgebracht wurde? Nein, und soweit ich weiß, hat auch Marta sie nie erwähnt. Warum? Gibt es einen Zusammenhang?«

»Wir sind am Ermitteln, allerdings könnte es sich um denselben Täter handeln. Wie war generell das Verhältnis zwischen Marta und ihrem Mann? War er eifersüchtig, gab es Streit?«

»Was? Sie wollen doch nicht etwa andeuten …?« Clara schnaubte, doch das Lachen stand auf wackeligen Beinen, als sich Zweifel in ihren Blick schlichen. »Niemals. José Vidal ist der anständigste Mensch, den man sich vorstellen kann. *Bueno*, er ist ein Mann – und da weiß man ja nie, welcher Teufel sie gerade reitet«, ihr Grinsen war nun echt. »Aber er hat Marta auf Händen getragen, ihr das schönste Leben geboten, ihr ihren Freiraum gelassen. Das alles hat er eigentlich nicht verdient …«

»Zu viel Freiraum scheint offensichtlich auch keine Lösung zu sein.«

»Das hatte nichts mit José zu tun, so war Marta eben. Ein goldenes Herz. Nur ein bisschen wild und auf der Suche nach sich selbst.«

»Also hatte sie davor noch andere Affären gehabt?«

Clara druckste herum, dröselte das plastikverstärkte Ende der Schnürsenkel auf und gab sich dann einen Ruck. »Rico war zumindest nicht der Erste. Das war nichts Persönliches. Es sagte auch wenig über ihre Ehe im Allgemeinen aus oder die Beziehung zwischen José und ihr. Marta war wie getrieben. Es ging um den Reiz des Neuen, sich lebendig zu fühlen.«

»Wusste José Vidal davon?«

»Ausgeschlossen«, sagte Clara und senkte den Blick auf die Schnalle des Rucksacks, klickte sie auf.

Draußen vor dem Laden ertönten Stimmen, das bunte Murmeln mehrerer Menschen, die zusammentrafen. Eine Deutsche fragte laut nach Mückenspray, ein Mann erklärte ihr, es im Hotel gelassen zu haben.

Clara sah panisch auf die Uhr. »*Perdón*, aber meine Gruppe ist da. Ich bin die Wanderführerin nach La Muleta. Leider muss ich jetzt die Tour vorbereiten.«

»Schon gut.« Gual hatte ja die Info, die sie brauchte. Sie reichte der Frau ihre Visitenkarte. »Rufen Sie mich bitte an, wenn es noch etwas gibt.«

Das Handy lag schon in Guals Hand, Llucs Nummer aufgerufen auf dem Display, als sie zum Ausgang des Ladens trat. Ihr Herz hüpfte vor Aufregung über die neu gewonnenen Informationen, die allesamt ihre Vermutung bestätigten.

Sie hatten ihn.

Was für ein Psycho musste dieser Rico sein, erst die Frauen beim Sport auszusuchen und mit Charme anzuziehen, um sie dann feige zu ermorden und obendrein ein Souvenir seiner Taten mitzunehmen.

Sie wandte sich zum Gehen und drehte sich auf dem Absatz noch einmal um. »Bevor ich es vergesse: Geben Sie auch Einzelklassen im Stand-up-Paddle-Kurs?«

* * *

Clara sah der Polizeibeamtin nach, die den Laden verließ und mit merkwürdig tänzelnden Schritten nach rechts Richtung Parkhaus Lepant verschwand.

»Haben Sie Wasser?«, fragte ein untersetzter Mann mit roter Brille auf Deutsch. »Meine Frau und ich sind hier für das Trecking angemeldet und haben unsere Trinkflaschen im Hotel liegen gelassen.«

»Yes«, antwortete Clara auf Englisch. Das dürfte wohl jeder verstehen. Obwohl sie nach vier Jahren in der Branche einiges verstand, signalisierte sie von Anfang an, dass sie seine Muttersprache nicht fließend beherrschte. Bevor er auf die Idee kam, sie den Rest des Tages mit einer Selbstverständlichkeit zuzutexten, ohne einen Gedanken daran zu verschwenden, dass sie der Sprache nicht perfekt mächtig war.

Sie zeigte auf den Kühlschrank gleich neben dem Eingang im Ladeninneren, der isotonische Getränke, Wasser und Säfte zum Verkauf bereithielt.

Zehn Leute hatten sich für die Wanderung angemeldet. Sechs waren schon eingetroffen, vier Teilnehmer fehlten noch.

Clara freute sich auf die kurze Tour, das Laufen würde ihr guttun und dabei helfen, die Gedankenspirale zu stoppen. Zumindest für eine Weile. Die Schuld ließ sich nicht weglaufen.

Doch um den Kopf frei zu bekommen, brauchte sie Ruhe.

Sie betrachtete abschätzend die Teilnehmer. Zwei ältere Pärchen standen still vor dem Eingang, in Wandervollmontur, die auch für die Besteigung des Mont Blanc ausgereicht hätte. Sie beobachteten die vorbeilaufenden Menschen und schossen Fotos von der pittoresken Kulisse des Hafens. Wie immer zu dieser Jahreszeit zeigte der Himmel sich von der wolkenlosen Seite, die Luft war klar, und die Hitze hatte noch nicht das bleierne Gewicht vom Juli und August angenommen.

Der Juni war Claras Lieblingsmonat, und tatsächlich hatte er märchenhaft begonnen. Sie lächelte bei der Erinnerung an das Herzklopfen, die kleinen Momente des Glücks, die Aussicht auf eine wunderbare Zukunft. In Zeitlupe erlosch es, als ihr innerer Rückblick am gestrigen Tag ankam.

Der Mann mit der roten Brille würde ein Problem werden. Clara sah ihn lächelnd auf sie zukommen, mit seiner nächsten Frage im Schlepptau, die wiederum weitere mit sich zog.

»Gibt es unterwegs Toiletten?«.

Gab es die für Männer nicht an jeder Ecke? Die große

Baumtoilette? Für die Damen in unterteilten Buschkabinen. »*The trees*«, antwortete sie.

Er verstand und nickte grinsend – vielleicht doch kein Problemfall, denn ohne weitere Kommentare zog er ab.

An Tagen, an denen man seine Ruhe suchte und die Kunden erwarteten, einen Entertainer mitgebucht zu haben, entwickelte sich das friedliche Laufen in den Bergen zu einer Bürde. Und heute brauchte Clara Frieden.

Doch glücklicherweise gab es Abhilfe. Das Gangtempo etwas angezogen – und automatisch blieb keine Puste zum Quatschen.

Clara zog ein Gummiband vom Handgelenk und band sich die Haare zu einem Zopf, dessen Sitz sie in der verspiegelten Wand neben den Radtrikots überprüfte.

Zufrieden neigte sie den Kopf. Sie hatte schönes Haar, wellig und voll. Wenn auch nicht so schön wie Martas, das ihr wie ein seidener Umhang über den halben Rücken fiel. Gefallen war.

Die wunderschöne Marta. Nachdem Clara den Stein ins Wasser geworfen hatte, breitete die Schuld sich in kleinen konzentrischen Wellen in ihrem Bewusstsein aus.

Was würde jetzt geschehen? Sie musste vorsichtig sein, wenn sie weiterhin eine Zukunft in diesem Dorf haben wollte. Als *forestera.* Sie hatten sogar einen Ausdruck für die Spanier vom Festland erdacht. Man konnte sich anpassen, doch eine wirkliche Integration erforderte makelloses Benehmen und Herzlichkeit. Öffnete man sein Herz, so öffneten die Mallorquiner auch ihres – die Türen waren nur leicht verrostet, quietschten und brauchten etwas länger.

Ihr Herz zu öffnen stellte keine Schwierigkeit für Clara

dar. Das Übermaß war eher das Problem. Ganz zu schweigen vom makellosen Benehmen.

Drei der fehlenden Teilnehmer trudelten ein. Ein Pärchen, bestehend aus zwei riesigen Norwegern, die sich als Jo und Holbjørn vorstellten, und ein griesgrämiger Mann, der nur genickt hatte, ohne durch ein Wort der Begrüßung seine Nationalität preiszugeben. Dem letzten verspäteten Wanderer blieben noch fünf Minuten.

Clara zog sich in den Laden zurück, um ihren Rucksack zu holen und das Wichtigste zu erledigen: den Anruf. Sie hatte nur gewartet, dass ihr Herz in einen ruhigen Rhythmus zurückfand, der ein normales Sprechen ermöglichte.

Sie wählte die Nummer, wartete mit angehaltenem Atem, bis am anderen Ende abgenommen wurde.

»Die Polizei war da.«

30

»Ich sagte doch, dass wir uns schnell wiedersehen.« Lluc beugte sich auf dem Stuhl vor und faltete die Hände auf dem Resopaltisch. Die zerkratzte Holzplatte zeigte Spuren nervöser Finger, Kerben und Fingernageldruckstellen erregter Menschen – ein Zeugnis der Verhöre vieler Jahre im Versuch, der Wahrheit auf die Spur zu kommen.

Ihm gegenüber saß Rico, den dritten Stuhl im Vernehmungsraum besetzte Fina.

Der junge Mann hatte sich umgezogen und trug nun helle Shorts und T-Shirt und machte keinen besonders nervösen Eindruck. Geduldig saß er auf seinem Stuhl und wartete aufmerksam, was Lluc ihm vorwerfen würde. Offen, sympathisch, gut aussehend. Gar nicht wie ein psychopathischer Killer, der zwei Frauen auf dem Gewissen hatte. Doch Killer trugen selten einen Aufkleber auf der Stirn.

Guals aufgeregter Anruf mit den Neuigkeiten und der Obduktionsbericht hatten die Dinge beschleunigt, und statt Teamtreffen mit Informationsauswertung hatte Lluc sofort Ricos Vorladung angeordnet.

Obwohl kein Haftbefehl vorlag, hatte der junge Mann auf einem Anwalt bestanden.

Ein kurzes Klopfen an der Tür und der verspätete Rechtsbeistand, ein kleiner Mann mit Brille und Aktentasche, trat ein. Völlig außer Atem setzte er sich, öffnete eine Akte und bat Lluc, zu beginnen.

»Bei der Obduktion von Marta Selles wurde an der Leiche ein Spermafleck gefunden. Sie hatte kurz vor ihrem Tod Geschlechtsverkehr.« Er wählte bewusst die harten Fakten, um klarzustellen, dass es hier nicht um einen Zumbatanz ging, sondern um Mord.

Lluc beobachtete Ricos Gesicht genau, und die Überraschung ließ tatsächlich nicht lange auf sich warten. Seine buschigen Brauen schossen zusammen, und mit dem Fingernagel zog er eine tiefe Delle in die Tischplatte vor ihm.

»Sie fragen sich jetzt sicherlich, wie das möglich ist. Doch keine Sorge, das Kondom hat gehalten. Sie haben uns angelogen und wichtige Informationen zurückgehalten.«

Fina entnahm ein Plastikröhrchen aus einem transparenten Beutel. »Wir möchten Sie bitten, diesen Speichelabstrich vorzunehmen. Für den DNA-Abgleich.« Sie wartete nicht auf eine Antwort, sondern schraubte das Röhrchen auf und hielt Rico den Stick entgegen.

Er starrte auf das Plastikstäbchen in ihrer Hand, blickte zu dem Anwalt. Doch bevor dieser sich äußern konnte, sprach Rico.

»Wir können den Steuerzahlern die Kosten für die Probe sparen. Ja, ich hatte Sex mit Marta.«

»Es wäre schön gewesen, wenn Sie den Steuerzahlern auch die Verschwendung von Arbeitszeit erspart hätten. Warum haben Sie uns belogen?« Finas Ton war eisig.

»Ich habe nicht gelogen. Sie haben nicht danach gefragt.«

Finas Augen warfen unsichtbare Blitze, als wäre sie die Tochter des Zeus.

»Sie haben angegeben, keinen Umgang mit Marta außerhalb der Kurse zu haben«, erinnerte ihn Lluc.

»Und das stimmt. Ich habe nicht gelogen. Wir trafen uns zweimal die Woche zum Training. Manchmal machten wir Sport, meistens hatten wir Sex.«

»Marta war verheiratet und hatte nicht die Absicht, sich zu trennen. Waren Sie eifersüchtig? War das der Grund, aus dem Sie sie bestrafen mussten?«

»Was? Nein! Ich hatte Sex mit ihr. Ohne Konsequenzen. Das war alles.«

Er sah seinen Anwalt an.

»Sargento, mein Mandant hat Ihre Fragen beantwortet. Was werfen Sie ihm vor?«

»Rico, Sie stehen im Verdacht, Marta Selles ermordet zu haben.«

»Nein, das habe ich nicht.« Ein leichtes Zittern hatte sich in seine Stimme geschlichen. »Ich wusste, dass Sie versuchen würden, mir etwas anzuhängen.«

Fina ignorierte seine Einwände. »Sie waren der Letzte, der Marta lebend gesehen hat.«

»Nein, denn das war ihr Mörder.«

»Hatte sie die Lust an Ihnen verloren? Frauen können manchmal ganz schön gemein sein, nicht wahr?« Mit einer plötzlichen Bewegung beugte sie sich über den Tisch. Ricos Anwalt wich reflexartig in seinem Stuhl zurück, erkannte die Peinlichkeit und tat dann so, als müsste er sich das Hemd richten. »Waren Sie ihr nicht gut genug? Nicht reich genug? War es das, was Marta abgetörnt hat?«

Doch Rico fiel nicht auf die Provokation herein. »Nein. Unsere Beziehung basierte auf gegenseitigem Einverständnis.«

»So etwas gibt es nicht« spie Fina heraus. »Einer will immer mehr. Und dieser waren Sie, nicht wahr?«

Rico lehnte sich zurück. »Nein, das stimmt nicht. Egal wie oft Sie das jetzt wiederholen.«

Lluc übernahm. »Und wie war das mit Gloria? Sie haben uns gar nicht erzählt, dass Sie sie auch kannten.«

»Was ist mit Gloria?« Rico rutschte auf die Stuhlkante vor. Eine Ahnung trat in seinen Blick, als würde er endlich verstehen, warum es hier ging.

»Hatten Sie auch ein gegenseitiges Einverständnis mit Gloria?«

»Nein, mit ihr hatte ich nichts.«

»Aber Sie kannten sie?«

»Sie hat einige Kurse in Can Bol belegt. Man hat sich nach dem Sport unterhalten, wie mit allen anderen Kundinnen.«

»So wie mit Marta, da hatten Sie ja außerhalb der Stunden auch keinen Umgang, wie Sie sagten.«

»Nein, Gloria besuchte nur den Gruppenunterricht in Can Col. Ich habe sie nie außerhalb des Kulturzentrums getroffen. Und keinen sexuellen Kontakt mit ihr gehabt.«

»Vielleicht war das auch das Problem?«, fragte Fina. »Weil Gloria Sie nicht wollte, obwohl doch alle Frauen Ihnen zu Füßen liegen?«

Rico schüttelte den Kopf.

»Wo waren Sie Montagnacht zwischen dreiundzwanzig Uhr und zwei Uhr morgens?«

Ricos Blick heftete sich zum Überlegen auf einen gelben Fleck an der rechten Zimmerdecke. Dann lächelte der junge Mann erleichtert.

»Can Bol hat eine Lieferung neuer Gerätschaften bekommen. Das ganze Team hat geholfen, sie aufzubauen und zu platzieren. Ausstattung für einen eigenen Pilatesraum, dann noch einige Geräte zum Muskelaufbau, Beinstrecker, Presse, so etwas.«

»Mitten in der Nacht?«

»Die normale Öffnungszeit ist bis dreiundzwanzig Uhr. Die Trainingseinheiten der Mitglieder sollten nicht gestört oder beeinträchtigt werden. Es gibt so viele Fitnessstudios auf der Insel, die um Kunden konkurrieren. Man muss sich im Konzept abheben. Fran – das ist unser Geschäftsführer – hat Pizza und Bier bestellt, und die Trainer haben geholfen. David, Juan, Estefan, sie alle waren da und haben mit angepackt. Es war wie eine bezahlte Party, denn natürlich haben wir Überstunden ausgezahlt bekommen. Teambuilding der anderen Art, so nannte Fran es.«

»Dann können Fran, David, Juan und Estefan es bezeugen?«

Rico grinste. »Ich war noch nie so froh, Überstunden gemacht zu haben. Rufen Sie in Can Bol an. Definitiv werden sie es bestätigen.«

Sie ließen Rico allein im Verhörraum schmoren. Can Bol musste heute für die Klassen seines beliebtesten Trainers einen Ersatz finden.

Zurück im zur Einsatzzentrale umgebauten Gemeinschaftsbüro sagte Lluc: »Gual, bitte setz dich ans Telefon und überprüfe Ricos Alibi mit den anderen Trainern. Ein gewisser Juan, Esteban, David und natürlich Fran, der mich total an jemanden erinnert und ich einfach nicht darauf komme, wer es ist.«

»Unser mysteriöser JM. Juan Manuel Valls. Fran sieht ihm

total ähnlich, hat nur längere Haare.« Fina ließ sich auf einen Stuhl fallen. »Frans Nachname beginnt mit V, vielleicht sein Bruder oder Cousin?«

Eine Lampe leuchtete in Llucs Kopf auf. Valls. Das war es. Das gleiche John-Travolta-Kinn, obwohl der ältere Juan Manuel die prominentere Ausführung besaß und Fran nur eine Andeutung, die aber ausreichte, um besagte Ähnlichkeit zu besiegeln. Der Marineoffizier hatte von einem jüngeren Bruder gesprochen, der im Dorf wohnte und dessen einzige Affinität zum Militär in seiner Sporttasche mit Camouflagemuster Ausdruck fand.

Die Vereinstaschen von Can Bol, die alle Kundinnen trugen und an der Rezeption des Kulturzentrums verkauft wurden, kamen Lluc in den Sinn. »Und wenn du schon dabei bist, bitte überprüfe auch das Alibi von José Vidal, Martas Mann. Dann können wir den abhaken.«

Gual ließ ihre Finger über die Tastatur tanzen, notierte sich Namen und Kontaktdaten und zog sich in die hintere Ecke zum ungestörten Telefonieren zurück.

»Was meinst du?«, fragte Fina und wies mit dem Kinn zum Verhörraum.

»Mal abwarten, was Guals Recherche ergibt, aber ich sehe schwarz. Mein Enthusiasmus ist erloschen. Er würde nicht all diese Leute anführen, wenn er kein Alibi hat. Ich schätze, er ist für die Nacht von Glorias Mord raus.«

»Und wenn er sie nicht umgebracht hat, dann auch Marta nicht?«

Fina hatte die große Frage gestellt. Niemand außer den Polizisten und Mitarbeitern kannte die genauen Tatumstände. Keiner wusste von der Orange. Sie hatten es mit einem Täter zu tun, der seine Opfer auf dieselbe Art präsentierte und ein Souvenir mitnahm, das in der Öffentlichkeit keine Erwähnung fand.

»Es war alles genau wie bei Gloria. Von der Drapierung des Opfers, der Orange, sogar das Schnittmuster des Messers stimmt überein.«

»Was bedeutet, wenn er für die Tatnacht am Montag ein wasserfestes Alibi hat, ist er nicht unser Mann. Dann ist es unwahrscheinlich, dass er Marta getötet hat.«

Lluc nickte. Natürlich wünschte er sich eine rasche Lösung des Falls, umso mehr galt es, den Beweisen und Fakten zu folgen und sich nicht in falschen Fährten zu verrennen, nur weil sie so verlockend erschienen.

»Allerdings habe ich gerade eine Idee, was es mit dem gleichen Ohrring bei beiden Opfern auf sich haben könnte«, sagte Lluc und bat Fina, ihm wieder in den Vernehmungsraum zu folgen.

Rico saß unbewegt auf seinem Stuhl und starrte auf die zerkratzte Tischplatte.

Fina entnahm dem Aktenordner auf dem Tisch ein Foto und legte es vor Rico ab. »Erkennen Sie diesen Ohrring?«

»Das ist Martas. Es waren ihre momentanen Lieblingsohrringe, weil sie damit eine Freundin promotet hat. Sogar mir hat sie versucht, welche anzudrehen, aber ich trage nur einen kleinen Stecker.« Ricos Hand fuhr zu seinem linken Ohrläppchen, in dem ein winziger Diamant funkelte, und wies dann auf das Foto vor ihm. »Den hatte sie gestern noch um. Ich hab mich gewundert, denn sie trug nur einen.«

»Einen?«, wiederholte Fina.

»Ja. Der zweite fehlte.«

Lluc fing Finas fragenden Blick auf. »Und Gloria? Haben Sie Gloria jemals mit diesen Ohrringen gesehen?«

Rico schüttelte den Kopf. »Nicht dass ich wüsste. Allerdings kannte ich Gloria wirklich nicht gut und habe bei den Kursen in Can Bol selten auf ihren Schmuck geachtet.«

»Sie sagten, das Atelier in Valldemossa mittwochs für Ihre Stunde mit Marta zu nutzen, wenn es frei ist. Kam es denn auch vor, dass es mal nicht verfügbar war?«

»Ja, wenn sie eine Vernissage veranstalteten.«

»Wann mussten Sie sich das letzte Mal woanders treffen?«

Rico überlegte nicht lange. »Erst letzten Mittwoch fand dort eine Impressionismusausstellung statt, und wir mussten umdisponieren.«

Zufrieden nickte Lluc, der Kreis schloss sich. »Wo haben Sie sich stattdessen getroffen?«

Rico schien die Frage unangenehm. Er rutschte auf die Stuhlkante vor und knetete seine Hände auf dem Tisch. »Es war ein Gefallen, der bitte nicht an die große Glocke gehängt werden sollte. Ich möchte nicht, dass Fran in Schwierigkeiten gerät, nur weil er mir helfen wollte.«

»Fran? Sie meinen Fran Valls, den Geschäftsführer von Can Bol.«

Rico nickte. »Sein Bruder hat ein Boot im Hafen liegen und befand sich am Wochenende nicht auf der Insel. Fran versicherte mir, dass es in Ordnung sei, es am Samstagabend für ein paar Stündchen zu nutzen.« Er beeilte sich hinzuzufügen: »Natürlich nicht zum Rausfahren. Ich habe ja nicht mal einen Bootsführerschein. Wir haben nur die Kajüte benutzt, während es an der Mole anlegte.«

Bei dem besagten Bruder mit dem Boot im Hafen handelte es sich mit neunundneunzigprozentiger Wahrscheinlichkeit um JM Valls.

Das Rätsel des Ohrrings in Glorias Tasche war gelöst. Marta hatte den Ohrring am Wochenende bei ihrem Schäferstündchen mit Rico auf der *Faeton* verloren, den Gloria dann am Montagabend bei ihrem Date mit Valls fand und einsteckte. Vielleicht hatte das daraus resultierende Misstrauen Valls gegenüber zu dem abrupten Ende des Dates geführt?

Sie kehrten in die Einsatzzentrale zurück, wo Gual schon mit ersten Ergebnissen aufwartete. »Der Geschäftsführer von Can Bol hat Ricos Aussage bestätigt. Die anderen Trainer sind nicht erreichbar. Ich bleibe dran.«

»Nicht dass dieser Fran mit ihm unter einer Decke steckt.«

»Warum? Weil er aussieht wie Valls?« Fina grinste.

»Weiß nicht. Zu viele Zufälle. Wir lassen Rico in dem Raum, bis Gual mit allen Zeugen gesprochen hat. Er hat wertvolle Ermittlungszeit vergeudet. Statt uns gleich die Wahrheit zu sagen, hat er den coolen *Chulo* gespielt und uns das Wort im Mund verdreht.«

Fina verzog sich mit Kaffee und Tageszeitung in die Pause, während Lluc seine überfällige Unterredung mit Bürgermeister Cadena mit einem Mittagessen verband und so zwei Fliegen mit einer Klappe schlug.

Bevor er sich auf den Weg zum Meeting machte, trank er zwei Glas Wasser und las seine Nachrichten im Handy.

Leider hatte außer seiner Mutter, die ihn bat, gut auf sich aufzupassen, und seiner Schwester, die ihn an den Geburtstag seiner Nichte nächsten Sonntag erinnerte, niemand geschrieben.

Wobei niemand als Synonym für die einzig wichtige Person stand, von der er in diesem Moment eine Nachricht erwartete.

Bel.

Zwei mit dramatischen Wendungen gefüllte Stunden hatten es vermocht, sie für einen Vormittag aus seinen Gedanken zu verbannen.

Noch immer keine Nachricht von ihr. Seitdem sie sich kannten, war das die längste Zeit der Kontaktlosigkeit.

Um sicherzugehen, keinen Nachrichteneingang verpasst zu haben, checkte er den Chatverlauf.

Sein *guten Morgen, Cariño* stand einsam als letzte Message auf einer ansonsten leeren Konversation des Tages. Gefolgt von zwei grauen Haken, die noch heute Morgen blau gewesen waren. Bel hatte die Lesebestätigung deaktiviert.

Llucs Körper fühlte sich schwer an, als würde er plötzlich fünfzig Kilo mehr wiegen oder die Gravitationskraft zunehmen. Sein Herz pochte beschleunigt und pumpte Adrenalin – und es handelte sich nicht um einen Effekt des Koffeins.

Selbst Bels ansonsten aktivierter Online-Zeitstempel war plötzlich ausgeschaltet.

Das war der Moment, in dem in Filmen die dramatische Musik einsetzte.

Bel ging ihm aus dem Weg.

Welcher Grund auch immer dahintersteckte, es konnte sich nur um ein Missverständnis handeln. Es sei denn, sie hatte beschlossen, den Kontakt mit Lluc abzubrechen. Doch warum so plötzlich? Was war in so kurzer Zeit geschehen?

Er trug keine Schuld daran, dass der Mord den Urlaub und ihre Woche der Genesis zerstört hatte. Aber noch weniger war es Bels Art, ihm derart Unfaires vorzuwerfen.

Lluc musste etwas unternehmen. Und zwar schnell.

31

Seitdem Llucs Lieblingsrestaurant an der Dorfplaza wegen langwieriger Umbauarbeiten geschlossen hatte, fuhr er zum Mittagessen ins La Gaviota in den Hafen von Sóller.

Das Lokal war schnell zu erreichen, und die besondere Lage in der Nähe der Rambla erlaubte es, mit dem Auto fast bis vor die Tür zu fahren. Ein Cousin von Ana und Pep bereitete neuerdings in der Küche mallorquinische Gerichte mit weniger Fett, dafür mehr Einfallsreichtum vor, was sich im Dorf herumgesprochen und das Café noch beliebter gemacht hatte.

Die Hitze des Frühsommers schien sich keineswegs auf Cadenas Makellosigkeit auszuwirken. Im mittleren Alter, glatzköpfig und pedantisch, saß er Lluc im gestärkten weißen Hemd und in Bügelfaltenhose gegenüber und hielt die Speisekarte zwischen seinen manikürten Fingern.

Seine Lässigkeit drückte Cadena damit aus, wegen der herrschenden zweiunddreißig Grad auf Jackett und Krawatte verzichtet zu haben. Nur seine sonst auf Babypopo rasierte Glatze wies den Schatten eines Mönchshaarkranzes auf, ein Makel, den Lluc auf den Stress der letzten Tage zurückführte.

Ana Crespí wippte von einem Turnschuh auf den anderen und wartete auf ihre Bestellung. Aus der schwarzen La-Gaviota-Schürze, die eine aufgestickte Möwe am Bund trug, zog sie einen Notizblock und schlug eine neue Seite auf. »Ich empfehle die heutigen Extras, die nicht auf der Karte stehen. Das Tataki vom Thunfisch auf Salat. Ganz frisch. Oder den *Pulpo a la gallega*. Den Oktopus haben die Fischer heute Morgen gebracht.«

»Thunfisch für mich. Und ein Wasser«, bestellte Lluc, ohne auf die Karte zu sehen.

Beide sahen sie Cadena an, der sich nicht so recht entscheiden konnte.

»Also gut. *Pulpo a la gallega*.«

So unentschieden hatte Lluc ihn bisher nicht erlebt. In der Zeit, die er als Bürgermeister des Ortes diente, hatte er sich durch Gradlinigkeit und Effizienz ausgezeichnet.

»Ana. Mein herzliches Beileid zu dem Tod Ihres Vaters. Wie geht es Ihrer Familie?« Er gab ihr die Speisekarte zurück.

Ana senkte betreten die Lider. »Danke, Señor Cadena. Es geht ihnen den Umständen entsprechend. Es kam so plötzlich und unerwartet. Am Samstag erfreute er sich noch bester Gesundheit, und Sonntagnacht war er tot. Ehe man sich's versieht, ist man nur noch eine Erinnerung in den Köpfen der Menschen. Bis die dann auch verblasst.«

»Hatte er denn vorher schon Herzprobleme?«

Sie schüttelte den Kopf, und ihre zwei französischen Zopfenden peitschten um ihren Hals. »Er hatte nichts. Na ja, vermutlich sind in diesem Alter Herzinfarkte und Schlaganfälle an der Tagesordnung.«

»Wie geht Ihre Mutter damit um?«

»Mamá ist nicht das Problem. Sie hat sich gut im Griff. Ich mache mir eher Sorgen um Pep. Er nimmt es viel schwerer.«

Um sie zu beruhigen, sagte Lluc: »Er erschien mir vorgestern schon viel gelöster.« Gleich am Sonntag hatte er der Familie sein Beileid ausgesprochen und fand, dass sie sich extrem gut hielten.

Ana wirkte nicht überzeugt, nickte jedoch und verschwand im Inneren des Lokals.

»Eine Tragödie«, schüttelte Cadena den Kopf. »Aber die scheinen sich ja gerade zu häufen. Haben Sie schon was Neues?«

»Als Erstes sollten wir allen Frauen anraten, nach Einbruch der Dunkelheit nicht mehr alleine das Haus zu verlassen.«

Cadena trocknete mit der Serviette seine glänzende Stirnglatze und faltete das Tuch dann ordentlich auf seinem Schoß. Unkommentiert ging er zum nächsten Punkt über. »Haben Sie schon mit José Vidal gesprochen?«

Lluc nickte. »Er ist auch nicht in der besten Verfassung.«

»Ich weiß. Gestern saßen wir noch zusammen. Wie Sie vielleicht wissen, bin ich ebenfalls Mitglied in diesem Fußballverein. Wir hatten am Abend ein Spiel.«

Damit bestätigte sich Vidals Alibi, was Lluc nicht sonderlich überraschte.

»Also eigentlich ein halbes Spiel«, fuhr Cadena fort. »Na, in Wirklichkeit war es nicht einmal das, eher ein bisschen rumkicken. Einer von uns hat Kreislauf, der nächste Rücken, den Dritten zwickt's im Knie. Wie es halt so ist. Und José ging es schon vorher gesundheitlich nicht gut, und jetzt noch das mit Marta obendrauf.«

Lluc horchte auf. »Hoffentlich nichts Ernstes.«

Cadena winkte ab. »Nur ein Magenvirus. Nichts im Vergleich, was den armen Mann sonst alles plagt.«

»Und dann verletzt er sich noch beim Fußball den Knöchel.« Vidal schien wirklich vom Schicksal gebeutelt.

Cadena runzelte die Stirn. »Von dieser Verletzung weiß ich nichts. Aber manche Läsionen blühen ja erst Stunden danach so richtig auf.«

»Wie lange ging denn das Abendessen?«

Ana kam mit den Getränken zurück, goss Wasser in Gläser.

»Entschuldigung, wenn ich das Gespräch störe. Aber wir sind alle ein bisschen beunruhigt. Es ist also nicht der Mann aus Palma gewesen?« Ohne Umschweife kam sie auf das heiße Thema. »Marta ist tot. Also läuft der Mörder noch frei herum?«

Lluc leerte sein halbes Glas in einem Zug. »Wir haben gerade beschlossen, eine Empfehlung auszusprechen, dass die Frauen nicht mehr unbegleitet nach Einbruch der Dunkelheit auf die Straße sollten. Also fange ich bei dir an.«

Sie starrte ihn einen Moment an, als hätte sie seine Worte nicht verstanden. Dann grinste sie. »Gibt es ein Bußgeld im Fall einer Nichteinhaltung?«

»Nein. Deshalb ist es auch nur eine Empfehlung, kein Gesetz. Es ist nur zu eurem Schutz.« Er schloss den Mund, bevor er sich noch verplapperte.

Sie schnaubte spöttisch, nickte unbeeindruckt und verschwand mit ihrem Tablett zum anderen Tisch.

Cadena sah ihr nach.

»Ich hatte heute ein langes Gespräch mit der Inselratspräsidentin und Coronel Alomar. Die sich wiederum beide mit dem Oberstaatsanwalt zu einem Krisengespräch zusammengesetzt hatten. Sargento, Sie sollten wissen, dass Sie freie Hand haben. Richterliche Anordnungen, Durchsuchungsbeschlüsse – man wird Ihnen keine Steine in den Weg legen und die Bürokratie beschleunigen. Die Auflösung dieses Falls hat oberste Priorität.«

»Was ist mit Vidal?«, setzte Lluc an das alte Thema an. »Sie sagten, er habe Schwierigkeiten.«

Cadena rutschte auf dem Stuhl herum, er fühlte sich sichtlich unwohl in seiner Haut. Passend zu seinem Äußeren, kultivierte der Mann makellose Manieren, wie manche Leute die Farbe ihrer Schuhe auf den Gürtel abstimmten. Selbst ein Gespräch mit der Polizei über andere Menschen erschien ihm wie Tratsch.

»Ich glaube, es gab ein paar finanzielle Probleme mit der letzten Transaktion. Sie wissen, dass er weitere Grundstücke kaufen möchte, um seine Firma auszuweiten?«

Neben Orangen als Rohprodukt bildeten sie auch die Grundmasse seines legendären Eises und anderer Produkte von Tangerina. Und der Anbau von neuen Orangenhainen erforderte weitere Grundstücke.

»Er muss jetzt alle Güter zusammenhalten, um wettbewerbsfähig zu bleiben. Immerhin gibt es noch andere Leute, die hier mit Orangen arbeiten«, fuhr Cadena fort.

»So wie Pedro Ortiz? Ich habe die beiden nie als direkte Konkurrenten gesehen.«

»Nein, Pedro fährt eine eigene Schiene. Die funken sich nicht rein. Vidal plant ein größeres Projekt auf der anderen Seite der Hauptstraße, in der Nähe von Son Angelats. Die Einzelheiten muss ich natürlich vertraulich behandeln.« Geräuschvoll trank er einen Schluck Wasser. »Vidal hat diverse Grundstücke gekauft, um sie zu einem Großen zu vereinen. Eines fehlt noch, und das gehört Tomás Torres.«

»Doctor Torres.« Lluc kannte den Arzt, seitdem dieser ihm als Zwölfjährigem einen Glassplitter aus dem Knie operiert hatte. Ein Resultat des Wettrennens mit seiner Schwester und folgendem Treppensturz, unglücklich aufgefangen durch die leeren Bierflaschen, die sein Vater zur Leergutrückgabe dort gestapelt hatte. Obwohl Lluc mittlerweile die meisten im Dorf duzte, war Doctor Torres für ihn auch vierzig Jahre später noch Autoritätsperson und Halbgott in Weiß.

Cadena nickte. »Und Torres will nicht verkaufen. Er hat bis jetzt jedes Angebot abgelehnt. Vidals ganzes Projekt hängt von diesem Grundstück ab.«

»Dann muss er eben umplanen. Oder sich vor der Planung um die Eventualitäten kümmern.«

»Und hier weichen die Versionen voneinander ab. Ich war nicht dabei, deshalb auch mein Unwille, mich über die Belange anderer Leute auszutauschen. Besonders, da Torres und Vidal alte Freunde und angesehene Bürger des Dorfes sind.«

Glücklicherweise kannte Lluc jemanden, der darüber bestens informiert war und weniger Bedenken hatte, Auskünfte zu geben.

Sein Freund Tolo, das inoffizielle Radio von Sóller und Informationssammelbecken des Tals. Vermutlich kannte er nicht nur die groben Tatsachen, sondern auch die Gedankengänge, die zu den Entschlüssen geführt hatten. Doch irgendetwas an den Worten Cadenas triggerte Lluc.

Ana kam mit einem voll beladenen Tablett und dem Mittagessen zurück. Der köstliche Duft der Speisen wurde von dem feinen Geschmack noch übertroffen.

Sie aßen schweigend, genossen den frischen Fisch. Cadena

bestellte noch einen mallorquinischen Mandelkuchen zum Nachtisch, während Lluc sich mit einem Kaffee begnügte. Der Tag war lang, und falls er sich später an einem von Guals Keksen vergriff, sparte er sich die Kalorien vorsichtshalber lieber.

Sie zahlten, Lluc ermahnte Ana, auf sich achtzugeben. Ihr spöttisches Grinsen ließ keine Zweifel, was sie von seiner Empfehlung hielt.

Tolos Bootsverleih befand sich in unmittelbarer Nähe des La Gaviota.

Lluc überquerte die Promenade. Die Sonne brannte sich auf die hellen Asphaltplatten und reflektierte Helligkeit und Hitze wie ein riesiger Parabolspiegel.

Wie erwartet fand er seinen alten Freund auf der Blu.

Blu ohne e. Weil der Spanier in Tolo schrieb, wie er sprach. Jede Sprache.

Das RIB-Boat, das ursprünglich für Touristen und Chartergäste vorgesehen war, diente schon seit der Anschaffung als Tolos persönliches Fortbewegungsmittel, sommerliches Wohnzimmer und Büro.

Einen Laptop auf den rot verbrannten dürren Knien, saß Tolo auf der Rückbank seines zwölf Meter langen Zodiacs, die zwei monströsen 500-PS-Außenbordmotoren wie Bodyguards im Rücken. Entgegen aller Logik war die Blu schwarz.

»*Hola*, was gibt's? Solltest du nicht damit beschäftigt sein, den Orangenmörder zu jagen?«, fragte Tolo, den Blick weiterhin konzentriert auf den Bildschirm geheftet.

Lluc hatte sich gerade die Schuhe von den Füßen gekickt, um aufs Boot zu steigen, und hielt mitten in der Bewegung inne. »Was hast du gerade gesagt?«

Blass, klein und dürr, die schwarzen widerspenstigen Haare unter ein rotes Basecap gebändigt, sah er auf, drehte beide Handflächen nach oben und sah ihn fragend an. »*Hola?*«

»Nein, das andere.« Lluc rollte mit den Augen. Immer das Gleiche mit Tolo. Er war kein Schlauberger, sondern ein Superschlauberger.

»Warum du Zeit hast, zu einem Pläuschchen zu deinem alten, vernachlässigten Freund zu stoßen, wenn du doch einen Killer fangen musst?«

»Wie hast du ihn genannt? Und sag jetzt nicht Killer.«

»Der Orangenmörder.«

»Warum nennst du ihn so?«

»Weil ihr ihn so nennt?« Tolo schüttelte seinen Kopf über die für ihn dämliche Frage.

»Woher weißt du das?« Erleichtert stellte Lluc fest, dass weder die Ohrgeschichte noch die Orange im Mund durchgesickert zu sein schien.

Ein tiefer Seufzer entschlüpfte Tolos schmalen Lippen. Er klappte resigniert den Laptop zu. Mittig auf dem silbernen Deckel klebte statt des Logos des Fabrikanten ein Firmensticker von ToloTours. »Lluc. Du weißt doch, dass mir in diesem Dorf nur sehr wenig entgeht.«

»Was der Hintergrund meines Besuchs ist. Aber zurück zum Orangenmörder. Weißt du auch, warum wir ihm diesen Spitznamen gegeben haben?«

»Nein, aber ich bin mir sicher, ihr hattet einen guten Grund. Und angesichts des Geheimnisses, das ihr daraus macht, rate ich dir, meine Fantasie nicht weiter anzuregen. Also, warum verschwendest du nun deine Zeit auf meiner Blu, anstatt besagten Killer zu jagen?«

»José Vidal. Was weißt du von diesem Projekt, das er plant?«

»Du meinst das, was wahrscheinlich nicht umgesetzt wird?«

Lluc hatte nur einmal Tolos Unwissenheit bezüglich eines Faktes erlebt. Diese Begebenheit, die an Seltenheit mit astronomischen Ereignissen wie einer hybriden Sonnenfinsternis vergleichbar war, hatte sich im Jahr zuvor während des letzten Mordfalls ereignet.

Und wie nach einem schlechten Vorzeichen war es dann tatsächlich in einer Katastrophe geendet.

Lluc ließ sich auf den Ledersitz hinter der Steuerkonsole fallen. Die Haare klebten ihm auf der Stirn, und er fächerte sich mit dem Shirt Luft zu. Im Hafen war es am Nachmittag deutlich wärmer als im Dorf. »Erzähl.«

Tolo holte zwei Dosen Cola aus der Kühlbox unter seiner Bank und warf Lluc eine zu. Er öffnete seine mit einem lauten Zischen und trank in geräuschvollen Schlucken.

»Vidal hat ein Problem. Er hat mehrere Grundstücke gekauft, und ihm fehlt noch dieses eine, um die nötige Baugröße für das Projekt zu haben, das er anstrebt. Frag mich nicht, was für ein Projekt das ist, denn darüber habe ich keine Informationen und werde auch keine Spekulationen anstellen.«

Lluc prustete, verschluckte sich. Eiskalte Cola schoss ihm in die Nase. »Nein, das würdest du niemals tun.« Tolo tat nichts anderes, hatte nur ein ausgeklügeltes System entwickelt, das es ihm erlaubte, mit den meisten Hypothesen richtigzuliegen.

»Und so wie es aussieht, hat sein guter alter Freund, Doctor Torres, ihm ein Häufchen gelegt.«

»Warum?«

»Weil er meiner Information zufolge zuerst zugesagt hatte, um es sich dann, als alle notwendigen Grundstücke gekauft waren, doch anders zu überlegen.«

Nachdenklich drückte Lluc eine Delle in seine Dose. Das war in der Tat nicht die feine Art. Selbst unter Fremden nicht, geschweige denn unter Freunden.

»Das von seinen Kumpels serviert zu bekommen ist unschön. Anscheinend soll Pedro Ortiz ihm dazu geraten haben. Allerdings nicht aus Bösartigkeit, sondern weil auf dem Grundstück ein altes Haus mit Bestandschutz steht, das heute in dieser Größe und Quadratmeteranzahl niemals eine Genehmigung erhalten würde. Es ist für den Doctor zu wertvoll, als dass er es des bloßen Grundstücks wegen verkauft. Verständlich, aber das hätte er gleich sagen können.«

»Ein harter Schlag.«

»Vor allem für diese Männer. Ortiz, Torres und Vidal sind doch wie die Dreifaltigkeit des Dorfes. Die Heiligen Drei Könige. Das … Brot, Tomate und Öl des *Pa amb Oli*.«

Wie hatte Lluc Tolos Vergleiche vermisst!

»Jedenfalls tut Vidal mir wirklich leid. Er ist ein anständiger Kerl, sehr beliebt, der seine Mitarbeiter mehr als fair behandelt und bezahlt. Das hat er nicht verdient. Und das mit seiner Frau natürlich auch nicht.«

»Ermordet zu werden hat niemand verdient.«

»Ich meine eher die Art, von seiner Frau behandelt zu werden.«

Lluc setzte sich auf. »Marta?«

Tolo trank die Dose leer und rülpste. »*Perdón*. Entschuldige meine Rüpelhaftigkeit. Ja, Marta. Er hatte ja keine andere. Die süße Marta hatte es nicht so mit der Treue, pfeifen die Spatzen von den Dächern.«

»Also hat sich das auch rumgesprochen.«

»Letztes Jahr soll es angeblich ein kurzes Techtelmechtel mit einem der Hafentaucher gegeben haben. Ich weiß natürlich nichts Genaues, schließlich lag ich nicht dazwischen, und die Leute erzählen auch viel Müll. Ich gebe dir nur den Hafenklatsch weiter.«

Martas Freundin hatte Ähnliches angedeutet. Und wenn es sich bis in die Gerüchteküche des Hafens herumgesprochen hatte, wusste es Vidal dann auch?

Lluc drückte seine Dose zusammen, entsorgte sie im Mülleimer und bedankte sich. »Ich gehe dann mal wieder auf *Killerjagd*. Ruf mich an, wenn du fallrelevanten Hafenklatsch hörst.«

32

Gual hakte den vorletzten Namen von der Liste der Zeugen ab.

Eine Stunde lang hatte sie einen Spieler des Fußballklubs nach dem anderen durchtelefoniert. Blieb nur noch ein Mitglied. Und wie es aussah, der wichtigste Mann, um Vidal endgültig als Verdächtigen streichen zu können.

Jacobo Cruz.

Jeder einzelne der befragten Fußballkollegen hatte bestätigt, dass Vidal beim Seniorenkicken gewesen war. Auch seine Anwesenheit im Restaurant im Anschluss hatten sie belegt, nur variierten hier die Meinungen über die Dauer des Aufenthalts.

Die Gruppe sei sehr groß gewesen. Es sei laut geworden. Sehr feuchtfröhlich und ziemlich unübersichtlich. Ein Kollege hatte von einer Magenverstimmung mit langen Toilettenaufenthalten berichtet, ob seine eigenen oder Vidals ging nicht eindeutig aus dem Gespräch hervor.

Señor Cruz hatte laut den Aussagen seiner Fußballkollegen direkt neben Vidal gesessen und konnte sicherlich bestens über sein Kommen und Gehen Auskunft geben.

Was wie eine vernünftige Empfehlung wirkte, kam Gual schnell wie eine Ausrede vor. Niemand wollte etwas Falsches oder Kompromittierendes aussagen.

Im Grunde gab es keinen Zweifel daran, dass Vidal sich zu der von ihm angegebenen Zeit in dem Restaurant befunden hatte. Doch Gual belegte nicht umsonst die Rechercheaufgabe im Team. Wo Lluc oder Fina sich längst damit zufriedengegeben hätten, kam Guals penibler Zug zum Vorschein.

Sie betrachtete die Liste und ihre Notizen. Bisher ließ sich nicht hundertprozentig festlegen, wann genau Vidal das Restaurant verlassen hatte. Und sie würde alle Ressourcen ausschöpfen, um diese Informationslücke zu stopfen.

Doch dafür brauchte sie Señor Cruz. Der leider nicht ans Telefon ging. Seine Kollegen hatten Gual schon vorgewarnt, da der pensionierte Mann im Garten arbeitete.

Im Melderegister fand sie einen Jacobo Cruz, der in l'Horta wohnte. Das passte und befand sich nur fünfzehn Minuten Fußweg vom Revier entfernt.

Gual beschloss, sich die Beine zu vertreten, eine Kleinigkeit zu Mittag zu essen und den letzten und wichtigsten Zeugen direkt zu befragen.

Schon gleich hinter dem Torrente und dem Carrer de sa Mar begannen der Campo und das Land. Ausladende Gärten, Orangenhaine und bunte Blumen und Bäume bestimmten die Zona rústica.

Gual lief verkehrsberuhigte Straßen entlang, bis die Abstände zwischen den Gebäuden immer größer und die Gärten ausladender wurden. An einer zypressenbewachsenen Kreuzung bog sie rechts in einen Weg ein und blieb vor einem alten Holztor mit der Hausnummer neunzehn stehen.

Es gab weder Klingel noch Klopfer. Doch wie die meisten Garteneingänge im Ort war das Portal unverschlossen.

Gleich hinter dem Eingang begann ein Zitrushain. Links Orangenbäume, rechts Zitronen, getrennt durch einen Kiesweg, der sich über das Grundstück zu einer Natursteinfinca schlängelte. Das Haus wirkte alt, zweistöckig und gut in Schuss.

»*Hola?*«, rief Gual in den Garten hinein. Sie sah sich um, doch dort war nichts außer Bäumen, deren Äste sich unter der Last ihrer dicken Früchte bogen.

Gual marschierte den Kiesweg zum Haus runter.

»Suchen Sie wen?«, ertönte eine volle Bassstimme links von ihr.

Vor Schreck hüpfte Gual auf, was ziemlich dämlich wirkte, aber vom Blätterwerk der dichten Vegetation größtenteils geschluckt wurde. »Haben Sie mich erschreckt«, rief sie und presste die Hand auf die Brust.

Der Mann stand von Orangenbäumen verdeckt neben einem verrosteten kleinen Fahrzeug, das wie das Endprodukt einer Kreuzung aus Traktor und Panzer aussah. Von Letzterem hatte es das Kettenlaufwerk geerbt, von Ersterem den Sitz, das Lenkrad und die Ladefläche, auf der sich ein riesiger Haufen Orangen stapelte.

»Agente Gual von der Guardia Civil«, stellte sie sich vor und zeigte ihren Ausweis. »Señor Jacobo Cruz?«

»Der bin ich.«

»Ich habe nur ein paar kurze Fragen.«

Um die siebzig, grauhaarig und unglaublich kräftig, winkte ihr der Mann mit der großen Gartenschere in seiner Hand, näher zu kommen. Alles an ihm war breit: sein Rücken, die Schultern, die tellergroßen Handflächen und die kräftigen Alf-Finger, die Gual merkwürdigerweise an den

Außerirdischen der bekannten Fernsehserie ihrer Jugend erinnerten. Sie konnte sich Cruz beim Ochsenkarrenziehen und Baumfällen vorstellen, nicht aber beim Jagen eines Fußballs. Kein Wunder, dass die Seniorenfußballtruppe immer von *Rumkicken* sprach. »Ich bin gerade bei der Orangenernte, macht es Ihnen was aus, wenn ich währenddessen weiterarbeite? Wir müssen heute fertig werden, die Cooperativa erwartet die Lieferung.«

»Bitte lassen Sie sich nicht aufhalten.« Gual trat auf ihn zu und beobachtete neugierig, wie er die Orangen abschnitt und auf die Ladefläche legte. Dabei setzte er die Schere nie direkt an der Frucht an, sondern schnitt weiter oben am Zweig ab, sodass einige Blätter an der prallen Orange hängen blieben. »Es ist schöner, wenn noch etwas Grün dran ist. Dann sieht das nicht so nach Supermarktware aus.«

»Obwohl ich hier geboren bin, habe ich nie bei einer Ernte zugesehen. Irgendwie hatte ich die Vorstellung, dass das maschinell geschieht.«

Der Mann lächelte nachlässig. »Wenn Sie diese Erfindung antreffen, bitte lassen Sie mich davon wissen. Es ist eine Heidenarbeit.«

»Wie heißt diese Sorte?«

»Valencia Late. Die reift im Juni.« Er zeigte auf eine Baumgruppe am anderen Ende des Feldes. Zwischen dem Blattwerk hingen dicke grüne Früchte, die Gual für Limonen gehalten hatte. »Das sind Navel Late. *Navel* – das englische Wort für Nabel. Wegen der nabelartigen Formation an der Spitze, die wie ein zweiter Fruchtansatz aussieht. Die kennen Sie aus dem Supermarkt. Eine wunderbare Orangensorte. Etwas süßer als die Valencia Late, ebenfalls leicht zu schälen.

Allerdings ist deren Erntezeit im Januar. So haben wir das ganze Jahr über Orangen.«

Bei der Sorte, die sie an den Opfern gefunden hatten, handelte es sich um eine Valencia Late. Gual lächelte höflich. Genau wie Fina würde sie nach diesem Fall erst einmal genug von Orangen haben.

»Aber Sie sind doch sicherlich nicht hier, um eine Belehrung über Zitrusfrüchte zu erhalten? Wie kann ich Ihnen weiterhelfen?«

»Man hat mir gesagt, Sie saßen am Mittwochabend nach dem Fußballspiel direkt neben Vidal im Restaurant?«

»Der arme José. Ich weiß gar nicht, was ich sagen soll. Jeder Trost klingt lau in meinen Ohren. Es ging ihm ja schon vorher nicht gut.« Er schnitt zwei weitere Orangen mit einer kleinen Blätterfahne versehen ab und deponierte sie auf dem Panzertrecker. »So eine Magenverstimmung ist für uns Männer unangenehm, wir sind doch extreme Weicheier, was körperliche Wehwehchen angeht, wissen Sie.«

Gual lächelte. »Ich habe auch eins zu Hause. Ein Weichei, meine ich.«

Cruz nickte wissend. »Besonders, wenn die Verdauung nicht rundläuft, werden wir Männer unausstehlich. Wenn Sie verstehen, was ich meine.«

Gual betrachtete den erdigen Boden, die Schläuche des Bewässerungssystems, die sich wie ein braunes Adernetz über das Feld spannten.

»Da trifft man sich einmal im Monat, um ein bisschen Spaß zu haben, den Alltag zu vergessen, zu lachen. Und der arme Vidal verbringt die meiste Zeit davon auf dem Klo.«

»Ähm, ich kann mir vorstellen, was Sie meinen.« Trotz

ihrer Liebe für Details hoffte sie, dass Cruz nicht weiter darauf einging.

»Ich wollte schon aufstehen und nach ihm sehen. So lange war er fort. Doch dann tauchte er wieder auf, ganz blass, der Arme, und sagte, er müsse nach Hause.«

»Können Sie sich ungefähr erinnern, um welche Uhrzeit das war?«

Cruz senkte die Schere, lehnte sich gegen die Ladefläche des Panzerdings und verschränkte die massiven Arme unter der Brust. »Warum fragen Sie so etwas? Sie denken doch nicht etwa …?« Seine buschigen Augenbrauen zogen sich zusammen, verschwunden war die gutmütige Miene.

»Nein, nein«, beeilte sich Gual zu versichern. »Wir müssen immer zuerst die Eheleute ausschließen. *Violencia de genero* und so. Geschlechtsbezogene Gewalt wird sehr ernst genommen und muss als Allererstes ausgeschlossen werden.«

»Verstehe. Natürlich. Man liest ja dauernd diese Schrecklichkeiten über Männer, die ihre Frauen erschlagen. Ich habe auch zwei Töchter. Da soll mal ein Kerl wagen, denen nur ein Haar zu krümmen.«

Grinsend betrachtete Gual die kräftigen Hände des Mannes. Der Typ tat ihr leid, dessen Missetaten ihn zwischen Cruz' Pranken katapultierten.

»An die genaue Zeit, wann Vidal aufgebrochen ist, kann ich mich nicht mehr erinnern«, fuhr Cruz fort. »Aber es wurde gerade die *Lechona* serviert. Mein Hauptgang. Das knusprigste Spanferkelchen im Puerto. Die Küche schließt um zwölf, und wir waren bei Weitem nicht die Letzten. Also tippe ich auf kurz nach zehn.«

Guals Herz schlug gegen ihre enge Bluse, die ihr plötzlich den Brustkorb einengte. Wenn Vidal etwas nach zweiundzwanzig Uhr das Lokal in Port de Sóller verlassen hatte, konnte er bei zügiger Fahrt und ruhigem Nachtverkehr in zwanzig Minuten in Valldemossa sein, seine Frau erdrosseln und dann gemütlich nach Hause fahren.

Sein Alibi war Schrott.

Sie konnten ihn nicht von der Liste der Verdächtigen streichen.

33

Amalia Santos hatte einen Unwillen gegen diesen Spaziergang verspürt, lange bevor sie wusste, was ihr dort an Entsetzlichkeiten widerfahren würde.

Juan Pablo II zog an der Leine und riss ihr fast den Arm ab, als sie dem schwarzen Pastor Mallorquín um die Ecke folgte und die Dorfgrenze von Valldemossa hinter sich ließ.

Was war das überhaupt für ein Name? Amalia fand ihn so peinlich, dass sie vermied, den Hund in der Öffentlichkeit zu rufen. Gott sein Dank geschah das nicht häufig, denn das arme Tier – es konnte ja auch nichts dafür – gehörte Manolo. Ihr Ehemann hatte schon immer einen merkwürdigen Geschmack gezeigt, somit überraschte es nicht, dass er seinen Hund nicht Coco, Hugo oder Rey nennen konnte wie normale Leute. Nein, es musste ein päpstlicher Name sein. Weil auch Manolo päpstlicher als der Papst gewesen war. Vergangenheit. Denn mit zunehmendem Alter schien proportional zu seinem Bierbauch auch seine Faulheit zu wachsen. Und so blieb das Gassigehen immer häufiger an Amalia hängen.

In einem Alter, wo die Absätze der Schuhe flacher wurden, die ersten Bandscheiben vorfielen und der Arzt bei der Untersuchung das Unwort Arthritis erwähnte, konnte sie dem ungestümen Juan Pablo schwer folgen.

Vorsichtshalber hängte Amalia sich die lila Plastiktüte um ihr Handgelenk, die nun aufgeregt hin und her schwang, doch so bewahrte sie das Mandelmehl davor, versehentlich fallen gelassen zu werden.

Winnie, die kleine Töle ihrer Nachbarin, ging immer allein Gassi. Wie eine Katze. Amalia liebte Katzen. Erst gestern hatte sie einen flauschigen Siam-Mischling auf der Facebookseite des örtlichen Tierschutzes entdeckt, der ein neues Zuhause suchte.

Es war ein Tag der Entschlüsse, das hatte Amalia schon am Morgen beim Aufstehen gespürt. Ein Tag, an dem etwas Entscheidendes geschehen würde. Sie warf einen kurzen Blick auf ihre neue Apple Watch – es war immer ratsam, wichtige Ereignisse mit der genauen Uhrzeit zu protokollieren, zumindest taten das die Historiker. Am siebenundzwanzigsten Dezember 1978 um elf Uhr zweiundzwanzig unterzeichnete König Juan Carlos die spanische Verfassung und öffnete das Land für die Demokratie.

Und Amalia Santos Garilla beschloss in diesem Moment, am sechsundzwanzigsten Juni um sechzehn Uhr acht, die kleine Katze aus Facebook zu adoptieren und nach Hause zu holen.

Manolo würde sie erzählen, sie sei ihr zugelaufen. Sollte er doch das Gegenteil beweisen. Und Juan Pablo konnte sich dann als der Hütehund beweisen, der er gemäß seiner Genetik angeblich war.

Beschwingt stieg Amalia den steinigen Feldweg entlang, der zur Finca Baritx führte.

Kein Mensch war hier unterwegs, und auch Autos verirrten sich in diese Gegend nur selten. Außer dem großen

Landgut gab es am Ende des Wegs nur Steineichen, Kiefern und Kaninchen. Und nicht zu vergessen: das beste Olivenöl der Insel.

Wenn Amalia es hier direkt bei dem Olivenbauer in Baritx bezog, kostete es ganze vier Euro weniger als im Tangerina Shop oder sogar auf dem lokalen Wochenmarkt.

Hellgrün und fruchtig schmeckte es nach frisch gemähtem Gras. Der Vorrat zu Hause reichte nicht einmal mehr für ein ordentliches *Pa amb Oli*. Also hatte sie sich bereit erklärt – natürlich gönnerhaft, als würde sie Manolo einen Gefallen tun, der dann wiederum einen seinerseits nach sich ziehen würde –, Juan Pablo Gassi zu führen, wenn sie schon den Weg nach Baritx zum Einkaufen hochgehen musste. Auf dem Weg hatte sie noch an das Mandelmehl gedacht, das die kleine Bäckerei am Ortsrand feiner gemahlen im Sortiment führte, was einen fluffigeren Kuchen machte.

Amalia lächelte über ihren Einfallsreichtum, fühlte sich beschwingt und wunderbar. Candela würde sie das Kätzchen nennen. Sie hoffte, es war ein Mädchen, zumindest sah es auf den Fotos weiblich aus mit diesem niedlichen Gesichtchen.

Juan Pablo zog an der Leine, und in ihrem Überschäumen vor Glück löste Amalia den Karabiner an seinem Halsband. Freudig galoppierte der Hund auf seinen schlanken langen Beinen davon wie ein junges Fohlen.

Amalia lächelte. Jeder genoss die Freiheit. Den Kopf frei von Gedanken, lief sie weiter und sog den Duft des Waldes ein, lauschte dem Knirschen ihrer Schritte auf dem steinigen Boden.

An der Weggabelung mussten sie sich rechts halten. Der linke Pfad führte tiefer in den Wald hinein, wurde schmaler und endete an einer kleinen Lichtung im Nichts, auf der sich ein einsamer Strommast erhob.

»Juan Pablo«, rief sie in den Wald.

Die Stille blieb.

Amalia lief ein Stück vor, rief erneut nach dem Hund. Doch von dem Tier keine Spur.

Sie scannte die Büsche, hielt Ausschau nach Bewegungen im Buschwerk, während sie weiter den päpstlichen Namen in die sommerliche Luft schrie.

Der Wald antwortete mit Stille.

Gänsehaut überzog Amalias Arme, obwohl es selbst hier oben in den Bergen noch immer heiß war.

Hier stimmte etwas nicht. Ihr großer rechter Zeh, der mit der Arthritis, meldete sich mit einem dumpfen Schmerz, obwohl er sich den ganzen Weg bisher ruhig verhalten hatte.

Sie schnellte herum.

Der Pfad hinter ihr blieb leer und bewegungslos wie zuvor. Nur sie und die Steine und der Wald.

Doch irgendetwas stimmte nicht.

Sie spürte, sie war nicht allein.

Amalia stellte sich in die Mitte des Weges, fort vom undurchsichtigen Dickicht, stemmte die Hände in die Hüften und rief nach Juan Pablo.

Aus unerfindlichem Grund war ihr mulmig zumute. Mitten am Tag, in der Gegend, in der sie geboren worden war und die sie in- und auswendig kannte.

Am liebsten hätte sie kehrtgemacht und sich schnellstens zurück ins Dorf begeben. *Pa amb Oli* und Mandelkuchen steigerten nur ihren Blutzucker. Doch diese Option schied aus, denn sie konnte den Hund nicht zurücklassen.

Also blieb nur die Flucht nach vorn, weiter Richtung Baritx laufen und Juan Pablos Namen rufen. Er würde schon irgendwann auftauchen.

Amalia holte ihr Handy aus der Tasche und rief die Nummer der örtlichen Polizei auf für den Fall, dass sie einen schnellen Notruf absetzen musste. Sie war keine dreißig Meter weitergelaufen, als eine plötzliche Bewegung links von ihr sie herumschnellen ließ.

Ihr Herz rutschte ihr in die Hose.

Die Büsche teilten sich wie von einer Sturmbö gerüttelt.

Aus den Tiefen des Dickichts schob sich ein glänzend schwarzer Körper zwischen die Zweige eines Rosmarins.

Mit einem Seufzer der Erleichterung erkannte Amalia, dass Juan Pablo sich an etwas festgebissen hatte. Ein totes Eichhörnchen vielleicht oder eine kleine Ratte. Von denen gab es hier im Wald so viele.

»Juan Pablo, bei Fuß.«

Das Rütteln und Rascheln setzte sich fort, der Hund reagierte nicht. Amalia lief zu den Büschen hin, ergriff sein Halsband und zog.

Es fühlte sich an, als müsste sie einen Elefanten bewegen. Der Hund setzte seine ganze Muskelkraft als Widerstand ein.

»Was ist denn da so interessant?« Sie rammte die Hacken in den Boden und zog. Und gewann das Tauziehen.

Juan Pablo folgte ihr zurück auf den Weg und wedelte zufrieden mit dem Schwanz.

»Ja, da freust du dich, wieder bei Frauchen zu sein.« Sie tätschelte ihm den weichen Kopf, löste eine runde Klette aus seinem glänzenden Fell, das auf einen Löffel Baritx-

Olivenöl im Futter zurückzuführen war. Ihr Blick fiel auf seine Schnauze. Und Amalia verstand, worauf die Zufriedenheit des Hundes beruhte.

Sie beugte sich hinunter, um seine Beute zu inspizieren.

Mit Daumen und Zeigefinger nötigte sie das Tier, das Maul zu öffnen und den Gegenstand loszulassen.

Sie starrte auf das Ding auf dem staubigen Boden.

Ein fauliger Geruch, gemischt mit dem Kräuterduft des Rosmarins, stieg ihr in die Nase.

Der würzige Geschmack der Coca Mallorquina vom Frühstück schoss Amalia in den Rachen. Vergessen das Extra-Virgen-Olivenöl, verbannt das geschichtsbuchträchtige Kätzchen auf Facebook.

Ihr Schrei ging in der Stille des Waldes unter und im Schmerz ihres arthritischen Zehs, als sie zurück ins Dorf rannte.

34

Lluc glaubte nicht an die Theorie, dass Vidal ein zweifacher Mörder war. Ein Serientäter, der sich die Ohren seiner Opfer als Souvenir mitnahm. Doch Glauben gehörte in die Kirche, Beweise in den Handwerkskasten der Polizei.

Nach Guals Anruf hatte er sich sofort in den Wagen gesetzt und war zu der neuen Tangerina-Hauptfiliale gefahren, wo Vidal ihm versichert hatte, den ganzen Nachmittag im Büro zu verbringen.

Das nagelneue Geschäft hatte erst vor Kurzem eröffnet und belegte ein renoviertes Ecklokal mit riesigem Schaufenster.

Warmes Licht leuchtete die mit hellem Eichenparkettimitat ausgelegten Räumlichkeiten aus und lud zum Stöbern in den vielen kleinen Vitrinen und dekorierten Auslagen ein. Der Laden war voll, das Geschäft brummte. An der Kasse hatte sich eine lange Schlange gebildet.

Lluc passierte einen Tisch mit handgemachten Shampoos, Seifen und Cremes aus kalt gepresstem Olivenöl, Zitronen und Lavendel, die ihren Duft im ganzen Raum verteilten. Vor einem Regal mit mallorquinischen Weinen und Tees saß eine ältere Frau in brauner Lederschürze mit Tangerina-Aufdruck an einem Tresen und pulte mühsam Preisetiketten von einem Sortiment Meersalze.

»Die haften wie mit Sekundenkleber«, sagte Lluc und erinnerte sich an seinen misslungenen Versuch. »An meiner Ölflasche kleben sie noch immer.«

Die Frau sah auf, lächelte. »Es gibt bestimmt einen Trick.«

»Wenn Sie ihn rauskriegen, lassen Sie es mich wissen. In der Zwischenzeit möchte ich bitte zu José Vidal. Er erwartet mich. Casasnovas mein Name.«

Sie führte ihn hinter die Ladenräume in ein kleines Büro, das außer leeren Regalen nur einen zentralen Schreibtisch enthielt, der so zugemüllt war, als hätte jemand den gesamten Inhalt der Schränke darauf entleert.

Vidal sah besser aus als an diesem Morgen, kam ihm mit ausgestreckter Hand entgegen.

»Was macht der Magen?«

»Wenn das mein größtes Problem wäre, könnte ich mich einen glücklichen Mann schätzen.«

Lluc nahm auf dem ihm zugewiesenen Klappstuhl Platz.

Und starrte auf die losen Papiere, Ordner und Rechnungen auf dem Schreibtisch.

»Entschuldige bitte die Unordnung. Diese Filiale ist neu und noch nicht ganz fertig eingerichtet. Die unglaublich kreative Aufgabe, die Regale und Papiere einzuräumen, wird mich die nächsten Tage vom Durchdrehen abhalten.«

Lluc winkte ab. »Ich werde dich nicht lange von dieser großen Herausforderung abhalten, bin auch gleich weg. Wir haben mit deinen Fußballjungs gesprochen, die alle bestätigt haben, dass du gestern mit ihnen gekickt hast. Allerdings hast du das Restaurant frühzeitig verlassen.«

»Ja, mir ging es nicht gut. Hatte den ganzen Tag Durchfall.«

»Das tut mir leid zu hören. Was hast du dann gemacht?«

Vidal ließ sich in die Stuhllehne zurückfallen und knickte ein Eselsohr in eine Rechnung der Aqualia-Wasserwerke. »Lluc. Ich habe meine Freunde frühzeitig verlassen, weil es mir nicht gut ging. Wo sollte ich denn hin sein?«

Lluc sah ihn weiterhin abwartend an.

»Ich bin direkt nach Hause gefahren, habe ein Fortasec und ein Buscopan eingeschmissen und mich ins Bett gelegt. Ich bin vom Telefon wach geworden, als die Polizei anrief.«

Lluc klopfte auf einen gelben Aktenordner. »Danke dir, dann haben wir unsere Aussage komplett.«

Nachdenklich verließ er den Laden.

Ein schales Gefühl hatte von ihm Besitz ergriffen. Der Besuch war nicht so befriedigend verlaufen, wie er erhofft hatte, obwohl Vidals Antwort ihn nicht überraschte.

Irgendetwas stimmte nicht.

Er wischte das Gefühl fort und konzentrierte sich auf die nächste Herausforderung.

Bel.

Das gemietete Haus, in dem sie wohnte, lag nur einen Steinwurf entfernt von hier in einer Parallelstraße des Carrer de sa Lluna.

Sein Hemd klebte am Rücken, und eine kleine Schweißperle rann kitzelnd von seinem Haaransatz in den Nacken.

Er bog auf den Carrer de Serra ab und dann links auf den Carrer de Palou.

Er würde klopfen.

Sie würde aufmachen. – Hoffentlich.

Ihn begrüßen. – Wahrscheinlich.

Und sie würden reden wie zwei ganz normale erwachsene Menschen. – Vordergründig.

Egal, was sie ihm sagte, er würde es mit Fassung nehmen.

Schließlich waren sie keine Teenager mehr. – Planmäßig.

Doch der Gedanke an eine Hiobsbotschaft krampfte ihm den Magen zusammen, dass er sich wünschte, das von Vidal erwähnte Buscopan zur Hand zu haben.

Er räusperte sich und überprüfte seine Frisur in dem dunklen Schaufenster einer Ferretería, die im Vergleich zur glitzernden Tangerina verstaubt und einsam Kakerlakenmittel, Farbentferner und Kettensägen feilbot.

Lluc fuhr sich durch die Haare – zwar dunkel und dicht, doch widerspenstig und in chronischer Sehnsucht nach einer Friseurschere. Doch aus irgendeinem Grund mochte Bel es genau so.

Er wappnete sich und trat vor die Haustür. Streckte die Hand zum Klopfen aus.

Sein Telefon klingelte in der Hosentasche.

Er rollte mit den Augen, überlegte, es zu ignorieren, doch hatte er dafür die falsche Woche gewählt.

Seufzend holte er es hervor.

Gual.

»Was gibt's schon wieder?«

»Bist du genervt?«

»Nein.«

»Dann wirst du es gleich sein. Wir müssen nach Valldemossa. Sofort.«

35

Das blau-weiße Plastikband der Policía Local flatterte im aufgezogenen Wind von Valldemossa und verursachte ein Propellergeräusch, das sich über das Insektenkonzert in den Büschen legte. Durch die geöffneten Fenster eines Streifenwagens weiter unten am Weg knisterte der Polizeifunk mit Ansagen.

Die Kollegen aus Valldemossa hatten den Fundort weiträumig abgesperrt, obwohl das gefundene Objekt nur wenige Quadratzentimeter maß. Doch mit etwas Glück fanden sie vielleicht zusätzliche Spuren.

»Hier hat der Hund es fallen gelassen«, sagte Amís. Seine rostfarbenen Haare leuchteten wie Flammen im rotgoldenen Licht des Sonnenuntergangs. Amís trug Zivil und war in Outdoorkluft gekleidet. Der Fund musste ihn in seiner Freizeit erwischt haben. Noch einer, dessen Wanderung jäh unterbrochen worden war.

Lluc, Fina und Gual standen im Kreis und starrten auf das Gebilde, das vor ihnen auf der lehmverkrusteten Erde lag. Sie hatten sich sofort auf den Weg gemacht, nachdem eine Spaziergängerin schreiend ins Dorf zurückgelaufen war und die Polizei alarmiert hatte.

Der Fund änderte vermutlich alles: ihre ganze Theorie, die sie sich bisher über den Orangenmörder zusammengesponnen hatten, nämlich sein Bedürfnis, ein Souvenir seiner Tat mitzunehmen.

Lluc beugte sich tiefer und musterte die dunkel angelaufene Oberfläche, die stellenweise von Bissspuren des Hundes zerfetzt war. Die Hitze hatte den Verwesungsprozess beschleunigt, und ein übler Geruch ging von dem kleinen Gebilde aus.

Ein Ohr.

»Es ist intakt. Der Knorpel ist vollständig, und das Ohrläppchen ist auch dran. Das ist Martas.«

»Vielleicht gehört es zu einer anderen Person?«, murmelte Gual.

»Ziemlich unwahrscheinlich, dass noch weitere Menschen in Valldemossa das rechte Ohr vermissen.«

Natürlich musste es mit einer DNA-Probe abgeglichen werden. Doch Llucs Gefühl sagte ihm, den ersten Fehltritt des Täters vor sich liegen zu haben. Die erste ungeplante Aktion, die ihn zur Strecke bringen könnte.

Das Auffinden des Ohrs gehörte nicht wie ein weiteres Puzzleteil in sein perfides Spiel.

»Es ist sein erster Fehler. Hätte er gewollt, dass wir das Ohr finden, hätte er es unter dem Olivenbaum an der Dorfplaza vor der Kirche verscharrt, wo jeder schnüffelnde Hund und jede streunende Katze drüber gestolpert wären.«

»Er hat nicht mit Juan Pablo II gerechnet«, sagte Amís.

»Der Papst? Was hat der damit zu tun?«, fragte Gual, die sich erstaunlich ruhig verhalten hatte.

»So heißt der Hund der Spaziergängerin, der den halben Busch umgegraben hat, weil er das Ding roch. Ein riesiger Pastor Mallorquín, so groß wie ein Kalb.«

Amís zeigte auf einen Rosmarinbusch inmitten des Heidekrauts, der zerrupft und mit einer mittigen Schneise zerteilt wirkte, als wäre ein Minitornado hindurchgefegt.

Fina verlagerte das Gewicht. »Ich werde da jetzt nicht reinlatschen und eventuell magere Spuren verwischen. Aber wissen Sie schon, ob etwas gefunden wurde?«

»Die Spurensicherung ist noch am Werk, allerdings würde ich mir nicht zu viel davon versprechen. Es war furztrocken hier oben, der letzte Regen fiel im Mai, und die Sonne hat den Boden festgebacken wie einen verbrannten Kuchen.« Amís deutete auf die Weggabelung, die unten zur Hauptstraße führte. »Wenn wir Glück haben, finden wir Reifenspuren. Ich schätze, dass er bis unten mit dem Auto vorgefahren, dann ausgestiegen und hier hochgelaufen ist.«

»Oder er ist aus Valldemossa und kam gar nicht mit dem Wagen«, mutmaßte Gual.

»Nein.« Lluc sog den Fundort ein, den Nadelduft des Waldes, die Hitze des Sonnenuntergangs, die der Wind erträglich machte. »Er ist aus Sóller.«

Ein Kollege der Spurensicherung saß vor einem aufgeschlagenen Laptop und rief nach Amís, der sich entschuldigte und zu dem Mitarbeiter der Kriminaltechnik hinüberlief.

»Valldemossa war ein Abstecher, weil Marta sich hier aufhielt. Der Täter war bestens über ihren Stundenplan informiert.«

»Doch wie kann das sein? Niemand wusste von der Klasse in diesem Atelier hier im Dorf. Keiner außer ihrer Freundin Clara.«

Fina sah sie erstaunt an. »Das stimmt nicht. Vidal hat von

ihren Yogastunden in Valldemossa definitiv gewusst. Das hat er uns bei dem ersten Besuch heute Morgen erzählt.« Sie starrte auf die Wipfel der Steineichen vor ihnen und kräuselte die Stirn. »Oder zumindest hatte es ihn nicht überrascht, davon zu hören.«

»Fina hat recht, so habe ich das auch in Erinnerung. Vidal wusste definitiv Bescheid. Diese Yogastunde mache ihren Kopf frei, so hat er es ausgedrückt.« Lluc richtete den Blick auf den Boden. Eine transparente lilafarbene Einkaufstüte mit einem weiß-pudrigen Inhalt, der sich lose im Beutel verteilte, lag neben dem Ohr: die aufgeplatzte Tüte Mandelmehl der Spaziergängerin, die sie vor Schreck hatte fallen lassen. Das Arrangement wirkte wie die abstrakte Kunst eines Wahnsinnigen. *Der Menschensohn* von Magritte schob sich in Llucs Gedanken. Langsam erschloss sich ihm der Sinn seiner Assoziationen.

»Dann lügt einer von ihnen. Clara hat eindeutig ausgesagt, dass die Yogastunde ein Geheimnis war. Und wenn einer von beiden nicht die Wahrheit sagt, sollten wir herausfinden, warum«, sagte Gual.

»Die Ereignisse haben sich heute derart überschlagen, dass wir nicht einmal Zeit hatten, alles zusammenzutragen. Sonst wären uns solche Diskrepanzen sofort aufgefallen.« Lluc riss seine Aufmerksamkeit vom Waldboden los.

»Da stimmt irgendetwas nicht. Und wenn unser Täter es wusste, ist die Frage, woher?«, fragte Gual.

»Bürgermeister Cadena hat rumgedruckst. Der Mann ist zu höflich, um über andere zu tratschen. Vielleicht wussten alle im Dorf Bescheid, außer uns?«

»Nein. Das hätte ich mitbekommen, immerhin bin ich

auch gut verlinkt. Möglicherweise haben sich kleine Gerüchte herumgesprochen, aber ich bezweifle, dass es Details wie der Ort und die genaue Zeit der Schäferstündchen waren.« Gual trat auf einen Ast, der mit einem Knacken brach, als bestätigte er ihre Aussage.

»Unser Orangenmörder hat sie beobachtet und verfolgt. Deshalb wusste er genau, was sie tut.«

»Was bedeutet das mit dem Ohr?«, fragte Gual. »Warum hat er es entsorgt? Und warum hier?«

»Er dachte, hier findet es niemand.« Fina sah sich um. »Und es ist ein außerordentlicher Zufall oder die lächelnde Fortuna, dass es dieser päpstliche Hund gefunden hat.«

Der Wind blies durch die Henkel der lila Tüte auf dem Boden, raschelte mit dem Plastik, unfähig das Gewicht des Mandelmehls mit seinen aufziehenden Böen zu erheben.

»Er hat es entsorgt, weil es ihm nie wichtig gewesen war. Es war eine Finte.« Die Augen starr auf das Arrangement gerichtet, befand sich Lluc in einem Tunnel der Klarheit. »Er ist kein Trophäensammler. Er wollte nur, dass wir das denken. Es war eine falsche Spur.«

»Aber warum?«

»Um den wahren Grund seiner Taten zu verbergen.«

36

Auf dem Rückweg nach Sóller versuchte Lluc zweimal, Bel aus dem Auto anzurufen.

Beide Male klingelte das Telefon ins Leere, bis es von selbst erstarb.

Das ungute Gefühl hatte sich inzwischen auf seinen gesamten Körper ausgeweitet.

Er parkte in einem eingeschränkten Halteverbot vor dem Blumenladen an der Plaça Mercat und nahm seinen ganzen Mut zusammen.

Das Dorf war dunkel, obwohl die Sonne erst in einer Stunde untergehen würde. Eine schwarze Wolkenwand zog von Westen an die Küste, überzog das Tal und staute sich diesseits des Alfabiagebirges.

Bels kleines Stadtreihenhaus lag in voller Festtagsbeleuchtung. Warmes Licht strömte aus den Fenstern des Untergeschosses, wo das Wohnzimmer und die offene Küche angesiedelt waren.

Die dschungelartige Luftfeuchtigkeit drückte auf Haut und Sinne und erschwerte das Atmen. Nicht nur die Natur fieberte einer Spannungsentladung entgegen.

Dieser unerträgliche Zustand mit Bel erforderte eine dringende Klärung und duldete keinen Aufschub.

Lluc stellte sein Handy auf lautlos und verstaute es in

seiner Hosentasche. Serientäter, Opfer und aufgefundene Souvenirs mussten sich in die zweite Reihe stellen und für einen Moment gedulden.

Sein Klopfen an der Tür klang laut und brüsk in der Stille der Gasse.

Schritte ertönten im Inneren. Die Tür schwang auf.

Bel stand im Türrahmen, das weiche Licht im Hintergrund verlieh ihrer Silhouette eine goldene Aura.

Sie trug abgeschnittene Jeansshorts und ein ärmelloses weißes Rippchenshirt. Die langen dunklen Haare wellten sich in der hohen Luftfeuchtigkeit.

»Warum meldest du dich nicht am Telefon?«, fragte Lluc ohne Begrüßung und bemühte sich, den Vorwurf aus seiner Stimme zu nehmen. »Gehst du mir aus dem Weg?« Er versuchte es mit einem Lächeln, um das grobe Entree aufzulockern.

»Ich hab es auf lautlos gestellt und mich hinter dem Schreibtisch verschanzt. Nur so komme ich weiter.«

»Da draußen rennt ein Täter rum, der sich jede Nacht eine andere Frau holt. Ich habe mir Sorgen gemacht.« Der Vorwurf hatte sich nun doch ins Rampenlicht gedrängt.

Bel drückte die Tür hinter Lluc zu und drehte den Schlüssel im Schloss. »Ich weiß, habe das Haus auch seit gestern nicht mehr verlassen. Und sogar mehrfach abgeschlossen.« Ihr Lächeln war zögerlich, vorsichtig wie das Reichen eines Olivenzweigs. »Komm rein. Ich bin gerade am Backen. Magst du was trinken?«

Sein Blick fiel auf ein Glas Rotwein, das auf dem Küchentresen neben einem aufgeklappten Laptop stand. »Gerne. Das Gleiche wie du.«

Bel goss ihm ein Glas mallorquinischen Obac aus dem Weingut Binigrau ein, den sie im Kühlschrank aufbewahrte. Sie liebte kalten Rotwein, und nach anfänglicher Befremdung musste Lluc zugeben, dass sie recht hatte. Die ideale Temperatur für *Vino tinto* war fünfzehn bis achtzehn Grad, was bei einer Zimmertemperatur von achtunddreißig Grad nur mit Hilfestellung zu erreichen war.

Die Küchentheke sah aus wie nach einer Kuchenschlacht. Offene Lebensmittelpackungen, aufgeschlagene Eierschalen, Mehlreste und schmutzige Rührschüsseln stapelten sich auf der Arbeitsplatte und im Spülbecken. Einer der Gründe für Bels Abneigung gegen Kochen und Küchenrelevantes war nicht Mangel an Talent, sondern die Unordnung und der Dreck, den jeder Kocheinsatz nach sich zog.

»Was wird es?«

»Fettfreier Käsekuchen.« Sie deutete auf den Computerbildschirm. »Instagram hat wunderbare Rezepte, die ich jetzt ausprobieren werde.«

Sie schaltete eine Küchenmaschine ein, die mit dem Geräusch einer startenden Boeing schnittfestes Eiweiß produzierte.

»Was für ein gut ausgestattetes Mietobjekt. Sogar solche Küchengeräte haben die hier?« Soweit Lluc wusste, bestand das normale Equipment einer Ferienwohnung aus Besteck, Tellern, Tassen, Gläsern und einem Kochtopf.

»Die war hier nicht drin. Ich habe sie gestern gekauft, weil ich Lust auf die Rezepte hatte.«

Leise Hoffnung keimte auf.

Es gab eine Rettung. Eine Lösung. Eine Tür. Bel würde ja nicht Küchenmaschinen anschaffen und das Haus in eine professionelle Backstube verwandeln, wenn sie vorhatte, morgen ihre Sachen zu packen und zu verschwinden. Fort von der Insel. Aus seinem Leben. Was sich da vor seinen Augen abspielte, sah eher nach Wurzelschlagen und Sesshaftigkeit aus.

Bel fügte den festen Eischnee zu dem Teig in der Rührschüssel, hob ihn unter und füllte die Masse in eine gefettete Springform. Dann schob sie den Kuchen in den Ofen, ergriff ihr Weinglas und ließ sich auf einem der hohen Hocker am Tresen nieder.

Lluc nahm einen Schluck Obac, seine Finger umklammerten den langen Stiel, hielten sich an seinem Glas fest.

Sie sahen sich an. Bels Blick war klar, direkt, neutral. Nicht lesbar. Hinter der oberflächlichen Ruhe und Freundlichkeit befand sich dichter Zement. Bel hatte eine Wand errichtet, die Lluc weder durchbrechen noch durchschauen konnte.

Unbehagen stieg ihm mit kaltem Kribbeln den Rücken hinauf.

Auch Bel schien nicht wohl in ihrer Haut zu sein, denn sie rutschte wieder vom Hocker und ließ Wasser in die Rührschüsseln laufen und entfernte mit einem Schwamm die klebrigen Teigreste von den Schneebesenaufsätzen.

»Wenn du Schreibzeit brauchst, kannst du das doch sagen. Dann weiß ich wenigstens Bescheid und mache mir keine Sorgen.« Als wenn er nicht schon genug um die Ohren hätte. Den letzten Zusatz schluckte er hinunter.

»Ich hatte das Gefühl, eine Auszeit zu brauchen, die …« Sie sah auf die Uhr. »Genau einen Dreivierteltag gedauert hat.«

Einen Dreivierteltag zu viel. Auszeit – das Wort bestand schon aus No-gos. Aus und Zeit. Zu viel Aus für seinen

Geschmack. »Das kannst du mir ja sagen, dann weiß ich Bescheid und frage mich nicht dauernd, was los ist.«

Bel schwieg, den Rücken ihm zugewandt über die Spüle gebeugt und versenkte die restlichen Behälter und Kochlöffel in einem Schaumbad aus Fairy und Wasser.

»Soll ich dir beim Aufräumen helfen? Ich weiß, wie sehr du das hasst. Der Kuchen duftet übrigens fantastisch.«

»Es wird nicht funktionieren, Lluc. Ich bin so nicht glücklich.«

Er stoppte mitten im Schritt, die Knie plötzlich weich. Setzte sich wieder auf seinen Hocker.

Sie hatte sie einfach so ausgesprochen, die Worte, die seine Welt in Trümmer legten. In seinem Kopf schwirrten nur ein Gedanke und das bleierne Echo.

»Wie meinst du das, Bel? Warum?« Seine Gefühle lagen ihm auf der Zunge. Er wollte Bel sagen, dass mit ihr selbst an verregneten Tagen die Sonne schien. Dass er nun begriff, was es bedeutete, im Hier und Jetzt zu sein, und es mühelos erreichte, weil sie auch in diesem Moment zu finden war. Dass sein Leben in eine Zeit vor und nach Bel geteilt war.

Doch stattdessen rutschte nur ein lahmes »Es war doch so schön. Ich dachte, du wärst auch glücklich?« heraus.

Sie seufzte. »An einem Mangel an Gefühlen liegt es nicht. Doch die allein reichen nicht. Es kommt darauf an, was man daraus macht.« Sie schwenkte den Wein im Glas, beobachtete den öligen Film, den er hinterließ und in Schlieren auf den Boden zurücksank. »Man kann Menschen nicht ändern, sondern nur akzeptieren, wie sie sind. Und dann eine Entscheidung treffen, mit der man selbst leben kann. Und das habe ich getan.«

Es mangelte nicht an Gefühlen. Trotz der Endgültigkeit ihrer Restaussage krallte Lluc sich mit Erleichterung an diesen Part wie ein Schiffbrüchiger an eine lose Holzplanke.

»Aber dann können wir es noch retten. Wir arbeiten daran.« Er korrigierte sich: »*Ich* arbeite daran.« Immer die Verantwortung übernehmen. »Wir machen es, wie du sagst. Ich kann mich ändern.«

Obwohl er sich, um ehrlich zu sein, nicht bewusst war, einen Fehler begangen zu haben. Doch über das *Wie* konnte er später nachdenken, erst die Kartoffel aus dem Ofen holen. Auch verstand er nicht, auf was sich ihre Aussage bezog. Sein Verhalten gegenüber Bel war immer von größtem Respekt geprägt. Nie hatte er die beleidigte Leberwurst gespielt, selten gegrollt, sich nie gestritten, kurz, sich nicht wie ein Arschloch aufgeführt – zumindest nicht bewusst.

»Was habe ich getan?«

Ihr Seufzer kam aus tiefster Seele. »Du verstehst es nicht.«

»Dann erklär es mir.«

»Es ist nichts, was du getan hast. Du warst immer superlieb.«

»Was dann? Sag es mir. Ich ändere es.«

»Das ist keine Strichliste, die man abhakt. Es muss von innen kommen. Es geht weder darum, es mir recht zu machen, noch meinen Willen durchzusetzen. Das ist kein Machtkampf.«

Sie sprach sanft, ruhig und besonnen. Was genau das Problem darstellte. Hätte sie geschrien, geweint, beleidigt getan – alles nachvollziehbare Impulse, mit denen Lluc etwas anfangen konnte. Impulsiv, aus dem Schmerz heraus. Dampf ablassen. Doch Bel meinte es ernst. Nichts, aus dem Lluc sich herausreden und -manövrieren konnte.

»An einem Strang ziehen. Zusammen. Nicht einer zieht so sehr, dass er den anderen mitzieht. Es müssen beide wollen.«

»Aber ich will doch.« Je länger Bel sprach und das Problem umschrieb, desto weniger verstand er.

Bel öffnete den Ofen, sah nach dem Gebäck. Heißer Kuchenduft erfüllte die Küche. Doch Lluc war der Appetit vergangen. »Es gibt nur eine Sache, die man wahrhaft geben kann im Leben«, fuhr sie fort und schloss die Ofentür. »Und das ist man selbst. Man kann nur sich selbst geben. Tut man das nicht zu hundert Prozent, hält man das Wertvollste zurück.«

Sie setzte sich wieder und sah ihm direkt in die Augen.

Sie musste sein Schweigen richtig als Ratlosigkeit interpretiert haben, denn Bel fuhr fort: »Du bist ein großzügiger Mann, Lluc. Du führst mich aus, du bereitest mir Überraschungen. Du reservierst Konzertkarten und ein Dinner bei Kerzenschein. All das weiß ich sehr zu schätzen. Doch das Einzige, das ich möchte, das Einzige, das ich *brauche*, bist du.«

Sie bohrte ihm mit dem Zeigefinger in die Brust. Ein stechender Druck verblieb, als sie den Finger zurückzog.

»Du gibst das alles, nur dich selbst nicht. Du bist nicht zu hundert Prozent involviert.«

»Das verstehe ich nicht. Gib mir ein Beispiel.«

»Genau das ist der Punkt, Lluc. Du verstehst es nicht. Und ich kann es dir leider auch nicht besser erklären. Vielleicht schaffe ich es im besten Fall, es dir an einem unwichtigen Beispiel begreiflich zu machen, und du wirst dann diesen einen Punkt korrigieren, nur um mich zu befriedigen. Aber es geht hier nicht um die Erfüllung meiner Wünsche. Es geht um uns. Und deshalb funktioniert es nicht.«

Kantonesisch. Er verstand kein Wort. Sie hätte genauso Zulu oder Hindi sprechen können. Sevilla. Es musste sich um diese verdammte Reise nach Sevilla handeln. Sein Widerstand manifestierte sich.

Bel musste seine Gedanken bemerkt haben, denn sie versuchte es noch einmal. »Es geht nicht um Taten. Die sind nur eine Folge davon. Sondern ums Sein. Die Taten zu korrigieren ist, wie den Fluss verändern zu wollen, ohne die Quelle zu berücksichtigen. Doch es gibt nichts zu berichtigen. Es ist die innere Einstellung, die jeder zum Leben und zu Beziehungen hat. Das respektiere ich. Aber ich muss nicht damit leben.«

Falls Bel noch mehr dazu sagte, konnte Lluc sich nicht daran erinnern. Alles versank in der Unschärfe seines Schocks. Das Nächste, dessen er sich bewusst wurde, war der Regen, der in dicken Tropfen seine nackten Arme und seinen Nacken benetzte und seine Kleidung mit kalter Feuchtigkeit an seinen Körper klebte.

Er stand noch immer vor Bels nun geschlossener Tür.

Der Regen zwang ihn zur Bewegung. Seine Füße marschierten los, auf Autopilot zurück zum Auto, wo er sich vor Nässe triefend in die Polster schmiss.

Seine Hosentasche vibrierte ohne Ton. Er erinnerte sich, das Handy auf lautlos gestellt zu haben, und aktivierte den Lautstärkeregler.

Eine unbekannte Handynummer erschien auf dem Display.

»Casasnovas«, meldete sich Lluc.

»Jurado hier.«

Selbst Sauron aus dem Reich Mordor hätte er jetzt lieber gesprochen.

Als Lluc schwieg, hakte Jurado nach: »Bist du noch dran?«

»Ja, *perdón*. Schlechte Verbindung. Es regnet in Strömen, und da bricht das Netz manchmal zusammen«, log er.

»Habt ihr Neuigkeiten?«

»Einige interessante. Ja.«

»Gut. Die kannst du mir dann persönlich erzählen. Ich wollte dir die Flugdaten mitteilen, vielleicht kann mich jemand abholen. Morgen Abend bin ich da. Und gute Nachrichten: Ich habe noch zwei Leute freigestellt bekommen. Wir haben nun ein Team und übernehmen den Fall.«

37

Lluc saß stumpf in seinem Jeep und lauschte dem Trommeln der Regentropfen auf dem Dach. Das Vanillearoma des Duftbäumchens gesellte sich zur Nasser-Hund-Note des Jeeps und spendete seltsamerweise Trost.

Noch immer benommen, starrte er auf die von innen beschlagenen Scheiben.

Seine Füße verlangten nach Bewegung. Es stellte für Lluc die bewährteste Art des Dampfablassens dar, die innere Anspannung in Energie umzuwandeln. Doch der Himmel hatte beschlossen, die Erde mit einer weiteren Sintflut zu bestrafen. Ein Sommerregen im Mittelmeer gehörte zu den seltenen Ereignissen, doch wenn es vorkam, schüttete es aus Eimern. Aber so fand der Spuk wenigstens ein schnelles Ende.

Mittlerweile war die Sonne untergegangen.

Lluc drehte den Zündschlüssel und fuhr los. Ziellos, raus aus dem Ortskern.

Die alten Blätter des Scheibenwischers quietschten und schrammten in höchster Stufe über die Windschutzscheibe, erfolglos bemüht, des Starkregens Herr zu werden.

Er passierte das Revier, zögerte nicht und fuhr weiter. An der Ma-10 bog er rechts ab Richtung Son Sales, wo auch seine Finca lag. Iago verbrachte den Tag bei Jaime, und der

Gedanke an ein einsames dunkles Haus in trostloser Gesellschaft seiner Sorgen und Erinnerungen wurde nur durch Jurado von der Spitzenposition der unerwünschten Dinge getoppt.

Anstatt hinter dem nächsten Kreisel links nach Deià abzubiegen, entschied Lluc sich im letzten Moment um und fuhr geradeaus weiter in den Hafen.

Der Himmel entleerte sich ohne Grollen oder Grummeln, kein Donner oder Blitzen eines Gewitters. Das perfekte Wetter, um ein Bad zu nehmen. Wasser von oben und unten – die ideale Kombination, um etwas von der Schwärze abzuwaschen, die seine Seele einhüllte.

Er stellte das Auto am leeren Parkplatz der Platja den Repic ab und lief barfuß durch die schmale Verbindungsstraße zum Strand.

Der Regen hatte schon nachgelassen, trotzdem klebten die Klamotten nass an seinem Körper, als Lluc das Wasser erreichte.

Der Strand erstreckte sich wie leer gefegt vor ihm. Verschwunden die Luftmatratzen, Badetücher, Schwimmer und Sonnenanbeter. Nur ein einsamer Surfpaddler lag quer über seinem Brett und trieb träge im Wasser, ließ sich den warmen Sommerregen auf die Schultern rieseln.

Rings um die Promenade deckten Cafés und Restaurants zum Abendessen ein, und die goldenen Lichter der Terrassen und Straßenlaternen bildeten eine funkelnde Kette, die sich in der Dunkelheit des Hafengewässers spiegelte.

Lluc zog sich bis auf seine Boxer Briefs aus und rannte ins Meer.

Der Moment des Schocks, als sein aufgeheizter Körper

die kühle Meeresoberfläche durchbrach, riss ihn aus seiner Benommenheit.

Ein kurzer Moment des Vakuums, des reinen Schmerzes, und dann begannen sie zu rotieren.

Die Windmühlenflügel pfiffen leise durch seinen Kopf, befeuerten den Strom der Gedanken, setzten die Spirale in Gang, die keinen Anfang und kein Ende kannte.

Wie ein Kreis in einer Spirale, wie ein Rad in einem Rad, niemals endend oder beginnend, in einem sich ewig drehenden Rad.

»Windmills of my Mind«. Der Song von Sting, der ihm seit Tagen in den Ohren lag, lief wieder in seinem Kopf ab.

Lluc paddelte mit Händen und Füßen – als Schwimmen war das nicht zu bezeichnen –, drehte sich auf den Rücken, ließ sich treiben.

Das spiegelglatte Meer des Hafens schien sich der Körpertemperatur anzupassen, das anfängliche Bibbern verwandelte sich in angenehme Wärme.

Während die Anspannung seiner Nacken- und Schultermuskulatur nachließ, verharrte sie umso fester in seinem Kopf. Lluc vollzog die Entwicklung der Woche bis zu den entscheidenden Momenten nach, in denen alles in die falsche Richtung gelaufen war. Zwei Pläne, zwei Bruchlandungen.

Beide Totalschäden, die keinen Raum für Hoffnung auf Reparatur zuließen.

Seine Bemühung, die Beziehung mit Bel zu retten, war gnadenlos in die Hose gegangen. Alles war verloren. Noch vor drei Tagen war seine Welt rosarot gewesen, wenn auch zugegebenermaßen seit einer Weile mit leichtem Grauschleier überzogen.

Doch Lluc hatte nicht geahnt, dass es so schlimm stand. Oder es verdrängt. Er war kein Meister der großen Worte, eher ein Mann des Handelns. Der nun alle seine Züge gespielt hatte.

Problem erkannt, Problem gebannt.

Lluc erfasste seinen Fehler nicht. Und nahm sich somit die Möglichkeit zu handeln. Panik ergriff ihn, er fühlte sich gefesselt und geknebelt und der Laune des Schicksals ausgeliefert.

Und Jurado ... morgen Abend schon lag der Fall in seinen Händen. Ein Stachel der Scham bohrte sich in Llucs Ermittlerstolz, nicht nur das Herz vermochte Schmerz zu spüren.

Die Ermittler der UACD würden den Fall übernehmen, im Dorf herumtrampeln wie eine Horde Elefanten. Seinem Team würde die Rolle der Handlanger zufallen.

Doch ausgerechnet Jurado zuzuspielen, wie ein Apportierhündchen ... Selbst mit viel Selbstüberzeugung konnte Luuc sich das nicht schönreden. Es ging nicht. Seine Ehre, sein Selbstwert und das, was von seinem Stolz übrig blieb, verboten es ihm.

Eigentlich hatte er gehofft, Jurado nie wieder unter die Augen treten zu müssen, und die vergangenen Jahre hatten den Anschein erweckt, als würde ihm dieser Wunsch erfüllt.

Und dann das. Ein weiterer Kreis, der sich schloss. Seine Nemesis, die aus dem Reich des Vergessens wiederkehrte, um ihm erneut eine Schlappe zu erteilen, ihn zu züchtigen und zu maßregeln wie einen kleinen Jungen aus der Provinz. Zum zweiten Mal.

Ihm blieben weniger als vierundzwanzig Stunden, um

den Fall zu lösen. Mittlerweile erschien er undurchsichtiger denn je, die operativen Fallanalytiker standen in den Startlöchern, um einen Serientäter zu überführen, der vermutlich gar keiner war.

Aussichtslos. Die mageren Spuren führten ins Nichts.

Lluc hatte gegeben, was in seiner Macht stand. Und nun würde er reinen Gewissens zur Seite treten und Jurado übernehmen lassen. Doch egal, wie oft er es auch wiederholte, es fühlte sich nicht wahrer, nicht richtiger an.

Er nickte zur Bestätigung vor sich hin, doch auch das überzeugte nicht, sondern verstärkte das Gefühl, sich etwas vorzumachen. Die Konfrontation mit Jurado schien unausweichlich, alte Rechnungen mussten beglichen werden.

Vor achtundzwanzig Jahren hatte Lluc lichterloh für seinen Beruf gebrannt. Doch seine Passion war im Fegefeuer der Eitelkeiten geopfert worden. Entmutigt hatte Lluc es geschehen lassen, um sich voller Scham in sein Schneckenhäuschen auf Mallorca zurückzuziehen. Danach brannte er nur noch auf Sparflamme.

Letztendlich spielte auch das keine Rolle, denn Bel war nicht mehr da. Das Echo ihrer sachlichen Endgültigkeit hallte ohne Erbarmen in ihm wider. Und er konnte sie nicht zurückholen, weil er nicht einmal das Problem verstand. Der Kreis schloss sich wieder.

Er hätte nie gedacht, sich eines Tages schrilles Kreischen, Vorwürfe und Geschrei zu wünschen. Denn wo diese gediehen, herrschte Kampfgeist. Hier vegetierten nur Resignation und Kapitulation vor sich hin.

Wütend strampelte er eine Wasserfontäne an die Oberfläche. Die Sequenz von vor dreißig Jahren spulte sich in seinem Kopf ab. Der Park in Madrid, Waschmittelpackung, der fliehende Täter mit dem weißen Streifen auf dem Rücken, die Schuld, die Schande. Und irgendwie hatte er das Gefühl, dass die zwei zusammenhingen. Bel und Jurado. Sein privates und berufliches Fiasko.

Die Spirale drehte sich, ein Karussell, das Kreise um den Mond zog. Lluc auf seinem Pferdchen sitzend mittendrin, in seinem Ohr das leise Pfeifen der Windmühlen.

Er legte sich auf den Rücken und strampelte im uneleganten Freestyle hinaus bis zur Bojenabgrenzung des Schwimmerbereiches. Dahinter ankerten kleine Segeljachten und hölzerne Llaüts, deren Bordlichter wie Glühwürmchen vor dem schwarzen Schlund der Hafenöffnung leuchteten.

Das Schwimmen hatte sein Kopfkarussell unterbrochen. In seinen Gedanken herrschte angenehme Stille. Schrecklicher Schmerz pochte in seiner Seele.

Er legte sich auf den Rücken und trieb auf der Wasseroberfläche.

Langsam beruhigte sich sein galoppierender Puls. Leichter Nieselregen traf auf die glatte Meeresoberfläche.

Lluc reduzierte seine Bewegungen auf ein gelegentliches Paddeln mit den Füßen, um nicht unterzugehen.

Nach einigen Minuten hatte er sich so entspannt, dass er es wagte, den ersten Gedanken zuzulassen.

Kommentarlos spürte er das Knäuel aus Verlust, Trauer, Sinnlosigkeit und Leere. Noch schlimmer als die geballte Ladung des Schmerzes war der innere Widerstand gegen dieses Gefühl, der ihn fast zerriss.

Er distanzierte sich davon. Die Enge ließ sofort nach.

Was blieb, war der Schmerz.

Dasselbe Elend, das er eigentlich zu verhindern versucht hatte. All seine Taten und Motive waren reine Vermeidungsstrategie, um genau dieses Gefühl nicht zu empfinden. Denn es klebte schlimmer und resistenter als Etiketten von Tangerina.

Seine Vermeidungsmethode war gescheitert und hatte das erzielt, was er verhindern wollte.

Erstaunt unterbrach er das Paddeln. Wasser schwappte über sein Gesicht, lief ihm in den Mund, in den Rachen. Lluc verschluckte sich.

Hatte Bel sich darauf bezogen?

Er versuchte, einen klaren Gedanken zu fassen.

Diese Vermeidungsstrategie mit Beispielen zu unterlegen, fiel ihm schwer. Männer brauchten immer Konkretes, waren einfacher gestrickt als die geistesvirtuosen Frauen, die so etwas instinktiv verstanden.

Bel hatte zwar behauptet, es gehe nicht um Taten. Doch Lluc wusste, dass diese Sevillareise das Sinnbild des ganzen Problems war.

Er suchte nach dem Grund seines Widerstands. Dort lag der Schlüssel.

Das Problem war nicht, in Sevilla ihren Ex-Mann zu treffen. Der Typ konnte ihm gestohlen bleiben mit seinen Machtspielchen und Veruntreuungsmethoden. Auch war es nicht Bels Familie, die er nicht einmal kannte. Er hatte keine Befürchtung, einen Haufen aristokratischer Naserümpfer kennenzulernen, denn diese hätten niemals eine so warmherzige und offene Person wie Bel großgezogen.

Es war eher die Angst, wenn er sich allem vollständig auslieferte, sich zu hundert Prozent gab, wie Bel es in dieser für ihn unverständlichen Art ausdrückte, sich zu verlieren und im Schmerz zu enden.

Derselbe Schmerz, den er jetzt verspürte. Trotz toller Strategie.

Wollte er sich eine Tür offen halten? Was in der Vergangenheit für viele seiner Beziehungen zutreffen mochte, konnte er jetzt entschieden verneinen. Er wollte Bel, zu hundert Prozent. Und nicht nur, weil sie sich jetzt zurückzog.

Wasser platschte neben ihm, als der Paddelsurfer sich näherte.

»Ich komme oft raus, wenn es regnet, ohne zu gewittern. Man fühlt sich dann so reingewaschen.«

Der Junge war höchstens zwanzig, mit goldenen nassen Locken und freundlichem Lächeln. Er sah so grotesk wie Raffaels Engel aus, dass Lluc sich wie im Himmel fühlen würde, wäre er nicht schon in der tiefsten Hölle.

Sie floateten schweigend und betrachteten die Lichter der Hafenrestaurants.

»Wovor möchtest du dich reinwaschen?«, fragte der Junge.

»Meine Freundin redet Chinesisch.«

»Oh. Das tun sie oft. Aber meist ist es doch nur eine Reaktion auf unser Baskisch.«

»Ich spreche kein Baskisch.«

Der Junge lächelte. »Nein?«

»Mein Beitrag wird nicht als ausreichend geschätzt.«

»Immer die gleiche Geschichte«, sagte der Junge und nickte wissend, als wäre er älter und weiser als Meister Yoda. »Da fällt mir ein Witz ein: Kennst du den Unterschied zwischen involvierter Mitwirkung und Verpflichtung? Denk an

Eier und Speck. Das Huhn war involviert. Das Schwein war verpflichtet.«

Er sah hinauf zum Himmel. »Es hat aufgehört zu regnen. Wir können jetzt raus.« Er grinste, hob die Hand zum Gruß und strampelte Richtung Strand. »Viel Glück, *que te vaya bien*«, rief er Lluc über die Schulter zu.

Lluc sah ihm hinterher.

Das Klicken in seinem Kopf war so laut, dass es sicherlich bis ins La Gaviota zu hören war.

Die Puzzleteilchen fügten sich zusammen. Alles ergab Sinn. Bel. Sein Kopf. Jurado.

Der Melonenmann mit dem Apfel schob sich wieder vor sein inneres Auge. Doch in Llucs Assoziation ging es nicht um Kunst. Sondern *künstlich.*

Das Pochen seines Herzens hatte nun andere Gründe, als Lluc mit kräftigen Kraulbewegungen zurück an den Strand schwamm.

Er konnte nur sein Bestes geben. Das Resultat lag nicht in seiner Hand.

Doch egal welche Früchte seine Bemühungen trugen, Lluc wusste nun, was er zu tun hatte.

38

Alles, was Fina an diesem Abend wollte, war in Frieden ihren Cava Rosado trinken und den Fall und das Fiasko für einige Stunden vergessen. Ein bescheidener Wunsch, der sich allerdings schwieriger gestaltete als erwartet.

Das Tinto in Palmas Paseo Mallorca brummte vor Menschenstimmen, Gelächter und schwitzenden Körpern. Die Klimaanlage der beliebten Bar lief auf vollen Touren, und dennoch war die Luft warm und stickig.

Aus Gewohnheit hatte Fina eines ihrer Stammlokale in der Altstadt gewählt, ohne darüber nachzudenken, dass alle anderen Stammgäste ebenfalls ihren Gepflogenheiten gefolgt waren. Das Tinto war auch an diesem Abend gut besucht, die üblichen Gesichter von Palmas Ausgehszene, die sehen und gesehen werden wollte, wie an jedem anderen Donnerstag des Jahres.

Fina saß auf einem der wenigen, schwer zu ergatternden Tresenhocker, drehte das Glas in den Händen und betrachtete ihr verzerrtes Spiegelbild zwischen den Flaschen über der Bar. In dem goldenen Licht wirkten sogar die Ringe unter ihren Augen wie geheimnisvolle Schatten, die im schummrigen Licht ihr Gesicht konturierten.

Wobei sie wieder das Thema berührte, das sie heute Abend eigentlich ausblenden wollte.

Der Täter hatte sie in die Irre geführt, und dadurch war die Ermittlung aus der falschen Perspektive gestartet. Der vermeintliche Serienkiller war gar keiner, sondern jemand mit einem Motiv. Das sie leider noch immer nicht kannten.

Der Frust in Llucs Augen, als er das erkannt hatte, war Fina nicht entgangen. Seine zur Faust geballte Hand der Machtlosigkeit und das zuckende Spiel seiner Kiefermuskeln. Die Zeit rannte ihnen davon, und auch wenn Fina keine persönliche Vendetta mit dem Don Cojones der UACD austrug, hatte sie sich persönlich für ihr kollektives Versagen verantwortlich gefühlt. Verrückt. Jeder hatte sein Kreuz zu tragen. Das Holz, aus dem ihres geschnitzt war – die Verantwortung für ihre Familie, ihre Kontrollsucht und Unfähigkeit, über ihren Schatten zu springen –, wog schwer. Sie musste nicht auch noch das von Casasnovas schultern.

Doch so sehr Fina es sich schönredete, das miese Gefühl blieb.

Jemand drängelte von hinten an ihren Rücken. Johnnie Walker an der Spiegelwand verhinderte eine Identifizierung des Rüpels. Dafür sorgte sie mit ihrem spitzen Ellenbogen für gebührende Distanz.

Fina nahm einen Schluck von ihrem Cava Rosado mit Eis. Die Kombination mit den Eiswürfeln hatte sie bei den deutschen Touristen abgeguckt, die irgendwie zu allem Eis bestellten. Man musste nur schnell genug trinken, um ein Verwässern zu verhindern. Aber das sollte kein Problem darstellen an Tagen wie diesem.

Wenigstens ging es ihrer Familie gut. Ada schien nach wie vor zufrieden mit diesem Nuno, und wenn Ada glücklich war, dann hatten sich über die Hälfte der Punkte auf Finas Wunschliste erfüllt. Dieser Nuno war ihr sogar sympathisch gewesen – was sie natürlich niemals vor ihrer Familie zugegeben hätte. Ein normaler, freundlicher Mann, der ihre Schwester zu vergöttern schien. Trotzdem hielt Fina es für angebrachter, ihn ihr Misstrauen spüren zu lassen, damit weiterhin Respekt und Umsicht Nunos Verhalten gegenüber Ada prägten.

Auch ihre Mutter lächelte häufiger, frisierte das früher strähnige Haar zu einem adretten Knoten und summte zu Radiohits beim Kochen ihrer ungenießbaren Gerichte.

Warum tat Fina selbst sich dann so schwer? Da war dieses Loch in ihr, in dem es rumorte.

Ein abstraktes Gefühl, das Fina bisher nicht konkreten Auslösern und Lebenssituationen zuordnen konnte.

Sie nippte an ihrem Cava und genoss das Prickeln der Kohlensäure in ihrer Nase. Die Anspannung wich aus ihren Schultern und Nacken, die Alarmbereitschaft ließ nach.

Ihre Augen brannten verdächtig.

Entsetzt riss Fina die Lider auf und blinzelte heftig, bevor ihr die Tränen kamen. Und das ohne ersichtlichen Grund. Doch vielleicht brauchte man für so etwas keinen konkreten Anlass, denn es gab immer etwas zu bedauern.

»Harter Tag?«, fragte eine tiefe Stimme neben ihr.

Fina starrte konzentriert auf ihr Glas. »Ja«, antwortete sie knapp, ohne aufzublicken. Wenn sie einem Fremden zu verstehen gab, sich zu verpissen, förderten Tränen in den Augen die Botschaft nicht.

»Hmm.«

Das simple Geräusch transportierte seltsamerweise mehr

Verständnis, als große Worte und lange Reden es vermocht hätten.

Anteilnahme kam jetzt gar nicht gelegen. Was sie brauchte, war ein Antagonismus, der die Kämpferin in ihr aus der Höhle hervorrief.

Sie senkte den Kopf und starrte intensiver in ihr Glas, als versuchte sie, die Kohlensäureperlen zu zählen. Die Tränen versiegten.

»Noch einen Rotwein, bitte«, bestellte er beim Barmann.

Seine Stimme war schön. Neugierde packte sie, und Fina wagte einen Blick in den Spiegel. Zwischen Johnny und Chivas machte sie nur eine dichte Strähne welligen braunen Haars und ein weißes Shirt aus.

»Wir kennen uns«, sagte er

»Wüsste nicht woher.«

»Der Stimme allein nach ist das auch schwierig.«

Sie warf ihm einen schnellen Blick zu. Regelmäßige Gesichtszüge, um die vierzig, wache Augen. Unverschämtes Grinsen.

Er kam ihr vage bekannt vor, doch die Leere in ihrem Kopf verhinderte eine Einordnung. Also schwieg sie und spielte mit dem langen Stiel ihres Sektglases.

»Ich bin der Anwalt von Felipe Pomar. Wir haben uns beim Verhör in Sóller getroffen.«

Fina hob den Blick und sah ihn an. »Stimmt, ich habe Sie ohne Ihre Uniform nicht erkannt.«

»Uniform? Wir tragen keine.« Er sah auf sich hinab, seine ausgeblichene Jeans und simples weißes T-Shirt.

Fina winkte ab. »Nur so ein Witz bei uns im Büro, weil eure Zunft in blau-weiß karierten Hemden herumläuft.«

Er lachte auf. »Das ist mir gar nicht aufgefallen. Ich hatte auch eins an, richtig?«

Fina nickte, trank ihren Cava aus.

»Ich hasse Anwälte.«

Falls er geschockt war, ließ er es sich nicht anmerken. »Dann habe ich ja Glück, ohne meine blau-weiße Uniform nur als Toni hier zu sitzen.« Er reichte ihr die Hand.

Fina starrte sie an und schüttelte sie widerstrebend. Neben allen Defiziten ihres Charakters gehörte Unhöflichkeit nicht dazu. Meistens zumindest. »*Hola,* Toni.«

»Fina, nicht wahr?«

Erstaunt zog sie die Brauen in die Höhe. »Toni hat aufgepasst.«

Er bestellte noch einen Cava für Fina und erzählte von sich. Seiner Kanzlei, den Kollegen, merkwürdigen Mandanten und skurrilen Richtern. Unterhaltsam, unaufdringlich, gewürzt mit einer Prise Humor, und entlastete Fina von der Notwendigkeit, selbst zu reden. Sie stützte den Ellenbogen auf dem Tresen ab, legte den Kopf in die Hand und hörte einfach nur zu.

Einen Cava später fand Fina, dass er ein ziemlich süßes Lächeln hatte. Ein weiteres Glas darauf fragte sie sich, wie es sich anfühlen würde, ihm mit den Fingern durch die Haare zu streichen.

Achtzehn Minuten nachdem sie den letzten Schluck ausgetrunken hatten, standen sie vor Finas Haustür. Seine Lippen auf ihren, sein kräftiger Körper gegen ihren gepresst.

Tonis Haare unter ihren Fingern fühlten sich genauso weich an, wie sie es sich vorgestellt hatte. Obwohl Finas Körper seinen Druck erwiderte und ihr Mund den seinen suchte, kreischte es in ihrem Kopf. Zwei Stimmen, alte Begleiter, die Fina der Eine und der Andere nannte, die sich wie die zwei Alten am Ende der Muppet Show ein Gefecht lieferten.

Was tat sie da, sie kannte den Kerl doch gar nicht, und dann auch noch ein *Anwalt* – motzte der Eine.

Der Andere wollte nur nachgeben, aufgeben, sich hingeben und in genau dieser Reihenfolge in Tonis Wärme versinken.

Fina entwirrte ihre Finger aus seinen Wellen und kramte in ihrer Tasche nach dem Hausschlüssel, ohne sich von seinem Mund zu lösen. Er küsste so gut, weich und doch stürmisch, dass sie den Moment der Trennung so lang wie möglich hinauszögern wollte.

Widerwillig wandte sie sich ab und steckte nach einigen Schwierigkeiten den Schlüssel ins Schloss.

»Nein«, kreischte die Stimme des Einen in ihrem Kopf.

»Halt den Mund«, sagte Fina.

»Ich habe doch gar nichts gesagt«, erwiderte Toni.

Das Lachen stieg aus den Tiefen ihrer Seele auf, entlud sich in einer Welle, die Fina sich zusammenkrümmen ließ.

Toni sah sie verständnislos an, zögerte einen Augenblick, schien es dann ebenfalls witzig zu finden und lachte mit.

Irgendwie schafften sie es halb lachend, halb küssend ins erste Obergeschoss. Den unteren Hauseingang zu passieren war ein Thema. Doch die Haustür, das Tor zum inneren Reich, eine andere Geschichte.

Fina zögerte, den Schlüssel in ihrer plötzlich zittrigen Hand.

»Was ist?«, fragte Toni und umarmte sie von hinten. Er roch nach Terre d'Hermès und Pfefferminze.

Die Schwelle zum Heiligtum ihres Heims überschritt für gewöhnlich kein dahergelaufener Mann, egal als wie weich sich seine Lippen entpuppten. Für alles gab es Grenzen, und das war eine von Finas, in Stein gemeißelt wie die Zehn Gebote. Darüber hinaus hatte Toni keine vorherige Hintergrundprüfung durchlaufen oder Finas habituellen Fragenkatalog beantwortet, der sogar einem Sexsüchtigen die Lust vertrieben hätte. »Du hast kein Visum.«

»Aber wir sind doch in der EU.«

Wo er recht hatte, hatte er recht. Wieder lachten sie los.

Der Eine in ihr schüttelte angewidert den Kopf, während der Andere grinsend den Daumen ausstreckte.

Bevor das Lachen die Nachbarn weckte, schloss Fina auf. Es blieb ihr ja keine andere Wahl.

Aus Rücksicht auf die Nachbarn. Denn eigentlich hasste sie Anwälte.

39

Es war stockfinster, als Andrés Torres das Haus seiner Eltern verließ, in dem er zu seiner eigenen Schande immer noch wohnte. Doch das kleine umgebaute Pförtnerhäuschen auf dem Grundstück und die damit einhergehenden regelmäßigen Mahlzeiten seiner Mutter kompensierten alle Nachteile. Außerdem beinhaltete keine der Mietwohnungen in Palma den Service gewaschener und gebügelter Wäsche.

Das Quietschen des ungeölten Gartentors war das einzige Geräusch, das die Stille der Nacht am Dorfrand von Sóller durchbrach.

Eigentlich sollte er über seinen Büchern hocken und für die Nachprüfung in Strafrecht büffeln, doch David hatte nicht viel Überzeugungskraft aufwenden müssen, als er von der Party in Bunyola berichtete. Es war ja nicht Andrés Schuld, dass jeden Tag irgendjemand ein Fest veranstaltete. Auf dem Sofa sitzen und früh schlafen gehen konnte er später, wenn er erst mal alt und dick war wie sein Vater.

Die Straße roch nach der Kombination von aufgeheiztem Asphalt und Regen. Die Wolken hatten sich wieder verzogen, und die ersten Sterne erschienen am Himmel.

Andrés lief die Straße hinab zum Dorfzentrum, wo David mit dem Auto auf ihn wartete. Mittlerweile hatte es sich fast zu einem täglichen Ritual entwickelt, aber wie gesagt, nicht seine Schuld. Die anderen mussten ja nicht dauernd Partys schmeißen.

An der Gabelung der Umgehungsstraße zögerte er einen Moment, ob er nicht lieber dem befestigten Straßenverlauf folgen sollte, was bei diesem Wetter wohl die schlaueste Alterative darstellte. Oder sich wie gewohnt für die Abkürzung über den alten Orangenhain zu entscheiden, dessen Zaun an mehreren Stellen zusammengebrochen war und eine Querung des Feldes erlaubte. Der Regen hatte den Boden aufgeweicht, und Andrés trug seine neuen Vans Sneaker, die Limited Edition aus der eBay-Auktion.

Doch Abkürzung war Abkürzung, er sparte sich sicherlich zehn Minuten Weg, und die Turnschuhe würde er morgen seiner Mutter hinlegen, die sie wieder in strahlendes Weiß verwandelte.

Das alte Orangenfeld erschien dunkler als gewöhnlich. Der Mond wurde von einer einsamen hellgrauen Wolke verdeckt, und durch das Unwetter schien eine Straßenlampe ausgefallen zu sein. Es war unmöglich zu sehen, wo er hintrat, und Andrés hoffte, dass nicht gerade ein Hund seine Häufchen hinterlegt hatte.

Nach einigen Metern schon versank sein Turnschuh mehrere Zentimeter in klebrig schlammiger Erde.

Andrés fluchte. Schmutzig wie ein Schwein musste er nun auch nicht auf der Party erscheinen, ganz zu schweigen von David, der ihm die Hölle heißmachen würde, weil Andrés sein Auto verdreckte.

Er aktivierte die Taschenlampe in seinem Handy und leuchtete den Boden ab. So ließen sich zumindest die größten Schlammlöcher und Pfützen vermeiden.

Hinter ihm schmatzte es. Das Geräusch, das entstand, wenn jemand durch schlammige Erde latschte. Der gleiche Laut, den seine eigenen Schuhe vor einigen Sekunden auch produziert hatten.

Blitzschnell drehte er sich herum. Es herrschte nur Finsternis auf dem verlassenen Weg zurück zur Straße. Das Licht seiner Taschenlampe bohrte einen Kegel in die Dunkelheit und erhellte einen alten Orangenbaum und die verrottete Hundehütte.

Im Zickzack, den übelsten regengefüllten Schlaglöchern ausweichend, setzte Andrés seinen Weg fort. Nachher mussten sie noch an der Tankstelle anhalten, um eine Flasche Wein oder Hochprozentigeres zu kaufen. Der Barschrank seines Geizhalses von Vater verfügte neuerdings über ein Schloss, seitdem Andrés einen teuren Roda-Rotwein und eine Flasche Single-Malt-Whisky – die angeblich ein Vermögen kosteten – zu einem Fest mitgenommen hatte. War ja nicht seine Schuld, Andrés konnte ja nicht wissen, dass jemand so doof war, Hunderte von Euro für eine blöde Flasche Alkohol auszugeben, die genauso betrunken machte wie eine billige.

Es quietschte wieder hinter ihm, dieses Mal näher. Viel näher.

Erschrocken fuhr Andrés herum.

Doch bevor er seine Handytaschenlampe heben und ausrichten konnte, hatte sich jemand hinter ihm in Position gebracht.

Es geschah alles viel zu schnell. Sein Telefon fiel ihm aus der Hand und landete dem platschenden Geräusch nach in einer Schlammpfütze. Andrés verlor die Orientierung. Die

Person kam näher, etwas knisterte wie eine Plastiktüte in seinem Rücken.

Plötzlich verschwand die Gestalt.

Schritte entfernten sich, jemand rannte fort, wobei die Regelmäßigkeit der Laufschritte unterbrochen wurde, als würde die Person humpeln.

»Brauchst du Hilfe?« Die Stimme erschien aus dem Nichts.

Vor Schreck trat Andrés in einen nassen Laubhaufen, rutschte aus und fing sich im letzten Moment, um nicht der Länge nach im Dreck zu landen.

Er hatte sie nicht kommen sehen. Wie aus dem Nichts stand die Frau vor ihm, die sich schemenhaft vor ihm aufbaute wie ein Turm. Zumindest war die Stimme weiblich, auch wenn die Silhouette wie die eines Mannes wirkte. Größer als Andrés und kräftig.

Als sie aus dem Schatten trat und die Wolke einen Zipfel des Mondes freigab, erkannte er sie: die Frau aus der Bar unten im Hafen.

»Alles in Ordnung. Ich glaube, du hast ihn verscheucht.«

»Wen?«

»Na den Typen.«

»Ich habe niemanden gesehen.«

Die Taschenlampe des Handys in ihrer Hand leuchtete auf und wurde auf den Boden gerichtet. In einer glücklicherweise seichten Pfütze, im Spotlight des Handylichts, lag Andrés' Telefon. In einer fließenden Bewegung hob die Frau es auf und reichte es ihm.

»Du solltest besser darauf aufpassen. Und auf dich auch.«

»Er ist weggerannt. Sicherlich, weil er dich gehört hat.«

»Wie gesagt, ich habe niemanden bemerkt. Aber umso

besser, wenn alles in Ordnung ist. Ich sah dich nur straucheln und dachte, dir geht es nicht gut.«

Andrés öffnete den Mund, um zu protestieren, und schloss ihn dann wieder. Vielleicht hatte er mit seinem Körper den Mann verdeckt, sodass sie, er glaubte, ihr Name war Ana, den Typen nicht gesehen hatte. Obwohl sie aus derselben Richtung gekommen war wie dieser Angreifer.

»Na, jedenfalls danke ich dir. Du hast mich gerettet.«

Sie lachte nur. »Wenn du meinst. Hauptsache du bist in Ordnung.«

»Hast du nicht gehört, wie jemand weggelaufen ist?«

»Fortgerannt? Ne, nur mein eigenes Quietschen. Meine Schuhe sind jetzt hin.«

Andrés' Herz stolperte und pochte noch immer aufgeregt in seinem Brustkorb. Vielleicht bekam er sogar einen Herzinfarkt? Klopfte es dann nicht auch so wild? Er versuchte, sich an die Details zu erinnern, die sein Vater über die kardiologischen Symptome seiner Patienten erzählt hatte. Doch ihm wollte kein einziges einfallen, und er ärgerte sich, nicht zugehört zu haben.

»Wieso bist du eigentlich auf der Straße? Die haben doch heute den Frauen angeraten, nach Einbruch der Dunkelheit nicht mehr unbegleitet rauszugehen?«

Ihr Lachen klang tief und kehlig. »Sehe ich aus wie jemand, der Schutz braucht? Könntest du mich beschützen, Andrés Torres? Obwohl du mir zu verkaufen versuchst, dass ich dich gerettet habe?«

Ihre Worte stießen auf taube Ohren. Andrés war der Schrecken in die Glieder gekrochen, sein Puls raste, der Mund war trocken.

Sein Herz klopfte schneller und wilder als bei der mündlichen Prüfung am Semesterende, die er in den Sand gesetzt hatte. Es musste sich um einen Infarkt handeln. Oder noch wahrscheinlicher um einen Schlaganfall. Bei dem starben die meisten Menschen nicht sofort.

Dafür befand er sich in Schockstarre. Denn das Begreifen hatte eingesetzt und ihm die Augen dafür geöffnet, was hier gerade geschehen war.

Andrés war dem Tod von der Schippe gesprungen, die Lebensgefahr nur durch das Eingreifen dieser Ana gebannt.

Denn fast wäre er ein weiteres Opfer von diesem Mörder geworden, der hier seit Tagen sein Unwesen trieb.

40

Der Hafen schlief noch, doch Gual war wach.

Das Wasser umspielte still und kalt ihre Waden. Ihre Haut hatte sich schnell an die Temperatur gewöhnt.

Sie watete noch tiefer hinein, und als das kühle Nass ihre Oberschenkel bedeckte, ließ sie sich aufs Brett gleiten. Nichts rummste, kein Wackeln, alles blieb ausbalanciert.

Ohne weiter darüber nachzudenken, paddelte sie ins Tiefere. Wie an jedem ihrer Übungsmorgen war das Wasser glatt. Kleine Fische schwammen träge im klaren Meer und zischten davon, als ihre Hand zum Paddeln eintauchte.

Vorsichtig kam Gual auf die Knie. Das Brett kam ihr heute irgendwie breiter vor. Stabiler. Sie stellte einen Fuß auf, ohne ihn zu belasten, zog den anderen nach. Verharrte abwartend in dieser Position.

Alles blieb ruhig.

Langsam drückte sie dic Knie durch. Vergrößerte den Abstand zwischen ihren Füßen, schaffte so eine stabilere Lage.

Und stand aufrecht.

Sie blinzelte vor Unglauben, ihr Grinsen so breit, dass die Kopfhaut hinter den Ohren spannte.

Es hatte tatsächlich geklappt.

Nach Wochen des Misserfolges stand sie endlich.

Eine Fontäne der Freude durchströmte sie.

Doch das Paddel lag vor ihr auf dem Brett, nachdem sie vergessen hatte, es beim Aufstehen mitzunehmen, beziehungsweise davon ausgegangen war, es nicht zu brauchen. Wer hätte geahnt, dass es dieses Mal klappte.

Also wieder runter auf die Knie.

Ihre Finger reckten sich nach der Stange, umfassten das glatte Plastik des Paddels. Nun langsam wieder die Beine durchdrücken.

Statt sich wie gewohnt in eine Wippe zu verwandeln, blieb das Board einfach ein Brett. Ihre Füße standen auf einer tragfähigen Unterlage, die sich solide und fest anfühlte. Die wackelige Angelegenheit hatte sich in einen belastungsfähigen Umstand mit viel Verbesserungspotenzial verwandelt.

Langsam tauchte sie das Paddel ins Wasser und schob sich vorwärts. Die Richtung stimmte noch nicht ganz, die Bewegung ihres Bretts wies einen starken Rechtsdrang auf. Sie probierte es mit der anderen Seite, die etwas besser funktionierte, aber auch keine ideale Steuerung ermöglichte.

Rom war auch nicht an einem Tag erbaut worden.

Versuchsweise paddelte Gual im Kreis herum – nur gegen den Uhrzeigersinn, die andere Richtung funktionierte nicht.

Den Weg zurück ans Ufer legte sie in einer Zickzacklinie zurück und sprang trocken vom Brett ins knietiefe Wasser.

»Na, geht doch«, rief Fina ihr vom Strand aus zu. Zu Guals Überraschung war die Kollegin ungefragt wieder auf ihr Angebot zurückgekommen, Gual bei ihren Bemühungen zu helfen. Trotz früher Stunde hatte sie sich um kurz nach sieben Uhr perfekt gestylt an der Platja d'en Repic eingefunden und Gual mit Instruktionen bombardiert. Nur die Trillerpfeife hatte gefehlt. Vielleicht waren es der militärische Ton und die kompromisslose Einstellung eines Drillinstrukteurs, die weder Widerspruch noch Misserfolg duldeten, die letztendlich zum Erfolg geführt hatten. Oder Finas nette Geste der Unterstützung, die Gual unter keinen Umständen mit ihrer Unfähigkeit und Ungeschick enttäuschen wollte. Sie war gerührt von Finas Bemühen, dem nur mit einem Gelingen gedankt werden konnte.

»Jetzt kannst du noch ein paar Tage üben und bist bereit für den Yoga-Pilates-Kurs auf dem Wasser.«

Gual zog das Board in den Sand und schlang ihre Arme in einer kurzen Umarmung um Fina. »Ich danke dir für deine Hilfe.« Schnell ließ sie ihre Kollegin wieder los und griff nach einem Handtuch. Es war ihr nicht entgangen, wie unangenehm Fina Berührungen und Ausdrücke von Zuneigung waren.

»Ich sage den Kurs ab.«

»Was? Warum das jetzt?«

»Ich habe es mir anders überlegt. Ich mag kein Yoga, und noch weniger Begeisterung hege ich für dieses Brett. Und es wird Zeit, endlich zu mir zu stehen. Ich bin, wie ich bin. Wenn mich jemand ablehnt, nur weil ich kein Stand-up-Yoga mache und mich deshalb weniger wertschätzt, den will ich nicht als Freund.«

Gual spürte Finas überraschten Blick auf sich, als sie sich bückte, um ihre Sachen einzusammeln. Wenigstens brauchte sie heute keine Dusche. Sie löste den Stöpsel der Aufblasvorrichtung des Boards und ließ die Luft langsam entweichen.

Fina wirkte noch immer perplex, sah ihr wortlos beim Packen zu.

»Willst du Wurzeln schlagen?«, fragte Gual und warf sich die Henkel ihrer Strandtasche über die Schulter. »Auf geht's. Wir haben noch einen Täter zu stellen.«

41

Der Junge saß Lluc und Fina gegenüber und behauptete, ein Opfer des *Killers* geworden zu sein. Er benutzte das gleiche Wort wie Tolo. Killer. Dann schien ihm aufzufallen, dass das so nicht ganz der Richtigkeit entsprach.

»Fast«, fügte Andrés Torres hinzu. »Ich war *fast* ein Opfer, konnte aber entkommen. Sonst säße ich ja nicht hier.«

Da er schon im dritten Semester studierte, musste der Junge an die zwanzig Jahre alt sein, besaß aber noch immer die Aura eines Teenagers. Lang und dürr, die dunklen Haare mit Seitenscheitel aus dem attraktiven Gesicht gestylt, lehnte er sich selbstbewusst im Stuhl zurück.

Fina machte sich Notizen auf einem Zettel und sah auf. »Und wer, sagtest du, hat ihn verscheucht?«

»Diese große Volleyballerin. Ana.« Andrés schlug lässig die Beine übereinander.

»War das bevor oder nachdem du den Schlaganfall hattest?« Fina musterte ihn ausdruckslos.

»Davor. Die Schockstarre hielt noch eine ganze Weile an. Erst auf der Party war es weg. Sogar David war besorgt, dass er nicht einmal gemotzt hat, als ich seine Autoteppiche mit meinen Schlammschuhen verdreckt habe.«

Finas Kuli hüpfte über das Papier. »Ein Kollege wird deine Aussage offiziell zu Protokoll nehmen.«

Sie hob den Kopf, sah Lluc an. Ihr Blick sprach tausend Worte.

Lluc beobachtete den Jungen nachdenklich. Natürlich nahmen sie seine Aussage ernst, einer Gefahrensituation entkommen zu sein. Doch der angebliche Schlaganfall und die Behauptung, Opfer eines Killers geworden zu sein, steigerten nicht gerade seine Glaubwürdigkeit.

Andrés war ein guter Junge, wenn auch als Doktor Torres' einziges Kind extrem verwöhnt und leider nicht mit dem gleichen Intellekt gesegnet wie sein Vater.

»Er war unglaublich stark.«

»Hat er dich angefasst?« Fina beugte sich besorgt vor.

»Nein.«

»Wie weißt du dann, dass er stark war.«

»Das habe ich gespürt. Diese Präsenz in meinem Rücken, das war wirklich krass.«

»Was hat Ana gesagt? Konnte sie ihn vielleicht erkennen?«, fragte Lluc.

»Nein«.

»Warum nicht?«

»Da war eine Lampe ausgefallen, und es war total dunkel.«

»Aber sie kann bezeugen, dass da jemand war?«

Seine selbstgefällige Miene bröckelte. Unsicherheit trat in seine hellblauen Kinderaugen. »Sie behauptet: nein. Aber es war ja auch dunkel, und vielleicht sieht sie nicht gut. Ältere Leute brauchen doch meistens eine Brille.«

»Ana ist Ende zwanzig.«

Andrés zuckte unbeeindruckt mit den Schultern. »Kriege ich jetzt Polizeischutz?«

»Nein. Aber du solltest erst mal vorsichtig sein.« Der Junge passte nicht ins Opferprofil. Sein Geschlecht und die fehlende Orangenverbindung seiner Familie fielen aus dem Raster. Obwohl der gestrige Fund des Ohrs jede ernst zu nehmende Spekulation über Motiv und Opferauswahl des Täters zunichtegemacht hatte.

»Keine Partys mehr. Du solltest nachts besser vorerst zu Hause bleiben«, fügte Fina hinzu. Lluc meinte, ein angedeutetes Lächeln der Schadenfreude auf ihren Lippen zu erkennen.

Andrés' wichtige Miene fiel nun vollends zusammen. »Das geht nicht.«

»Ich fürchte, es muss.«

»Morgen ist mein Geburtstag. Heute Abend steigt eine große Feier. Man wird nur einmal einundzwanzig. Ich habe eine Schnitzeljagd organisiert, die in einem Partyhaus oben im Wald endet. Aber die beginnt am Spätnachmittag, und auf der Party bin ich ja nicht allein. Siebenundsechzig Leute sind eingeladen«, verkündete er stolz.

Fina erhob sich von ihrem Drehstuhl. »Der Kollege in dem Büro in der ersten Tür rechts wird deine Aussage aufnehmen, und wir schauen uns dieses Grundstück an, auf dem du angegriffen wurdest. Vielleicht finden wir Fußspuren.«

Der Junge schälte sich vom Stuhl und vergrub die Hände in den Hosentaschen. »Ach ja, eine Sache habe ich vergessen. Er hat etwas gehumpelt, als er weglief.«

Andrés schien zufrieden und hinterlegte die genauen Koordinaten des verlassenen Orangenhains.

Sie sah ihm nach, als er aus dem Raum schlurfte.

»Was sagst du?« Fina blies sich erschöpft den Pony aus

der Stirn. »Es ist noch nicht einmal zehn Uhr, und schon bin ich fix und fertig.«

»Schwer zu sagen. Ich spreche ihm nicht ab, dass ihm jemand aufgelauert hat, doch ob das unser Mann ist …?«

»Er passt nicht ins Opferprofil. Erstens ist er männlich. Zweitens hat seine Familie nichts mit Orangen zu tun. Wenn ich das richtig verstehe, ist sein Vater Dorfarzt, und seine Mutter arbeitet im Ayuntamiento?«

»Sein Vater ist kein Dorfarzt, er ist *der* Dorfdoktor.« Natürlich gab es viele praktizierende Mediziner in Sóller, doch keiner von ihnen war so alteingesessen und angesehen wie Tomás Torres. »Und wie wichtig die Verbindung mit den Orangen ist, bin ich mir nicht mehr sicher. Seit dem Fund des Ohrs gestern hat sich alles relativiert.«

»Das Humpeln. Denkst du auch an Vidal?«

»Sein Alibi ist nicht wasserdicht. Am Montagabend, als Gloria ermordet wurde, war er angeblich mit seiner Frau zu Hause. Doch leider kann Marta es nicht mehr bezeugen, da sie tot ist. Und während der Tatzeit des zweiten Mordes lag er im Bett und schlief.«

»Angeblich«.

Lluc dachte nach. Sie mussten Entscheidungen treffen, die Uhr tickte. Für konservatives Vorgehen nach Vorschrift fehlte ihnen die Zeit. Sie hatten nichts zu verlieren, denn ungewöhnliche Zeiten erforderten besondere Maßnahmen. Laut Bürgermeister Cadenas Versicherung hatte der Oberstaatsanwalt dafür grünes Licht gegeben und versprochen, ihnen keine bürokratischen Hürden in den Weg zu werfen.

»Wir müssen Vidal ausschließen.« Lluc wandte sich an Gual, die das Whiteboard um die Fotos vom gestrigen Fund erweiterte. »Bitte überprüfe, wo sein Handy eingeloggt war, als man ihn in der Nacht über den Tod seiner Frau informierte. Martas Leiche wurde ziemlich schnell gefunden, und wenn Vidal es war, hatte er nicht ausreichend Zeit, zurück nach Port Sóller zu fahren.«

Fina grinste und gähnte. »Na, endlich treffen wir die richtigen Maßnahmen. Der Tag hat für mich zu früh begonnen, jetzt brauch ich etwas zum Wachwerden.«

Lluc erhob sich. »Ich mach uns einen Kaffee.«

Fina zog die *Última Hora* unter einem Stapel Berichte hervor. Nach einem raschen Blick auf das Titelblatt hielt sie die Zeitung hoch. Martas Tod krönte die Schlagzeile der ersten Seite in so großen Lettern, dass selbst Lluc sie ohne Brille auf die Entfernung entziffern konnte. »Aber wenigstens scheint das Netz dichtzuhalten. Keine Erwähnung des Orangenmörders oder von abgetrennten Ohren, die als Souvenir mitgenommen wurden. Auch das Wort Serientäter taucht nirgends auf. Obwohl nun schon die zweite erdrosselte Frau innerhalb weniger Tage aufgefunden wurde.«

Fina blätterte um, wo der Artikel auf den Innenseiten fortgesetzt wurde. »Sie schlachten den armen Witwer aus. Tangerina ist berühmt und viel frequentiert. Vidal ist nicht nur in Sóller ein beliebter Mann. Auch in Palmas Szene scheint er sehr aktiv zu sein.«

Seitdem Gual die Kaffeemaschine in das zur Einsatzzentrale umfunktionierte Büro gestellt hatte – zu einer guten Ermittlung gehörte viel schwarzes Gebräu –, war der Konsum drastisch gestiegen. Lluc fütterte den Apparat und sah dem braunen Strahl zu, wie er sich zur cremigen Flüssigkeit in der Tasse verwandelte.

Er wiederholte den Prozess mit einer kleineren Menge für seinen Café solo.

»Es ist eine Frage der Zeit, bis sie das Schema entdecken.« Er stellte den dampfenden Becher vor Fina ab, die ein Stück Zucker hineinrührte. »Danke dir.« Sie blätterte um und nippte an ihrer Tasse. »Noch mehr News aus Sóller. Die Hälfte dieser Zeitungsausgabe ist mit Nachrichten und Eilmeldungen aus einem Vierzehntausendseelenkaff gefüllt. Nichts für ungut.«

Lluc nahm einen Schluck seines Café solo. Das Koffein schoss sofort in sein System und weckte seine Lebensgeister. Leider auch diejenigen, die er lieber schlafen lassen würde. Er verbannte alle Gedanken an Bel auf später. »Was denn noch?«

»Heute ist der zehnjährige Jahrestag eines Mordes in so einer Höhle. Der damalige Täter ist am Sonntag verstorben.« Fina sah auf. »Was für ein Horror. Das ist wie ein böses Omen aus dem Film.«

»Es ist noch tragischer, als es sich dort anhört.« Lluc seufzte und fasste die Geschichte zusammen, die auch Bel bewogen hatte, ihren Roman auf den alten Begebenheiten zu basieren.

»Ein Vater wollte einem Kinderbelästiger, einem Albert Morell, nur eine Lektion erteilen, die aus dem Ruder gelaufen ist. Er verprügelte Morell in einer Höhle, nachdem dieser seine zwölfjährige Tochter belästigt hatte, und zündete sein Moped an. Morell starb an einer Rauchvergiftung. Es war ein tragischer Unfall, für den der Vater zehn Jahre ins Gefängnis musste.« Lluc stockte und strich sich über das Kinn. »Man möchte meinen, das sei genug der Tragik. Doch es kommt noch besser: Kurz bevor der Vater die Strafe abgesessen hat und endlich sein Leben wieder aufnehmen kann, nur vier Tage vor seiner Entlassung, stirbt er an einem Herzinfarkt.«

Fina sog erschrocken die Luft ein. »Im Fernsehen würde ich diesen Film sofort ausschalten. Ich mag keine Tragödien und das stundenlange Heulen danach.«

»Leider ist das Leben meist tragischer als jeder Film«, sagte Lluc nachdenklich. »Es handelt sich dabei übrigens um den Vater von Ana und Pep Crespí.«

42

Fina stieg über den durchgerosteten Maschendrahtzaun am Rande des Dorfes und betrat das von Andrés Torres beschriebene Grundstück.

Da es sich nicht um einen Tatort handelte, konnte sie die Spurensicherung nicht bemühen. Doch dafür war Agente Bonet mitgekommen, der beste Mann des Reviers, der einem Kriminaltechniker am nächsten kam.

Anfang sechzig, klein und trotz seines beträchtlichen Leibesumfangs erstaunlich flink, passierte er mit Fotoapparat und Zollstock ausgerüstet die Bresche im Zaun. Mit der freien Hand zog er Plastikfüßlinge über seine Polizeitreter und begann sofort mit der Untersuchung des Terrains.

Wo der Boden Unebenheiten aufwies, hatte der Regen große Teile des Grundstücks in schlammige Pfützen verwandelt. Der Rest der Erde hatte das Wasser dankbar aufgesaugt. Wie so oft nach Mittelmeerschauern schien es, als seien Gräser, Blumen und Pflanzen über Nacht gewachsen und den Bäumen neue Blätter gesprossen. Alles leuchtete grün und knackig und vermittelte Leben und Neuanfang. Dicke Zitronen hingen an den Bäumen und erinnerten an Fruchtgummis.

Fina lächelte, irgendwie war die Hoffnung auf sie übergesprungen. Nach der gestrigen Pleite in Valldemossa und der

Ermittlungssackgasse hatte sich ihre Laune auf dem Nullpunkt befunden. Dann war der Trostdrink gefolgt. Dann Toni. Toni Rodrigo.

Sie hatten einen netten Abend verbracht, etwas getrunken, ein bisschen mehr getrunken, etwas rumgemacht. Und bevor er in Fahrt gekommen war und das Ganze ausufern konnte, hatte sie ihn rausgeschmissen. So viel getrunken hatten sie nun auch wieder nicht. Sie brauchte ganz andere Mengen, um derart die Kontrolle über sich zu verlieren. Was in Finas Leben noch nie geschehen war.

Und trotzdem ertappte sie sich dabei, an Toni zu denken. Fina zog ihr Handy aus der Schultertasche und warf klopfenden Herzens einen Blick auf das Display. Zum vierten Mal nun schon an diesem Morgen. Doch nur Ada lächelte ihr selig vom Hintergrundbild entgegen. Keine Push-up-Benachrichtigungen eingegangener Nachrichten. Der leere Bildschirm versetzte ihr einen Stich der Enttäuschung, den sie mit Ärger zur Kenntnis nahm.

Hoffnung, das Manna der Narren.

»Als der Junge das Grundstück betrat, hatte es schon aufgehört zu regnen. Und es blieb danach trocken. Somit dürften die Spuren noch intakt sein.«

Bevor sie in ihrem momentanen, leicht verträumten Zustand noch Spuren verwischte, ließ sie Bonet vorlaufen und die Abdrücke fotografisch dokumentieren.

Sie hatte aufgehorcht, als der Junge das Humpeln im Schritt des Angreifers erwähnte. Zugegebenermaßen war er ziemlich verpeilt. Seine Geschichten vom Schlaganfall, gefolgt vom Herzinfarkt, dann die Party hatten die Verlässlichkeit seiner Aussagen auf die Ernsthaftigkeit eines

Comics reduziert. Was nicht bedeutete, dass die Geschichte in ihrer Gesamtheit nicht stimmte. Nur vielleicht nicht in seiner Variante.

Bei ihrem ersten Gespräch in seiner Wohnung war Vidal ihnen humpelnd entgegengekommen und hatte das Hinken auf eine Verletzung beim Fußballtraining zurückgeführt.

Fina sah noch immer Martas Flip-Flops vor sich, den Zehentrenner aus dem Loch gerissen von dem Tritt ihrer Abwehr.

Und nun erwähnte der Junge eine Abnormalität im Schritt des Angreifers. Vor Gericht ein nicht haltbares Indiz, doch wie viele zufällige Humpler liefen gerade im Dorf herum, die mit dem Fall in Verbindung standen?

Es würde sie nicht wundern, wenn sie nun neben Anas und Andrés' Fußabdrücken auch eine dritte Spur fänden, die – rein zufällig natürlich – genau der Schuhgröße Vidals entspräche.

»Hier sind Abdrücke«, rief Bonet. In einer fließenden Bewegung ging er in die Hocke und rollte das Maßband aus. »An dieser Stelle ist der Junge über den Zaun gestiegen. Er sagt, die Frau kam aus der anderen Richtung?«

»Er war sich nicht sicher, seine Aussage variierte etwas.« Genau genommen hatte jede detaillierte Nachfrage eine andere Version der Geschehnisse hervorgebracht.

Bonet folgte der Spur, dokumentierte die Maße in seinem Notizbüchlein und machte Fotos. »Lange Füße, Turnschuhsohlenrelief«, erklärte er. »Schätze Größe fünfundvierzig.«

Das stimmte ziemlich genau mit dem überein, was Andrés angegeben hatte: Schuhgröße fünfundvierzig. Weiße Sneakers der Marke Vans.

Mit der Nase voraus folgte Bonet den Fußspuren wie ein Spürhund aus einem Zeichentrickfilm. Nachdem er ein Viertel des Grundstücks in der Diagonale durchquert hatte, blieb er wieder stehen.

»Hier treffen die zwei Spuren aufeinander«, rief er.

Fina näherte sich auf Zehenspitzen im Bemühen, unterwegs keine wertvollen Fußspuren zu vernichten oder bis zu den Knöcheln in Pfützen zu versinken. »Und die dritte?«

Bonet runzelte die Stirn und kreiste vorsichtig um die Stelle. »Seltsam.« Blitzlicht leuchtete auf, als er Fotos aus verschiedenen Blickwinkeln schoss. »Es sind bisher nur zwei Spuren. Die von dem Jungen und eine weitere.« Er bückte sich, nahm Maß und notierte die Daten.

»Dann muss die dritte weiter vorne sein.«

»Nein, da war nichts. Hier treffen sie zusammen. Und die zweite läuft im Kreis. Wenn ich es nicht besser wüsste, würde ich behaupten, das ist der Junge. Denn es wirkt unkoordiniert, fast wie Straucheln.« Er zeichnete den Weg der Spur mit dem Zeigefinger in der Luft nach. »So läuft kein Mensch.« Eine tiefe Stirnfalte grub sich zwischen seine buschigen Augenbrauen.

»Wie sieht das Sohlenprofil aus?«

Fina stellte sich in sicherer Entfernung auf und beäugte die Stelle. Mehrere Fußabdrücke drückten sich deutlich in der rotbraunen Erde ab, doch für Finas ungeübtes Auge sahen sie, sowohl was Größe als auch Sohlenrelief anging, ziemlich gleich aus.

»Die zweite Schuhgröße ist tatsächlich ähnlich.« Bionet legte das metallische Maßband an. »Etwas kleiner. Vielleicht Größe 44.«

Was außerordentlich für einen Damenfuß war, doch Anas knappe ein Meter neunzig benötigten eine solide Basis. »Das könnte gut passen. Die Frau, zu der sie gehören, ist riesig.«

Doch Bonet war schon weitergezogen, tief in die Knie gebeugt, als würde er den Boden beschnuppern, auf der Suche nach einer weiteren Spur.

Irgendwo musste sie sein. Fina war sich ziemlich sicher, dass der Junge, trotz der Merkwürdigkeiten in seiner Geschichte, nicht gelogen hatte.

Ihr Handy piepte. Stolz widerstand Fina dem Impuls, sofort in ihre Tasche zu greifen und nachzusehen, ob es sich um eine Nachricht von Toni handelte. Doch falls Gual oder Lluc sich mit fallrelevanten Dingen meldeten, durfte sie es nicht einfach ignorieren. Seufzend zog sie das Telefon hervor.

Es war Toni.

Schmetterlinge stoben in ihrem Bauch auf. Wann hatten die sich denn dort eingenistet? Sie verabscheute Insekten. Es wurde Zeit, schädlingsbekämpfende Maßnahmen zu ergreifen. Dennoch formte sich ein Lächeln auf ihrem Gesicht. Sie öffnete WhatsApp.

Guten Morgen. Ich hatte viel Spaß gestern und entschuldige mich, falls ich dir in meinem angetrunkenen Zustand ewige Liebe geschworen haben sollte. Doch ich bin ein Mann von Wort und übernehme die Verantwortung für meine Zusagen, ungeachtet der Umstände, in denen sie ausgesprochen wurden.

Fina grinste erleichtert. Er besaß tatsächlich Humor. Ihre Zweifel, dass allein der Cava Rosado für den lustigen Abend verantwortlich war, schienen unbegründet.

Alles gut, schrieb sie und schickte einen lachenden Smiley hinterher. Tonis Witz kompensierte Fina mit Einfallslosigkeit.

Dinner am Wochenende?, kam es postwendend zurück.

Fina spitzte die Lippen und starrte auf die Zeilen. Was sollte sie darauf antworten?

Ihr Herz klopfte wie vor einer schweren Prüfung. Sie konnte sich nicht mehr an das letzte richtige Date erinnern. Beziehungsweise zog sie vor, es nicht zu tun. Es hatte in einer äußerst peinlichen Situation für beide Parteien geendet … Und schon dachte sie wieder daran.

Sie schob die Gedanken an die unliebsame Vergangenheit zur Seite.

Jetzt war jetzt.

Ihr Finger schwebte über der Tastatur. Sie erwog, eine höfliche Ausrede zu erfinden, die ihn nicht völlig abschreckte. Immerhin war es sehr kurzfristig, das Wochenende stand vor der Tür. Oder die Arbeit vorschieben? Niemand wusste besser als Toni, der Rechtsbeistand des ehemaligen Hauptverdächtigen, in was für einem Desaster sie gerade steckten.

Sie liebte die Spontaneität, ungeplant in einen Abend zu schlittern, der sich unverhofft zu einer Art Date und einem der besten Erlebnisse der letzten Jahre entwickelt hatte. Eine ganz andere Sache war es allerdings, sich bewusst darauf einzulassen. Mit Ansage. Und Verabredung.

Fina schluckte. Sie zweifelte daran, dem gewachsen zu sein. Niemand ahnte ihr Geheimnis, dass die Schneekönigin eine innerliche Gletscherschmelze erfahren hatte und nur samtig weicher Schneematsch zu finden war, wenn man ihr nahekam.

Tonis Profil zeigte noch immer eine Onlineaktivität. Vermutlich wartete er auf eine Antwort und wunderte sich, was sie noch überlegte.

Sie rief zum wiederholten Mal sein Profilbild auf. Nach dem Aufwachen hatte sie ihn als attraktiven Mann in Erinnerung gehabt, doch ähnlich wie im Falle des Humors besaß das Prickeln des Cavas auch attraktivitätssteigernde Fähigkeiten, die fast an Magie grenzten.

Doch auch der sechste Blick dieses Tages auf das Foto änderte nichts an der Tatsache, dass Fina ihn genauso anziehend fand wie beim Aufwachen.

Es gab Zeiten im Leben, die ein Über-sich-Hinauswachsen erforderten. Manche Leute bestiegen den Puig Mayor, setzten neue Rekorde beim Berglauf des Barranc de Biniaraix.

In ihrem Fall war es nun einmal ein simples Date.

Sie gab sich einen Ruck.

Gerne. Samstag?

Als raschelnde Schritte Bonets Rückkehr ankündigten, lächelte Fina noch immer.

Sie löste ihren Blick vom Bildschirm, sah auf. »*Perdón*. Wichtige Ermittlungsneuigkeiten.« Wie zum Beweis hielt sie das Handy in die Luft, als würde Bonet sie infrage stellen.

Tiefe Skepsislinien verliefen quer über seine Stirn.

»Was ist los?«, fragte Fina.

»Ich bin das gesamte Grundstück abgelaufen. Es gibt nur die zwei Spuren: die des Jungen in Größe fünfundvierzig und die etwas kleineren Abdrücke der Frau. Es gibt keine dritte.«

43

Gual starrte ungläubig auf das ausgedruckte Papier in ihrer Hand. Was bedeutete das denn nun wieder?

Ihr schwirrte der Kopf von dauernd neuen Erkenntnissen. Sie war mehr als urlaubsreif, doch die wohlverdienten Ferien schienen in weiter Ferne.

Alle arbeiteten auf Hochtouren, ihnen blieb nur noch wenig Zeit. Während Fina mit Bonet die Spurenlage auf dem Grundstück von Andrés' tätlichem Angriff untersuchte und Lluc sich Anas Version der Ereignisse vornahm, hatte Gual auf Vidals Handyauswertung gewartet.

Wie versprochen hatte man alle Hindernisse beseitigt, um schnelle Ergebnisse zu erhalten. Was normalerweise Tage gedauert hätte, lag nun schon nach wenigen Stunden vor.

Gual starrte nun auf das Resultat der Blitzaktion und wusste nicht so recht, was sie damit anstellen sollte.

José Vidal hatte gelogen.

In der besagten Mordnacht war er nicht wie angegeben mit Magenverstimmung zu Hause im Bett gewesen. Stattdessen hatte der Anruf der Polizei ihn in einer winzigen Seitenstraße im Dorfzentrum von Bunyola erreicht.

Nachdem Gual Fina und Lluc eine dringende Nachricht über die neueste Entwicklung hinterlassen hatte, setzte sie sich an die Recherche.

Ihre Suche im Melderegister spuckte mehrere Mehrfamilienhäuser mit achtundsechzig potenziell gemeldeten Menschen aus, deren Namen Gual nichts sagten und mit keiner in der Ermittlung stehenden Person in Verbindung gebracht werden konnten.

Nach einem Blick auf die Uhr beschloss sie, die Sachlage vor Ort direkt zu überprüfen, bis Fina und Lluc zurückgekehrt waren.

Das Dörfchen Bunyola lag vor dem großen Tunnel von Sóller auf der anderen Seite des Alfabiagebirges. Nahm man auf dem Rückweg von Valldemossa statt der kurvenreichen Bergstraße der Ma-10 den schnelleren und nachts ratsameren Weg der Ma-11, führte dieser direkt an Bunyola vorbei. Was bedeutete, dass Vidal als potenzieller Täter noch immer infrage kam.

Außerdem hatten sie ihn bei einer Lüge erwischt, was für Gual als Eingeständnis der Schuld galt. Er hatte sich schuldig gemacht, die Frage war nur wessen.

Sie hängte sich ihre Tasche um und stieg in ihren alten Twingo.

Während der Fahrt drehte sie das Radio auf und sang schief zu Rosalías »Despechá« mit. Die gute Laune hatte Gual nicht verlassen, seitdem sie heute Morgen ihr Ziel erreicht hatte, auf dem Stand-up-Board zu stehen. Doch das wahre Hochgefühl war erst mit ihrer Entscheidung eingetreten, sich für nichts und niemanden zu verbiegen.

Der Tunnel war um diese Tageszeit voll, und sie kam nur schleppend voran. Ein Mietwagen zwei Autos vor ihr schien die erlaubte Höchstgeschwindigkeit von siebzig Stundenkilometern nicht gesehen zu haben und tuckerte mit fünfundvierzig km/h den gelb beleuchteten Tunnel entlang, eine Kolonne von genervten Fahrern hinter sich herziehend.

Gual kribbelte es in den Fingern. Sie hatte noch keinen Plan, wie sie alle Bewohner der drei Mehrfamilienhäuser in der Straße überprüfen sollte. Doch ihr würde schon etwas einfallen, wenn sie die lokalen Begebenheiten vor sich sah.

Das Problem mit den Melderegistern war, dass viele Leute noch immer bei ihren Eltern und in ihrem Erstwohnsitz registriert waren, doch mittlerweile schon mehrfach die Wohnung gewechselt hatten.

Auf der anderen Seite des Tunnels herrschte leichte Bewölkung, obwohl in Sóller die Sonne geschienen hatte.

Bei der ersten erlaubten Gelegenheit überholte sie die lahme Ente vor ihr, die immer noch vor sich hingurkte, obwohl die Ma-10 als Landstraße eine Geschwindigkeit von neunzig Stundenkilometern erlaubte.

Am nächsten Kreisel einige Kilometer später bog sie links ab und fuhr kurz darauf in Bunyola ein. Google führte sie um mehrere Ecken durch den Dorfkern zu der besagten Straße am Rande des Dorfes.

Gual parkte und stieg aus. Vor ihr lag ein gepflegter Wohnkomplex mit drei Eingängen.

Selbst wenn Vidal die Ma-11 aus Valldemossa zurück in den Hafen gefahren war, lag diese Straße überhaupt nicht auf dem Weg.

Jeder Hauseingang besaß acht Klingelschilder, die wie immer in Spanien nur Etagennummern und Buchstabenbezeichnungen der Wohnungen enthielten.

Gual öffnete ihren Notizblock und machte eine Skizze des Komplexes und der Klingeln.

Im Aufgang A begann sie mit dem Erdgeschossapartment Bajo A. Eine gesprächige ältere Dame öffnete ihr, die nachdem Gual ihren Ausweis vorzeigte, bereitwillig Informationen über die anderen Bewohner des Gebäudes gab.

Doch da Gual nicht wusste, wonach sie suchte, nutzte es ihr nichts, zu wissen, dass nebenan eine Familie mit zwei Kindern, darüber eine alleinstehende Frau und daneben ein homosexuelles Pärchen wohnte.

Das hier war Fleißarbeit, und Gual liebte Fleiß.

Bei der Familie nebenan machte niemand auf.

Das schwule Pärchen bot ihr Kaffee und Wasser an, doch keine nützlichen Informationen über den Verbleib von José Vidal, dessen Namen sie zum ersten Mal hörten.

Die alleinstehende Frau nebenan war einundsiebzig Jahre alt und schwerhörig. Und im 2. Stock war niemand zu Hause.

Gual klingelte sich von Tür zu Tür, hakte ihre Liste ab.

Nachdem sie Aufgang A verließ und auch in Aufgang B nichts Nützliches entdecken konnte, begann sie, an dem Sinn ihrer Aktion zu zweifeln.

Wie so häufig hatte sie erst gehandelt und dann nachgedacht. Reine Zeitverschwendung. Und ausgerechnet heute, wo jede Minute zählte. Doch in Ermangelung einer besseren Alternative machte sie einfach weiter, klopfte an Türen, zeigte ihren Ausweis vor und stellte die nötigen Fragen.

Den Treffer erzielte sie in Aufgang C, Wohnung 2b.

Die meisten Bewohner dieses Komplexes schienen zur Arbeit gegangen zu sein, sodass Gual schnell vorankam.

Im Treppenhaus roch es nach frisch gebrühtem Kaffee und vollen Kinderwindeln. Irgendwo plärrten die Nachrichten des Frühstücksfernsehens.

Gual stieg in den zweiten Stock und klingelte an einer Wohnungstür. Ein zusammengeklappter Buggy lehnte an der Wand neben dem Eingang A, ein paar winzige Gummistiefel ordentlich aufgestellt neben der Fußmatte.

Niemand öffnete, obwohl Gual meinte, Geräusche im Inneren der Wohnung zu vernehmen. Ein weiterer Versuch blieb ebenfalls erfolglos.

Während die Bewohner von A sich überlegten, ob sie auf das Klopfen reagierten oder nicht, klingelte sie an der Tür nebenan, um wenigstens diese von ihrer Liste zu streichen.

Gual schlug ihr Notizbuch auf, um den verdächtigen Nichtöffner zu vermerken, als Schritte aus der Nachbarwohnung B ertönten und die Tür aufschwang.

Gual schrieb ihren Vermerk fertig. »Bon dia«, sagte sie, ohne aufzusehen. »Agente Gual von der Guardia Civil. Ich habe nur eine kurze Frage.«

Sie blickte auf und trat überrascht einen Schritt zurück, mitten auf die Gummistiefel des Apartments A. Überrascht starrte sie auf die Gestalt im Türrahmen. »Sie?«

44

Es war noch früh am Morgen, als Lluc sich dem Gaviota näherte. Doch statt des erwarteten Frühstücksbetriebs fand er Ana Crespí beim Aufräumen vor.

Getränkekisten stapelten sich im Eingang des dunklen Lokals, Tische und Stühle auf der Terrasse standen zusammengekettet und hochgeklappt.

»Bon dia. Habt ihr heute zu?«

»*Hola,* Lluc. Heute wird Papá beerdigt. Ich musste nur die Getränkelieferungen annehmen.« Sie zog eine Kiste Cola in den Innenraum und strich sich die Haare aus dem Gesicht. Sie fielen ihr offen auf die Schultern, gewellt von den eng geflochtenen Zöpfen des Vortages.

Lluc half ihr, die verbleibenden Kisten ins Gaviota zu schieben, richtete sich auf und wischte die staubigen Hände an seiner Jeans ab.

»Ich hatte vor lauter Stress der letzten Tage gar keine Gelegenheit, in Ruhe mit euch zu reden.« Er lehnte sich an einen der Barhocker, während Ana hinter dem Tresen Mineralwasserflaschen einordnete und die Cola-Vorräte in den Kühlschränken nachfüllte. »Einfache Worte sind unfähig, auszudrücken, wie leid mir der plötzliche Tod eures Vaters tut. Es ist eine wirkliche Tragödie.« Der Tod an sich war für die Angehörigen und Hinterbliebenen ein schmerzhafter

Prozess. Doch der Fall von Mateo Crespí hatte es besonders in sich.

Ana sah ihn mit ausdrucksloser Miene an. Kein Muskel offenbarte, welche Emotionen sich hinter der hübschen Fassade verbargen. Dann trat ein feuchter Glanz in ihre Augen, der erste Hinweis auf ihren Gemütszustand. Sie blinzelte die Tränen fort und setzte wieder eine neutrale Miene auf.

»Möchtest du einen Kaffee? Geht aufs Haus. Den könnten wir beide vielleicht jetzt brauchen.«

Trotz drohenden Koffeinschocks nahm er ihr Angebot an. »Gerne. Einen entkoffeinierten. Vielen Dank.«

Ana füllte die Maschinenfilter mit Kaffeepulver, brühte zwei Tassen auf und stellte sie auf den Tresen.

Sie nahmen beide ihre Tasse in die Hände und schwiegen gemeinsam. Ein Heißgetränk hatte etwas Tröstendes. Die Wärme einer Tasse als Ersatz für den heimeligen Herd und Ofen, die die Illusion von Geborgenheit und Nähe vermittelte.

»Mateo war ein guter Mann.«

»Der Beste. Auf Papá.« Ana hob ihre Tasse, Lluc die seine.

Ein Moment der Andacht, dann fuhr sie fort. »Er war ein friedlicher Mensch. Kein Mörder. Dass der Mann damals gestorben ist, hatte er weder geplant noch in Betracht gezogen. Er hat seine verbleibenden Jahre unter der Schuld gelitten.«

»Jeder weiß das. Es war ein Unfall. Ein tragischer Unfall.«

»Der zwei Menschen das Leben gekostet hat. Albert Morells und Papás. Er hätte das alles nicht gewollt«, sagte sie und starrte gedankenverloren auf die Bierzapfsäule.

Lluc wunderte sich, dass Ana den Namen des damaligen

Päderasten ohne Anklage in den Mund nahm, wo er doch für viele im Dorf mit schrecklichen Erinnerungen, Scham, Schuld und Vorbehalten verbunden war.

»Was hätte er nicht gewollt?«

Ana winkte ab und fuhr fort. »Als ich klein war – auch diese Zeiten hat es mal gegeben«, Ana lachte auf, »hatten wir kein Auto. Das Geld war knapp, und meine Eltern mussten sparen. Papá hat mich mit seinem verrosteten Fahrrad zum Kindergarten gefahren und jeden Tag pünktlich abgeholt.« Sie sah verträumt in ihren Kaffee, wie in einen magischen Spiegel, der eine Reprise Vergangenheit enthüllte. »Auf dem Rückweg war ich immer müde vom Rumtollen mit den anderen Kindern und bin regelmäßig über dem Lenker eingeschlafen. Dabei hat er mit seiner Hand eine Abdeckung für die Klingel geformt, damit ich dort meinen Kopf ablege, ohne dass es drückt. Ich habe jeden Tag auf seiner Hand geschlafen. Den ganzen Weg vom Puerto bis runter an den Dorfrand neben der alten Wasserfabrik, wo sich damals der Kindergarten befand.«

Lluc sah die beiden vor sich, ein klappriges Herrenrad mit dem kleinen Mädchen auf der Stange. Er griff nach einem Zuckertütchen in einem Schälchen auf dem Tresen, nur um sich von dem Kloß in seinem Hals abzulenken. Doch bevor er das Tütchen aufriss, fiel ihm auf, dass seine Kaffeetasse schon leer war.

»Heute hätte er entlassen werden sollen. Nach zehn langen Jahren endlich sein Leben wieder aufnehmen, wo er es an diesem verfluchten Tag unterbrochen hatte.« Sie schwenkte den letzten Tropfen in der Tasse, der eine braune schmale Spur an der Wand hinterließ. »Mamá hatte zur

Feier eine Reise nach Andalusien gebucht. Nach Hause, so nennt sie es immer, obwohl sie seit vierzig Jahren auf Mallorca lebt. Sie hat einen Tisch im Saratoga reserviert. Das ist ein Restaurant in Triana, wo sie sich damals kennengelernt hatten.« Ana schluckte hart und kämpfte nun offen mit den Tränen, blinzelte und verlor. Dicke Tropfen flossen ungehindert über ihr Gesicht und hinterließen dunkle Mascaraspuren auf ihren Wangen. »Er liebte Flamenco und La Copla. Wenn er »María de la O« sang, musste er immer weinen. So wie ich gerade.« Die letzten Worte verloren sich in einem krächzenden Flüstern. Sie schlug die Hände vors Gesicht und schluchzte hemmungslos.

Lluc schluckte hart und blinzelte. Er stieg vom Barhocker, lief um den Tresen herum und nahm das Mädchen in den Arm.

Ihr großer Körper bebte, während sie seine Schulter mit ihren Tränen durchnässte und sich ihrer Trauer hingab.

Triana. Sevilla. Die Stadt schien Lluc einzuholen. Doch statt auf Widerstand zu stoßen, war der Klang frei, unbehaftet. Reingewaschen.

Anas Tränen versiegten, sie löste sich aus der Umarmung, zog die Nase hoch und griff nach einer kleinen Cocktailserviette. »Entschuldige.«

Er schüttelte nur den Kopf.

»Aber du bist doch sicherlich nicht hier, um dir dein T-Shirt von mir vollrotzen zu lassen.«

Verloren in Erinnerungen und der Tragik des Tages, hatte Lluc fast den Grund seines Besuchs vergessen. »Andrés Torres war heute früh im Revier und hat Lobeshymnen auf dich als seine Retterin gesungen.«

Ana verdrehte die Augen. »Leidet er noch immer an den Symptomen seines Schlaganfalls?«

»Du meinst die Schockstarre? Er erwähnte sie, ja.«

»Ich sah ihn auf dem Feld in der Dunkelheit, hinten, neben dem alten Orangenhain. Der Zaun ist kaputt, und viele benutzen das Grundstück als Abkürzung.«

»Er sagt, du hättest niemanden außer ihm gesehen?«

Sie zuckte mit den Schultern. »Zuerst habe ich das gedacht. Ich sah ihn straucheln und fast fallen. Doch selbst er stolpert nicht über seine eigenen Füße. Auch nicht in *Schockstarre.* Also bin ich hin, um zu helfen. Es kann schon sein, dass da jemand gestanden hatte. Nur war es dunkel, und ich habe nicht viel erkennen können.«

»Er sagt, die Person sei weggelaufen und habe dabei gehumpelt. Kannst du das auch bestätigen?«

»Leider nein, ich habe nichts Derartiges gehört.«

Lluc wandte sich zum Gehen und drehte sich an der Tür noch einmal um. »Was hast du überhaupt nachts da draußen gemacht? Ihr sollt doch nachts nicht unbegleitet auf die Straße.«

Sie lächelte zum ersten Mal an diesem Morgen. »Und du sagtest, es gäbe kein Bußgeld bei Verstoß.«

* * *

Ana sah Lluc nach, als er die Tür hinter sich ins Schloss fallen ließ.

Die Stille umgab sie wie ein Grab. So wie das, in dem ihr Vater heute Nachmittag liegen würde. Der Kompressor des Kühlschranks sprang an und zerstörte die Ruhe.

Anas Hände ballten sich zu Fäusten. Ihr Backenzahn mit der angesprungenen Füllung muckte auf, als sie hart die Kiefer zusammenbiss. Wegen der mit Pep gewechselten Schichten in der Bar hatte sie den Zahnarzttermin auf nächste Woche verschoben und hoffte, bis zur Behandlung schmerzfrei durchzuhalten.

Doch sie war wütend. So wütend.

Der Zorn toste in ihr.

Es war ein Jammer, dass sie diesen Kraftzuwachs nicht bewusst herbeiführen konnte. Beim Training hatte die Rage sich als zuträglicher Partner erwiesen, ihren Aufschlag unannehmbar gemacht, das Baggern und Pritschen in schmerzhafte Angelegenheiten für Finger und Arme der gegnerischen Partei verwandelt. Doch ihr Angriffsschlag hatte letztendlich den Punktsieg herbeigeführt.

Sie bereitete sich mental auf den nächsten vor. Den letzten. Der, der alles beendete.

Ihre Fingernägel krallten sich schmerzhaft in die Handflächen und drückten kleine Halbmonde in die Haut.

Doch auch wenn die Wut sie körperlich beflügelte, ihr einen Steroidpush gab wie das wirksamste Doping, so zerfraß sie sie innerlich.

Diesem unerträglichen Zustand musste sie ein Ende setzen. Glücklicherweise wartete die perfekte Gelegenheit. Bald fand der Spuk ein Ende. Dafür würde sie sorgen, und wenn es das Letzte war, das sie tat.

Der heutige Tag war in vielerlei Hinsicht besonders. Nicht nur dass sie den besten Vater der Welt zu Grabe trugen. Den Mann, der sein Leben für seine Kinder gelassen hatte.

Es war der Tag, der auch den Fortgang ihrer Familie, ihrer

Seele, bestimmen würde. Ein Zeichen setzen und definieren, welche Art Mensch sie sein wollte. Das ängstliche kleine Mädchen von damals? Ein Feigling und Opfer, das sich versteckte? Oder würde sie den Mut aufbringen und einen Abschluss finden für das, was vor vielen Jahren seinen Anfang genommen hatte?

Die Geschichte vollenden. So wie sie immer hätte sein sollen. Von Anfang an.

Es gab viel zu tun.

Ana strich ihren Hosenanzug glatt und wischte sich die Mascara von den Wangen. Sie probierte ein Lächeln, dann ein Grinsen, entschied sich für eine neutrale Miene, die sie nach Belieben durch Trauer, Betroffenheit, Schmerz und Trost ersetzen konnte.

Ihr Telefondisplay zeigte neun Uhr.

Der neue Getränkelieferant hatte die Kästen nicht wie sonst bis hinten in Lager geschafft, sondern sie im Durchgang zur Toilette im Gang gestapelt. Das würde bis morgen warten müssen, denn sie wollte sich nicht den eleganten Anzug vollschwitzen. Ana schaltete das Licht über der Bar aus, stellte die benutzten Kaffeetassen in die Spülmaschine und schloss ab.

Es gab viel zu erledigen, denn wie es schien, bestand eine ernst zu nehmende Möglichkeit, dass heute nicht nur für ihren Vater der letzte Tag auf dieser Erde angebrochen war.

45

José Vidal saß im Revier in weißem Leinenhemd und Jeans und hatte den Anstand, peinlich berührt zu wirken.

»Von deiner Magenverstimmung scheinst du dich sehr schnell erholt zu haben«, sagte Lluc und erwiderte das Lächeln des Mannes nicht.

»Ich weiß nicht, ob du dir der Ernsthaftigkeit der Situation bewusst bist. Ganz davon zu schweigen, dass du unsere Zeit mit deinen Lügen verschwendet hast, während wir alles Mögliche tun, um den Mörder deiner Frau zu finden.«

Vidal senkte beschämt den Blick.

»Falls das überhaupt in deinem Interesse ist«, fügte Lluc hinzu.

Der Mann schwieg weiterhin.

»Hast du irgendwas zu deiner Verteidigung zu sagen?«

»Ich würde gerne meinen Anwalt bei diesem Gespräch dabeihaben.«

Frustriert schlug Lluc auf den Tisch und produzierte einen lauten Knall, der sowohl Fina als auch Vidal aufschrecken ließ und brutal die Stille des kleinen Verhörraumes zerschnitt. »Verdammt. Es ist nicht die Zeit für Spielchen. Ich muss wissen, warum du uns angelogen hast. Mach bitte dir und uns nicht das Leben schwer.«

Die Zeit raste. Es blieben nur noch wenige Stunden, bis

Jurados Flugzeug landete und sein Team den Fall übernahm. Im Gegensatz zu Beginn der Woche scheute Lluc nicht die Konfrontation, er würde nicht um sie herumkommen. Der Gedanke daran bereitete ihm sogar eine gewisse Befriedigung. Aber zumindest wollte er nicht mit leeren Händen dastehen, er wollte Resultate vorweisen.

»Wir warten gerne auf deinen Anwalt, für eine Aussage muss eh einer anwesend sein. Trotzdem kannst du uns ja schon mitteilen, wieso du in der besagten Nacht in Bunyola warst und warum du uns angelogen hast.« Vermutlich bedingte die erste Frage die zweite.

Vidal sah aus dem Fenster, checkte das Display seines Handys und pulte an seinem Daumennagel.

Vielleicht sollte Fina diese Befragung weiterführen. Sie schaffte es besser, Verdächtige in die Enge zu treiben, sie ihre Contenance verlieren zu lassen, sodass sie unvorsichtig wurden und Informationen preisgaben, die sie lieber für sich behalten hätten.

Besonders, wenn Lluc selbst nicht überzeugt war, den richtigen Mann erwischt zu haben. Obwohl alles auf Vidals Beteiligung wies, hatte Lluc seine Bedenken. Aus diesem Grund gab er ihm die Möglichkeit, sich zu erklären, bot dem Mann eine Chance, die dieser Idiot nicht ergreifen wollte.

Mit einem Nicken forderte Lluc Fina auf zu übernehmen. Sie betrachtete den Mann vor ihr, als würde er sie langweilen. »Die Indizien sprechen alle gegen Sie. Sie sind in Geldschwierigkeiten. Pedro Ortiz hat dafür gesorgt, dass der Deal mit Doktor Torres nicht zustande kam. Ihre Frau war Ihnen untreu, trieb es mit anderen Männern vor Ihrer Nase.«

Vidal zuckte fast unmerklich zusammen. Das letzte Argument schien ihn mehr zu berühren als eine mögliche Anklage wegen Doppelmord. »Und weil die besagten Engpässe in Ihrer Liquidität Sie von einer Scheidung abhielten, haben Sie die Situation anders gelöst«, fuhr Fina fort. »Sie haben kein Alibi, dafür Gelegenheit und mehr als nur ein Motiv.« Sie lehnte sich zurück und passte ihren gelangweilten Gesichtsausdruck dem seinen an. »Es sieht ziemlich schlecht aus für den Paradebürger von Sóller, der den goldenen Schlüssel zu Palma, mehrfache Auszeichnungen für das Geschäft des Jahres und eine Prämie für Nachhaltigkeit und Umweltschutz erhalten hat.«

Ein Kratzer dieser Größe auf dem polierten Lack seines Images ließ sogar Vidals gleichgültige Miene bröckeln. Sein Blick flackerte und huschte nervös von der rechten in die linke Zimmerdecke, wo es außer abblätternder Wandfarbe nichts zu entdecken gab.

»Welche Schuhgröße haben Sie?«, fragte Fina.

Erstaunt sah Vidal auf. »Wieso? Was hat das denn mit allem zu tun?«

»Die Fragen stelle ich. Sie antworten bitte nur.«

»Fünfundvierzig«.

Lluc fing Finas triumphierenden Blick auf. War Vidal ihr Mann, passte auch der Überfall auf Andrés. Eine Racheaktion an Doktor Torres wegen des vermiesten Deals?

Llucs auf lautlos gestelltes Handy vibrierte. Guals Name erschien auf dem Display.

Er machte Fina ein Zeichen, fortzufahren, verließ den Raum und nahm das Gespräch entgegen. »Was gibt's, Gual? Wir verhören Vidal.«

Aufgeregt sprudelten die Worte aus ihrem Mund, verhaspelten sich, bis sie zum Punkt und dem Kern ihres Anliegens kam.

Llucs Augenbrauen schossen in die Höhe. »Interessant. Sehr gute Arbeit, Gual.«

Lluc atmete tief durch, schloss für einen Moment die Augen und sammelte sich. Die Ermittlungsfortschritte überschlugen sich, und er befürchtete, langsam den Überblick zu verlieren.

Zurück im Vernehmungsraum, ließ er Fina weiter das arme Würstchen grillen, das vor ihr die Hände auf dem Tisch faltete und ungeduldig auf den leeren Bildschirm seines Telefons blickte. Der Rückruf seines Anwalts, der in einer Besprechung steckte, schien immer noch nicht erfolgt zu sein.

Llucs Blick lag auf dem Mann, den er schon seit Ewigkeiten kannte. Eloquent, lebenserfahren, attraktiv und erfolgreich – so hatte er Vidal bisher eingeschätzt. Ein Mann mit Prinzipien und Moral. So sah ihn das ganze Dorf, vermutlich die gesamte Insel. Nun betrachtete Lluc ihn mit anderen Augen.

Was keine Wertung oder Verurteilung bedeutete. Brachte man Menschen in Extremsituationen, offenbarten sie, was hinter der Fassade sonst noch so schlummerte. Ihre Ängste, aber auch, was sie antrieb und motivierte.

Und was Vidal wichtiger erschien als eine Mordanklage, war sein Saubermannimage im Dorf. Er konnte mit dem Stempel eines Opfers leben. Der Leidtragende der Untugend seiner Frau, der arme Vidal. Doch was er nicht ertrug, war, selber der Tugendlose zu sein.

Die Zeit war gekommen, die Scharade zu beenden. »Es gibt Neuigkeiten. Wir wissen, wo du warst.«

Vidal blickte auf, Furcht huschte über seine Miene, um dann abwartend zu verweilen.

»Wir haben mit ihr gesprochen. Und sie hat alles gestanden.«

Vidal beugte sich vor. »Was hat sie gestanden?«

Traute da jemand seinem eigenen Liebchen nicht?

»Wir wissen, dass du in der Nacht, als Marta getötet wurde, bei ihrer Freundin Clara warst. Ihr habt seit Längerem eine Affäre.« Was natürlich moralisch unschön, aber kein Verbrechen war und in den besten Familien vorkam. Eine Konstellation, so alt wie die Menschheit.

Clara hatte ihm ein Alibi gegeben, das ihn als Täter eindeutig ausschloss. So sehr es ihm missfiel, bei null zu beginnen, deckte es sich doch mit Llucs Bauchgefühl.

46

Lluc mochte das Lied, das Fina seit Minuten in einer Schleife vor sich her summte.

Sie ließ sich auf den Stuhl fallen und streckte die Beine aus. Das Wortspiel in Shakiras Song bezog sich auf deren untreuen Lebensgefährten Piqué und dessen neue Freundin Clara. Nachdem das ganze Land das Lied rauf und runter gespielt und Shakira um mehrere Milliönchen bereichert hatte, kannte jeder Spanier den Text: *Du hast den Namen einer guten Person, Clara-mente (offensichtlich) ist es nicht das, wonach es klingt.*

Die moderne Art der lukrativen Rache.

»Marta hat ihn ja auch betrogen, also touché. Aber muss es immer die beste Freundin sein? Das ist so ein Klischee.« Gual sah grinsend von Vidals Aussageprotokoll auf, das sie in ihren Computer hämmerte. »Das ist sogar ein Reim, vielleicht sollte ich auch Songtexte schreiben.«

»Doppelter Verrat. Von wegen Freundin. Deshalb habe ich keine«, murmelte Fina.

»*Ich* bin deine Freundin«, sagte Gual. Ihr Lächeln war entwaffnend, herzeröffnend und rührend.

Überrascht hielt Fina inne. Suchte nach Worten. »Ja, das bist du.«

»In Ordnung.« Lluc klatschte in die Hände. »Ich begrüße

den Teamgeist, und wir haben uns alle lieb. Aber was jetzt? Jurado ist in …« Er checkte die Uhr an seinem Handgelenk. »In acht Stunden da.« Die Ellenbogen auf dem Tisch abgestützt, legte er den Kopf in die Hände. »Unser letzter Verdächtiger ist raus. Und wir stehen genauso schlau da wie noch am Anfang der Woche.«

Stille senkte sich über den Raum, der mit so viel Mühe in eine Einsatzzentrale verwandelt worden war. Die Computer, die Kabel, das vollgeklebte und von Glorias Wandwerk inspirierte Whiteboard.

Fina sah betreten auf ihre Hände und faltete ein Eselsohr an die Ecke der Tageszeitung, die auf dem Tisch lag.

Gual öffnete eine Glasflasche aus ihrem Jutebeutel und goss orangene Flüssigkeit in drei Gläser. Regelmäßig brachte sie frisch gepressten Orangensaft aus dem Garten ihrer Schwiegereltern mit, damit die Ernte nicht verrottete. Zu wenig, um zu verkaufen, zu viel, um alles selbst zu konsumieren. »Ich weiß schon, wir alle werden für eine ganze Weile keine Apfelsinen mehr sehen können, aber vielleicht hilft uns das Vitamin C jetzt weiter.« Sie reichte jedem ein Glas.

Schweigend tranken sie den säuerlichen Saft.

»Auf dem Feld waren übrigens nur zwei Paar Fußspuren. Anas und die des Jungen.« Fina wischte sich den orangefarbenen Schnurrbart von der Oberlippe.

»Seltsam«, sagte Lluc, doch seine Gedanken wanderten auf anderen Fluren, zogen fiktive Kreise. »Ana bestätigt auch, dass da jemand war, auch wenn sie ihn nicht gesehen hat.«

»Ich habe total auf Vidal getippt. Ich wusste, dass der Schleimer etwas verbirgt. Nur hatte ich etwas Kriminelleres erwartet.«

»Heute ist die Beerdigung von Mateo Crespí. Ana war aufgelöst.«

»Was für eine Geschichte«, sagte Fina. »Ich war mir echt nicht bewusst, dass dieser Höhlenmord mit Ana zusammenhängt. Der arme Vater. Mir tut der Mann total leid.«

Gual schenkte sich ein Glas nach. »Das ganze Dorf ist untröstlich. Er war ein guter Mann. Kein Schläger, niemals aggressiv. Kümmerte sich rührend um seine Familie und seinen eigenen Kram, mischte sich nie in fremde Belange. Und kurz bevor er sein Leben wieder aufnehmen kann, stirbt er. Er hätte diese Woche entlassen werden sollen.« Sie kippte den Orangensaft in einem Zug hinunter wie einen Schnaps. »Stellt euch vor, ihr wollt eure Tochter beschützen. Das mündet unabsichtlich in einer Katastrophe. Ein Mensch stirbt, ihr sitzt eure Strafe ab, zählt die Jahre, Monate, Wochen bis zur Entlassung. Und dann, nur zwei Tage, bevor es so weit ist, stirbst du.«

»Heftig.« Fina prustete Luft und verschränkte die Arme über dem Kopf. »Und es war noch nicht einmal Absicht.«

»Das ist es auch, was Bel gesagt hat. Sie empfindet es als Fehler, Mateo Crespí so lange eingesperrt zu haben. Man könne einen Fehler nicht durch einen zweiten Fehler korrigieren, hatte sie gemeint. Das macht zwei Fehler.«

Bel. Llucs Herz zog sich zusammen, doch wo vorher Leere gewesen war, wuchs nun ein neuer Keim. Auch wenn es keine Gewissheit gab, dass sein Plan aufgehen würde, so geschah es von innen heraus und würde seinen weiteren Weg – mit oder ohne Bel – begleiten.

»Ich war damals neu bei der Polizei, und eine der Beamtinnen, die Ana Crespí nach Hause brachten, nachdem Albert

Morell sie in seine Finger bekommen hatte.« Guals Blick verlor sich in der Erinnerung. »Sie war so jung, klein und zierlich für zwölf Jahre. Als das Mädchen außer Hörweite war und Doctor Torres mit dem Vater sprach, hat Mateo angefangen, die trockenen Blätter einer Zimmerpflanze abzureißen, und hat dann mit den gesunden weitergemacht, während ihm Tränen über das Gesicht liefen.« Ihre Lippen zuckten und mit ihnen der orangene Flaum auf ihrer Oberlippe. »Die Schmerzenslaute, die er von sich gab, werde ich nie vergessen. Es hat gewinselt wie ein verletztes Tier.« Guals Finger spielten mit der leeren Glasflasche in ihren Händen, ihr Blick auf einen Punkt des Tisches geheftet, wie ein Wurmloch in die Vergangenheit. »Es war herzzerreißend. Wir standen alle da wie Deppen, keiner wusste, was er sagen sollte. Glücklicherweise fand Pedro Ortiz die richtigen Worte.«

»Ortiz?« Fina setzte sich auf.

»Ortiz, ja. Sie waren alle drei da, als wir Ana nach Hause brachten. Ortiz, Torres und Vidal. Das Dorf hielt zusammen. Sie waren wie die Heiligen Drei Könige des Ortes. Standen der Familie in dieser harten Stunde bei. Sie haben Mateo beruhigt.«

Lluc runzelte die Stirn. »Beruhigt?«

Gual schürzte nachdenklich die Lippe. »Na ja, zumindest hörte er auf zu weinen. Und die Pflanze zu zerrupfen. Sie haben ihn aus dem Opfermodus herausgeholt. Seinen Kampfgeist …« Gual brach ab und starrte ihre Kollegen an.

»Seinen Kampfgeist geweckt? Sie haben ihn aufgestachelt, willst du das damit sagen?« Eiseskälte legte sich um Llucs Kopf.

»So habe ich das damals nicht empfunden«, ruderte Gual zurück. »Es waren Worte im Sinne von wir müssen nun besonnen sein, uns vereinen und dürfen so etwas in unserer Mitte nicht dulden. Und es wird Zeit, dass die Polizei etwas unternimmt, sonst … Na ja, immerhin hatte dieser Morell eine Vorgeschichte auf dem Festland. Doch aus irgendeinem Grund verlief die Ermittlung im Sande.«

Ana. Llucs Puls beschleunigte sich.

»Mateos Tod war der Trigger. Das ist es. Eine Ungerechtigkeit des Lebens, für die jemand bezahlen musste …« Das Blut rauschte in seinen Ohren.

»Und zwar die, die für das Ausrasten eines friedlichen Menschen verantwortlich waren«, beendete Fina und rückte aufgeregt auf ihre Stuhlkante. »Sie wurde sexuell belästigt, dann wird der Vater weggesperrt, und kurz bevor alles sich noch zum Guten wendet, wird er aus dem Leben gerissen.«

»Ich würde auch ausrasten. Nicht so, natürlich«, beeilte sich Gual zu sagen. »Doch warum vergreift sie sich an den Kindern, nicht an den alten Männern?«

»Weil sie so mehr litten. Vidal mal ausgenommen, der hat ja keine Kinder, also wählte sie Marta. Sie konnte ja nicht wissen, dass es Vidal sogar in die Hände spielen würde.« Llucs Gedanken rasten.

»Dann war der Angriff auf Andrés real? Darum auch nur die zwei Fußspuren. Anas und seine. Aber warum hat sie es nicht zu Ende gebracht?«, fragte Fina.

Lluc zuckte mit den Schultern. Das konnte nur die Täterin selber erklären. Es sei denn …

Eine Idee formte sich in seinem Kopf. Er ließ die letzten Tage Revue passieren. Alles passte. Wenn ihn nicht alles täuschte, wartete heute noch eine weitere Überraschung auf sie.

Doch die Tat war noch nicht vollbracht, die Rache nicht vollendet. Einer fehlte noch. »Heute ist der Jahrestag. Und Andrés' Geburtstagsfeier. Es wird heute geschehen. Auf der Party.«

»Bist du sicher? Mit so vielen Leuten?«

Sicher war er nicht. Doch sie hatten nur diesen einen Schuss.

47

Lluc sah auf die Uhr.

Der Mastixbusch, in dem er saß, beherbergte eine ganze Population von Zikaden, die sich lautstark über den neuen Mitbewohner beschwerten. Durch dornige Zweige konnte er Fina in ihrem Busch ausmachen. Er gab ihr ein OK-Zeichen, und sie reckte den Daumen. In weniger als einer halben Stunde würde die Sonne im Meer untergehen und das goldene Licht durch völlige Finsternis ersetzen.

Das Haus lag auf dem Gipfel eines Ausläufers des Teix und bot Blick auf das offene Meer, ohne vom Hafen aus sichtbar zu sein. Dichter Wald umgab die alte mallorquinische Finca. Ein großer Garten, die weitläufige, mit Steinplatten ausgelegte Terrasse und gute Autozufahrt machten sie zum idealen Ort für Veranstaltungen, Hochzeiten und andere private Feierlichkeiten.

Die Außenbeleuchtung des Hauses, unzählige Lampions und Lichterketten sprangen an.

Ein Lieferwagen des Caterings parkte vor der Zufahrt, Kellnerinnen und Kellner in weißen Oberteilen und schwarzen Schürzen eilten herum, stapelten Teller und Gläser auf Tischen, präparierten Schüsseln und Platten mit Essen für die Partygäste. Der Duft von gegrilltem Fleisch hing in der Luft.

Es hatte einige ernste Worte erfordert, um aus dem Jungen herauszupressen, wo die Party stattfand. In seinem jugendlichen Wahn hatte er es lustig gefunden, die Polizei mit auf die Schnitzeljagd zu schicken. Allerdings ahnte Andrés nichts von ihrer Befürchtung, dass der letzte Schlag des Täters an diesem Abend stattfinden würde. Der Himmel allein wusste, welche absurde Geschichte er darum gesponnen hätte. Stattdessen hatten sie ihm mitgeteilt, seinem Wunsch nach Personenschutz nachgekommen zu sein. Es war nicht abzusehen, wie Andrés auf die Wahrheit reagiert hätte. Lluc befürchtete, mit mehr als nur in Schockstarre zu verfallen.

»Alle in Position«, tönte es durch den kleinen Stöpsel in seinem Ohr.

Das Telefon in seiner Hosentasche vibrierte lautlos und schreckte ihn auf. Eine Nachricht von Jurado. Sein Flugzeug sei gelandet, und er wartete auf seinen Transport. Lluc sah erneut auf die Uhr. Wenn man mal eine Flugverspätung brauchte, flogen die auf einmal pünktlicher als die Lufthansa.

Sie hatten Agente Bonet geschickt mit der Anweisung, den Mann der operativen Fallanalyse so langsam wie möglich ins Dorf zu bringen, wo ein Zimmer im Grandhotel für ihn reserviert war. Das bedeutete, nicht unbedingt einen Abstecher über Santanyi in den Südosten der Insel zu nehmen. Doch jede andere Umgehungsstraße war willkommen, um Jurados Ankunft so spät in die Nacht zu verzögern, wie es nur ging. Denn sollte er verlangen, sofort mit Lluc zu sprechen, konnte dieser nicht einfach behaupten, eine Magenverstimmung zu haben. Oder Schockstarre.

Das mit dem Tunnel war Guals Idee gewesen. Statt den

direkten, drei Kilometer langen Weg durch das Alfabiagebirge zu nehmen, würde Bonet behaupten, der Tunnel sei wegen Wartungsarbeiten geschlossen. Das bedeutete eine Überquerung des Gebirgspasses des Coll de Sóller sechstausend Serpentinen hoch und die gleiche Anzahl auf der anderen Seite wieder hinunter. Es schenkte ihnen Schwindel, Langeweile und mindestens dreißig Minuten garantierte Extrafahrtzeit.

Alles, was sie brauchten, um diese Operation zu Ende zu führen.

Falls es überhaupt eine gab und nicht alles Llucs Fantasie zuzuschreiben war.

Der hintere Teil des Gartens war abschüssig in Hanglage und vom oberen Teil der Terrasse und des Hauses nicht einzusehen.

Andrés erzählte seit Tagen im Ort von nichts anderem als seinem Fest, selbst der Busfahrer und der Straßenfeger sollten mittlerweile über die geplante Schnitzeljagd mit anschließender Party im Wald informiert sein. So auch der Täter.

Natürlich konnte Lluc sich irren, und sie vergeudeten ihre Zeit. Doch es erschien ihm die einzig logische Schlussfolgerung und ihre letzte Chance.

Lluc konzentrierte sich wieder auf den unteren Gartenabschnitt. Chillige Sofas und riesige Kissen standen kreisförmig um eine niedrige Tischgruppe herum und boten den jungen Leuten eine Möglichkeit, sich vom Tanzen zu erholen.

Andrés hockte wie ein Pascha auf einem überdimensionalen Kissen, nippte mit dem Handy am Ohr an einem Longdrink und folgte dem Fortschritt seiner Gäste bei der

Schnitzeljagd. »Sehr gut, den Weg noch eine Weile hoch, und dann seid ihr da«, hörte Lluc ihn in den Hörer sagen.

Der DJ wählte genau diesen Moment für einen Soundcheck aus. Er schob den Lautstärkeregler plötzlich hoch und schickte groovige Hip-Hop-Klänge durch die monströsen Lautsprecher, die sich auch bei einem Metallicakonzert hätten sehen lassen können.

»In Position«, flüsterte Lluc in sein Mikro.

»Was?«, antwortete jemand.

»In Position«, wiederholte er nun in normaler Lautstärke, die in dem Lärm einem Flüstern im Tornado gleichkam.

Der DJ regelte zurück auf erträgliche Dezibel.

Rechts vor ihm, zwischen Steineichen und dichten Mastixsträuchern, vernahm er eine Bewegung. Äste wurden zur Seite geschoben, Blattwerk raschelte in einer Höhe, die nur auf jemanden von großem Wuchs schließen ließ.

Ana.

»Bingo«, murmelte Lluc, als zwei französisch geflochtene Zöpfe sich vor ihm aus dem Schatten des Baumes lösten. Der Rest der jungen Frau verschwamm im Dunkeln, angepasst durch ihre schwarze Kleidung.

Insofern ging seine Hypothese auf. Er war gespannt, ob er mit dem Rest seiner Vermutung ebenfalls richtiglag.

»Zugriff?«, knisterte es aus dem Mikro. Irgendein Idiot, der während der Einweisung und Planbesprechung geschlafen hatte.

»Nein.« Obwohl geflüstert, lagen Strenge und Eindringlichkeit in den simplen vier Buchstaben.

Wenn Lluc sich nicht täuschte, würde heute Nacht noch einiges geschehen.

Andrés beendete sein Telefonat und erhob sich von seinem Sitzkissen, während er weiter an seinem Drink nippte.

Ana beobachtete ihn genau, ließ nicht eine seiner Bewegungen aus den Augen, ging in die Knie.

Zehn Meter dahinter tat Lluc es ihr nach.

Was immer der Plan war, es musste geschehen, bevor die anderen Gäste von der Schnitzeljagd eintrafen und Andrés in der Menschenmenge seiner Freunde abtauchte.

Es vergingen Sekunden. Minuten.

Llucs sprungbereite Muskeln entspannten sich.

Plötzlich richtete Anas Körper sich auf. Blitzschnell kam sie auf die Beine und drückte sich hinter den Stamm des Eichenbaums.

Lluc ging in Position. »Es geht los«, erklang es aus dem Mikro.

»Bewegung auf sechs Uhr«, sagte Gual.

Gespannt folgte Lluc dem Geschehen. Ana schien auf etwas gewartet zu haben. Rechts von ihm, in der Richtung, wo Fina zwischen Ginster und Rosmarin hockte, raschelte es.

Es befand sich noch jemand in den Büschen. Wartend, beobachtend, genau wie sie alle.

Llucs Herz hämmerte gegen seinen Brustkorb, untermalt vom Beat der Subwoofer des DJs.

Ana lauerte wie ein wildes Tier, den Körper gespannt, in Sprungposition, die Knie gebeugt. Lautlos löste sie sich von ihrem Stamm, schlich nach rechts, suchte Schutz hinter zwei mannshohen Ginsterbüschen.

Oben im Garten rief jemand nach Andrés.

Eine Frau in Cateringkluft und mit Clipboard in der Hand kam auf ihn zu und redete auf ihn ein.

Der Junge nickte und ließ sich etwas auf ihrer Liste zeigen.

Doch anstatt ihre Aufmerksamkeit auf den Jungen zu richten, schlich Ana von ihm fort in die entgegengesetzte Richtung.

Leise folgte Lluc ihr, achtete darauf, möglichst nicht auf knackende Zweige zu treten oder sonstige Raschelgeräusche zu produzieren, die seine Anwesenheit verrieten, auch wenn sie wahrscheinlich in der Musik untergehen würden.

Unterhalb des Gartens, direkt hinter der Sitzkissenecke gelegen, befand sich ein weiteres Geländeplateau, das von oben nicht einzusehen war. Dichte Büsche, Aleppokiefern und wilde Olivenbäume formten eine Minilichtung.

»Folgen«, flüsterte Lluc ins Mikro.

Die Schatten hatten sich mittlerweile verlängert, und nur noch wenig Licht fiel in diesen Teil des Waldes.

Oben im Garten kehrte Andrés zurück und ließ sich wieder auf den Kissen nieder. Der weiße Rücken seines Hemdes leuchtete durch die Zweige und Blätter der Vegetation.

Lluc konnte nun die zweite Gestalt schemenhaft vor sich erkennen. Sie trug ebenfalls schwarze Kleidung und verschmolz mit dem dunklen Hintergrund des Waldes.

Die Gestalt schien bereit.

Trat einen schnellen Schritt vorwärts, in der Hand etwas Langes und Dünnes.

»Halt«, sagte Ana.

48

Die Gestalt erstarrte mitten in der Bewegung.

Ana trat auf die Lichtung.

»Alle in Bereitschaft. Nicht eingreifen«, flüsterte Lluc ins Mikro. »Ich wiederhole: nicht eingreifen.«

Sie trat näher. »Ich hatte bis zuletzt gehofft, mich getäuscht zu haben.« Sie schüttelte den Kopf. »Wie konntest du so etwas tun?«

Langsam drehte sich die Gestalt um. Wie in Zeitlupe, als könnte sie selbst nicht glauben, hier gestellt zu werden.

Lluc hielt den Atem an. Alle seine Vermutungen hatten sich bisher bewahrheitet. Seine letzte Hypothese entfaltete sich soeben vor seinen Augen, und wenn er auch in diesem Punkt recht behalten sollte, mussten sie bis zum Schluss ausharren.

»Was willst du, Ana?« fragte die männliche Stimme.

»Was *ich* will?«, fragte sie ungläubig. »Diese Frage sollte ich wohl lieber dir stellen.«

Der Mann sah über seine Schulter zur Party nach oben, geriet dabei in den Schein eines Lampions, der die rechte Seite seines Gesichts erhellte.

Pep.

Er kniff die Augen zusammen, verzog die Miene. Pep hielt beide Hände seitlich an den Kopf, als hätte er Schmerzen. »Sei still. Ich brauche deine Belehrungen nicht.«

»Meine was? Du bist völlig übergeschnappt. Es reicht jetzt.«

»Alles ist vorbei. Es ist zu spät. Papá ist tot.« Seine Stimme brach. Er klopfte sich mit der Faust an die Brust, dann auf die Stirn. »Er zerreißt mich, Ana. Dieser Schmerz macht mich wahnsinnig.« Eine Träne lief ihm übers Gesicht.

»Und du denkst, mit diesen Gräueltaten wird es besser? Glaubst du, mit neuen Ungerechtigkeiten und Fehlern die alten auszugleichen? Das funktioniert nicht.«

»Es hat fast geklappt. Am Anfang zumindest. Dann leider nicht mehr. Aber die Aufgabe ist ja auch noch nicht vollendet.«

»Pep, Pep«, flüsterte Ana. Sie weinte nun auch und schüttelte verzweifelt den Kopf. »Was dir gerade das Herz zerreißt, ist nicht die Liebe zu Papá. Sondern dein Groll und dein Hass.«

»Wie kannst du so reden, nach allem, was geschehen ist. Nach allem, was sie uns angetan haben?«

»Was haben sie denn getan? *Wer* hat uns etwas angetan? Du suchst Schuldige, um weiter an deinem Elend und der Trauer festhalten zu können.« Im Schein des Mondes stand sie da, groß und mächtig und leuchtend wie ein Racheengel.

»*Ich* war das Opfer damals. Ich. Ein kleines Mädchen. Niemand von euch«, fuhr sie fort. »Nicht Papá, nicht Onkel Juan, auch nicht Ortiz, Vidal und Torres. Und schon gar nicht du.« Sie fixierte ihren Bruder und trat näher. »Ich habe irgendwann beschlossen, der Vergangenheit nicht mehr zu erlauben, mich weiter zu verpesten und auch noch mein Inneres zu rauben. Mich zu vergiften und tagein, tagaus in

Groll und Hass versinken zu lassen. Die Angst war unerträglich, meinen eigenen Schatten habe ich gefürchtet.«

Die Geschwister standen sich gegenüber, breitbeinig, angespannte Körper wie zwei Revolverhelden im Duell.

»Ich bin diejenige, der ein Urteil zusteht. Nicht dir oder irgendjemand anderem. Das Opfer war ich. Was maßt du dir an, an meiner Stelle zu richten?« Ana hatte sich vor ihm aufgebaut, ihr Gesicht leuchtete im Mondlicht.

»Papá war auch ein Opfer der Geschichte.«

»Papá hat seine eigenen Entscheidungen getroffen, sie bereut und dafür bezahlt. Bis zu seinem Lebensende hat es ihm leidgetan, was in dieser Höhle geschehen ist.«

Pep machte Anstalten, sich abzuwenden. »Ich habe etwas zu erledigen.«

»Du erledigst gar nichts.« Ana trat einen Schritt auf ihn zu. »Diese Welle der Gewalt, die vor vielen Jahren losgetreten wurde, muss jetzt ein Ende haben.« Sie näherte sich einen weiteren Schritt. Es wirkte, als würden die Geschwister jeden Moment aufeinander losgehen und Ana ihren Bruder mit Gewalt aufhalten.

»Geh mir aus dem Weg, Ana.«

»Nur über meine Leiche. Diese Geschichte endet genau jetzt und hier. Vor vielen Jahren begann sie mit mir, sie endet mit mir.«

Als nur ein halber Meter sie trennte, hob Ana die Hände.

Lluc hielt die Luft an.

Doch Ana umschloss ihren Bruder in einer Umarmung. Pep versteifte sich. Schubste seine Schwester fort, befreite sich.

»Ich wollte das nicht mit Gloria. Sie ist mir am Abend

nach Papás Tod zufällig am Torrente über den Weg gelaufen, als ich von der Bar nach Hause ging«, sagte Pep und lief auf einer kurzen, imaginären Linie auf und ab. Er wirkte wirr und aufgelöst. »Ich war so wütend. Papá war tot, und da lief die Tochter eines der Verantwortlichen herum, als wäre nichts geschehen. Ich grüßte sie, doch sie sah mich nicht einmal richtig an, hastete weiter, als müsste sie irgendwo dringend hin. Während wir unser Leben lang leiden mussten, hatte diese verwöhnte Ziege nicht einmal einen Blick übrig. Da habe ich rotgesehen, bin ausgeflippt. Im Rucksack war noch eine Rolle von dem Seil, das ich für die Schienung der Pflanzen nach dem Sturm am Samstag benutzt habe.«

Ana senkte den Kopf, als würde ihr das Zuhören Schmerzen bereiten. »Wie konntest du das tun? Es wird deinen Kummer niemals heilen.«

»Doch. Als ich dann in der Zeitung von Ortiz' Leid gelesen habe, verschaffte es mir tatsächlich eine Befriedigung. Es hatte den getroffen, der damals alles ausgelöst hatte. Dieser schreckliche Schmerz ließ nach. Es fühlte sich so friedlich an. Da war endlich Ruhe in meinem Kopf. Seit Jahren diese Gedanken, die Ungerechtigkeit, die unserer Familie widerfahren ist. Du, Papá. Und dann, kurz bevor alles wieder gut wird und er endlich sein Leben zurückerhält und aus dem Gefängnis entlassen wird, stirbt er einfach.« Pep schüttelte den Kopf, als hätte er noch immer Schwierigkeiten, alles zu akzeptieren. »Diese ewige Spirale der Gedanken, die dir den Kopf verdreht und dich wahnsinnig macht. Es gibt kein Entkommen, Ana. Man kann sich dem nicht entziehen. Aber für einen Moment herrschte Ruhe.«

Lluc lief ein Schauer über den Rücken. »Windmills of my

Mind«. Was Pep beschrieb, war eine Heimsuchung der um sich selbst kreisenden, zerstörerischen Gedanken. Stieg man auf das Karussell auf, bedeutete es meist, bis zum Ende der Fahrt auszuharren.

Anas Stimme hatte den Kampfgeist verloren. Übrig blieb nur sanftes Verständnis. »Doch, Pep, ich kenne das. Wir alle kennen das. Und du kannst den Gedanken entkommen. Eigentlich sind sie gar nicht so furchterregend. Du musst nur sehen, dass sie unrecht haben, und ihnen dann nicht mehr folgen. Die Spirale verliert die Macht über dich, wenn du erkennst, dass in dieser Richtung nur Elend wartet. Nichts Gutes, kein Gewinnen, keine Freude. Nur Verlust, Hass und Leid. Sie ist das Leiden, Pep. Es geht hier nicht um Gerechtigkeit.«

Verzweiflung grub sich in Peps Gesicht. »Marta konnte schon nicht mehr die gleiche Befriedigung auslösen. Aber ich dachte, es ist, weil der dritte im Bunde noch fehlt, die Mission nicht beendet war.«

»Nein. Du hast dich nicht besser gefühlt, weil der Schmerz eines alten Fehlers niemals durch einen neuen Fehler gestillt werden kann.«

Pep ließ sich auf den Boden sinken, schlug die Hände vor dem Gesicht zusammen und schluchzte wie ein kleines Kind. Seine Schultern bebten, während er in seine Handflächen weinte.

»Ich habe mich nach Gloria total erschrocken und ihren Körper dann so drapiert, wie es ein ritueller Mörder tun würde. Damit die Polizei nicht auf meine Spur kommt«, gestand er.

»Was hast du getan?«, fragte Ana entsetzt.

»Nichts Schlimmes. Ich habe beiden eine Orange in den Mund gesteckt und das Ohr abgeschnitten, als sie schon tot waren. Sie haben nicht gelitten.«

Ana setzte sich neben ihren aufgelösten Bruder auf den Boden, legte den Arm um seine Schultern und zog ihn an sich. »Nun ist es vorbei, Pep.«

»Zugriff«, sagte Lluc in sein Mikro.

49

Lluc sah gedankenversunken den Beamten nach, die Pep in einen Streifenwagen setzten und mit dem jungen Mann fortfuhren.

Der Parkplatz der Finca wimmelte vor Polizisten, zivilen Fahrzeugen und Einsatzwagen, die sich vor der Partyfinca neben dem großen Cateringvan versammelt hatten. Hohe Fikusbüsche und das Licht der Lampions und Fackeln tauchten den Platz in ein warmes Ambiente, das nicht zum Anlass passen wollte. Glücklicherweise war der Zugriff erfolgt, ohne dass die Finca zu einem Tatort geworden und jemand zu Schaden gekommen war.

Trotz des Erfolgs fühlte Lluc sich leer und erschöpft.

»Gute Arbeit, alter Mann«, sagte Fina und klopfte ihm auf die Schulter. »Du hattest recht gehabt. Auch mit deiner zweiten Hypothese, dass nicht Ana, sondern Pep der Täter ist. Was hat dich zu der Annahme bewogen?«

Lluc seufzte. »Ich wünschte, ich hätte falschgelegen.« Die Familie Crespí war schon genug gebeutelt und hatte endlich Ruhe und Frieden verdient. Auch wenn Ana deutlich gezeigt hatte, dass Seelenfrieden nicht von äußeren Begebenheiten abhängt, sondern auf innerer Einstellung basiert, hätte er ihr, ihrer Mutter, aber auch Pep eine Verschnaufpause gewünscht. Die sexuelle Belästigung, die sie als kleines

Mädchen erfahren hatte, lieferte mehr als einen Grund, sich grollend von der Welt zurückzuziehen. Stattdessen hatte Ana Frieden gewählt.

Zwei junge Frauen hatten ihr Leben gelassen, Pep den Rest von seinem vergeudet. Für nichts.

Eine Sühne ohne Genugtuung.

Trotz des Ermittlungserfolgs sah Lluc an diesem Abend keinen Grund zur Freude.

»Es waren mehrere Ereignisse, die mich aufhorchen ließen. Pep hatte immer betont darauf bestanden, Ana zu schützen. Sie sollte nachts nicht alleine herumlaufen, weshalb er die Schicht mit ihr getauscht hat. Aber an dem Abend, als Marta starb und wir unsere Feier im Gaviota hatten, schob Ana die Nachtschicht. Pep kam zu spät zur Arbeit.«

»Stimmt, ich kann mich erinnern, nur dachte ich, es sei Blabla unter Geschwistern. Und bevor du gekommen bist, war auch nur die Aushilfe da. Ana kam ebenfalls später.«

»Bei unserem letzten Gespräch sagte Ana, dass ihr Vater das alles nicht gewollt hatte, ohne Genaueres zu spezifizieren. Mateo Crespí war tatsächlich ein friedfertiger Mensch. Er wäre entsetzt darüber gewesen, was in seinem Namen verübt wurde. Und Ana wusste das. Obwohl alles auf sie deutete, konnte ich mir nicht vorstellen, dass sie bewusst darüber hinweggeht.«

»Pep *ist* darüber hinweggegangen.«

»Pep besaß nicht Anas Einstellung und Klarsicht. Er ist gefangen im Netz der Wut, der Rache und des Opferseins. Er fühlt sich als Opfer eines großen Unrechts und denkt, ein Monopol auf Genugtuung zu besitzen. Ana ist schon längst über dieses Stadium hinaus.«

»Und dann ist da noch die Sache mit Andrés«, sagte Fina. »Das hätte uns sofort zu denken geben müssen. Nur zwei Fußspuren, und es kam nicht zur Tat, obwohl Ana freie Hand in der Dunkelheit gehabt hätte. Sie war Pep gefolgt und hat den Mord verhindert, nachdem sie seit Martas Tod ihren Bruder im Verdacht hatte.«

»Genial die Idee, sich Anas Schuhe anzuziehen.«

»Es hatte geregnet, und Pep hat wirklich an alles gedacht. Damit seine kleinen Fußabdrücke nicht zu ihm führen, hat er Anas deutlich größere Turnschuhe angezogen. Sie besitzt mehrere Paare, wie viele großgewachsene Sportler, die Schwierigkeiten haben, passendes Schuhwerk zu finden.«

»Das hat dann auch das Humpeln beim Wegrennen erzeugt.«

Lluc nickte. Und sie waren darauf reingefallen und hatten sich auf Vidal eingeschossen.

Der Duft von übergrillten Würstchen zog zu ihnen herüber, Hip-Hop-Klänge dröhnten aus Boxen hinter dem Haus. Sie hatten beschlossen, Andrés' Party nicht abzublasen und kein Aufsehen zu erregen, da nun die Gefahr gebannt und der Täter gestellt war.

»Morgen früh treffen wir dann auf Jurado. Darf ich ihm bitte sagen, dass er den ganzen Weg umsonst gekommen ist?« Fina rieb sich die Hände.

»Wieso bist du eigentlich so auf Krawall gebürstet gegen ihn?«, fragte Lluc. Fina kannte nicht einmal das ganze Ausmaß von Jurados Zwietracht.

»Weil er dir ans Bein pissen wollte. Zumindest habe ich das Gefühl, dass es seine Absicht ist. Und du gehörst zu meinem Team, also pisst er *mir* gegen das Bein.«

Trotz seiner inneren Schwere lächelte Lluc.

»Eure Fehde – war sie krass?«

»Das kann man so sagen.« Er hatte keine Energie, die Einzelheiten zu teilen. »Nichts, worauf er stolz sein sollte.«

Fina nickte. »Das genügt mir. Mehr muss ich nicht wissen.«

Ausgelaugt lehnte er sich gegen den Streifenwagen, der hinter ihnen parkte. Er konnte sich nicht erklären, woher dieser Druck auf seiner Brust kam und ihm das Gefühl gab, dass die Geschichte noch nicht zu Ende war.

Fina schubste ihn an. »Trotzdem kannst du mal lachen. Wir haben es geschafft. Unseren Täter gestellt, bevor Don Cojones gekommen ist. Lass uns heute einen darauf trinken. Wir brauchen nur eine neue Bar.«

Vor ihnen durchschnitt ein Scheinwerferpaar die Dunkelheit. Ein Auto bahnte sich den Weg entlang, der durch den Wald hinauf zur Finca führte.

»Wer ist das denn?« Fina runzelte die Stirn.

Eine Streife der Guardia Civil fuhr auf den Parkplatz und hielt auf der freien Stelle hinter dem Lieferwagen des Caterings.

Die Fahrertür öffnete sich und ein erschrockener Bonet sprang heraus. »Sargento, er hat darauf bestanden, und mir …«

»Schon gut, Bonet«, sagte Lluc und trat dem Mann entgegen, der sich aus dem Beifahrersitz geschält hatte und nun schwungvoll die Autotür zuwarf. In seinem Gefolge ein langer Hagerer um die vierzig und ein jüngerer Mann mit Brille, die von den Rücksitzen ausstiegen.

Jurado hatte sich äußerlich nicht viel verändert. Mittelgroß und stämmig, dieselbe kleine Knopfnase in einem runden Gesicht, das vertrauenerweckende Gemütlichkeit vermittelte. Ein Eindruck, der von den eng stehenden Augen in Zweifel gezogen und mit Misstrauen behandelt werden sollte.

»Casasnovas, du hast dich nicht verändert«, sagte der Mann, als er näher trat.

»Du auch nicht, wie ich sehe. Verabredungen gelten für dich immer noch nicht.« Sie hatten telefonisch ausgemacht, sich später am Abend am Hotel im Dorf zu treffen.

Jurado setzte ein Lächeln auf, doch nur ein Faltenfächer erreichte seine Augen. »Man muss die Gelegenheiten beim Schopfe packen.«

»Diese Einstellung habe ich mir auch angeeignet.« Lluc wies mit offenen Handflächen auf die Umgebung. »Also dachte ich, nehmen wir den Täter doch fest.«

Jurado sah sich um, betrachtete das Haus, die Party, den Parkplatz. »Gratuliere zu dem Geistesblitz, den du hattest, als wir im Flugzeug saßen. Denn im letzten Telefongespräch vom Flughafen hattest du noch keine Ahnung.«

»Eine Ahnung schon, aber du weißt ja, dass das in unserem Beruf nichts taugt. Beweise sind die Währung, die zählt.«

Langsam nickten sie beide, taktierend, die moderne Art des Einanderumkreisens der Gegner im Ring.

»Darf ich vorstellen, López und Gavino.« Jurado zeigte auf seine zwei Kollegen, die sich hinter ihrem Chef aufgebaut hatten und nun Llucs Hand schüttelten. Sie wirkten sachlich, ernst und hochprofessionell. Jurado hatte sich noch nie mit Stümpern umgeben.

»Fina Garcia«, sagte Fina, die hinter Lluc dazugekommen war. »Wenn ihr schon beim Kennenlernen seid.«

»Dann muss ich mich ja wohl auch vorstellen«, sagte Gual und ließ den Einsatzleiter der uniformierten Beamten mit seiner Berichtsmappe stehen. »Agente Gual.« Ihr Handschlag war energisch.

Überraschung spiegelte sich auf Jurados Gesicht, als er Gual und Fina betrachtete. Was immer er erwartet hatte, es schien nicht Llucs Team der Misfits zu sein.

»Fina, vielleicht zeigst du und Gual López und Gavino unseren Ermittlungsfortschritt?«

Gual öffnete den Mund zu einem sicheren Protest, doch Fina hatte verstanden und zog ihre Kollegin mit sich. »Sie können es bestimmt nicht abwarten. *Vamos, Chicos.*«

»Du hättest mir mitteilen können, dass ihr den Täter habt, dann wäre ich nicht extra hergeflogen. Wir haben uns kaum von dem anderen Fall erholt.« In der Tat sah Jurado müde aus.

Der Elan des überambitionierten jungen Beamten war fort. Das Funkeln und Vibrieren, das den Mann umgeben hatte wie einen Starkstrommast. Allerdings hielt sein Berufsfeld nicht mehr viele Aufstiegsmöglichkeiten in petto. Jurado hatte alles erreicht, was den aktiven Dienst betraf, der nächste Schritt führte nach oben in die ruhigeren und weniger operativen Chefetagen.

»Wie du siehst, hat sich alles in den letzten Stunden ereignet. Es hätte auch eine Fehleinschätzung sein können.«

Jurado zog eine Augenbraue hoch, als glaubte er kein Wort.

Lluc brachte den Mann der UACD auf den aktuellen Stand, berichtete von Peps Festnahme.

»Das mit dem Ohr hättet ihr uns sagen müssen.«

»Entschuldige, mein Lieber, aber seit gestern haben wir unzählige Spuren verfolgt, die uns buchstäblich im Zickzack durch die Ermittlung geführt haben. Und du warst leider der Letzte, an den ich in dem Moment gedacht hatte.«

»Mein Ego wird es überleben.«

»Ich habe mir schon Sorgen gemacht.«

»Davon bin ich überzeugt.«

»Ich habe eure letzten Fälle studiert«, wechselte Jurado das Thema. »Und muss sagen, dass ich beeindruckt bin.«

»Danke, es freut mich, dass wir dich unterhalten konnten.« Lob aus Jurados Mund war immer zweideutig. Wo führte dieses Gespräch hin?

Lluc unterzog die letzten Stunden einer Schnellinventur. Peps Festnahme, dann Jurados plötzliches Erscheinen ... Die Ereignisse häuften sich in einem Tempo, dass er keine Zeit hatte, darauf zu reagieren. Denn entgegen allen Erwartungen fühlte Lluc – nichts. Nicht einmal alte Wut. Was natürlich auch nicht bedeutete, dass er Sympathie für Jurado verspürte. Einmal Wiesel, immer Wiesel.

»Ich werde nicht jünger, und das Team bekommt frischen Nachwuchs.«

Lluc runzelte die Stirn, verwirrt über die Richtung des Gesprächs.

»Die Welt wird immer verrückter. Und unsere Reihen werden immer lichter.«

Er sah Lluc abschätzend an, als erwartete er eine Reaktion. Nur worauf? Auf die irre Welt?

Lluc starrte ausdruckslos zurück.

»Jedenfalls habe ich mich gefragt, ob du nicht Lust hättest, uns fallbezogen zu unterstützen?« Er beeilte sich hinzuzufügen. »Natürlich kannst du das von hier aus tun, ohne einen Umzug. Wir werden fallbezogen einberufen und sind im ganzen Land unterwegs. Jemand mit deiner Erfahrung ist eine immense Bereicherung für das Team.« Er lächelte und sah Lluc erwartungsvoll an, als habe er ihm gerade einen alten Herzenswunsch erfüllt.

Zumindest die Überraschung war Jurado gelungen, den Rest hatte der Typ falsch kalkuliert.

Lluc musterte ihn einen Moment, unsicher, ob es sich nicht doch um einen Scherz handelte. Suchte Jurados Gesicht nach Zeichen ab, aber die schmalen Lippen blieben entspannt, die kleinen Murmelaugen in Erwartung einer Antwort und ohne einen Funken Humor.

Lluc lachte auf.

»Damit kommst du ein kleines bisschen zu spät«, sagte er und warf einen demonstrativen Blick auf die Armbanduhr, »und zwar genau achtundzwanzig Jahre.«

Lluc war nicht entgangen, dass Jurados Augen sich nach dem ersten Teil seines Satzes geweitet hatten. Also steckte vermutlich mehr hinter dem großzügigen Angebot, als der Mann ihm verkaufen wollte. Was niemanden verwunderte. Wiesel blieb Wiesel, es lag in seiner Natur.

Llucs Blick wanderte zur Finca, wo hinter Sträuchern und Olivenbäumen achtundsechzig Jugendliche Geburtstag feierten. Der DJ heizte mit einem neuen Song ein, den Lluc zum ersten Mal hörte, aber die Partygäste laut mitgrölten.

Auch für Lluc war es heute eine Art Geburtstag. Eine Renaissance, um genau zu sein. Wiedergeboren aus dem Schneckenhaus.

Der Rückzug, seine Jahre in der Kalkmuschel – nun erkannte er, dass nicht Jurado die Schuld trug.

Nicht sein ehemaliger Kollege hatte ihn in diese Schneckenhausposition gezerrt. Lluc hatte sich freiwillig dort verkrochen.

»Ich fühle mich geehrt über dieses selbstlose Angebot, aber wie du gesehen haben wirst, ist das hier wirklich ein Paradies. Ehrlich gesagt bin ich dir sehr dankbar für dein Verhalten vor vielen Jahren. Wärst du nicht schon *damals* so *selbstlos* gewesen, hätte ich sicherlich den Fehler begangen, mich in eine Karriere zu stürzen, die mich ausgelaugt und nicht glücklich gemacht hätte. Man erkennt erst später, was für ein Segen sich hinter widrigen Umständen versteckt.« Trotzdem war der Typ ein Arsch.

Jurado wirkte wie jemand, der einen unzerkauten Knödel schluckte.

»Ich bleibe auf meiner Insel«, fuhr Lluc fort. »Auch hier sind unsere Fähigkeiten gefragt.«

Der Knödel schien festzustecken. Den Umstand konnte auch Jurados Pokerface nicht verbergen. Irgendetwas lief hinter den Kulissen, über das Lluc nicht informiert war.

Aus der Richtung des Einsatzwagens rief Fina nach ihm, bemüht, sich über das immer lauter werdende Gegröle der Gäste durchzusetzen. »Wir brauchen dringend deine Unterschrift, Lluc.«

Er bat Jurado, ihn einen Moment zu entschuldigen, und Gual tauchte plötzlich wie aus dem Nichts auf und verwickelte den UACD-Mann in einen regen Small Talk.

»Was gibt's? Wo soll ich jetzt schon wieder unterschreiben?«

Fina lehnte an der offenen Fahrertür des Polizeiwagens und nahm dem uniformierten Beamten hinter dem Steuer ein Clipboard aus der Hand. Ihr Blick schwenkte zu Jurado, der sie nicht aus den Augen ließ. Gual hing an ihm wie eine Klette und schien Quasselwasser getrunken zu haben. Ihr Mund bewegte sich ununterbrochen, unbeeindruckt davon, wie offen Jurado sein Desinteresse demonstrierte.

»Gual lenkt ihn ab.« Fina hielt ihm das Clipboard mit einem Formular vor die Nase. »Wenn wir schon nicht die Karten auf den Tisch legen können, sollten wir das Blatt wenigstens kennen. Also, bevor du mit Don Cojones weitermachst, habe ich gerade folgende Info aus seinen Marionetten rausgepresst.« Sie wies mit dem Kinn auf López und Gaviota, die zu Jurado stießen und ihren Chef aus Guals Fängen retteten. »Also, wenn das die ermittlerische Elite der Zukunft sein soll, dann prognostiziere ich rosige Zeiten für Spaniens Verbrecher.«

»Was hast du herausgefunden? Du redest schon wie Gual.«

Fina grinste. »Ist mir auch gerade aufgefallen. Also, um es kurz zu machen: Der Fall ist nicht der einzige Grund, aus dem Jurado aufgetaucht ist. Natürlich ist die UACD angefragt worden, aber Jurado wollte es mit einem Vorstellungs- und Mauschel-Mauschel-Gespräch verbinden. Es wird in Palma eine neue Sondereinheit geschaffen. Irgendetwas Elitäres, und Jurado ist ganz heiß darauf, der Leiter der Truppe zu werden.«

Zum zweiten Mal an diesem Abend lachte Lluc laut auf.

Die Vorzeichen hatten sich umgedreht. Was ihm früher wie eine Strafe erschienen war, die Provinz, die Insel, das beschauliche Ferienparadies, hatte sich nun, fast dreißig

Jahre später, zu der erstrebenswertesten Position gewandelt, um die sich alle prügelten.

»Und jetzt kommt das Beste.« Fina spitzte die Lippen und funkelte ihn vergnügt an. »Laut Gerüchteküche hat der Coronel allerdings schon einen Wunschkandidaten geäußert. Gegen den Jurado sich jetzt durchsetzen muss.«

Lluc stöhnte. »Und wer ist diese arme Sau?«

»Du.«

Ins dritte Auflachen dieses Abends stieg Fina mit ein.

* * *

Der späte Anruf kam überraschend.

Die Füße von sich gestreckt, die Hand in Iagos dichtem Fell vergraben, saß Lluc auf seiner Terrasse und starrte in die Dunkelheit.

Alles Bürokratische, die Aufarbeitung, Protokolle und Berichte, war auf den nächsten Morgen verschoben worden, um dem Team nach tagelangem Durcharbeiten die wohlverdiente Verschnaufpause zu gönnen.

Zum ersten Mal seit Tagen herrschte in Llucs Kopf nur Leere – jetzt die der angenehmen Art –, die er mit einem Cabraboc-Gin-Tonic begoss.

Das schrille Klingeln seines Telefons riss ihn aus seinen Gedanken.

Widerwillig unterbrach Lluc sein Starren ins Nichts und nahm ab.

»Was gibt's Romero?« Wobei es ihn nicht wirklich interessierte, was der Chef des Marinestützpunkts von Port de Sóller um diese Zeit von ihm wollte.

Die Neuigkeiten von Pep Crespís Festnahme waren noch frisch, und Lluc hielt es für unwahrscheinlich, dass sie trotz des Lauffeuercharakters von Gerüchten schon so schnell seinen alten Freund erreicht hatten. Nicht mitten in der Nacht.

»Ich habe gerade ein Gespräch mit einem Kollegen vom Festland beendet, das deine Frage von neulich beantworten könnte.«

Lluc runzelte die Stirn und kramte in seinem Gedächtnis. Zu viel hatte sich in wenigen Tagen ereignet, was dazu führte, dass er seinen eigenen Erkundigungen nicht mehr folgen konnte.

Romero, Marinebasis, neuer Chef, der verdächtige Valls, der aus dem Nichts kam. »Ich bin gespannt.«

»Was ich dir nun erzähle, ist alles inoffiziell, unbestätigt und bleibt unter uns.«

»Selbstverständlich.« War es jemals anders?

»Du hattest recht gehabt. Unser lieber Valls ist kein ausgemusterter Strafversetzter. Niemand, der sich im Ton vergriffen, im Bett geirrt oder sonstiges Malheur begangen hat.«

Lluc setzte sich auf. »Spezialeinheit?«

»So etwas in der Art. Die genaue Abteilung oder Einheit wusste mein Kontakt nicht, aber sie bewegt sich über meinem – und deinem – Klassifikationslevel.«

»Was mich betrifft, ist das nicht schwer, denn ich habe gar keins.« Falls es Romero tröstete, nicht der einzige Ahnungslose zu sein.

»Du weißt, dass die Marine und die Luftwaffe, obwohl nach außen wie die rechte und linke Hand der Verteidigung, sich im Grunde spinnefeind sind.«

Romero machte eine rhetorische Pause.

»Und hier kommen jetzt deine komischen Lichter ins Spiel.«

»Es sind nicht *meine* Lichter«, korrigierte Lluc.

Romero ignorierte seinen Einwurf. »Es sieht tatsächlich so aus, als würde die Luftwaffe Projekte testen oder zumindest an etwas arbeiten, über das die Kollegen der Marine nicht informiert wurden.«

Interessiert setzte sich Lluc auf. »Was für ein Projekt? Müssen wir uns Sorgen machen?« Wenigstens waren es die eigenen Leute, die in der Tramuntana merkwürdig beleuchtete Testflüge veranstalteten und nicht feindlich gesinnte Parteien – sei es von dieser oder einer anderen Welt.

»Ich kenne keine Details. Auch nicht, ob es den Trubel überhaupt wert ist. Du weißt ja, wie das mit den Eitelkeiten ist. Wenn sie schon nicht involviert ist, möchte die Marine doch wenigstens darüber informiert werden, was vor ihrer Nase abläuft.«

Lluc entließ den angehaltenen Atem. Das klang schon eher nach dem typischen Verlauf der Militärmaschinerie.

Es musste sich nicht einmal um ein skandalträchtiges Geheimprojekt handeln. Ein verletztes Ego oder der Wettkampf um Verteidigungsbudgets genügte meist, um eine Lawine loszutreten. Mit dem einzigen Ziel, den anderen in die Suppe zu spucken.

»Mein Kontakt vermutet Eitelkeiten dahinter«, bestätigte Romero.

Lluc seufzte. Von persönlichen Befindlichkeiten wichtiger Leute hatte er erst einmal genug. »Und deshalb haben sie von ganz oben einen Mann geschickt, um vor Ort inkognito nach dem Rechten zu sehen«, vermutete Lluc.

»Genau.«

Ein so verdeckter Einsatz, dass der betreffende Superspion noch vor Amtsantritt in eine Mordermittlung verwickelt worden war.

Lluc lachte auf. Das Leben zog seltsame Kreise.

Doch nun erschienen Valls' fragwürdiger Besuch auf seiner Terrasse, sein arrogantes Auftreten und die Heimlichtuerei in anderem Licht.

Ebenso wie der an diesem Nachmittag von der Marine offiziell zugestellte Antrag, die im Zusammenhang mit Glorias Tod sichergestellten Berichte und Akten weiterzureichen.

»Ich danke dir für die Info, mein Freund. Du hast was gut. Lass uns am Wochenende ein Bier trinken.«

Er legte auf und schaltete das Handy aus.

Den Feierabend hatte er sich nun mehr als verdient.

50

Sevilla, einige Tage später

Bels Rücken war weich unter Llucs Händen, als sie sich im Rhythmus der Bigband wiegten. Die Musiker spielten »A Mi Manera«, und obwohl Lluc kein Tänzer war, liebte er solche Stücke. Sie erlaubten ein Schaukeln von Fuß auf Fuß, was sein Taktgefühl gerade noch tolerierte, und das er dann selbstzufrieden als Tanz verkaufen konnte.

Bel legte ihren Kopf auf seine Schulter und schmiegte sich eng an ihn. Ihr Parfüm stieg ihm in die Nase. Soeben hatte der Himmel eine neue Adresse erhalten: Sevilla.

Das Fest fand auf einem alten Gut zehn Kilometer außerhalb der Stadt statt.

Bels Bruder Eduardo hatte es an nichts fehlen lassen. Runde Tische mit dicken weißen Tischdecken und meterhohen Rosengestecken umrahmten die zentrale Tanzfläche, auf der sich Pärchen in eleganter Abendgarderobe zur Musik bewegten.

Lluc grinste und presste seine Wange auf Bels Haar. Es duftete nach Pfirsichshampoo, einzelne Härchen verfingen sich in seinen Bartstoppeln.

Die Band spielte die letzten Takte, die Tanzenden klatschten Beifall. Bel löste sich widerstrebend aus seiner Umarmung, was ihm körperlich wehtat.

»Einen Drink?«, fragte sie.

Vom Tablett eines vorbeilaufenden Kellners stibitzte er zwei Gläser Wein, bevor dieser in der Menge verschwand.

Sie setzten sich an ihren mittlerweile fast leeren Tisch.

Nur der Fernsehmoderator dieser Talksendung, die Lluc immer wegschaltete – Juan oder Jorge oder Jaime –, saß vor seinem gefühlt hundertsten Glas und tippte wütend auf sein Handy ein.

»Eine schöne Party«, sagte Lluc und streckte die müden Füße aus. Verwunderlich, wie so ein bisschen Schaukeln anstrengen konnte. »Ich freue mich sehr, dass wir gekommen sind.« Und er meinte es sogar ernst. Sein Widerstand der letzten Wochen erschien ihm unwirklich wie aus einem fernen Leben.

Bel beugte sich vor und drückte ihm einen Kuss auf den Mund. »Das ging auch nur, weil du in Rekordzeit diesen Fall gelöst hast. Was passiert jetzt mit Pep Crespí?«

»Er wird seine gerechte Strafe erhalten. Er hat zwei junge Frauen auf dem Gewissen.«

Bel schüttelte traurig den Kopf. »Die ganze Geschichte ist …«

»… so tragisch. Ich weiß«, beendete Lluc den Satz.

Auch er war froh, alles hinter sich zu haben.

»Weißt du schon, ob du den Job annehmen wirst?« Bel sah ihn neugierig von der Seite an.

Lluc nahm einen tiefen Schluck aus seinem Glas. »Ich habe mir einige Tage Bedenkzeit erbeten.«

Einige Tage, in denen er seinem den Ereignissen hinterhertaumelnden Geist Gelegenheit geben würde, aufzuholen und nachzuziehen.

Jurado kam, sah und ging wieder. Es hatte Lluc keine Genugtuung gebracht, den im Fernsehen stattlich wirkenden Mann in Wirklichkeit als Schatten seiner selbst zu erleben. Die Grausamkeit der Fälle, die toten Augen der Opfer, der tägliche Wahnsinn der Täter hatten ihren Tribut gefordert und an der Lebensenergie gezehrt.

Jurado wirkte ausgelaugt und gealtert. Weit entfernt von der Nemesis, die Lluc sich in seiner Fantasie jahrelang zurechtgeschustert hatte.

Es war, als hätten der Fall und die Konfrontation mit der Vergangenheit eine Lawine ins Rollen gebracht. Als würde die Auseinandersetzung mit Jurado ihn aus dem Versteck gelockt haben, in das er sich selbst verfrachtet hatte.

Nun stand er da. Sichtbar für alle, mit all seinen Fehlern und Schwächen. Wie jeder andere Mensch auch.

Doch dieser Entschluss, sein Loch zu verlassen, schien ihn auch für das Hauptquartier sichtbar gemacht zu haben, die mit einer Beförderung und dickem Posten in Palma lockten: die Leitung einer neuen Sondereinheit für schwere Gewaltdelikte.

Er würde auch weiterhin eine ruhige Kugel schieben können, schließlich war es nicht die Bronx oder Chicago.

Die Einzigen, die ihm fehlen würden, wären Fina und Gual. Doch vielleicht gingen die Beförderung und die Sonderkommissionsgruppe mit dem Recht einher, seine eigenen Teammitglieder einzuberufen.

Ein hochgewachsener Mann mit beginnenden Geheimratsecken, die seiner Eleganz keinen Abbruch taten, näherte sich ihrem Tisch. Neben ihm versteifte sich Bel.

»Ich wollte eben Guten Abend wünschen. Felipe Iglesias.«

Der Mann lächelte und reichte Lluc die Hand. Es bedurfte keiner Vorstellung, denn jeder kannte den Investor, der im vergangenen Jahr wegen einer Veruntreuungsaffäre durch die Schlagzeilen gezogen worden war.

»*Encantado*. Lluc Casasnovas.«

Lluc drückte Bels Hand unter dem Tisch, eine Geste der Ermutigung, die ihr signalisierte, sich zu entspannen.

»*Hola* Felipe«, sagte Bel, ohne aufzustehen.

Obwohl sich ihr Verhältnis nach dem Drama und dem Medienrummel im letzten Jahr etwas entspannt hatte, hieß das nicht, dass nun alles rosig war. Distanzierte Neutralität musste genügen.

»Ich höre, Sie sind aus der tiefen Provinz angereist?«

»Wir leben gerne inkognito. Damit kleine Ausreißer nicht vom ganzen Land diskutiert werden, Sie verstehen, was ich meine.« Letztes Jahr hatte man kein gutes Haar an Iglesias gelassen, als der einstige Medienliebling der Presse zum Fraß vorgeworfen worden war.

Felipe lächelte schmallippig, hob sein Glas und prostete ihnen zu. »Habt noch einen schönen Abend.«

Den würden sie haben. Und es nicht bei dem einen Abend belassen.

Gedankt sei …

… meinen Freundinnen Elke Becker und Silvia de Couët du Vivier, die als erste Testleserinnen in allen Stadien der Manuskriptentwicklung mit wertvollen Anmerkungen dazu beigetragen haben, die Geschichte zu verfeinern.

Ebenso möchte ich Silke Reinhold, Alexandra Pilz und Heike Maurer nicht unerwähnt lassen – vielen Dank für eure Geduld und Sorgfalt.

Ein besonderer Dank geht an meinen Agenten Bastian Schlück sowie meine Lektorinnen Sarah Mainka und Ingola Lammers. Ihr verdient nicht nur Anerkennung für eure wertvollen Ratschläge, sondern auch für die reibungslose Zusammenarbeit und das inspirierende Brainstorming, die alle maßgeblich zur Verbesserung des Romans beigetragen haben.

Und schließlich, *last but not least,* möchte ich meinem Maunzi danken, der mir stets den Rücken freihält.

Llucs dritter Fall findet seine Inspiration in einem tragischen realen Vorfall im Tal von Sóller, bei dem ein Mensch durch die Folgen einer Rauchvergiftung in einer Höhle ums Leben kam. Details, Namen und Umstände habe ich frei verändert und an die Geschichte angepasst.

René Anour

Es duftet nach
Lavendel und Intrige

978-3-453-42880-5

Leseprobe unter **www.heyne.de**

HEYNE

Mario Lima

»Beste Krimi-Unterhaltung, die dem Leser auch die alte portugiesische Seele näherbringt.«
Mainhattan Kurier

978-3-453-44113-2
E-Book: 978-3-453-44113-2

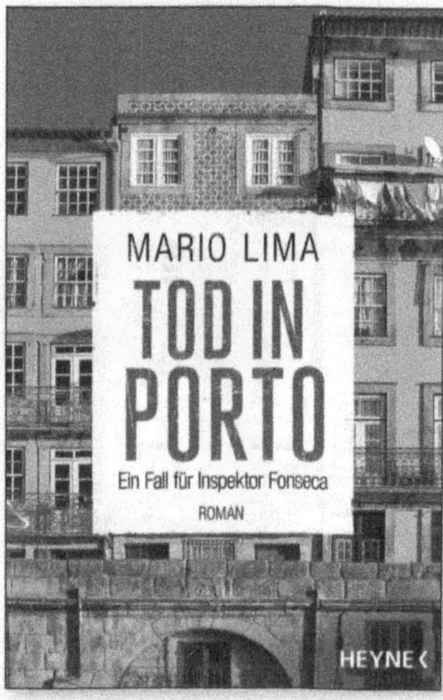

978-3-453-43959-7
E-Book: 978-3-453-43959-7

Leseprobe unter **www.heyne.de**

HEYNE